番茄
FANQIE

冰锋

梧桐私语 著

SPM 南方传媒 | 花城出版社

中国·广州

图书在版编目（CIP）数据

冰锋 / 梧桐私语著. -- 广州：花城出版社，
2023.9
ISBN 978-7-5360-9956-2

Ⅰ．①冰… Ⅱ．①梧… Ⅲ．①长篇小说－中国－当代
Ⅳ．①I247.5

中国国家版本馆CIP数据核字(2023)第124660号

出 版 人：张　懿
责任编辑：李　卉　方孟琼
责任校对：李道学
技术编辑：林佳莹
封面设计：林　希

书　　名	冰锋 BINGFENG	
出版发行	花城出版社	
	（广州市环市东路水荫路 11 号）	
经　　销	全国新华书店	
印　　刷	广东虎彩云印刷有限公司	
	（东莞市虎门镇黄村社区厚虎路 20 号 C 幢一楼）	
开　　本	880 毫米 ×1230 毫米　32 开	
印　　张	10.875	
字　　数	280,000 字	
版　　次	2023 年 9 月第 1 版　2023 年 9 月第 1 次印刷	
定　　价	54.00 元	

如发现印装质量问题，请直接与印刷厂联系调换。
购书热线：020-37604658　37602954
花城出版社网站：http://www.fcph.com.cn

目 录

第一章　从前有座山

2004年的东北，腊月的风刺骨的冷，极北的小镇车站，一个手拖拉杆箱的青年正皱眉看着面前这个简陋得不能更简陋的站台，风掀动帽檐上的风毛，他的眼里满满写着"怀疑人生"这四个字。

梁萧是来避难的，可这会儿，他却后悔自己选了这样一个地方避难。

不就是追债吗？光脚的不怕穿鞋的，大不了要头一颗要命一条，反正他现在什么都没有了，更没必要屈尊把自己撂到这么个脏乱差的农村……作为曾经冰刀厂的二世祖，梁萧有说干就干的魄力，想法一出现，他已经转身打算回去了，可脚还没来得及迈开，就被一个身材格外高大的胖子拦住了去路。

"叔你放心吧，人我一定给你照顾好。你是梁萧吧？"大汉口音极重，开口便问愣了梁萧。

"你是？"

"陶三杰是我叔爷，我叫陶金山，你叫我金山就行。你的行李就这些？给我吧，车在外头等着呢。"

陶金山？这名字能再土些吗？梁萧哼了一声，躲开了陶金山的大手："我不是梁萧，我是来这边转车的，现在就走。"

"你就别糊弄我了，我们这站站小，下趟车要后半夜到。再说了，我见过你照片，长得好看的小子，错不了。这是你钱包吧，叔爷嘱咐我替你收着，等他那边官司有眉目了再让你回去。"梁萧一个没防备，钱包已经从行李里被单拎出来，进了陶金山的口袋……

梁萧傻眼了，傻眼过后气得蹿起了老高："我包里有十万块现金，卡里还有，你这样随便拿走别人东西，少一分都要去蹲大牢。"他高声骂着，那个叫陶金山的大汉却依旧一脸的乐呵呵："叔爷说了，你身上现在只有出门前他给你的一千块，走吧，这几天雪大，马上就要大雪封山了，再不走，路就更难走了。"

财产金额被扒个底儿掉的梁萧又羞又气，想还手，再看陶金山那个块头，更气了："说了我不是梁萧，你听不懂中国话是怎么的，喂！喂！"就这么一路叫嚷着追出去，等看清外面的情景时，梁萧彻底傻眼了，"你说的车不会就是这个吧……"

"就是这个，漂亮吧，在我们村排得上豪车前三。愣着干啥，上车！"说着，陶金山不由分说地把人扛上了车，自己则摸出根带弯的铁棒走到车头，插进去一顿猛转，一阵突突响后，梁萧坐在启动起来的拖拉机上，被震得怀疑人生。拖拉机，能叫车？

……

"让我下去，我要回去！"风大，雪大，压根儿没听见他在说啥的陶金山跳上车，介绍起了自己的家："我们村叫榆杨村，背靠大山，有山有湖有树林……"

"我要……杰叔……我要买票……回……回……"

"我们这里虽然比不上城里，但有意思的东西也不少，现在湖面结冰，晴天可以滑冰。夏天还能进山打猎，不过山里有狼，叔爷嘱咐不让你进山。以后你要有事找我叔爷就和我说，每月初三镇上能打电话，你有什么事可以在初三打给杰叔。"

"啥？"手机被收走抵债的梁萧惊身坐起，"你不是有电话吗？"

"这个啊。"陶金山戳戳怀里的大哥大，"借的，已经没电了。"

就那破电话还是借的！梁萧气得快断气了，这会儿的他已经对未来不抱什么希望了，只盼着杰叔快点找到证据，帮自己把被夺走的东西拿回来。

梁萧是个货真价实的二世祖，家里有个建厂几十年的冰刀厂，如果没意外，自己的房产存款是足够他快活到老的……他望着天，可惜，这一切全都没了，就在几天前，他最好的朋友胖猴设计把他的厂子、房子以及所有东西都骗走了，亏他那么信任他……梁萧越想越怨念，看着身旁高低起伏的山脉，心里一阵又一阵的委屈。

他是下午一点下的火车，等拖拉机最终停下，周围的天色已经黑了。梁萧扶着车沿，看着面前亮着白炽灯的院落，再看看比较起来明显暗得多的邻居，心里稍稍好过了那么一点点。

"叔爷说城里都不用灯泡了，我娘怕你不习惯，特地让我去买的。乡下地方，不比你们城里，冷得很，赶紧进屋。东边那间亮灯的就是你的，那间屋干净些，不像我屋，之前养过猪。"

"养猪赚钱吗？"提鼻闻闻确定没什么猪味的梁萧跳下车，随口问道。陶金山没心没肺地报了个数，丝毫没察觉梁萧在龇牙——就这，还不够他一顿饭钱呢，不过想想还是算了，人在屋檐下，不得不低头。

梁萧对陶金山所谓的干净房间并没太多指望，事到如今他也认命了，看着那硬邦邦的土炕、即便洒了水踩一脚仍会蹦灰的房间，梁萧酝酿了半天情绪，就在准备把那个"谢"字说出口的时候，脚突然被什么东西撞了一下，软软的，长着毛。他低下头，一声尖叫再抑制不住地从嗓子眼里钻了出来："啊啊啊啊啊啊啊啊！"

"怎么了？怎么了？"正在隔壁和自己老娘交代事情的陶金山

闻声冲了进来，看着窜到炕角的梁萧问。梁萧瞪着眼，以一个金鸡独立的站姿缩在那里，哆哆嗦嗦地指着地上："鸡，鸡鸡鸡鸡鸡鸡！有鸡！"

"你说这个？"被说蒙了的陶金山弯腰抱起地上那团毛茸茸的东西，举高了问梁萧，"你怕鸡？"

"拿走拿走！"梁萧对鸡一直有阴影，见状差点呼吸暂停了。

"怎么了？怎么了？"一模一样的话再次传来，不过这次说话的不是陶金山，而是一个弯腰驼背的老太太。老太太一脸褶子，看看梁萧，又看看陶金山，"怎么了？"

"妈，就说别弄这个，赶紧把鸡放窝里吧。"

"是你叔爷说城里头兴什么宠物，我这不是想着抱只鸡来让娃开心开心嘛。"老太太委屈的解释非但没换来梁萧的理解，反而让他更生气了。

"宠物养猫养狗，没有养鸡的！快拿走！"臭死了不说，就那鸡嘴，万一啄伤自己，多少钱也赔不了！梁萧屏住呼吸，仿佛多喘口气就要被鸡啄到似的。见他这么害怕，嘴笨的陶金山和老太太再不敢多说一句，抱起鸡出去了。隔着一道门帘，梁萧瘫坐在炕上，瞧把他吓得，手都抠伤了！

门外，陶金山懊恼的声音传来："明天把鸡杀了吧，正好招待客人。"一顿鸡就是招待客人了？他嗤了一声，突然觉得哪里不对劲，屁股怎么这么疼？

"我去，这么烫你想烤死谁啊！"从小没睡过土炕的梁萧再次尖叫着召回了陶家两母子。

山里的雪似乎比山外还大，扑簌簌的雪花落在窗棂上，很快掩住大半的窗户，窗子里，一个城里人因为炕太热的问题不住指摘着那家乡下人。然而事情发展到这儿并没结束，可以烧死人的炕，吃了会塞牙的饭菜，丢出去还会自己跑进屋的鸡鸭鹅狗，就差猪……这里的一切都让梁萧极度不适应，但最让他受不了的还是厕所。

晚上八点，没吃几口饭的梁萧肚子疼，知道是怎么回事的陶金山把他领进院，指着角落处一个散发着难以名状气味的小房子说那就是厕所。

"What？？你让我在这里解决？"

陶金山被他的气势吓得结巴了："我家后头有地，要……要不你去那儿，我帮你看着？"

梁萧狠狠瞪了他一眼："你以为是在演《智取威虎山》？"

"什么威虎山？梁萧，你不上了？"

这厕所，没法上！

打定主意的梁萧冲进屋里，一把带上房门，现在天是黑了，等明天，天一亮，他就走，这地方他是待不下去了！隔着一道房门，陶金山和他那个丑了巴叽的老娘不停地劝着自己，可他去意已决，人是走定了！

"说啥都没用！你们什么都不用说了！"

下午翻出来的行李再一一丢回包里，梁萧骂骂咧咧地抓起一件外套，正往回丢的时候，一个本子从衣服堆里被带了出来。他愣了一下，捡起来一看，原来是老梁生前的笔记本，素色的封面上，老梁笔迹刚劲地写着"飞龙冰刀，中国骄傲"八个字。

这八个字是老梁开始做冰刀时，有次全国冰雪器具展销会上，大会授予飞龙冰刀的评语。梁萧看着边角都被磨白的本子，顿了一下，把本子扔在地上："就他们厂的冰刀？还骄傲？笑死人了。"三两下敛好行李，梁萧蹦上火炕，他要好好睡觉，养精蓄锐，明天好走人。然而一夜过后，梁萧的锐也没蓄起来多少。

"这炕是人睡的吗？又热又硬！"第二天，天没亮的时候，一夜没睡的梁萧便拎着包溜出了房，原本他还想去隔壁把钱拿回来，可在门口站了一下，和昨天那只鸡对视一眼，梁萧就放弃了。

门外，雪还在下，细白的雪花落在地上，不过一夜已经积了厚厚一层。梁萧蹑手蹑脚悄声出门，慢慢消失在陶家门前那条窄道上，至于陶金山之前说的大雪封山的事，早叫他扔脑后了。

兴冲冲地上路，可没多一会儿，站在一处山口的梁萧却犯了难："我怎么不记得这里有两条路了？"就在他不知道该怎么办的时候，一团人影闯进了梁萧的视线，是个小孩，"喂，小孩儿，和你打听个事。"

小孩显然没想到会在这儿碰见人，定定地看了他几秒后怯怯地问："你是谁啊？"

"你别管我是谁，我问你，去乡里坐车该走哪条路？"

"乡里，你说火车吗？"

"对对对。"

"以前两条都行，不过现在得走这条。"小孩回头朝左边一指，"你得先去镇上，镇上有大巴，大巴带你去车站。"

"还得坐大巴？"一想到自己被"洗劫"的钱包，梁萧的胸口闷闷的。忽然，他察觉到哪里不对，"你是从那条路过来的？"

他指着另外一条路："那条路通哪里？"

"那条路也通镇上，不过你不能走。"

"我为什么不能走？"梁萧顿时嗅到这里头的猫腻。

"走那边要进山过湖，而且里面有狼。"

"狼？"连鸡都怕的梁萧对狼的感觉自不必说了，他吞了口口水，"那你怎么敢走？"

"我有这个。"说着，小孩衣襟一撩，掏出副冰刀。

梁萧眉头一皱，要知道他最烦的就是这玩意儿，滑这个又不见得快多少，他有手有脚靠走也能到。打定主意的梁萧拢好衣襟准备上路。也就是转身的工夫，一阵北风呜咽着吹过来，他忽然闻到一股熟悉的味道，是"money"的味道！他回头看看小孩的腰，那里果然露着一张十块钱，想想待会儿坐大巴也要钱，梁萧动起了歪心思。

"那个，哎呀！"

他演技浮夸地倒在地上，假装摔倒，嘴里边配合着"哎哟哎哟"地叫唤。"逼真"的演技果然引来了小孩的注意，他凑过来，紧张地问梁萧："大哥哥，你没事吧？"

"我这样像没事吗？你怎么不看着点，说抬手就抬手，把我带摔了。"

……

"哎呀，疼疼疼……肯定是崴着脚了，我脚有旧伤，这下铁定废了。"

小孩子不说话，梁萧的心里也暗暗打鼓，不会是农村孩子不好骗吧，就在他紧张于自己的演技时，那个小孩说话了："那……那怎么办？"

怎么办？赔钱呗，十块钱就够。雪窝里的梁萧撇撇嘴，感叹自己一个堂堂富二代居然有天也会为十块钱扯谎，耳边忽然传来窸窣声响。他好奇地抬头去看，却发现那个小孩居然在卸自己身上的冰刀。

"你……你干吗？"

小孩不作声，直到把身上的外套都脱下来披到梁萧身上这才说话："马上就要大雪封山了，你披着衣服等我，我去村里叫人。冰刀有点沉，放这儿，你帮我看着。"说着，小孩跑了，留下梁萧一个人在风中凌乱。

没看错，那张十块钱也夹在小孩的袄子里一并留给了他。那是钱哎，有这么傻的人吗？有那么一刻，梁萧差点良心发现叫住小孩。可又一瞬，胖猴他们算计自己的那幕席卷了脑海，弱肉强食，天经地义，他没想算计谁，还是被算计了，所以现在就别怪他了。下定决心，梁萧从地上爬起来："怪只怪你自己傻吧！"

虽然是上午，天却阴沉沉的，不过一会儿工夫，方才还清晰的路段已经被雪盖住了大半，梁萧走了几步，回头看着小孩留在地上的那双速滑刀，犹豫了几秒，折回去拿起来。他不是要穿，那么小他也穿不进，留着不过是为了防身用罢了。梁萧撇撇嘴，缩紧脖子钻进风雪里。

❄ 冰刀小知识

　　冰刀的种类按使用领域不同主要有速滑刀、短道速滑刀、花滑刀和球刀几种。这里说的速滑指的是大道速滑，球刀指冰球刀。这几种刀有各自的特点，专业的速滑刀有跋拉板，便于运动员在收脚时冰刀依旧可以保持同冰面的接触，从而提高滑行速度；花滑刀后面有明显的鞋跟，刀头处有锯齿形处理，方便运动员进行点冰等动作；球刀及冰球用刀，刀相对其他几种冰刀更短，前后呈弧形，这种处理能使运动员保持极高的运动灵活性；而短道速滑刀刀鞋间距会比速滑刀大些。

第二章　不高兴

终于，在太阳开始西移时赶到了镇上。看见大巴车的那刻，梁萧激动得差点哭了。

可等到了地方，他傻眼了。"这破车一张票要三十？"梁萧指着车身生锈、窗玻璃也坏了好几块的大巴车，瞪大了眼睛，"抢啊？！"

售票员是个英年发福的姑娘，圆圆的脸用条绿色的围巾裹住，听了梁萧的话，泰山般横在车门前："破车？就咱这里路，再好的车跑三天也这样。再说就你这行头也不像拿不出三十的人啊？犯得着在这儿和我们讲价吗？"

"往里走往里走，别往回来了，就坐那儿，对，就那儿。来来来，泉山镇直达新乡的走这边，三十一位啦三十一位，客满即走，不满十分钟后发车。"哄乘客像哄猪的售票员从后排折回来，这才正儿八经地看向梁萧，"你这衣服我见过，叫什么阿比巴丝吧？国际品牌，我们家隔壁婶子给他儿子买了一套，花了八十。买得起八十的衣服出不起三十的车票钱？你蒙谁呢？行，真想坐车也行，拿衣服抵票钱，怎么样？"她磕齐手里的钱，斜眼打量着梁萧的衣服，边打量边摇头，"花样虽然土了点，给我宝财哥穿也凑合。"

土？梁萧气得快吐血了，这家伙不识货不说，居然说他的限量款羽绒服土？！他娘的，就这套要上万呢！

"坐不坐你自己想吧。"

风更大了，梁萧站在车旁，使劲咬着嘴唇。算了，不就一件衣服，下定决心的他咬着牙开口："行，不过有个条件，衣服拿去抵车票，但要等到站再给你，天太冷了……"

就在那个"冷"字出口时，梁萧突然愤愤地打了个寒战，眼睛充满恐惧地看向车旁的一个地方，一个人站在那儿，正兜着衣服点烟。是胖猴表弟！他怎么在这儿？不会是来找自己的吧？

"哎，你还坐不坐车了？"胖丫头惋惜地目送着梁萧跑开，长叹了一声，那衣服也没那么土的。

胖猴表弟就是来找自己的！

梁萧躲在一棵老松后头，眼睛紧盯着服务厅门前的那几个人，他们居然把自己的身份信息写在黑板上——梁萧，男，身份证号××××××××，欠债×××元，特征……

梁萧握紧拳头，指甲入肉他都不知道，他只知道一件事，他得回去，哪怕那是个连冲水马桶都没有的地方。

出了小镇，雪更大了，路被雪染白，踩一脚就是一个深深的雪窝，然而，就是这么难走的路，梁萧却再不敢抱怨，他怕了。但他不知道，一件更可怕的事马上就要发生了，等他折回去的时候，来时的路已经彻底被雪掩埋，剩下的只有那条据说有狼的路……

现代社会，狼都是待在动物园的吧，看着无从下脚的积雪道路，梁萧在心里默念了几遍阿弥陀佛，扭头朝山里走去。

山里比外头暖和，雪也浅，走在路上的梁萧渐渐放下了畏惧，盘算着天黑前铁定能到榆杨村。就这么自信满满地走了一会儿，原本不宽的隘口猛地开朗起来，看着面前那个一眼望不到边的湖面，梁萧突然意识到一个问题——同样的距离之所以走这条更快，是不是因为他们有冰刀，用滑的啊……

越想越觉得是这么回事，梁萧傻眼了，他望着一看就刺溜滑的冰面，盘算着这会儿再折回原路还来不来得及。头顶，乌云翻卷，陶金山说的那场封山大雪似乎就要来了，梁萧站在湖边，那一刻真后悔没听他们的话。可这会儿后悔根本来不及了，没办法，他只能硬着头皮向冰上走去。

身上，小男孩的冰鞋左右磕碰，发出金属的铮铮声，梁萧捏着刀刃，心想这鞋要是43码的他也能凑合着用用啊！头顶，乌云越压越低，像是要把整个山坳扣住似的，风也更大了，透过袖管领口钻进身体，梁萧拼命裹紧衣服，也阻止不了体温快速降低，终于，当他快走到湖边时，严重失温的梁萧终于倒在了冰面上。

奇怪的是，天似乎在那刻变得明亮起来，远处，老梁微笑着朝他走来，这么久没见，老梁变潮不少，居然戴了美瞳，还是绿颜色的，对着他发出了"嗷呜"的叫声，梁萧望着"老梁"，打了个激灵。他想爬起来，可身体却半分力气也使不出来。

梁萧，叫你作，这下要喂狼了吧……已经没气力懊悔的梁萧慢慢闭上眼，迷糊中，隐隐有个声音快速朝自己靠了过来。

嗖……嗖……好难听的声音……

梁萧再次醒来，是在陶家的热炕头上。

梁萧看着盖在身上那床土得掉渣的红绿花被，刚想皱眉就听见陶金山放炮似的声音在耳边炸开——"妈，梁萧醒了！"

"别急着宣传行不？给口水喝先！"人没叫住，梁萧只得自己起身，抬手时就瞧见了自己被包扎成粽子的手……

"不舒服吗？郝大夫给你看过了，除了个别冻伤其他没什么大问题啊，还是有没查到的地方，漏查了？"

"你家冻伤先冻屁股啊。"回过神的梁萧沉着脸摁住被陶金山掀起来的被角，"渴了，水。"

"哦哦。"

"是你救了我？"接过陶金山匆忙端来的水，梁萧喝了一口，舔舔舌头。

"不是，不是，是党生，他说在路上瞧见了你，带着我们去找的你。梁萧，知道村里条件不比城里，你克服几天，等天好些我给你装个能冲水的厕所，我都打听好了……"

"冲水？手动冲吗？"梁萧嗤了声，打断了陶金山的话，"反正我也待不了几天，将就将就吧。"

镇上的那幕已经让他明白了一件事，现在，除了榆杨村，恐怕整个东北都没有能容得下他的地方了。算了，卧薪尝胆，就当是在这里修行吧。

以为自己做足了心理建设，可到见真章时，梁萧依然怯场了。接下来的半天里，城里人不会上厕所的消息迅速在这座小村里传开了，爱看热闹的小孩都跑到陶家，看这个城里人在茅坑外来来回回地练冲刺——冲进去，退回来；再冲，再退。梁萧自己也要疯了。最后，实在看不下去了，陶大娘拎着菜刀进到院里，冲儿子喊："你把他带地里去啊，那里没味儿！"

"梁萧，不用不好意思，让金山帮你望风，拉完回来吃鸡。"

梁萧心想：大娘，你嗓门小点说不定我真能好意思点！

最终，实在憋不住的梁萧拉着陶金山逃也似的奔出院。骂归骂，终于找到地儿蹲坑的梁萧总算不那么难受了，冰天雪地的村头，他蹲在雪里，屁股被风吹得凉飕飕的，面前的陶金山像山一样遮挡住他。

"对了，"想起什么的梁萧挪了挪腿，"找到我时我身上有件外套……"

"那是党生的，他已经拿回去了，还有冰刀和衣服里的十块钱，全都在，没少。"

陶金山乐呵呵说着，没发现身后的梁萧在撇嘴——真当他是个傻子了！明细都列这么清楚！哪里傻！梁萧越想越觉得自己才是那个傻子，气呼呼地提起裤子。

陶家，陶婶蹲在院里哐哐磨刀，听见门声笑眯眯地抬头："拉完了梁萧？晚上咱吃小鸡炖蘑菇，行不？"

脸角都在发烧的梁萧不想搭理这位百无禁忌的大妈，扫了眼被绑在地上的鸡便逃也似的朝屋里跑去。鸡是之前那只宠物鸡，想想自己一路来受的那些窝囊气，他边走边说："炖烂点！"那只鸡不知是不是听懂他说的了，鸡冠子剧烈一抖。

梁萧是真的不习惯农村的风俗，好比现在来说吧，去拉个屎的工夫，陶家就来了好些人。

"城里的路真像书上说的能走十辆驴车吗？"

"二十辆都能走。"

"真的吗？"

"当然……"梁萧懒洋洋地扫了一眼问话的那个小豆丁，胡说八道起来，"城里的路是金子铺的。知道我这身衣服多少钱吗？"卖票的胖丫头不识货是因为她不懂，如今他可要和这群农村娃娃好好科普科普什么是名牌，什么是高端！

兴致起来的梁萧站起身，也顾不上手还缠着厚厚的绷带，扯着衣服抖了抖："你们都猜不到，哎哎，看哪儿呢！"被他一吼，几个小孩勉为其难地把注意力重新投在梁萧的衣服上。

"不知道，不过，哥哥，你这衣服干活时会不会不方便，这根带子多容易缠到柴火上……"

"这个鞋也不行，容易脏。还有，这是啥，怎么坏了？"

眼见着七嘴八舌的小孩直接把他限量鞋上的装饰物抠了下来，梁萧快气疯了！

"那是AJ典藏！配件好几百呢！"

"哎鸡是啥鸡？咋那么贵？"小孩们你看看我、我看看你，纷纷摇头。

"AJ，AJ，没文化！"梁萧跺着脚，努力想解释清什么是AJ的时候，一个声音从炕上传了过来："哥哥你是做冰刀的啊，这么厉害！"

这句话一出，那些被梁萧强行抓在身边的小孩顿时挣开他，朝炕上冲去，他们围着那本被他丢在陶家的笔记本，叽叽喳喳，声音之大，简直要把房顶掀了。乡下人就是乡下人，喜欢的东西也这么土气……

梁萧不想再对牛弹琴，掀起门帘出了房间，然而对门也没比这边好多少，大嗓门的陶金山正絮叨地和邻居介绍梁萧，见他出来，赶忙热情招手："梁萧，过来聊聊啊！"

梁萧：呵呵，拒聊。

抛下两屋子的老老小小，他走进院子，陶婶还在磨刀，她不用水，直接拿成捧的雪往刀刃擤。

"饿了吧，马上好，这刀好长时间不用，锈了。"陶婶扬起皱巴巴的面庞朝他笑。梁萧撇撇嘴，收回眼望天出神，杀鸡的刀好久没用，这家是多久没吃鸡了。天地那么宽，却盛不完梁萧的失落和孤独：这地方怎么就没个能和自己聊到一块的人呢？

"咯咯咯咯咯咯嗒。"

就在这时，手边忽然传来声音，他低头一看，又是那只鸡！红冠鸡感受到他的嫌弃，脑袋瞬间耷拉下去，一双眼睛委屈地望向他，连叫声也从开始的连续鸣叫变成了后来的"咯咯……嗒……咯咯……嗒……"

　　……

　　"你们这里没有肯德基、麦当劳吧？烤鸡、盐水鸡、童子鸡也没吧？那些鸡比什么小鸡炖蘑菇好吃多了！"他声音不大不小，说话时眼睛不禁朝鸡的方向溜去，那只鸡就好像真听得懂他在说什么，居然在抖。弱肉强食，胆小的就活该被吃掉！梁萧鼻子出气，哼了一声。

　　"磨不快就别磨了，我讨厌吃鸡，留着下蛋吧。"虽然鸡蛋他也不怎么喜欢。

　　看着他远去的背影，陶婶纠结着放下刀："孩儿啊，这是公鸡，下不了蛋啊……"

　　扑通一声，一只脚进门的梁萧摔了一跤。

　　再不情愿，梁萧还是在榆杨村住了下来，哪怕床还是那张能把他后背烤熟的土炕，哪怕每天的荒野厕所依旧考验屁股的耐受力，他却没再发一句牢骚，只有一件事真的让他烦躁——和村民毫无共同话题。他喜欢的名牌在他们眼里是连累干活的残次衣服，他们喜欢的鸡鸭鹅狗猪在他这是根本不能发家致富的无聊项目。

　　大雪封山一周，梁萧崩溃了一周。这天清早，喝了口粥的梁萧学着陶金山之前的样子，抓了把瓜子站在院门口，指望邻居家能出点什么新鲜事让他打发下辰光。那只因为他一句话留下一命的红冠秃尾鸡不知从哪儿钻出来，站在边上盯着他手里的瓜子瞧。

　　"瞧什么瞧，滚远点，臭死了。"梁萧扬着眉毛瞪向秃毛鸡。本以为会怕的公鸡却半点走的意思都没有，只那么盯盯望着他。

　　"老子干吗和只鸡计较！"梁萧别过脸，手朝空中一抛，"给你两个，滚吧。一只鸡活得那么倔，毛病啊？"

　　一跃咬住瓜子的公鸡像没听见他说的话一样，吃了瓜子居然凑过来对着他的腿蹭了两下。

"起开，滚蛋，听见没？我真踢你了！嘿，你把小爷的话当狗放屁是吧！"一句一句说着狠话的梁萧怎么也想不到，几分钟后，他和一只丑了巴叽的公鸡坐在一起，他嗑瓜子它吃瓢。

"要不是老子太无聊才不会理你！"骂骂咧咧的梁萧说着又扔了颗瓜子仁在地上，"哪天老子馋了照吃你不误。"

太阳远远地待在云层之上，几个小孩提着冰刀朝这边走来。梁萧看了一眼又皱眉：怎么又是这玩意？他最讨厌的冰刀却是这个村的孩子们最喜欢的物件，没有之一。

"他们是去村后耍冰的。"院里干活的陶金山没头没脑的一句话换来了梁萧又一声冷哼。他啊，对这玩意才没兴趣呢！就算是憋死了，他也不会去什么冰场找乐子！

然而没几天，梁萧就违背了自己曾经发过的誓言，两天后，陶金山非要带他去找什么乐子，梁萧哪知道他是带自己去听一个瞎眼睛老头讲什么黄皮子的故事啊，听没几句，梁萧吓得直接尿遁了。刚好那家离村头不远，没跑几步他就看见坡下百米不到的地方，一块冰面上，几个小孩在那儿你追我赶，有个笑得很大声的没发现前面的坑，直接跌了一跤，滚出去好远。

"笨死。"梁萧看着看着，心绪慢慢平稳下来，手探进口袋摸出包香烟，磕出一支，点燃。

"咳咳。"

咳嗽声顿时惊动了冰面上的人，有个没大没小的直接指着他喊："是陶大娘家的那个怕厕所的哥哥！"

小屁孩！臊得脸红的梁萧掩着脸打算撤，冷不丁见一个长得比豆芽高不了多少的小孩跑了过来，举着冰刀对他说："哥哥，你要玩吗？"梁萧怔怔地看着那副模样熟悉的冰刀，半晌愤愤地扭过头："谁要玩这么土气的东西？"

他是气着离开的，路上刚好撞见来找他的陶金山，陶金山见他一脸不高兴，以为是几个孩子惹他了，对其中一个小孩说："二狗，你们不许欺负梁萧，他是咱们村的客人！"

被点名的二狗有些委屈，他是过来送东西的，没欺负梁萧。

"金山叔，这是他掉的，我只是问他想不想玩冰，没欺负人。"

陶金山看着手里那个冰刀挂件，迷茫的眼睛终于亮了起来，他知道该给梁萧找点什么事干了！

"看孩子？"晚饭时候，梁萧坐在炕沿上，大爷般端着饭碗，听了陶金山的话，白眼直接上了天，"你把我当什么？保姆吗？不好意思，本少爷没那么闲。"

"不让你白干，那些孩子爹妈说了，看一天，一块钱。一个孩子一块钱！"见梁萧在那儿冷哼，陶金山赶忙补充，"我拉一车煤也就十块钱。"

"你赚十块不代表我就该赚十块，别拿我和你比。"梁萧看着陶金山谄媚般递来的钱，脑子里浮现出那几个一脸高原红的小娃娃和他们手里的冰刀，内心实打实地挣扎了好一会儿，才说，"行吧，但我有个条件，工资日结。"

他是真的讨厌冰刀，也真受够了现在这种整天无所事事的日子！还有，别以为他看不出这钱是谁出的，既然姓陶的想当傻子，他配合他演场戏就是了，毕竟钱么，谁不要谁傻子！

第三章　成长

约定的保姆生涯是从第二天开始的，难得出门，竟是个晴天，下了几天的雪停了，天高而透明，梁萧打发了陶金山，雄赳赳气昂昂地带着几个孩子朝村头走去。

"你们系统地学过滑冰吗？"

"系统就是……套路，按照一定的套路学习。套路也不懂？就是……"

"没有啊，也是，滑成那样如果是学过的，估计你们老师都要找面墙撞死。"

"说那么多，就跟你学过似的。"

"当然！"梁萧抿抿唇，口是心非道，"就算没有，懂的也比你们多。"

"我爸说你家里有个好大的冰刀厂？"有个头发稀疏的孩子看不惯他高高在上的模样，故意问。

提到冰场，梁萧的脸色果然不像先前那么自在了，他抿抿嘴，说了句"还行吧"，便不再多说。

他的反应全被一个叫二毛的家伙看在眼里，二毛嘴巴一噘，发出一声嗤响：不是金山叔嘱咐，我才不想和他一起呢！

很快到了冰场，冰面上的风凛冽如刀一般割在脸上，让梁萧忍不住扯了扯帽檐。

"你们怎么想起滑这鬼东西了？"

"我们冬天上学要从山里那片大湖过去，滑冰最快。就是你差点被狼吃了的那个湖。"一个叫二狗子的小男孩天真地眨着眼睛。

"……我敢从那片湖上过，我就笃定我不会被狼吃。"

"可是我爸说党生带人找到你的时候，你都不省人事了。"

"你爸注意点说话，小心我告他诽谤！知道什么是诽谤不？就是让你赔把你家房子卖了都不够赔的那么多的钱！"梁萧狠叨叨的语气当即吓傻了二狗子，小孩哇地哭出了声。

这下二毛看不下去了："你一个大人欺负我们小孩羞不羞？金山叔也是傻，花钱哄一个坏人。我妈说了，你家以前是开冰刀厂的，厂子是被你败没的，你爸也是被你气死的，你就是个一无是处的败家子。"

咣啷一声，场边的折叠椅被掀翻了，梁萧瞪着眼，脸色通红。

看他这样二毛反而高兴，得意洋洋地继续说："不想听就快走，我爸说了，换作他是金山叔，就算再大的恩情也不帮你这种人！"

什么恩情什么帮？让他睡火炕吃猪食看小屁孩叫什么帮？一个乡下地方的小屁孩什么都不懂就在这里瞎说？是真当他落魄到揍一个小孩也不敢了吗？

梁萧的脸一阵红一阵白，就在二毛以为这家伙要暴走的时候，梁萧笑了，突然间虹销雨霁，好像刚才挨骂的人不是他似的拿起凳子，坐在上面，二郎腿跷高："我就欺负小孩怎么了，我爸都是被我气死的，我还有什么不敢干的。陶金山帮我，那是他自己愿意，怎么？不乐意了，想老子走？告诉你，老子就算是个二世祖也没不劳而获的习惯，收了钱，就得把你们看好了，滑冰！"

随着一声喝，梁萧歪躺在椅子上，悠闲地看着那些傻眼的孩子，不是斗吗，他斗不赢胖猴，还斗不赢几个孩子了？大人的气势的确不是几个孩子比得了的，他这么一吼，真镇住了二毛，等他回神想说点什么的时候，回头一看却发现自己那群小伙伴真就乖乖上了冰。

……

二毛是几个孩子里年纪最大的，也是几个孩子的头头，哪里甘心就这么就范？可事到如今除了"听话"上冰，他也没有其他选择，毕竟才来滑了两天的新手小花这会儿已经在冰上扑腾了。

"小花，别急，等我教你！"

他动作不慢，可也正是因为这份急，二毛没看见地上的小坑，眼看要到地方了，自己也摔了个狗啃泥。

"哎哟！"二毛眯着眼，才想叫唤，突然觉得哪里不对，手边什么东西软软的，再一看，自己居然把小花带倒了。

"小花！"他赶忙爬起来道歉，可回应他的却是一声比什么都响的哭声："哇！"

"我……我不是故意的……我……"

"没事了，没事了。"就在二毛急得不知所措的时候，一个温柔的带点大尾巴狼味道的声音传来，睁眼一瞧，正是在那儿贼兮兮笑着的梁萧。二毛的脸当即黑了。

"何花，你妈让你跟着我。"

何花回应得也格外利落，直接抱紧梁萧的脖子扭头给了二毛一个沉默的后脑勺。

……

起风了，起伏的冰面上，没穿冰鞋的梁萧慢慢向前，一手一边拉着何花慢慢向前，本来还有些怕的小姑娘跟着他试探着迈步，很快就忘了方才差点被摔成四瓣的屁股，不知不觉间竟滑了好远。梁萧不光护着她，还不时指点她如何用力，用心的样子让原本对他有些戒心的几个孩子纷纷朝他靠了过去。

"叔叔，你懂滑冰？"一个身穿军绿袄的男孩跟在旁边问，他是去年上的小学，可每次去学校，在冰上总是摔跤。

梁萧边拉着何花向前，边分神扫了男孩脚下一眼："叫哥哥。收脚太急容易摔跤。"

"党生也说我收脚急，可我总是忍不住。"

"数到三再收脚。"

数数？男孩低下头："一——二——三……是这样吗？"

"再慢点，一——二——三……现在对了。"

得到指点顿时滑得稳多了，小男孩开心地叫了起来："回头我要和党生比比，叔叔，你是不是学过滑冰啊？"

那边正试着放手的梁萧闻声一滞，眼睛恍了下神后放空的思绪迅速回笼："没学过，比较天才而已。"梁萧的话配上他的确熟练的技术，立刻引来身边一片赞叹，离他们有段距离的二毛也听到了。

"二毛，他好像挺懂滑冰的，要不咱们也过去？"一直跟着二毛的二狗出声问道。

"要去你去！"二毛没好气地看着梁萧受人追捧，自己只能孤零零地站在那里看着别人热闹。自己明明才是这里的头儿，什么时候轮到一个没出息的大少爷说了算了？二毛越想越不甘，脱了鞋扭头走了。北风呜咽，在冰面上忙活的梁萧看着二毛离去的背影，嘴角一牵，小屁孩就是小屁孩。

就这么热火朝天地"玩"了一个钟头，梁萧出了一身汗，人也累了。

"行了，你们滑，有不懂的地方过来问我就行。"他得去歇歇了。梁萧喘着气，跟跄着往场外走，头一抬竟发现二毛站在不远处似笑非笑地看着自己。

"用嘴教有什么效果，人家指导都是亲身下场的。"

......

"梁萧哥他只会指导，自己不会滑。"短短半日不到的工夫，小花已经化身梁萧的头号迷妹，听见二毛找碴，头一个站出来为他辩护。

"他说啥你都信。"二毛切了一声，眼睛一眨不眨地盯紧梁萧。他的眼神里充满了对梁萧的敌意和洞悉，那一刻，牛脾气的梁萧也不禁心慌了一下，挪开眼，不去看那个死孩子。

"我没冰刀。"

"我有。"早有准备的二毛笑了一下，随手从怀里掏出副冰刀，那冰刀比他自己的大许多，是把成人冰刀。他拿在手里掂了掂，递给梁萧，"光说不练假把式，怎么样，滑一个给我们看看？还是说你不敢，速滑天才？"

"速滑天才"这四个字出口的瞬间，梁萧的眼眸也肉眼可见地紧缩了一下。已经很久没听人这么叫过他了，梁萧眼眸一沉，声音不觉弱了几分："不知道你在说什么。"

"别走啊，堂堂速滑天才还怕滑冰吗？还是说有什么原因你不想我们知道？"

"让开。"

"不让！"二毛针锋相对地堵住梁萧的去路，摆明了今天不搞点事情誓不罢休的架势。

"梁萧，你为什么来我们村，为什么不碰冰刀，原因你敢告诉大家吗？你们几个，不想被教坏就过来。"见众人还是一动不动，二毛只好使出撒手锏了。

"我爸都和我说了，你妈是被你害死的，所以你才不敢碰冰刀，你爸也是被你气死的，你来我们村是为了躲债，你就是个不折不扣的大坏蛋！别以为离开大城市到了这里就能随便骗人，我是不会让你带坏我们的！"

二毛的声音一声比一声响，吓得何花当时就哭了出来，边哭边说："你说什么呢，二毛哥，梁萧哥是好人……"

"你见过哪个好人好好的城里不待躲村里来的？就是这个人，当初市里被称作速滑天才的家伙，从来不把任何事放在心上，参加个比赛居然忘了带冰刀，非让他妈回去取，结果……"

"闭嘴！"梁萧大吼一声，震得二毛愣在那里，气势连带着弱了几分。

"敢做不敢让人说了……"

"哥哥……"小花巴巴地看着他，希望梁萧能解释一句，可梁萧除了冷着脸站在那儿，硬是没说一句话。他没什么好说的。

北风起，顺着敞开的衣缝钻进身体，冷得很。二毛摇着冰刀在身后教育同伴的声音不时传来，梁萧迈着步子，一步一步往回走，脑子里反复回响那句"是他害死了他妈"，他讨厌滑冰，更讨厌做冰刀的老梁，因为每次看到这些，他就总想起出事那天。

远山的雪拉扯出波澜的轮廓，放眼望去，山像一大一小两个人，像儿时的他和妈妈。

梁萧再待不下去，转身走了。

步子踩过雪地，发出咯吱的声音，梁萧听着身后不时传来的笑声，心越发沉闷，刚好这时，迎面走来一个人，抬头一看竟是陶金山。梁萧停住脚，一眨不眨地看着他："我家对你有恩？"

"啥？"突如其来的一句话问愣了陶金山，人高马大的汉子杵在那儿，半天才反应过来他在说什么，直愣愣地点点头："我哥生病，梁叔借了我们家救命钱。"

要的就是这句话，梁萧哼出一声，手朝后一指："那小子骂你恩人，你看着办。"

不是说农村人朴实、知恩图报吗，他倒要看看这陶家人会对他这个救命恩人怎么个知恩图报法。丢下这句话，梁萧就扬长走人了。

这些天，已经不知道是第几回生出离开这里的想法了。

梁萧把行李箱搬上炕，开合的声音惊醒了在墙角瞌睡的公鸡，公鸡伸着脖子跳上箱子，踩住一件衣服，正叠衣服的梁萧伸手无情一扫："让开。"

"狗狗狗！"大公鸡示威似的回应几声，声音居然像在叫狗。

"不想我走？"梁萧又气又笑，打鸡的手竟然放缓速度，改打为摸，他摸了一下大公鸡，"不想也没用，村里人知道我干过的那些事，不会想我留下的，还是你想跟我一起……"

话说一半，大公鸡扑棱一声从箱子上蹦了下去，躲远了。

……

窗外飘起了雪，小院里很快传来了脚步声，陶金山回来了。梁萧顿住手，坐回炕上，好整以暇地等着来人兴师问罪。他都想好了，无论陶金山知不知道自己先前那些所作所为，就凭自己刚才那个态度，人家肯定是要赶人的。然而，梁萧怎么也没想到进来的会是一个鼻青脸肿的陶金山。

"你怎么了？和人打架了？"

"梁萧，你放心，我已经教训过二毛爹了，以后再有人敢胡说八道，我还是那句话，先问我的拳头！"陶金山一副憨样，直接看傻了梁萧，刚才那些个杂七杂八的想法到了这会儿全没了，脑子里剩下的念头只有——"陶金山你没事吧？"

脸都肿了……

陶金山嘶了一声，顶着两排大白牙躲开了梁萧的手："他伤得比我还重。"

"你们农村不是很注意邻里关系吗？"这次把人打了以后还能愉快相处吗？梁萧咬着后槽牙，头回开始担心别人的事。别看他从小长在城里，可有关农村这些邻里关系的事他还是知道的。

"不用担心。"见他一脸忧心忡忡的样子，陶金山傻乎乎地露出牙齿，"你妈的事我知道，所以你只管踏实在这儿待着，别人要是说了什么你只管告诉我。"

他知道？

"你知道什么？"此刻的梁萧内心很是纠结，他既希望有人能知道当初的事，又觉得即便知道也改变不了什么。

"就是……就是……总之不管怎样，踏实在这儿待着！谁一辈子不犯个错？我也犯过错，比你这个还大的错！"

"能比'害死'一个人罪名还大？"梁萧挑着眉，话音慢慢低沉下去。

"我……我杀过人！"

梁萧手一顿，有些意外地回头去看，四目对视了几秒，他笑着放下手里的东西："有人告诉过你你不适合撒谎吗，陶金山。"

陶金山的脸红得像猴屁股。

"我……"

"我想知道老梁到底帮了你什么忙？"可以让一个农村汉子无条件地为一个外乡人出头……

"……当初饥荒，爹妈带着俺和俺哥差点饿死，是梁叔救了我们。"

"他给你们钱了？"

陶金山摇摇头，边摇头边拿手比画了个大饼的模样："叔给了一块这么大的饼。"

梁萧瞧着他手比画出来的这么大，感觉一串省略号正从头顶飞过。这么大？真的好大啊！以为是欠了家里多大恩情的梁萧有些泄气，手又一次伸向了行李。

他一动陶金山急了，赶忙过来拉他。

"都说了不许你走！"

"我一个浑身毛病的公子哥，留下只会给你们惹事。"

"谁说你浑身毛病了……"

"那你说说我有什么优点？"

……

说不出来了吧，看着哑巴似的陶金山，梁萧嗤笑一声，别说外人了，连他自己也找不着身上还有什么优点在。

"鸡！"就在梁萧摆烂地收拾起行李的时候，陶金山忽然抓过地上的鸡，高高举起，"这只鸡不是因为你早被我妈杀了！梁萧，我承认你这人毛病是不少，但我知道你骨子里是个善良的人，就是心智不成熟，不懂事不会说话罢了。"

谢谢啊……梁萧嘴角一抽，手却慢慢撒开了行李箱，什么少年意气，现实就是哪怕他有再多的骄傲，除了榆杨村，这会儿他还真没处可去。

"陶金山，明天早上我不想在饭桌上看到肉了，腻得慌。"趁着陶金山愣神的时候，梁萧盖上了行李箱。从那一刻起，梁萧的眼里多了些不一样的东西，或者是种可以叫作成长的东西吧。他不想再无所事事下去了，他琢磨着该找点事情做。可让一个城里娃娃在农村干一番事出来，过程的崎岖可想而知。在接下来的几天里，陶家因为梁萧的这种成长付出了鸡飞狗跳的代价——好心给陶家砍柴的梁萧误把村主任家的桃树砍了，惹来一群人上门找碴，为了帮势单力孤的陶金山，梁萧错把陶婶的嫁妆花瓶拿来当了武器，花瓶碎了……

那种鸡飞蛋打的感觉梁萧没法形容，偏他做得再出格陶家母子都一副全然包容的模样，这就更加让他不好受了。活是不能干了，梁萧开始每天把自己关在家里，看电视，斗鸡，发呆。

第四章　逆鳞

这一天，梁萧依旧在院子里发呆，冷不丁觉得有谁在门外偷看。

"谁！"以为是村主任儿子又来找碴的梁萧揣起团雪就往门外跑，一出门竟看见那天在冰场的几个孩子。

"你们干吗来了……"

"哥哥，听说你家是做冰刀的，我冰刀坏了，能帮我修修吗？"

修你妹，不知道老子最烦看见这东西吗？梁萧沉着脸，冷不丁瞧见那个孩子手里的冰刀，戏谑的眼神忽然变得复杂起来。那是他们厂的刀，老梁在时做的最后一款刀，他沉着脸默了几秒，丢下声"不会"，转身回屋。他讨厌冰刀，更加不想去碰那款飞龙冰刀。

湛蓝的天空下，门帘在二狗面前摆来荡去，眼泪在他眼眶里打转：金山叔明明说梁萧哥哥是好人，好人怎么这么凶！啊！嘤嘤嘤……

"狗子，怎么了？"说曹操曹操到，陶金山拎着劈柴回来了。见苦主来了，二狗哭唧唧地把事情的原委学了一遍。

"这样啊？"陶憨憨挠挠头，忽然想到一个能给梁萧找点事做的法子，"东西给我吧。"他笑眯眯地朝二狗勾勾手。

"梁萧，梁萧！"陶金山进门喊梁萧。

"叫魂呢，这么响！"随着一声半是吐槽的呵斥，梁萧摇摇晃晃地从西屋踱出来，眼眸一垂，忽然定格在陶金山的手上。

见他发现了，陶金山也不藏着掖着，举高冰刀就说："狗子家条件一般，冰鞋坏了也没钱换新的，眼瞅开春上学，还有几天走冰上学的日子，我就自作主张拿回来了，你有空……"

"没空。"没等陶金山把话说完，眼神已经变冷的梁萧便从他面前走了过去，边走边一字一顿，"别自以为是我什么人，我想做什么不想做什么轮不到你来指挥。"

完全不懂他为什么情绪变化会如此大的陶金山愣在当处，半晌才回过神，他勉强挤出个笑容："我没想指挥你，我只是觉得有点事做比……"

"不好意思，我现在也有事做，我在等城里的官司，一旦打赢了我就离开这个鬼地方，离那些自以为是的人远点！"

像是为了让陶金山相信自己是认真的，一只脚已经迈进西屋的梁萧又去而复返，他站在陶金山面前，表情严肃地用鼻尖对着他，伸手拿过他手里的东西，轻轻一抛，丢在地上……

厚重的刀刃跌在地上，发出吭的一声，有什么东西磕掉了，飞到不知道哪个角落里，梁萧看着陶金山，眉头微动："想管别人前先管好你自己吧。"

……

得，先前那个知书达理、傲娇又懂事的梁萧没了，留下的仅是让陶金山诧异的梁萧。

"梁萧，我只是……"

"你只是请别带上我。"

丢下这句话，梁萧转身进了房间，很快，东屋里响起了电视声，中央一套在播抗日剧，打仗的炮火声被梁萧调到最大，好像在冲他说：你接着说，说了我也听不见……

他就是想给他找点事做……

高高的日光落进屋里，留下一片晦暗的光亮，高大的东北汉子头回觉得胸口堵得慌，他看着地上的冰刀，走过去，捡起来，来回摩挲着刀刃，好在套着护刃，不然摔坏了刀他真不知道怎么和狗子交代了。

日头渐大，起风了，在仓房里归拢完柴火的陶婶抱着半捧柴进来，抬腿就照蹲在地上找东西的儿子踹了一脚："趴地上干吗呢？"

"没干吗……妈你做饭时帮我看看灶里有没有螺丝之类的配件吧……"他找半天都没找着。

因为冰刀的事，梁萧整整把自己关在西屋里一个下午，等到晚上，一直喊他吃饭的陶金山和陶婶都没了动静，尿急的梁萧这才出了西屋。

暮色中的村落亮起斑驳的灯火，坠在阴沉的天幕上像极了老人昏黄的眼睛，梁萧一路飞奔，速战速决，等提着裤子回屋的时候，人还是冻得跺脚，正要回屋暖和的工夫，他忽然愣愣地看着地上。陶金山这是拆鞋呢？隔着一臂距离远，二狗子的那双冰刀正可怜巴巴地躺在地上，线头飞了一地，再瞧梁萧的眼角正在抽抽……

东屋的电视开着，里头正在播命案专访，随着话音，梁萧的脑海里放电影似的闪着画面———一身破旧工布衣的老梁站在机器前，举着把刀喜滋滋地端详，他就像个旁观者似的站在边上看，忽然老梁转过身，对他高举那把冰刀说："儿子，成了。"

成个屁，梁萧厌恶地"哼"了一声，扭头进了东屋，电视里的画面还在继续，可演了什么他却半点不知道，这会儿他满脑子都是一个念头———他不喜欢冰刀，他讨厌冰刀，所以修冰刀什么的，见鬼去吧！

嘴里骂骂咧咧，耳朵也没闲着，从他走后一道门帘之外的厨房里，叮叮当当的响声就没断过，梁萧听了半天，忍无可忍："有完没完？不能安静会儿？"

他冲出门外，看着被那只鸡啄得越发混乱的冰鞋，脸黑成一团。

"成心找炖吗？"

现在怎么办？家里就他一个人，地上的冰刀坏了，难不成等会儿等陶金山他们回来，自己要和他们解释说是鸡弄的？谁又能信？梁萧骂骂咧咧地瞪着鸡，鸡也瞪着他，最后大眼瞪小眼之后，鸡往旁边一蹦，屁颠颠地开始看梁萧修冰刀。

"奶奶的，以后就叫你炖蘑菇得了，再惹祸就把你炖了。"梁萧捻着线头，眼睛嫌弃地打量起手上的刀，二狗子这刀根本没坏，就是刀磨损得太厉害……他端平刀口，眼睛顺着刀刃的方向径直看去，"这刀，磨起来也麻烦得很！也是，就那块破冰怎么养得出好刀？"梁萧边缝线边想着心事，不知不觉间发现自己竟然在考虑找台浇冰车过来给这帮熊孩子开开眼了。

"真是，傻气会传染！我也叫这帮农村人给传染了！"他骂骂咧咧，眼睛不觉朝窗外看去，奇怪，天都要黑了，陶家这两人到底去哪儿了。

他哪儿知道，这会儿的陶家母子正在村头一户房子里，焦急地听着电话。原本是想打给陶家杰再了解了解梁萧的习惯爱好，没想到接电话的会是另外一个人。

"你是谁？你……你把我叔爷怎么了？"

"大山，是我。"

"你是……翔子？你声音咋这样了？叔爷呢？吓了我一跳，寻思叔爷出事了呢。"

翔子是杰叔的儿子，和陶金山之间差着辈儿，但两个人年纪相仿，平时说起话来也都直呼其名的。一提杰叔，电话那头像是被什么东西哽住似的，半晌才有声音："我爸让人撞了。人现在在医院……"

撞了？陶金山懵懵地看着老娘。

"叔爷现在怎么样？"

"还在ICU……大山，你不给我来电话我也要给你打，梁萧成年了，他的事情以后我爸不会管，还有你家，之前他去是我爸托付的，我爸现在这样，我也不可能再拿钱去养他，回头你让他走吧。"

"啊？"陶金山傻眼了，一时间不知该说些什么。

"你还有事吗？没事的话我先挂了，要去照顾我爸。"嘟的一声，对方挂了电话。

陶金山呆站在那儿，后知后觉地发现，电话的主人马大爷不知什么时候凑到了跟前，见他看过来，舔舔嘴说："咋？那边不管梁萧？"

陶金山："没有！"

"哦。"马叔点着头，表情却是一副"你骗鬼呢"的样子。

……

屋外不知什么时候又阴了天，青灰色的云低低地悬在头顶，压得人喘不过气，眼见着又是一场大雪，等会儿怎么面对梁萧，他也好，他妈也好，都没想好。

他哪儿知道，在家久久等不来他们的梁萧这会儿已走在村路上，他早从村民那里听来了有关杰叔的事……归程的路再不像来时那么趾高气扬，梁萧的脑子里想的也不再是怎么给自己修了那双冰鞋找理由，他这会儿寻思的全是杰叔的车祸。那绝不是一场意外，单纯的意外不会让翔子说出什么不管他的话，而且他分明记得离家前胖猴对杰叔的威胁——多管闲事？杰叔就是因为管了他的事惹来这场无妄之灾……

越想，脚下的步子就越跟跄，出村的那条道上的雪比村里厚，走了没几步他一个脚深，栽倒在地上。雪冰冰凉地贴着脸，化成水，顺着领口流进衣服里。梁萧躺在地上，隐隐看见老梁和另外一个人朝自己走来，那人穿件蓝呢大衣，领口围着圈碎格丝巾，长发盘成髻轻轻拢在脑后，他看着那人，鼻子一酸："妈，你咋才来啊，你不管我了吗？妈！"

"妈在呢，妈在呢！"梁妈快步走过来，一把将人搂在怀里，妈妈的怀抱真暖啊，还带着淡淡的香，梁萧闻着闻着，嘴角露出一抹难以抑制的笑容。这会儿要是死了，未免不是件坏事，至少能见到他妈了。

雪冰冷地贴着脸颊，梁萧慢慢回过神，踉跄着爬起来往回走，他要回去收拾东西了，虽然自己没有多大骨气，至少自知之明还是有的，一旦杰叔那边的生活费断掉，陶家人就不可能留他了吧……

十分钟后，梁萧看着死死按住行李的陶金山，眼里充满了讶异："你不要我走？"

"你走了能去哪儿？"

梁萧看看他，又看看门外看热闹的村民，笑了一下继续低头抢行李，总之不能留在这儿，当他看不出陶金山这番话是为着围观这些人做的面子工程吗？

"我不想再在这儿待下去了，我是城里人，这里太破太脏太乱，吃得差，厕所也没有，所以不用摆出那副想拯救我的样子，你们这样的人想救我，再修八辈子都不能。"最平静的口气说着最恶毒的话，人高马大的陶金山站在老娘后头，嘴巴一开一合："梁萧，你……"

"我怎么？是觉得我不会说这种话吗？翔子不是说了吗？他不会再给你们钱，我留下带不给你们什么，所以别装了，我走就是了。"

"梁萧，你这话有良心吗？我们是图那钱吗？！"

梁萧笑了："我说过我有良心吗？"

"你！"

"金山叔，你把我的冰刀修好了？"

　　针锋相对的时候，一个声音传来，二狗子站在门口，手捧着冰刀，一脸惊喜地看着陶金山，那边正生气的人像是发现了什么，奓毛的头发顿时捋顺了。

　　"不是我修的。"

　　"那是谁修的？"陶金山不说话，手却早在梁萧忙着尴尬的时候拿过了行李，"反正不许走。"

　　……

　　梁萧最终还是没争过陶金山，憋屈加受了凉，他一下就病倒了，接下来的几天一直躺在床上。陶婶和陶金山也有意避开他似的，每天做好饭就找不见人了，整个院子空荡荡的，只有不灭的炉火和不见肉星的炒青菜煨在锅里。

　　就这么委顿了几天，那场几乎要了他半条命的病总算好了，梁萧又开始折腾起他那些家当。他带来的东西不多，房子被封那会儿根本没给他足够的时间取想取的东西，带在身边的除了几件当初花了高价买来的如今却已经旧了的衣服，就剩些离了网就形同摆设的电玩和智能手机。

　　他叠好那件羽绒外套，掏出事先写好的纸条和衣服放在一起，虽然是男款，但陶金山身材比他高大，倒是陶婶日常就穿件破了的棉袄，这羽绒服足够暖，给陶婶留下，电玩不给这里的孩子了，小孩子要以学业为重，陶金山为了他的事借了马大爷家的大哥大两次，这玩意就留给他抵电话费吧，还有……

　　梁萧一件件地理，越理越皱眉，怎么算都觉得还不上这段日子的花销，他不喜欢欠别人的。

　　不知不觉，窗外飘来一道暗影，几乎遮住了整面窗子。梁萧在黑漆漆的屋子里愣了一秒，疑惑地走出房间，门外有动静，像有人在那里。

"陶金山？"他叫了一声，并没人应。

"陶婶？"他又叫了一声，还是没人应。

梁萧想起了在镇上碰到过的那些追债的，一种毛毛的感觉袭上心头。他紧了紧拳头，眼睛在不大的堂屋里扫了圈，抄起把饭勺，挑开了棉帘。他是不想欠别人的，可债主真的上门，他也只能考虑自己先跑了。然而决心已下，站在院里的梁萧却愣住了。

才下过雪的院子里，雪和土混杂出来的灰色土地上，不知被谁摆了三根树杈，树杈两短一长，摆在一起，成个箭头的模样，是要他跟着箭头走吗？真想抓他不用这么装神弄鬼，可如果不是那群人，又是谁搞这些？梁萧边寻思，步子不自觉地跟着箭头指的方向走出了院子。

路是被人踩出来的土路，来来往往足印不断，看不出是什么人做的，他跟着箭头先出了院子，又往右一转来到陶家的侧翼，箭头还在继续，一路向前，隔几步就有一个。

是谁这么……

梁萧吐着槽，脚猛地收住，箭头绕了一圈竟回到了陶家大院的左翼，那里现在乌泱泱站了好些人，有陶婶，有啪嗒啪嗒抽着烟袋的马大爷，还有牵着二狗子朝他笑眯眯的老爷爷……

"你们这是？"

"连衣服都给了我们，是真打算冻死在外面吗？"

一道声音突然从身后传来，梁萧一回头，那件本来被他打包在家里的羽绒外套兜头罩到了身上，陶金山动作生硬地替他扯上拉链，满脸都写着不满。

"你？"

"我什么我？我和妈省了这几天的肉钱，又让大家帮忙盖了这个，估计还是不如你们城里的方便，但也花了我们好些钱，你不留下用我们钱就白花了。"

梁萧顺着陶金山手指的方向朝人扎堆的地方一看，彻底傻了眼。陶家的墙外头不知什么时候多了个小房子，簇新的水泥夹在砖缝间，二狗一手拽着房子的门，一手抹掉鼻涕，嘿嘿朝他笑着，在他身后那扇门里，一个他只在好多年前才见过的蹲便安静地待在那儿——他们给他弄了个厕所！

第五章 天赋

"你们这是……"

"我儿子在城里，金山特意问他要的样子和材料，费了好几天工夫给你整的，小子以后可不兴再作妖了。"马大爷叼着烟袋佝偻着背，笑意从眼角纹里源源不断地溢出来。

他们不是假装挽留的自己吗？村里不是早有人看不惯他这个城里人了吗？为什么？

"为什么对我这么好？为……为什么啊？我脾……脾气……气不好，还瞧……瞧不起你们，我还……还没……没钱，你们图……图什么啊？"梁萧鼻子发酸，忍了半天才没出息地抹了下眼睛。

陶婶走过去，一把将人揽进了怀里："啥也不图，就图你好好的，咱们梁萧是个好孩子，以后你有条件了我不管，现在遇着困难了，婶子这里就是你的家！"

梁萧哭得更伤心了："傻不傻啊？我哪值得你们这样啊？！"

陶婶抱他抱得更用力了，天上飘起了雪，顺着领口钻进脖颈，梁萧低了低头，整个人缩在陶婶怀里，那温暖的感觉像极了妈妈，曾经，妈妈对他也是这样没有条件地包容。

"对……对不起！对不起啊！"一声对不起算是让梁萧彻底在榆

杨村里扎下了根。

　　说实话，陶家人的做法，梁萧还是有点不理解，但有一点他清楚，想留在村里，自己真的不能再像之前那么混吃等死了。不混吃等死就得找点事干，只是梁萧能干的事真的让他别扭了好一阵。因为修好了二狗子的冰刀，村里的孩子都过来找他修冰刀。看着堆满在身边的那些刀，梁萧想再说自己不喜欢这玩意也是矫情了。别扭了一阵，他起身朝外走："你们要修的不是刀，是冰。"

　　所谓速滑，不光对冰刀有着很高的要求，对速滑的冰面同样有着极高的要求，水的杂质率要低，浇冰的水也不能是冰水。

　　"得是纯净的温水，这样浇出来的冰在延展性和平滑度上才能满足专业速滑的要求。"梁萧蹲在那块冰场旁，瞧着起起伏伏、坑洼不平的冰面，脑子里毫无思路。

　　"梁萧哥，饮水机出来的水是不是干净的？"

　　梁萧"哼"了一声，饮水机出来的水自然比现在村里的水强，可话说回来，拿饮用水铺冰能把机器累坏不说，他们现在也没机器啊……

　　"二毛家有！"

　　二毛？他嚼了口草茎，脑海里浮现起那张瞧一眼就知道是刺头的脸，说起来，那个被他一个回合就KO的小屁孩似乎好久都没在眼前出现过了。净水器？为了一个不可能完成的铺冰任务让他去见那小屁孩，做梦呢吧？梁萧才不干呢。

　　铺冰的事一时没辙，年关却眼瞧就在眼前了。这天中午，陶婶去邻居家传授窗花剪样，陶金山开着拖拉机去了镇上，家里就剩梁萧一个人。在家待着无聊，梁萧又往村头溜达，几天没出来，北风将村头的草茎又吹断了不少，稀稀拉拉的草秆间，那片冰就那么安安静静地立在远处,梁萧走着走着,人蓦地停住了。

呼呼北风里,一个人正在冰面上奔跑、摆臂,瞧那样子,竟有几分受过专业训练的样子。

"二毛?"

二毛闻声一愣,见是他居然腿一抬,脱了冰刀。

这小子,究竟哪儿来这么大气?越发好奇的梁萧索性其他地方都不去了,就在回村的路上等他,等人走近了,他"喂"了一声:"练过?"

二毛白了他一眼:"要你管?"

"姿势不赖,就是换道动作不熟。"

像二毛这种犟人梁萧不要太熟,对付他们,激将法最管用,果然,话才说完二毛就停住了脚,不大的眼睛死死盯着他,那眼神像在说:"敢说我不熟?"

梁萧笑了:"就是不熟,不光不熟,速度也有待提高。"

"你!"二毛不服气地想要争辩,冷不防从村里突然传来一声暴喝——"二毛!"

二毛打个激灵,再不敢多留,扭头就走,可走出去没几步又折了回来。

怎么了?梁萧看着他,一脸的蒙,没等弄清情况,手里突然被塞了个东西,一瞧居然是二毛的冰刀。

"让金山叔帮我拿着,丢了我和你拼命!"毛都没长齐的少年发起狠别提多虚张声势了,梁萧想嘲笑两句,琢磨怎么说的工夫,二毛就跑没影了。

"这人……"梁萧瞧着坡上的野草,又瞧瞧手里的刀,居然又是飞龙牌的,老梁的冰刀销路这么好吗,弄得整个村里几乎全是他的刀?梁萧皱着眉站在那儿,风一吹,像是一座雕像。

晚饭时候，陶金山回来，梁萧装作没事人似的把刀交给人家，随口问了嘴二毛的事。

陶金山抱着柴火往灶台里丢，轮廓随着火光拉扯出变幻而坚毅的线条："他爸不喜欢他学滑冰，觉得耽误学习。"

"他不会是想做职业选手吧？"来村里这么久，这个村子的情况梁萧也知道个大概，因为孩子们上学的学校离这片湖近，为了节省时间，入冬后孩子们都走冰上学，真是那样，二毛爹不该这么反对吧？

陶金山捏着通条，一下下扒拉着灶炉，正要点头，棉帘外突然传来声音。

"金山叔在吗？"

是二毛？梁萧没想到这孩子这么早就来了，朝陶金山使个眼色，自己提着冰刀进了院子。院心里，月亮干净地洒下一地白，照在少年身上，有点疏离感。梁萧原本想打趣他几句，等看清他脸上的泪痕，到了嘴边的话顿时咽了回去。

"哭了？"

"谁哭了！"见出来的是他，二毛赶紧侧过身，手在脸上狠蹭两下。

"左边再擦擦，你几天没洗脸了，印子很明显啊。"

……

"因为你爸不让你滑冰？"

"说了不要你管！"二毛气急败坏地伸手去抓梁萧手里的冰刀，结果自然是没能如愿，"你！"

"你的刀坏了。"梁萧甩甩手中的刀，"我给你修好了，冲着这个该不该谢谢我？"

"……我爸说你得过速滑冠军，可你不喜欢滑冰，你滑冰就是为了耍帅。"

呃……好端端干吗说这个？

"你就是因为这个才……"

"我去过你们城里。"

梁萧想说二毛是为了这个讨厌他，不想却被二毛一句话茬带到了另一个故事。

二毛是在镇上的学校读书，比起交通闭塞的村里，镇上的世界让他一度眼花缭乱。他爸从小没读过什么书，却格外重视二毛的教育，用他爸的话说，农村娃娃想走出去都要靠读书。他也的确把老爸的话听进去了，但不管怎么努力成绩也不见提升，可说来也怪，二毛文化课不行，体育上却有着不一般的天赋。这天赋在他入学后没多久就被班主任发现，还因为这个把他带去了城里，参加了一个市级的运动会。

"我们村早前也滑冰，不过用的不是这种，是那种骨头、木板甚至皮毛做的，那些我都滑过，唯独不知道还有踩在刀片上滑的冰刀。"说起往事，年纪不大的孩子难得多了份老成，"所以我第一次见，都不知道这是什么东西。刚好就那次，我碰见了梁伯伯，他在体育馆里让人试刀，那刀太快了，我直接看呆了。估计因为样子太傻气，所以才被梁伯伯发现的。梁伯伯是个特别好的人，他看出我好奇就把我叫了过去，问我是不是喜欢。我连那是什么都不知道咋说喜欢不喜欢啊？可那些哥哥姐姐在冰上奔跑的样子太好看了，我也不知道自己是怎么了，就点了头。"

"然后我爸……"梁萧一咬舌头，"我是说老梁就让你上冰试了，然后发现你是个天才就送了你冰鞋？"想想这的确是老梁能干出的事。原本笃定的事，没想到二毛却摇了摇头。

"我才穿上就摔了个狗啃屎，一步没滑出去不说还把梁伯伯的刀弄坏了。"

……

他那态度，二毛看在眼里，有些不满："梁伯伯的刀很结实，是我赶巧了。"

"行吧，您继续。"

二毛翻了个白眼，表情一沉，再次陷入回忆之中："真是凑巧，可梁伯伯不那么想，他当即叫来了人，把我脚上的鞋拿走，还拍拍我的肩说要谢谢我。我以为他就是随口一说，没想到几个月后，梁伯伯就给我寄来了现在这副刀，还有几盘滑冰比赛的录影带，我求了老师好久，他才让我用了学校的影碟机，也是那时，我才知道大道速滑、短道速滑还有奥运会。我也不知道怎么回事，脑子里突然有了个想法，我想做一名专业的速滑选手。"

"是不是还想参加奥运会呢？"后面的话梁萧替他说了。

有时候梁萧真怀疑他爸上辈子是不是做传销的，遇上个娃娃就能让他带到滑冰这条道上呢！

"是！"二毛固执地挺直腰杆，"因为梁伯伯说他有个天才儿子，以后肯定能成世界冠军的，就你这样，当得了冠军？"二毛的声音极高，吼得梁萧恍惚了，他知道老梁支持自己滑冰，但他从来不知道他对自己还有着这层希望，世界冠军，太遥远了……

"我现在的情况想夺冠肯定是不行了，如果你想，我可以帮你。"谁的童年都有一个英雄梦，梁萧现在终于能坦荡地承认，他曾经也想去碰一碰"世界冠军"这四个字的。

"你认真的？"二毛看着梁萧的手，声音有些结巴，"可俺爹要……要我好好读书，他说滑冰根本滑不出个名堂。"

"胡扯。"如果说成为冠军，为国争光不算名堂，那这世上就再没什么可以称之为名堂的了！

"给我句痛快话，想不想滑冰？"

认识他这么久，梁萧在二毛心里一直是吊儿郎当的公子哥形象，说起话总是扬着腔调，这会儿他用这么平静的语调问他，二毛不习惯之余又感觉到了前所未有的隆重。夜色如水般席卷上了村庄，瘦瘦小小的少年紧咬着嘴唇，慢慢吐出四个字来："我想滑冰。"

"我想滑冰！"

"我想滑冰！"

接连三声高喊穿过山林，飞进村庄，穿过远山，那瞬间，梁萧觉得有股力量在使劲儿敲打着他的胸膛，眼眶不知怎的就有些酸了。

"是你怂恿我娃玩什么滑冰的？"

两个人意气风发的声音惊动了出来寻儿子的二毛爹，那句"我想滑冰"也刚好叫他听了去，二毛爹的脸色难看到了极点，冲过来就要打人。

"你要干什么？"猫在屋里偷听的陶金山见动静不对，赶忙冲了出来。

"金山你别管！我和他娘辛辛苦苦，勒紧裤腰带就是想让他有出息，考个好大学，这倒好，你招回来的败家子撺掇俺儿滑冰，滑冰能当饭吃吗？能吗？"

"怎么不能？"

"能？我叫你能！"伴随着一声大喝，梁萧手一空，手上的冰刀随即被二毛爹掼在了地上。这还不算，气红眼的他眼睛一垂，看见了撕扯间掉落在地上的书，那本老梁留下的笔记。

"滑冰，滑冰，我要你妖言惑众！"他捡起来，把本子一撕两半！

空气在那一瞬间凝固住了。

梁萧看着碎在他手中的本子，有一刹那甚至不知道该说什么，整个脑子都是空的，甚至连生气的感觉都没有。倒是陶金山第一个反应过来，冲过去夺下本子大喊："你干什么！这是梁萧他爸留给他的！"

"他自找的！告诉你，以后离我娃远点！"扔下句狠话，二毛爹牵着儿子走了。

"回去回去，有什么好看的。"陶婶站在门口，轰着凑热闹的邻居。

"我没事，婶子。"反正不过是一时的心血来潮而已……他定定地看着地上的本子，觉得有什么东西重压着胸口。

为了修二毛的冰刀才翻出来的笔记就这么碎了，也不知道是不是连老天爷都在说他不是干这行的料。他弯腰捡起本子，雪污了的那块隐约露出四个字——中国冰刀。老梁的梦想看样子是没实现的机会了，至少在他这里是那样的。

二毛的事像把利刃，把梁萧原本有些生机的生活瞬间刺回了原形，从那天开始，他又恢复了晚起晚睡的养猪生活，直到大年三十这天清早，拥有全村唯一一台大哥大的马大爷拿着他的电话来了陶家，杰叔醒了，给梁萧打来了电话。

听见杰叔声音的那刻，梁萧眼泪都要出来了，隔了好久才喊出声："叔……"

"臭小子，你是不是以为你杰叔我这次死定了？"

"祸害遗千年，你还有的活！"

"没大没小。咳咳。"杰叔咳了两声，声音骤然低了下去，像有什么东西遮住了话筒似的。梁萧隐约听见另一个声音在那头催着杰叔快挂电话，梁萧知道那是翔子。

"叔，你身体才好，别多说话了，有什么话咱们以后再聊……叔？"

"臭小子，你早懂些事多好。"

"……我是怕不懂事把你气死了你儿子找我拼命。"

嘴硬的结果换来了杰叔一串笑声："臭小子，这回我信你是梁萧了。梁萧，你杰叔身子骨不如当年了，不过再躺一阵应该能接着弄之前的事，你好好在村子里待着，官司的事有我，另外金山说你打算教村里的孩子们滑冰，叔打算找点东西支持你一下。"

"不用了叔。"杰叔怕是不知道二毛家的事吧……梁萧闷着声音打断了他，现在的确不用了，他再碰冰，这村子估计就真容不下他了。正说着，院里突然传来了哭喊声，梁萧拿着电话望了一眼，愣住了，是二毛爸？还朝这儿来了？

"叔，我有事，挂了。"

"我没再招你儿子。"梁萧担心再给陶家惹麻烦，主动招认。

"二毛……二毛丢了……"

"啥？"

"我把家里他那些滑冰的物件砸了，娃娃今早不知道什么时候就找不着了……"说着说着，面庞黝黑的汉子呜呜哭了起来。

"哭什么，赶紧找人啊！"

本该是一年里最热闹的一天，因为不见了个孩子，榆杨村的年味跟着打了折扣。

梁萧一路走来，遇到几拨寻人的队伍，沿着村边转了圈，也没见人。

"这小子会去哪儿呢？"梁萧急得跺脚，忽然，一个念头在脑子里浮现出来——城里，那小子说不准是去城里了！

离村的路就一条，有着充分离家出走经验的梁萧很快上了路，走了没一会儿就证实了他的想法，二毛的脚印就在地上刻着呢，那小子就是出村了。

臭小子，等逮到他有他好看的。

冰冷的感觉透过毛衣刺激着皮肤，梁萧冷得牙齿打战，却丝毫不敢放慢脚步，终于，在离村口二里地的地方，他瞧见了坐地上流"马尿"的二毛。

梁萧长出一口气，跟跄地在他身边站定："能耐了是吧，学会离家出走了？什么大不了的事啊，还哭上了？"不说还好，他一说二毛登时便绷不住了，眼泪啪嗒啪嗒地开始往下流，边流还边从怀里掏出来个东西。梁萧一看，傻了。

"你藏我照片干吗？暗恋我吗？"

"呸！别侮辱我偶像！"

梁萧笑了，知道骂人说明人没冻傻，他乜了一眼二毛手里的照片："这人是你偶像啊，你崇拜他不如来崇拜……"一阵眼刀飞来，梁萧没再往下说。

风呜呜地吹过，二毛擤擤鼻子，带着鼻音说："那次试刀的就是他，他说我是个好苗子，让我加油，可是我爸……我爸把他给我的照片还有画给撕了呜呜呜！"

"撕了就离家出走？走还走得不彻底，坐在这儿哭？是等着人来找你吗？别瞪我，我说的不是事实？"

"我脚崴了！还有你有什么资格说我，你不也是被我爸说了一通就放弃了吗？"

"可能因为我没想得那么热爱这项运动吧……"作为躺平型选手，梁萧躺起来驾轻就熟。

"你为什么没那么热爱？"

"你又为什么喜欢？"梁萧的脸上没半点波澜，就像在说一件与他无关的事。

二毛咬咬唇："我就是喜欢，不行啊？"

"那我就是不那么热爱，怎样？"挑刺似的瞟了二毛一眼，梁萧猛地抬起手，对着二毛的胸口捶了一拳，"还不明白吗？世上的事哪有那么多理由，喜欢就干，不喜欢就不干，哪儿来那么多话说？"

"喜欢就干？那也要我爸让我干才行啊！他就希望我好好学习，除了学习其他一切事在他眼里都是不务正业。可我就是喜欢滑冰，你知道吗？当我踩上冰鞋在冰面上奔驰，我感觉下一秒我就能冲出世界！"

噗，没想到一个农村娃娃能说出"世界"这种词，梁萧也是好笑，他摇摇头："这话你和你爸说过吗？"

一提自己那个爹，二毛顿时生怯，嘴里嘟囔："咋没说！可他哪肯听？他学习就差，我妈说了，我这榆木脑袋就是随了他，哪里能学习好？可滑冰不一样，你没见过我爸滑，鄂伦春那种皮毛雪橇，只要他踩上去就跟齐天大圣驾了风似的，别提多快了。"

"所以你觉得你是遗传了你爸？"二毛没再作声。

风呜呜沿着远处的护道白杨穿堂过来，吹得地上嘎嘣嘎嘣的冷，梁萧撑着身子慢慢爬起来，冲着身后的人说："听见了吧，你儿子喜欢滑冰与你也有关。"

冻冰的土路上，二毛爸头顶跑出了一道白檐，结着冰珠挂在发梢上，脸色说不清是红是黑，他大口喘气，看着自己儿子一言不发。

二毛也意识到了什么，回过头，眼底全是慌乱，那模样就是怕他爹再打他。

父子俩谁都不说话，梁萧看看这个，又看看那个，抬脚踹了二毛一下："说话，想说啥现在就说。"言下之意你爸现在没发火，赶紧说，过这村没这店了。

二毛小心翼翼地看了看自己爹的脸色，缩着脖子爬起来："爸，爹，我想滑冰，我喜欢滑冰，我真的喜欢，爹……"

二毛爹没作声，脸却往下沉了沉。二毛咬咬牙："爹，我没什么特长，学习我是真不行，英语一说就咬舌头，数学符号一多我就分不清先后，可滑冰不一样……"

"哪儿不一样？"二毛爹突然开口，跟着剜了自己儿子一眼，一脸的痛心疾首，"你爹我辛辛苦苦送你上学你以为容易吗？说不喜欢就不喜欢了？你说的那个滑冰，是能给你饭吃还是能给你买房？你将来也想跟你这个窝囊爹一样在农村待一辈子吗？"

说到动情处，二毛爹的眼角有些湿润，说话的声音也哽咽了几分："你当你爹供你容易吗？回回不及格，老师让我督促你学习，我哪会那个啊？这年头不读书，就是出去打工都没人愿意要你，爹是不想你走爹的老路。"

二毛爹曾经去南方打过一阵工，可没多久就回了村里，想想前后，二毛隐约察觉到了什么，看向自己爹的眼神里顿时多了层懊悔。

"你小子，不好好学习不说，整天撺掇着往冰上跑，现在还跟你老子玩起离家出走了，你说你，你说你……早知道我当初就不该给你弄那块冰！"

梁萧一直奇怪这种农村地方怎么会有冰场，如今算是懂了，原来是二毛爹给弄的，可见这个当爹的并不像表面那样食古不化，他还是照顾儿子情绪的……

梁萧陷入了沉思，二毛爹那头却已经情绪崩溃，坐在地上捶胸顿足起来："现在还给老子玩起离家出走了！大年三十啊，你妈在家都要急疯了，你知不知道啊？"

他爹哭得伤心，二毛也终于架不住老爹哭泣，几步跑过去，扑通一声跪在了老爹面前："爹，我错了，你别哭，别哭！我以后不这样了。"

"就因为爹撕了你一张照片，你就这么吓唬我啊，你这不是要爹的命吗？"

说着说着，父子俩抱在了一起，二毛爹更是一下一下使劲捶着二毛。

远处传来脚步声，有个后一步赶到的村里人看见父子俩这副模样，哈哈大笑出声："找着就好，二毛这小子，胆子够大，回头让你爹赏你二两炒瓜子！"

旁边的人嫌那人火上浇油，当即给了那人一下。北风呼号中，远山安静地矗立在天边，已经回过神的二毛爸开始帮着儿子骂那些起哄的家伙，凄凄惨惨的寻儿旅程就此落下帷幕。作为最初的当事人之一，梁萧安静地退到一旁，和陶金山一起静静地看那群人嬉闹，那一刻，他头回想起了老梁，还有他妈，他们三个在一起过年，老梁到了年三十回家依旧不忘在家鼓捣冰刀，他妈在厨房做着他最爱吃的鸡翅，好香啊……

梁萧吸下鼻子，手揣进口袋里，用手肘给了陶金山一下："回去吧，饿了。"

"回，回，娘在家等着我们呢，饭做差不多了，咱回去就开饭。"

"瞧你那兴奋样儿，能做啥出奇的东西啊？鸡鸭鱼肉这段时间你少吃了？败家子，我说我不爱吃肉，家里是有矿吗？"

回程的路上，梁萧有一句没一句数落着陶金山，面色如常，微微失落的心情除了自己以外，他并不想别人知道。

"说好了，我不守岁，回头到了晚上你让邻居什么的都小点声，别打扰我睡觉听到没有！我说认真的呢！"

梁萧还是被陶金山连哄带骗地拉着守岁了。说来也怪，榆杨村一入夜连盏稍微明亮的灯都看不到，可到了夜半，烟花四起的时候，梁萧的心里真是前所未有的明亮。

陶婶上了年纪，说了几句话就歪在炕头上打起了瞌睡，陶家的黑白电视难得争气一回，央一的雪花不多，隔着屏幕他都能看出来蔡明老师烫的新发型总共有几道波浪。

梁萧看看四周，不禁一撇嘴，炖蘑菇那个没良心的也不知道过来陪他过个年，不知道跑哪家疯去了，小心真被人炖了蘑菇。就这么边吐槽边看着小品，梁萧不知不觉间就睡着了，朦胧之中他恍惚看见老梁坐在一边，笑眯眯地看着他，口中说："臭小子，你就嘴硬吧。"

他嘴硬什么了？梁萧翻个身留了个背影给老梁，原是不想说话，可终于还是受不住被耳边的鞭炮声感染，唤了声："喂，在那边，吃点好的，还有我妈，照顾好她，听见没有？"

"梁萧，梁萧？"

梁萧听见有人叫他，以为是老梁，不耐烦地挥挥手，不想这一下一巴掌挥到一个粗啦啦的东西上，他吓了一跳，一睁眼便看见陶金山捂着脸。

"我……我打着你了？"

陶金山揉了揉下巴，摇摇头："没事，二毛过来找你。"

二毛？梁萧看着兴冲冲奔进来的二毛，换了个舒服的姿势倚在被摞上："咋，你爸松口了？"

二毛使劲儿点点头，答非所问："你英语咋样？"

"啥意思？"

"我爸说你要是能教我英语，就同意我滑冰。你脸咋黑了，不会是你英语不行吧，你们城里人英语不都挺好的吗？"

梁萧捂着脸摇头，倒不是他英语不好，而是现在的情况不允许，无论是村头的那块冰场还是二毛那双坏了的冰刀，都没法维持最基本的速滑。

听了他的话，二毛就像被霜打了似的，当时就蔫了。

"那怎么办？"

"没关系啊，我还是可以教你英语。"无视掉二毛的参毛，梁萧开口打趣。

二毛爹的转变他早就想到了，而怎么让村里的孩子有最基本的滑冰设施也在梁萧思考的范畴里。不是没考虑过靠手去补救，可尝试了几次都不行，这让他别提多沮丧了。

整个春节，梁萧就是在这种闷闷不乐里度过的，任他怎么都没想到，事情的转折就在正月中旬那几天来了。

那时候梁萧正在屋里纠正发音，榆杨村的娃娃不知随了谁，总把–sion的音发成–sen……

"你妈是不是南方人，平卷舌不分啊你！这个音要这里……"

"梁萧哥，有车！"

嗯，梁萧揪着那个孩子的耳朵，他也听到了，拖拉机嘛。

"金山叔的拖拉机后头拉着的是啥？"

听说是陶金山，梁萧放下笔回头瞧，隔着一道封着塑料布的玻璃窗，陶家那辆农用拖拉机慢吞吞在院门前停靠，车后果然拴着个大家伙，瞧那轮廓……

梁萧觉得自己的心脏都快蹦出身体了，外套都没顾得上穿，就直奔出门去。

他没看错，是辆浇冰车！

"哪儿搞来的？"

"别傻站着了，帮个忙，还有东西要卸。"他那副傻样换来陶金山一串笑声，"叔爷说了，梁萧想干的事他必须支持，村里的娃娃们，人人都有，这是你的。"

看到那些东西时，梁萧的大脑差点死机了，不光有浇冰车，还有冰刀，都是飞龙牌的。

"我们也有吗？"闻讯跟出来的孩子们开始叽叽喳喳。

陶金山笑眯眯地分着东西："每个人都有。鞋码不合适的自己调换，都有你们用的尺码。"分鞋的时候，陶金山没忘记正事，掏出个文件袋递给梁萧，"还有，这是你的。"

等他看到文件袋上"梁萧收"那几个字时，手都抖了。

"叔爷让我捎句话给你——或早或晚，你总是属于那里。"

愣神的时候，远近小院里早有邻居闻声出来看热闹，乍一见这怪模怪样的大家伙都凑到梁萧身边问个不停——

"梁萧，这是个啥德行，轮子咋那小？"

"梁萧，这是拉人的吗？座那么窄，这能坐几个人哪？"

　　"这玩意儿瞧着挺贵吧？"

　　"这是飞龙冰刀产的最好的刀，一副几千块吧。"人生头一回，提到飞龙冰刀的梁萧脸上难掩自豪。

　　"狗子，通知你的小伙伴，下午冰场集合，咱们铺冰，开滑！"

　　"是！"

第六章 大道速滑

温水浇冰，匀速缓行，拿着杰叔手写的说明书，梁萧这个新手总算顺利浇完了冰场。站在那块平整的冰面上，梁萧心里总有种说不清道不明的感觉。

"哥哥，这冰没坑呢！"

"专业浇冰车浇出来的冰不会那么容易出坑。"梁萧望着那冰面，缓缓呼出一口气，"准备运动。"

"什么准备运动？梁萧，比一把！"

比一把？梁萧愣住了，他已经很久没上过冰了，抛开一早对冰面的排斥，这会儿的技术说不定也早就生疏了。

他这副模样换来二毛一阵笑："怎么，不敢比了？是怕输吗？"

"我没刀。"

"你有刀啊，那天拉来那一车冰刀时我看到了，白色的，比我们的鞋大得多，是你的码……"

梁萧脚下一绊，愤愤地本想剜一眼多话的二狗，可是眼神才到位，就发现更加悲催的事了，二狗那小子居然要去给他取刀。

"我自己去吧……"

在一阵口哨声里，梁萧几步走上了进村的小路。身后，风声不断，呼呼地吹打着自己的衣裳，梁萧越走越快，生怕被那些孩子看出自己此刻的仓皇，他真的太久、太久没碰过冰刀了。

陶家在路朝前向左的第四户，没走几步便看见陶金山站在门口，正披着衣服匆忙朝这儿走来，离他不远的身后，栓柱爸脚步同样匆匆地从陶家小院前走开，看两人的神色像是出了什么事一般。

"出什么事了？"

"梁萧……"

"是不是杰叔……"

陶金山摇摇头："栓柱他爸去乡里买东西，碰到几个人在打听你。不过你放心，他想法子把人支开了，但还是担心出岔子，我寻思你先别回家，在外头躲半天，稳妥点。"

真找上门来有什么稳妥可言。梁萧苦笑一下，点点头："去哪儿？"这会儿的他除了客随主便外似乎也没别的什么选择了。

陶金山"嗯"了一声，让他发愁的就是这个"去哪儿"，村子就这么大，人真的来了似乎没有哪个地方……正纠结的工夫，从远处传来一阵嗒嗒的脚步声，随着脚步声，一个脆脆的声音在耳边响起："交给我吧，叔。"

梁萧看了眼苍天，苦笑，这个二毛，腿脚倒是快……

"别误会，我是怕你不敢跟我比，跑了！"

"谢谢啊。"旁边的二狗早把二毛是过来保护他的事悄悄告诉了梁萧，洞悉一切的他既心酸又暖心，借着二毛的话往下说。

"我才没想保护你呢，我就是怕你跑了，快走！走！"说完，他头也不回地跑了。

梁萧笑着跟上，以前他怕被胖猴他们找到，可这会儿，说不上为什么，就算他们此时此刻找上门来，梁萧也不怕了。

二毛把梁萧带去了爱讲黄大仙故事的金爷爷家，看着那个曾经吓坏自己的熟悉院落，梁萧心里默默说了一句"我谢谢你啊"。

他们到时，金爷爷不在家。几个人钻进矮屋，瞬间把房子填了个满当。

梁萧受不了这种大眼瞪小眼的尴尬局面，率先提议："要不陆地训练吧。"

"梁萧哥，那些人为什么要害你？"

不想提什么偏说什么，梁萧发愁地看着好奇宝宝二狗子。

"我听说梁萧哥哥家里那个很大的冰刀厂都被他们坑黄了！"

"那些人真坏！梁萧哥哥你别怕，他们真来了有我们保护你！"

在场一个年纪最小的孩子声音稚气，说到气愤处竟举着双手做了个守护的手势，看得梁萧想把这个话题岔开也不能。

"也不全怪他们，哥哥我以前有段时间不知道在干些什么，稀里糊涂就被人骗了，你们要好好学习，和好人做朋友，离那些坏孩子远些，这样就不会像哥哥这样受骗了。"

语重心长的一番话，梁萧说话的口气和他先前那副玩世不恭的态度简直判若两人，这让刺头二毛都忍不住别扭，他蹭了蹭屁股往炕里挪了挪："你以前滑冰挺行的，后来为什么不滑了？"

为什么不滑了？二毛的问题将梁萧瞬间拉回到那段记忆里去，他妈出事的那天……

那个时候，他和老梁的关系是特别特别好的，像父子，像朋友，还有一层，梁萧觉得他和老梁更像是对父子搭档。

那几年，飞龙冰刀厂先后出了几款不错的刀，梁萧的速滑比赛成绩也是节节攀升，每次比赛，整个赛程他妈都陪着他，他的老爸老梁则潜心扎在厂子里琢磨着怎么提高刀身质量。穿着老梁设计的冰刀登上世界级的领奖台是他和老梁约定好的。

原以为是志向一致的一家人，但其实父子俩都忽视了另外一个人——梁萧的妈妈。

他的妈妈是这个世界上最善良温柔的人，梁萧一度觉得每天有妈妈陪着去参加训练比赛，再穿着老梁设计的冰刀是件极幸福的事，却没意识到热血背后的妈妈已经被忽略好久了。

他不清楚那段时间爸妈之间发生了什么事，只记得出事前妈妈常常背着他吃各种大小的药片。有次起夜，他走到客厅，猛一抬头竟然见到妈妈站在窗边流泪。

他走过去问，妈妈只是说想起去世的姥姥了。当时的他也没在意，事后想想，如果当时他多问一句，多关心一下妈妈，妈妈说不定就不会出事了。之前他还把妈妈的死全怪罪到老梁的头上，其实二毛头回见面时说的是对的，是他害死了他妈，他是害死妈妈的凶手。

那天他记得格外清楚，全市的选拔赛，作为种子选手的他信心满满地站在场外准备上场，要换刀时忽然发现自己带来的刀刀刃出了问题，原本教练那里有备用刀在，可他就是想穿着老梁做的刀上场，拗不过他的梁妈没法子只好回去给他取刀，结果路上就出了事。

事后他才知道自己的老妈得了抑郁症，而他和老梁竟没一个发现的。年幼的他受不了丧母的打击，一度将母亲的死全归咎在老梁对母亲的疏忽上，就这么自我放纵了好些年，直到老梁去世，他把冰刀厂也放纵去了胖猴手里，所以问他为什么突然不滑冰了，答案梁萧是说不出口的。

"滑冰是件让人特别快乐的事，没坚持下去是我的损失，所以如果你们喜欢，就坚持下去。"

"我不知道自己喜不喜欢怎么办？"有个长得干瘦，一头黄毛，明显有些营养不良的小孩从口袋里掏出一块地瓜，才啃一口就被二毛抢走了。

二毛一脸的恨铁不成钢地瞪着对方，将那块地瓜狠塞回他口袋："不喜欢你整天追着让我教你？不喜欢把冰刀还回去！"

一听要还刀，小黄毛当即吓得缩了缩脖子，将怀里的冰刀揣起来，嘴里不满地嘟囔两声，大意说的是二毛霸道。梁萧算看出来了，村里的孩子之所以会接触滑冰，这个二毛功不可没。

"今天如果能顺利过关，咱俩比一场。"

"比就比，谁怕你！"二毛哼了一声，眼睛慢慢移去窗外，"村里人都去帮你打坏蛋了，肯定能过关的。"

"什么？"梁萧愣住了。

"金爷爷也去帮忙了，你不知道啊？"

梁萧彻底呆住了，他不明白，自己何德何能，让这群人这么帮助自己，眼泪不争气地奔出眼眶，趁着没人注意，他赶紧偷偷抹干净。

"咳咳，闲着也是闲着，既然不想做陆地训练那就学英语吧。"

他的提议顿时换来一片唏嘘。

那一天，靠着榆杨村全体村民的配合，胖猴的人总算顺利被忽悠走了。快到傍晚的时候，陶金山过来接梁萧，梁萧抖抖衣裳，忽然回头招呼二毛："二毛，比一场，怎么样？"

村外，冰场。

梁萧低头掂了掂手中的冰刀，44码，2010年飞龙冰刀产的一款改良刀，也是老梁活着时琢磨出来的最后一款品质不错的速滑刀，在这款冰刀之后，飞龙开始走起了下坡路。风沿着耳际飞扬，梁萧握着刀，不知不觉陷入沉思当中，那边二毛把冰刀穿好，正眼巴巴地在等他。

梁萧抬头，目光从手中的刀移到了二毛脸上，终于开始穿刀。一副好刀要完整贴合自己的脚型，玻纤加碳纤的材质能让鞋子通过热塑完美贴合自己的脚型。他套好鞋，手不自觉地提了提跷拉板，老梁之前一直说飞龙产的冰刀在跷拉板那块的设计还可以再改善改善，他当时就盼着自己的老爸能弄出一款震惊中外的冰刀，一门心思鼓励他，也是因为这个，老梁把心思都花在了冰刀上，忽略了老妈。

叹了口气，他把鞋带系好，起身朝冰上走去。脚发力的那刻，风比之前更劲地擦过耳际，那一刻，梁萧的头脑前所未有的清醒，先前在赛道上做过的训练就如同倒放般飞速地从脑海里滑过，周围有什么人他一点不在乎，身子飞也似的冲了出去。

二毛愣了一下，赶忙去追。梁萧跑在前头，上身躬低，两只手大幅在身体两侧做着摆臂，相同的动作二毛也在做，可速度却始终赶不上梁萧。

风并不大，却随着梁萧一圈圈奔跑被带起了韵律，随着他每一次掠过，场边的干草齐齐朝一个方向倒伏过去，轻刷着场边人的脚踝，那里不知什么时候站了好些村民，一直不支持二毛的二毛爹也缩在人堆里，眼睛紧盯着儿子，心里默念着儿子加油、加油……

梁萧不知道旁人在想什么，这会儿的他听着脚下刀刃划过冰面的沙沙声，心里有种说不出的畅快——他就属于这里，属于这片冰场，这里才是他的家。又使劲滑了几段，他两手放松，慢慢将身子挺直，任由脚上的刀刃带着他朝前滑行。

这时身后传来铮铮的冰刀声，一下一下的节奏里带着股急躁，直到这会儿他才想起方才二毛似乎在追自己。小臂一挥，梁萧转过身，倒着滑行，一眼便看到在后头追他追到急赤白脸的二毛。梁萧笑了，倒滑的时候不忘指点二毛的动作："大腿内收，别那么绷着，放松。对，人别拧着刀走，脚快了，哎……"

二毛本来就急着追他，这会儿再被他拿着教练的姿态一通指导，脸顿时涨得通红，偏要和他说的那套拧着来了，结果可想而知，咚的一声在冰上摔了个大马趴。

"儿子！"

二毛趴在地上正觉得丢人，冷不丁听见他爹一声喊，当时差点没找个地缝钻进去。

"我没事，没事。"他拨开梁萧伸来的手，拼命躲闪着两人。

二毛爹忙着激动，压根儿不知道这会儿儿子在纠结什么。

"好小子，可以啊，爹头回见你正儿八经滑冰，真好。"

哪儿好了？都输了！二毛越想越憋屈，直接哭起了鼻子。他不敢哭得太大声，只能埋低了头在那儿一下下地抽抽，声音太小，他爹也听不到。

说听不到说得有些不准确，应该说他爹这会儿的心思都没在这上头，他正忙着和邻居介绍自己的儿子："我儿子，你们瞧见了吗，滑冰老牛了！"

"梁萧，咱们再比一场。"

这会儿的梁萧正被好几个村民拽着问东问西，听见二毛喊，笑着回头："行啊。"梁萧是大道速滑出身，和二毛比赛，有些细节他想告诉他。

"你穿的是大道速滑的速滑刀，大道速滑和短道速滑不同，短道速滑是几个人一起跑，讲战术，也讲防护，咱大道主要掐的是成绩……"

"别啰唆了，有什么话等赢了我再说。"

二毛一副不赢他不罢休的模样，犟得让梁萧喜欢，行吧，找了个人帮忙吹哨，梁萧再次站在了起跑线上。一声尖锐的哨声就那么在旷野上传开了，这一刻的二毛再不多等，左右两脚接连猛蹬，将身体送了出去。

约定的是滑五圈，二毛边滑边数着圈，到了第四圈，那个梁萧还是没有过身，眼见着马上要进第五圈了，连场外的老爸都兴奋地尖叫起来，二毛的心也激动起来，这个梁萧也不过如此，只要自己全力以赴，赢他轻松……

正高兴的时候，耳朵里的声音突然变得不对劲起来，没等他听清自己老爹喊的是什么，二毛就觉得一道黑影猛地从身侧一冲而过，再一看，那个半天没出现的梁萧这会儿已经倒背着手，直起身子靠惯性冲过了终点。

他又输了？可是不对啊，他不是一直都是领先的吗？

没等二毛醒过神来，前头已经转脚停稳的梁萧回头朝他看了过来，嘴里说着："腿部力量不大够。"

"你怎么……"

"怎么跑你前头去的，是吗？"梁萧嘴上说着，脚下却未停，手臂一挥，瞬间又在冰面上滑出好长一段，二毛不懂瞬间爆发力这个词，却也被梁萧刹那间迸发出的速度惊着了。他嘴巴张大，呆愣愣地看了他好半天，终于反应过来把脸别开，顺便把嘴也闭上了。

"再比一场！"

"要不休息一下，喝口水？"

"不用！"

"行吧。"梁萧呼出口气，摆好姿势，示意场外发令。他右腿后踩，身子前压，两只手臂摆出预备的姿势，那模样和二毛之前在赛场上见过的那些运动员一模一样。二毛吞口唾沫，不禁低头看了下自己的动作，悄悄按照梁萧的模样做了下调整，抬抬肘，撇撇腿，还是觉得哪里不对，正寻思，耳边哨声响起。还在那儿琢磨动作的二毛没防备，只觉得身侧有道白光冲了出去，他再不敢多想自己的动作哪里不对，赶忙两脚使力，追了出去。

风依旧凛冽地吹打着面颊，滑出几十米时，二毛头顶的帽子掉了，可这会儿的他全然没心思去捡什么帽子，他现在一门心思想要赢，要把那个只会混吃等死、原本不该会上冰的梁萧赢了。

事实似乎也朝他想的那个方向进行着，眼见两圈下来，梁萧的速度似有降低，他同二毛间的距离也慢慢被拉近。在后头追赶的二毛觉得身体里有个声音在叫嚣——追上去，赢过他；追上去，赢过他；追上去，赢过他！

"追上去，赢了你！"不知不觉跟着喊出声的二毛只觉场外声音越发大了，一听竟是他爹在为他加油，再一瞧，自己同梁萧间的距离仅剩一个小臂了。

"冲上去，干掉他！"那一刻，屏住呼吸的二毛觉得自己身上的每一个细胞都在跟着发力，终于，在冲过终点线的刹那，他把梁萧甩在了脑后。

"赢了！我赢了！爹你看见了吗？我赢他了！"

二毛爹也激动得不行，站在场边就差穿鞋上冰和儿子来个拥抱了。

"看着了，看着了，儿子，你把梁萧干平了，真不赖！"

啥？二毛一愣，不禁停下庆祝，眼睛不自觉地朝场边的人扫了一圈："平了？我没赢他吗？"

"平就很厉害了！"

二毛推开老爹，固执地回头："再比一场！"他要的是赢他，他也相信自己能赢得了梁萧。

梁萧一脸为难："可是我累了啊？"

"累了就歇会儿再比，总之我今天非要再和你比一场不可！"

梁萧看看一脸不服气的二毛，再看看场外，只得点头："行吧。"

又是起跑线。这回的二毛铆足了劲头，随着一声哨响，起跑线上的二人如同离弦之箭般窜了出去。这次二毛的优势很明显，一出发就领先了大半个身位。榆杨村的人没想到自己的娃能这么争气，顿时爆发出了热烈的欢呼声，长相朴实粗犷的二毛爹站在场边脸红得很，人更是激动得说不出话。

"我听说梁萧以前在省里头拿过奖，二毛爹，你家二毛都这么厉害了？"有个村民长得又粗又壮，貌如冬瓜，这会儿已经被寒风冻出了鼻涕，却始终站在边上看着冰场上的赛况，眼见着二毛的优势渐大，冬瓜激动地连推了二毛爹好几下。

二毛爹咧咧嘴，激动得说话都不利索："俺也不知道，他就是瞎整，谁知道整得还挺好。"

"你刚才说梁萧在省里拿过奖？你这话说得不准啊，我听以前咱村里出去的杰叔说，他在全国比赛上也是拿过头几名的。"二毛爹抖着肩膀一句接着一句地说着，下巴上的胡子上结出了白花花的冰碴，话里话外不是在捧梁萧倒像在夸二毛，惹得周围一片哄堂大笑。

刚好场上二人又滑过一圈，不知道什么时候二毛领先的身位竟然缩小了，不过几秒钟的时间，梁萧已经滑到了二毛的前头。二毛爹赶忙停住吹牛，紧张地看向赛场："儿子，加油！加油！"

二毛也发现自己被赶超了，顿时噘起了嘴，拼命挥动了两下手臂，他不想输给梁萧了，不想再输给他了。发力很快有了效果，两人间的距离又渐渐缩短到只有一拳宽。他一阵兴奋，眼瞧着终点就在眼前，他脚下发力，拼命一蹬，将自己的身体最大幅度地送了出去。

赢了！

当象征终点的手臂在场边落下，二毛再忍不住内心的激动，拼命地挥了挥手臂，他赢了，赢梁萧了，耶！

"平局。"

没兴奋够的二毛愣住了："不可能，我明明领先，怎么可能是平局？"

"平局已经不错了，儿子你很棒的！"

二毛爹清楚自家崽子的个性，生怕他闹出什么事来，赶忙走上冰面将人一把扯住。他脚上没刀，冰上又是刺溜滑，走没几步二毛爹就觉得重心不稳要摔跤，幸好自家儿子在旁边，一把将他扶住了。

"乖乖，滑冰不简单呢！儿子，你穿着这副刀片在上头滑，还滑那么好，真厉害。"二毛爹边狼狈地保持住不让自己摔跤，边朝二毛竖了竖指头，虽然没赢，但他的确觉得儿子滑成那样很牛。

"走吧，回家，你妈炖了猪肉粉，等你回家吃呢，冰可以明天再滑，爹以后不拦你了。"

"我不走。我要再比一局。"

这犟种！

二毛爹耐着性子："什么时候比不行？非今天比完吗？梁萧就在村里，又不走。"

"我要把他赢了。"

二毛掷地有声的声音彻底惹恼了他爹，七尺高的汉子当即把他甩开，一只手指着他开骂："说不听了是吧？什么事啊非今天干完不成？要比是吧？行，你在这儿比吧，吹口哨的那个谁，咱走！看没人给你们掐点你们咋比！"

有人带头走了，那些原本想留下来接着看热闹的村民也只好跟着走了，有几个没看懂什么情况的想留下，才选好了位置，瞬息也被人扯走了。原本热闹的场地再度冷清下来，巨大的冰场上除了几个发愣的孩子便只有远处几个黑点在朝村路上走。

"再比一场！"他转向梁萧，厉声道，"就比一场，最后一场。"

折腾这许久，梁萧已经有些累了，可他看见二毛那一脸认真的样子，心知这场不比他不会死心，所以大口喘了几下后，他点头。

"上了年纪的人，不服老是真不行，不然你想比几场都行。"抖抖领口的汗，梁萧脚下使力，滑去了方才的起点处，"今天再比这一局，多了真比不了。"

"行！"二毛滑到他身边，活动活动手腕，摆出了起跑的姿势。

"真正的速滑比赛其实不是咱们这样的，现在这样有些不正规……"梁萧踩了两下脚下的冰场，琢磨着结束后是不是再浇遍冰，寻思的空当，接过哨子的孩子吹响了出发的哨声，那边二毛已经起跑了。

"哥快跑啊！"二狗是梁萧的忠实拥趸，挥着小手提醒。

地平线遥远地落在山间，太阳已经升起老高，二毛将吃奶的劲儿都使出来了，半晌回头却发现梁萧正不紧不慢地缀在他身后，看那神色，压根儿没用全力……

一个念头陡然在脑海里升起，二毛放开手脚，任由自己在冰场上滑行，难怪他爹不看了，难怪几次都是平局。

"你是故意的！"

"我是不想你受伤。"

"不想我受伤？"梁萧的话仿佛天方夜谭，二毛哈哈笑了一下，"不想我受伤，我告诉你，我现在很受伤，格外受伤，特别受伤，你知道你这叫什么吗？无视……不对……蔑视？也不对，对了，藐视，你是在藐视我！"

"语文挺好。"梁萧咧嘴笑。

"还笑？"二毛气得直跺脚，"你就这么……"

"我没瞧不起你……算了，给你看看这个。"说话间，梁萧骤然发力，如同非洲草原上捕食猎物的狮子那样，两条腿用力地在冰面上交替绷蹬、飞行。他虽然穿着厚厚的棉裤，可交替间仍能看到布料随着腿部肌肉的发力牵扯出一道道笔直的线条，不过眨眼工夫，梁萧已然停在冰场尽头转头看向他了。

"你是想我这样和你比一场吗？"

风送来梁萧的声音，二毛的脸青一阵白一阵，他终于知道梁萧说的没有瞧不起他是什么意思了，那样的速度，那样的发力，梁萧的确没有必要瞧不起他，梁萧之于他，的确是超越不了的前辈。

可转瞬间，他又想到了更可怕的事，他虽然没受过几天正规的训练，有关速滑的几个知识点他还是清楚的，像梁萧这个年纪，又是好久没参加过正规训练的运动员，体能和技巧早该下滑得厉害，可就是这样，他还是那么轻松地就赢了自己，那他……

二毛耷拉下脑袋。

"二毛，其实你是个有天赋的孩子，只要……"

"闭嘴！"二毛蹦跳着脱掉冰鞋，走了。

梁萧有些后悔，他不过是想引导一下这孩子，他不会就此不滑冰了吧？算了，明天再想法子哄哄吧。梁萧揉着脑袋，不知不觉间才发现，这会儿的他竟在认真考虑把一个孩子引导上速滑的道路。

第七章　天才不止一个

叹气的工夫，才离开的人又折了回来，二毛闷不作声地走到他跟前："你别得意，我赢不了你，党生可以，在他回来前的这段时间，我会努力超越你的。"

党生？莫名其妙的一句话让梁萧怔了好一会儿，半晌回神才想起，党生这个名字他之前听过，不就是那个叫自己骗了十块钱还捎带着救了自己的孩子吗？刚好，这次见面把钱还人家。

"那个党生没在村里吗？"

"他妈病了，他去照顾了。你听好了，我会超越你的！"

"是是是，我听到了。"梁萧笑嘻嘻地回应二毛的吼声。

接下来便是日复一日地训练，少了二毛的挑刺，训练变得容易起来，每天早起的晨练，到一个小时的陆地训练，再到后面的基础动作练习，梁萧每每看着他们，总要想起自己才学冰时的情形，他们比他，刻苦多了。

不知不觉就到了正月尾，这天梁萧没安排大家训练，他加上二毛、二狗，还有那些同党生玩得要好的孩子，个个把过年的衣服穿上，齐刷刷地排成队，站在了村口，等候那个能赢他的党生。

日头渐渐升到了半空，又慢慢朝西滑去，眼看着时间一点点过去，终于，进村的路上出现了一个黑点，二毛激动了，头一个迎上去，嘴里喊着："党生，我在这儿！我在这儿！"

梁萧也挺激动，他还没仔细看过一眼自己的小恩人长什么模样呢。可等车子驶近，他的笑容渐渐消失在脸上：一同出现的不光有村里的拖拉机，还有一辆高配的进口车，快到跟前时，梁萧瞧着从渐渐滑下的车窗里探出只手，朝他扬了扬："Hello，梁萧！"

是胖猴。梁萧万万没想到能在这里碰见胖猴，当即愣在那里。

胖猴一只手伸出车窗，手指点一点，磕了磕烟灰，薄薄的嘴唇微微上扬着，弯出一个特别讨人厌的弧度："怎么？梁哥，瞧这模样是不欢迎我来啊？也是你不够意思，欠了我那么些钱，说跑就跑了，你说凭咱俩的关系，就算还不上我能把你怎样？不就是说两句好话就翻篇的事吗。"

胖猴短短几句话换来二毛一声尖叫："你就是害梁萧的那个城里的坏蛋？"

"啧啧，好歹朋友一场，你这么说我，我多伤心。"天上没下雪，太阳隔着一层薄薄的云朦胧地照在地上，车窗开久了，胖猴冻得打了个哆嗦，"你住哪儿啊？领我去瞧瞧吧，我这趟可是专门过来看你的。"见众人不语，他也懒得再说什么，手一扬，指挥着司机朝前开去，"左右就是一条路，到村口等他们。"

豪车载着胖猴挤过众人，扬长而去，留下梁萧和一帮孩子愣在原地，沉默地看着跟在车后的党生。二毛看着好朋友，眼神说不出的复杂："是你把他带来的？"

"这事和别人没关系，他们一直在找我。"梁萧回给孩子们一个笑脸，率先把还在愣神的党生拽到了身边，"走吧，走，他们都等着给你接风呢。"

进村的路经车轮一轧，多了两条锃亮的曲线，蜿蜒伸向村子的方向。梁萧看着此时已经化作一个小点的汽车，默默从口袋里掏出那十块钱，塞到党生的口袋里："这是你的钱，揣好了，别再被骗了。"

接下来的路，就要他一个人走了。梁萧撒开揽住党生的手，缓步朝村子的方向走去。这会儿叫胖猴找到了，结果怕是要凶多吉少。

陶家。

陶婶在蒸黏豆包，一转身冷不丁瞧见一个穿得花里胡哨，走起路还摇摇晃晃没个模样的年轻人走进院来，不禁问道："你是……"

胖猴手插着口袋，一双细眼嫌弃地在院子里来来回回打量了一圈，自顾自进了屋，当看见屋里摆着的那些冰刀冰鞋磨刀器的时候，他笑了："梁萧住这儿，可是够苦的了。"

"你谁啊？出去出去！"哪怕陶婶是个农村妇女，这会儿也看出胖猴不是好人了。

胖猴躲开陶婶的手，兴致越发高，朝外面的人打招呼："梁萧，你来得正好，兄弟我今天过来看看你，没想到咱们梁哥混得这么惨，这是土炕吧，要烧煤吗？啧啧，真够苦的。"

后一步赶到的梁萧跑得气喘吁吁，这会儿只能看着胖猴表演，来者不善，他怕自己一时的意气给村里惹麻烦。

"你想怎样？"

"我想怎样？梁哥，是咱俩太久没见面我失忆了，还是你贵人多忘事记不清了？如果没记错，某人在城里可是还欠着一屁股债没还呢……"说完，像是刻意加强梁萧的记忆般，胖猴在他肩膀上重重敲了两下。

"我会还的。"

"你怎么还？用这个？还是这个？"胖猴提起双冰鞋，又捻起卷卫生纸，满眼的嫌弃和嘲讽，"你那个杰叔在城里还想找我的短处，我这次来本想给你些教训，不过看你现在过的这个样子……"他摇了摇头，"我大人有大量，放你一马，毕竟你现在过的这个样子，我瞧着都心酸。这地儿，是人住的吗？"

"这地方比我以前住的地方好千倍万倍。"

"你说什么？再说一遍，我看你是真傻了吧。"胖猴哈哈大笑几声，摇摇头，"原本还想跟你多玩玩的，没想到你不光废物，还傻了。行吧，你就在这儿好好待着吧，最好待一辈子，别再回去碍我的眼。"

耀武扬威了一番后，胖猴抬步要走，眼瞧着要走出院门的时候，顺着院墙的方向忽然踢踢踏踏传来好些脚步声，打头的二毛爹气势汹汹，一冲进来就对着胖猴吼道："我看是哪个敢欺负我们榆杨村的人！"

"这是给你出头来了？"胖猴咂着舌头，眼神突然玩味起来，"行啊，梁萧，没看出来，在城里时那么会交朋友，到了这破地方还能交这么多朋友。来，我数数，一二三四五……好家伙，二十来个呢，可以啊！你们知道自己护着的是个什么样的人吗？他，比赛前为了一双鞋，坚持让亲妈回去取，结果搞得亲妈车祸去世，之后又把自己老爹的一整个厂子败光了，你们确定村里留得下这样的人？"

胖猴的声音传了老远，久久在村民头顶上回响。他的话像根针，狠扎着梁萧的心，事情的确是他做的，他没什么可解释的，说起来，连他自己也觉得他配不起村里人的这些维护。

就在沮丧到了极点的时候，二毛爹开了腔："你说的这些俺们都知道。可那些都是以前，梁萧自来俺们村，说话做事俺们都看着呢。俺们虽然是农村人，眼睛却是亮的，啥娃是好娃，啥娃是孬娃，大家心里都清楚。梁萧是俺们村的人，俺们就不能让别人欺负了他去。"

梁萧还是头回听二毛爹一口气说上这么多话，他每说一句，梁萧就觉得有什么东西照着自己的胸口捶上一下，说一句捶一下，没等他说完，梁萧的脸全湿了。他赶忙低下头，使劲蹭了两下，可是没用，眼泪越擦越多，到了最后他只能背过身去，不让别人看见自己。

胖猴没想到自己的话非但没让那帮乡巴佬排挤梁萧，反而叫他们对梁萧表了一番忠心，顿时火冒三丈："你们以为自己对他好他会记得吗？告诉你们，被他坑的全是他身边亲近的人！"

"俺知道你，你就是那个坑了梁萧的有钱人！"人堆里有人认出了胖猴，一嗓子揭了他的老底。当"坑梁萧"仨字出口时，村民不干了，个个看胖猴的眼神活像要将他吃了似的。

这下胖猴慌了，连退几步回到保镖们的簇拥范围里。平时在圈子里一呼百应的人这会儿成了即将被围殴的对象，而那个梁萧却成了好人！

他是好人？胖猴抬手顺了顺凌乱的头发，直接转身面向梁萧："梁萧，我今天来没别的意思，就是来告诉你一声，过几天你那些债主怕是要来这儿找你，你到时候是还想让他们这么帮你，还是自己把这事扛了，你自己想。他们不是我，不会这么好说话。"丢下这一句，胖猴甩甩手，走了。北风呼啸，吹动他身上的皮草绒毛，柔软得好像水草一般。

村民怒气冲冲，瞪着眼送他出了院子，当胖猴钻进车里的一刹那，二毛爹就放开音量支持梁萧："梁萧，别怕，俺们都给你撑腰，管他来再难缠的人，只要进了咱村的地头，准保他不敢放肆！"

眼泪又一次决堤了。

"谢谢。谢谢你们！"

虽然不舍得，梁萧还是决定离开榆杨村。这里的人对他太好了，他不能给他们添麻烦。当然，这些打算他没告诉别人，那天，外出干活的陶金山赶回来时，他也是拍着胸脯说哪里也不去的。

眼看着计划离开的日子没剩几天了，这天清早，二狗子和二毛一前一后，好像《西游记》里的神仙童子似的冲进屋里，把他绑去了冰场。梁萧自然没什么心思滑冰，可看那架势也懂了现在是什么情况——把他放下的二毛举着酒瓶，像煞有介事地介绍："下面我们就有请榆杨村的党生和榆杨村的梁萧，上场比赛。愣着干吗呢梁萧，你忘了答应我啥了？"

梁萧看了眼满场期待的目光，又看看还在为那天的事不好意思的党生，咧嘴笑了："也好，比就比。"

脱鞋、换刀，一套热身动作过后，一高一矮两个人站在了各自的起跑线上。

"速度滑冰和短道速滑不一样，你脚上的是专业的速滑刀。"梁萧迎着风说，风灌了一嘴，他见党生朝他点点头，其实他还想说，党生脚上的刀和他脚上这双一样，都是老梁活着时设计的最后一款刀，刀刃抗阻性好，鞋身也合脚，想说的话有点多，到了嘴边，又被那一声哨响堵了回去。

两个人同时冲出了起跑线。山在飞，树也在飞，欢呼的人群在眼底打转，梁萧觉得他的整个世界都在旋转。以前怎么没发现，他是这么喜欢这样的奔跑，这样的逆风直上，不知道回去以后还有没有机会再像现在这样在冰上飞奔了。有些事不能想，一想眼睛就疼，他深吸一口气，拼命地摆动着双臂，朝不远的终点线奔去。

冲线！

他站直身，任凭身体随刀在冰面上缓行，然而渐渐就发现了哪里不对，之前那些孩子不是都喜欢欢呼的吗，这次怎么变得鸦雀无声了。梁萧回头，朝拿表的二狗看去，就见他目瞪口呆站在那儿，一双眼睛正朝自己看过来。

"怎么了？"他掉头滑回去，没到地方就听场外站着的孩子嘀嘀咕咕地说，"党生把梁萧赢了？"

什么？那一瞬，梁萧的心骤然漏了一拍。党生这会儿正被二毛摁在地上揉脑袋，性格内向的他明显干不过二毛，可太阳底下，两个孩子的笑容却是同样的明媚。

"梁萧，你没事吧？"二狗子怕他失落，连滚带爬地过来安慰，下一秒却叫梁萧脸上那股诡异的笑容吓毛了。

"梁……梁萧……"

"我没事，练多久了？"梁萧笑得好像个白痴，下巴一努，问党生。

"就是冬天上学在冰上来回这几趟。"

"没人教过？"

党生摇摇头，复又想起什么，朝二毛一指："二毛教过我些动作。"

二毛天资不低，可党生却明显是又高出一截的人，小小的榆杨村蹦出两个天资这么高的娃娃，梁萧心里除了输了比赛的失落，更有的是发现新大陆的喜悦。

"怎么样，没想到吧，梁萧，你还专业运动员呢，不是照样……你瞧什么呢？喂，梁萧，你不能因为我们党生赢了你就琢磨歪门邪道，告诉你，敢欺负党生，我们可不答应。"

二毛吧吧说个没完，听得梁萧笑容更大了，他抬手将二毛聒噪的嘴巴捏住，这也是个好苗子，就是话多了点。

"你们练，我回村一趟。"

原以为该做的事都做了，如今一看，似乎还有件没做。

马大爷家。

马大爷正端坐在马扎上，觑着眼朝灶膛里添柴火，覆了细雪的柴乍进炉膛发出扑棱一声，转瞬雪化，柴火皮上熏出了一层冒着红星的焦黑。门帘掀起，梁萧抖着肩膀进来："大爷，借下电话。"

2938××09，那是他的启蒙恩师，体校张教练的座机电话。他虽然没当过教练，但作为一个过来人，他能看出党生和二毛天生是速滑的材料。

"喂，是体校吗？"电话接通，梁萧深吸一口气，"我找张教练。"

"张教练？哪个张教练？"

"张游简教练。"

"不在。"又是嘟的一声，那头挂了电话。

"挂了？"

"再打嘛……"马大爷捧着烟袋吧嗒吧嗒抽着。

"不用了。"反正明天就要回城了，他可以亲自去体校找教练。那两个娃娃，真是难得的苗子呢……这会儿，他格外庆幸走前能有这么一场比赛。

榆杨村的天亮得比城里要晚些，没到四点，梁萧提着事先整理好的皮箱鸟悄地出了房间。曾经他还有着不舍，可这会儿，那份不舍更多地变成了希望，他要回去，还要把那两个孩子带出去。又回头看了一眼身后的房间，确定那封交代一切的信好好地躺在炕上，梁萧这才转回身，迈步进了小院。因为事先做足了准备，这次离开并没惊动村里的人，等天大亮的时候，梁萧已经坐在回城的大巴车里看窗外的漫山雪景了。

"老师他会高兴的吧……"梁萧看着山，嘴里喃喃，他知道老师对他当初的放弃失望，可现在他带着新的苗子来给他了，而且是比自己还厉害的天才苗子，老师一定高兴。

他拉开拉链，从包里摸出来个本子，小心翼翼摸索着上头的塑料胶带，翻开第一页，老梁的字迹隔着胶带有些模糊，梁萧摸着"飞龙"两个字，许久。

第八章　体校末日

体校在市中心偏西些的地方，下了车再上12路，等车到站，天已经黑透了。

昏黄的路灯下飘起了雪，絮絮叨叨地纷扬，落在头顶，钻进领口，梁萧抖脱腕上的水珠，拖着行李箱朝体校走，很快，一栋二层小楼出现在了眼前。梁萧看着那楼，嘿嘿笑出了声，这里曾经是他的希望之地，以后也会是那两个孩子的……

"谁在那儿？"喝声让梁萧一愣，哪怕隔了这么久，他还是第一时间认出了秦鸿时的声音，只是这么晚了，秦教练怎么还没回家？

体校前的路灯常年不灵光，半死不活的像变鬼火似的，忽明忽暗的光线里，雪纷纷扬扬地在天上打着旋，落在秦鸿时满是错愕的脸上。

他手里提着个铝制饭盒，外头兜着个古董级的网兜，人就那么站在光瀑底下，一动不动看着他，眼神也由最初的错愕变成了之后的厌恶。

"是咱们梁大少爷啊，你怎么有空来我们这寒门转悠了？"

梁萧呼吸一滞，知道对方还在为之前自己断了对体校的赞助生气，赶忙迎上去："教练，以前是我不对，我今天来找你是有事。

我发现两个速滑的好苗子，他们真的特别好，天赋好，耐力也好，我本来想找我老师，碰见你就更好了，他们的年纪虽然进不了你的组，可……"

"苗子？梁大少爷什么时候又开始关心起速滑了，我要没记错，之前是谁觉得我们是叫花子，登门都不配？"

"对不起。以前的事是我不对，我和你道歉，是我不懂事，不过这两个孩子真的是好苗子，只要你看一眼保准能看上。"

他说得诚恳，说完还对着秦鸿时深鞠一躬，秦鸿时看着，含着冰刃的眼底微微闪动了一下："不用了，再好的学员我也不看。"

"教练，这俩孩子是真的好，我发誓，你只要看一眼保准看得上。"体校的台阶有五阶，秦鸿时两步到顶，梁萧怕他走远，连行李箱也顾不上，赶忙追上去，一把将人扯住，"秦教练，以前的事真是我不懂事，你不原谅我可以，可这两个孩子，求你看一眼，就一眼。"

梁萧的声音几近哀求，扯着他的手也在微微颤抖，哪怕秦鸿时铁石心肠，也微微有了动容，可他没回头。

路灯遥遥地从身后照来，落在玻璃上，映出两道模糊的人影，秦鸿时垂手站在那儿，声音有些抖："梁少爷，我以前骨头硬，说什么没冰刀厂的赞助体校也活得了，现在看来还是你厉害，没你的赞助，咱们体校真活不了了。体校维持不下去，已经转手给别人了，过几天就走最后的手续，我在这儿就是看东西的。"

什么？体校要没了，是因为他断了赞助才没的……

"怎么会这样？"梁萧在这个体校待了整两年，知道这里出了好些在全国比赛都拿过奖的运动员，怎么说倒就要倒了呢？他怔怔地看着秦鸿时进门，看到了亮起来的大堂和码在墙角的桌椅，"怎么会！"他追进门。

"怎么不会？"秦鸿时静坐在桌前，面前的饭盒盖子摊开着，里头的炖酸菜早没了热气，"你在体校待过，知道运动员每天的营养和训练是多大的开销。这几年南方开始重视冰上运动，好苗子被挖走了，撑不下去是迟早的事……"说着说着，他又嗤一下，"不然你以为我多大的脸跑去求你这尊佛？"

"秦教练……"梁萧的喉咙彻底哽住了，他不知道，他真的不知道会这样……

秦鸿时抬手，朝下按了按，不叫他接着往下说："你也不用自责，冰刀厂的事我听说了，你现在是泥菩萨过河——自身难保。我刚才说得多了，你听见就当没听见，回去吧，我要吃饭了。"

"教练……"

"附近拾荒的多，你的箱子搁在外头待会儿就叫人捡走了，走吧。"秦鸿时饭都不吃了，把人推出了屋子。

才一会儿的工夫，雪又大了些，洋洋洒洒鹅毛似的铺天盖地飘下来，隔着路灯望过去，细密而白茫。梁萧站在阶上，手扶着门手，一眨不眨地看着玻璃门那头的世界，他已经记不得上次来这儿是多少年前的事了，那时候体校好像才出了一个全国冠军，怎么才几年的工夫就要关了……

盖着细雪的柏油路上远远投过来两道远光，梁萧看着叫灯光照亮的路边店铺，心里有了另一种想法——不该这样的，体校不该就这么关张的，他得去和秦鸿时再谈谈。

不过不是现在，明天，等明天。

梁萧没想到，第二天他会等来一个了不得的人物。

"马经理，您来了，请进请进，没想到你们能来这么早，有失远迎了。"太阳升起来，照亮秦鸿时那张强颜欢笑的脸。没记错的话，秦鸿时是队里出了名的硬骨头，脾气暴，训练起来不要命，训起人来要人命，怎么这会儿对个小小物料处的经理这么恭敬了？他们又不是头天认识马经理，以前比赛他也来看过，不就是个速滑爱好者吗？

在门口招待所窝了一宿就等天亮的梁萧趁着秦鸿时领人进门时一同跟进了门。马经理认得梁萧，只当是当年的体坛名将舍不得体校，又回来看看的。

"抓紧看看吧，其实这里我也挺不舍得的，不过谁有法子呢，体校成绩上不去，教练连工资都发不出来了，要不是冲着对体育的热爱，就这老旧小的破楼，打死我我都不会接手。"

"接手？"就是这个姓马的要买体校？梁萧眼睛瞪得老大，吓得秦鸿时赶忙把人往边上扯。

"马总，你别和他一样，他不是我们体校的人。梁萧，你给我出去。"

"所以这体校卖给个人了？"

"你闭嘴！"秦鸿时恨不得把他的嘴给缝上。

"不用……"马经理笑眯眯地拦住秦鸿时，"梁萧，我听说你家的冰刀厂倒了是吧，怎么，是跑这儿打工来了吗？打工可以啊，过几天手续办完，我就是你老板了。你知道吗，当年你滑冰的时候我看过你几场比赛，滑得真好，可惜啊，后来不滑了，不过没关系，这体校马上也要关了，大家都别滑了。

"怎么？我这么说你生气了？我说的不是实话吗？现在搞体育的有几个有钱的，又有几个是有出息的，你看我，家里现在几个厂子，这里……"他跺跺脚，示意说的就是脚下这片地，"等我把这里买下来，也是要建厂的，到时候你要想来，我聘你当个经理也不是不可能。你放心，我不搞和体育有关的，也不弄什么冰刀，那些玩意就听着好听，其实没搞头，你在我这儿也不用担心……"

忽地一拳飞来，马经理眼前一花，慌忙闪身，本以为这一下打在所难免，没想到秦鸿时眼疾手快，一下把梁萧抱住，扯去了一边。

体校的正厅很深，这会儿没掌灯，除了门口那点地方，越往深就越黑咕隆咚。马经理半张脸缩在黑暗中，见梁萧被控制住了，怯色褪去，转而嗫嚅地扯了扯领口："怎么，不服气我说的吗？是不服气我说你是扫把星，还是不服气我说这里没搞头？"

梁萧肩膀一挺，又想往前冲，可惜秦鸿时力气极大，两只手合抱在他胸口就像上了两把锁似的，想动也动不了。

马经理看着他一副无计可施的样子，嗫嚅地笑了笑，回头朝秦鸿时说："秦教练，咱们今天还清点得了物资吗？"

秦鸿时额头上青筋绷出，听见他问，咬紧牙关，用力地点了点头："能，我把他送出去，回来咱们就开始。"马经理满意地点点头，回头夹着腋下的包，踱着太师步，优哉游哉上了二楼。

秦鸿时一路把人操出了门，还威胁："真把这事搅黄了你就真是体校的千古罪人了。"

"我怎么会是……"梁萧跺了跺脚，可惜除了那扇里外晃动的玻璃门，没人回应他。

就这么一路踽踽回到招待所，店老板正拿着抹布擦玻璃，见木头似的梁萧走过来，赶忙甩着抹布喊住："202那个，有人找。"

这个时候谁会找他啊？

踉踉跄跄折回吧台，忽然想起昨天自己给榆杨村去的电话，这会儿找他的肯定是榆杨村的人。一想到那个破破烂烂的小村子，梁萧的心止不住温暖，手也伸向了电话。一阵嘟响后，电话通了，他"喂"了一声，听着电话那头麻雀开锅般地响起了一堆声音，二毛的声音最响，二狗子也不差……梁萧蹭蹭眼角，在心里把那些孩子的名字细数了一遍，他还听见了陶金山的声音，克制又无奈地在维持秩序……

这些人都扎在马大爷家，怕是要把大爷吵得头疼了吧，他笑。

"梁萧你个骗子，都不告诉我们一声就走了！你在那头怎么样啊？"

"挺好的。"梁萧抓着电话换了个方向站着。

刚好店长挑着门帘擦里头的玻璃，露出的一角窗里，对面体校大门里正热闹，来了两辆车，人在门里进进出出，远远地看见秦教练和后赶来的一个体校的领导在招呼那帮人。梁萧不忍再看，趔过身又把脸调回来："就是床不好。睡炕睡习惯了。"

梁萧的肯定引得那头的人一阵欢喜，他甚至听见马大爷吧嗒吧嗒边抽烟袋边说："我儿还说城里的床舒服，瞧见没有，梁萧都觉得他在胡扯。"

大家哈哈大笑，笑声里，二毛又抓紧电话说："梁萧，我们都在按时训练，你不知道，昨天隔壁村的俩小子也跑我们冰场耍来了，叫我们撵回去了，咱榆杨村的场子才不随便给人用呢。"

梁萧摇头："体育竞技是比赛，也是团结，有人想来就叫他来，刚好你把你那两下子秀给他们看看。"

"好吧。"二毛又叽叽喳喳说了好些话，也不知道哪句话点亮了梁萧的脑袋，他心猛地一跳，突然攥紧了电话，"二毛，给你个任务。"

如果没记错的话，两个月后国内还会有场规模不小的速滑比赛，如果在那场比赛上拿到名次，体校说不定就能留下来，但想参赛的前提是要叫体校的负责人看到希望，先别把体校拿去给那个什么总。而这个希望就是二毛和党生的实力呈现。

"要是借不到能录像的东西拍个照也行，我记得谁家过年拍过照来着，总之就是要把你们最好的风貌拿出来给人看，要认真对待。"再三的嘱托进了娃娃耳朵就成了唠唠叨叨，二毛嗯嗯地应着声，也不知道听没听懂他在说什么。但是不管怎样，孩子们的任务他已经交代出去了，剩下的就要看他的了。

他要去找秦鸿时摊牌，他梁萧现在什么都没有，只有一颗不死的速滑之心。他要告诉秦教练，他会尽自己一切所能阻止体校被卖。物资不是才清点过吗，进入体校的路径不光正门那一条，他去偷，去搞破坏，总之只要秦鸿时不同意看那两个孩子，他就会给物资交接搞破坏，直到他答应为止。

当听懂他的这番言论时，秦鸿时整个人都愣住了，沉默半晌，他缓缓开口，问梁萧还记得吕中吕教练吗。

老吕是梁萧的第一位教练，当年也是他带着自己参加的各种比赛，记得那是个头发已经半白，嗓门却奇高的老头儿。每次他动作不对吕老头儿都要吼他，声音大得叫梁萧好几次都怀疑他是不是想把肺管子都吼出来。也是这个老吕，每次比赛结束都偷摸笑过再嘱咐他的冠军徒弟一句别骄傲，但谁没看见老头儿跟外省队伍吹牛时那意气风发的样子吗？

当然记得了，他低下头，当初老吕因为他的突然退役急得一病不起，听说在他走后，老吕再没带过一线运动员，转而去带幼儿兴趣班了。

不知道秦鸿时为什么会在这个时候提起恩师，梁萧有些心虚地问："老吕怎么样了？"

"身体不好，前阵又住了回院，你要真想捣乱我不拦着，我只告诉你，你捣乱的不是这栋楼，是老吕，还有在这里奋斗了半辈子的那些人的养老钱。"

梁萧语滞，闷着声音说："老吕家住哪儿？"他想去看看他。

"不住那儿住哪儿，就凭当教练那点工资想换楼？"

也是。体校的教练工资能开多少梁萧大约知道，说起来，那数目还不如他以前喝过的一瓶好酒价高呢。想想曾经因为自己意气用事受创的老吕，梁萧埋低头："对不起。"

原本盘算得挺好的主意就这么叫秦鸿时三言两语打发回来了，出了体校大门，梁萧又茫然了，他是真的想让体校继续下去，可他又不想因为自己的一意孤行再伤害那些对他有恩的教练。

"梁萧?"有些人就是这么不禁念叨，这边梁萧才因为吕教练难过，那头吕中就出现了，他瞧着梁萧，不敢信这小子会来体校。

"吕……吕教练……"

"真是你小子，我还寻思是我看错了呢。听说家里出事了，怎么样，处理完了吗?"

梁萧摇摇头，心里突然升起一种奇怪的希冀感。他上前一步，拽着吕教练的手:"教练，我发现两个速滑的好苗子，准备带来学校，谁知道体校现在……体校不能卖!"

和秦鸿时一比，吕教练的反应就平和多了，他上上下下把梁萧打量一遍，笑眯眯地问:"和你比如何?"

"只强不弱。两个农村娃娃，都没受过正规训练，有个头400米的速度加把劲完全能够逼平国内纪录，只要好好训练，上升幅度还会有的。"梁萧眼巴巴看着吕教练，希望能从他口中听到一句半句支持的话，然而等了半天，只听见对面传来一声"哦"。

"那是不错了。"

"老师。"这次梁萧没再叫吕教练教练，"老师，我知道当初是我混蛋，可我现在真的后悔了，我喜欢滑冰，发自内心地喜欢，我想弥补，老师。"

吕教练笑了笑，拍拍他的手背:"年纪轻轻的说什么浑蛋的话呢，是人就会犯错，何况你那只是选择，也不叫错。"

"那老师……"

"我老了，不拖累别人就不错了，帮忙，恐怕是不行了。"吕教练抹开梁萧的手，脸上依旧是那种和煦的笑，"前头超市活动，我去买点菜，有机会你到家里坐坐。我家你记得在哪儿吧，就后头那栋家属楼。"

"老师……"听见他要走，梁萧才燃起希望的心再次跌回了谷底，他是真心悔过，也是发自内心地想要弥补，为什么大家就是……

正当他拽着吕教练，百感交集想要说些什么的时候，身后又是一声吼，这回是秦鸿时。

"梁萧，你干吗呢！"

"小秦。"吕教练提着菜篮，扬起手打招呼，"刚好碰着梁萧，和他聊两句，人家孩子没干吗。"

"梁萧，忘了我和你说的了？"秦鸿时两眼冒火，一副要打人的架势，不承想架势才亮开一半，人就叫一个迎面飞来的菜篮子扣了回去。

"你啊，脾气能不能别那么急，都说他没烦我，就是刚好碰上了，聊几句而已。"

"就他？"秦鸿时眉头挑得老高，明摆着不信。

爱信不信。老头儿翻了个白眼，埋头在篮子里扒拉半天，拣出一兜苹果丢到秦鸿时怀里："你的，拿去塞嘴。你也别搁这儿杵着了，送送我吧。"梁萧正怵秦鸿时，听见吕中叫，赶忙跟上去。

"你刚才说的，想要体校继续下去，是真的？"

"真的，老师，我发现两个特别好的苗子，有个400米的速度已经过了省纪录！"

"你知道的省纪录是多少？"吕教练把他打断，随手摸出根烟，掖在手里小心点燃。

梁萧看着老头慢悠悠吐了一口烟出来，迟疑地报了个数。

"那是多少年前的纪录了，现在的省纪录比那个至少要提高0.45秒。"吕老头吧嗒了一口，一双混浊的眼睛隔着烟雾显得越发迷离，"娃娃多大？"

梁萧又把二毛和党生的年纪告诉了老师，吕老头点了点头："看这年纪倒是有提高的潜力。"

"老师，您能帮帮我吗？"

"我不行，不过你先前说的什么拍照还有视频什么的，不如现场看直观。"

现场看……老吕的话像剂猛药，猛地叫梁萧从一团混沌里清醒了过来。是啊，他光想着叫二毛他们拍录像过来，怎么就没想到把秦鸿时带去榆杨村呢！

风依旧似有若无地吹着，梁萧站在风里，连什么时候把老吕送回家的都不知道，他只知道接下来自己要做的就一件事，把秦鸿时带去榆杨村。

体校。

秦鸿时接连打了好几个喷嚏，抬头发现梁萧那小子又回来了，他嗓子一紧："你又打什么鬼主意呢？"

"没事，就是过来看看你。"他要是没记错，秦教练有吃安眠药的习惯，就是不知道秦鸿时这么大个要多少药量才能撂倒呢？算了，还是实话实说吧。

"教练，我想让你跟我去趟榆杨村，看看那两个孩子，他们真的是难得的材料，你去看看就知道了！"

"教练，体校没完，它曾经有多辉煌，现在就有机会再回到昔日的辉煌。那两个孩子真的是天生滑冰的材料，我之前想的是叫他们拍些训练的录像给你看看，但到现在还没消息，所以我就想让你跟我过去看看。榆杨村离这里不远，一天足够来回，你去看看，只要你看了就会知道我的意思，真的，我保证！"梁萧句句说得诚恳，可秦鸿时仍是无动于衷。

"体校完没完不是你说了算的。"

"可也不是你说了算的啊！"

秦鸿时看着他，笑着拿起桌上的《射雕英雄传》："世上没有后悔药，忘了体校吧。"

　　"可我现在做的就是为了将来少一些后悔啊！"声嘶力竭的声音没换来半点反应，梁萧看着沉默的秦鸿时，想起吕中临走前给他的东西，默默从口袋掏出一张纸，搁在了秦鸿时手边的桌上，"不到最后一刻我是不会放弃的，教练。"说完，他转身出了门，留下秦鸿时一个人坐在椅子上，看着那张报纸发呆。风顺着门缝吹进来，掀动纸页。

　　"榆杨村，有直达的车吗？"已经出了大门的梁萧回头看见军绿的棉帘前头，秦鸿时呵着手说。在他指缝里，那张报纸翻出一个折角，上头正是他们体校的名字——强国体校。

第九章　双向的奔赴

从城里折返榆杨村，梁萧一路上都喜滋滋的，搞得秦鸿时骂了他一路的傻子，但其实他心里也是充满了希冀的，别以为单凭一个梁萧就能说动他，他会松口还是因为老吕，老吕信梁萧的眼光。

一路颠簸，赶到村口时竟碰到了陶金山。

"金山！"梁萧一见老熟人，立马开心地挥舞起手，可陶金山那个反应却叫梁萧觉得哪里不对，"是出事了吗？"

陶金山哽咽一声："二毛和党生不见了……"

啥？梁萧傻眼了，傻眼过后想起他先前交代俩孩子的事，赶忙说："邻村哪家有录像机、照相机这类东西的，两个孩子怕是去借这些了。"

一听他这么说，陶金山顿时有了主心骨，赶忙回去送信。梁萧没想到回来竟碰见这种事，目送着陶金山的背影，整个人也是丧丧的。

"梁萧，等会儿先去两个孩子家看看，咱们帮不上忙，总要看看人家。"

梁萧调回目光，朝着秦鸿时"嗯"了一声。

见梁萧来，二毛妈顾不上寒暄，眼泪扑簌簌地沿着眼角流下来：

"梁萧，你说这孩子会去哪儿呢？"

梁萧在村里住的时候对二毛妈印象不多，仅有的几个画面也都停留在他去二毛家看到的在做饭的她。冒着白烟的灶台前，身形发福的妇女弓着腰，脸在水汽间氤氲成画。二毛妈话不多，爱笑，可这会儿她问自己儿子去哪儿了，梁萧真不知道该咋答。

"大姐你别急，俩孩子不见了八成和我有关系，是我叫他们找设备录下他们的训练情况的。怪我，不过你放心，我一定把他们俩完好无损地找回来。"说着，他扭头就往院外走。

天已经彻底黑透了，乌漆漆的云压在房檐上，雪片扯絮般绕在灯周慢悠悠地飞。梁萧这突如其来的举动吓了大家一跳，站在外圈的一个汉子最先反应过来，一把将人扯住："天这么晚了，你对路不熟，跑丢了咋整，只要娃不是离家出走，就不怕找不着。"

一句话顿时引起众人附和，连二毛妈也小跑着到院子里，生怕他跑了似的把人扯住："和你没关，怪我，急糊涂了和你说这些，他二伯说得对，只要娃不是自己想往外跑就肯定找得着。梁萧你别乱跑了，你再丢了我没法跟陶婶交代啊。"

粗糙的手紧握住梁萧，他回头望去，不意外地看到一双双诚挚的眼，换作是旁人和自己说这话他说不定还当是客气，可这里的人说一，他就不会想到二。

刚好身后传来一轻一重间隔着的脚步声，他这才想起秦鸿时也在，赶忙介绍："这是体校的秦教练，本来我是带他来看看两个孩子的，现在……大姐，屋里有没有地方让他歇歇脚，顺便也让我在这儿等等俩孩子的消息。"

一听是体校的教练，还是特地过来看俩孩子的，二毛妈赶忙引着人朝屋里走。

在二毛家待了一会儿，梁萧放心不下，中途又去了趟党生家，再回来，竟然看见秦鸿时蹲在中屋的灶台边上，拿着二毛的旧冰刀研究。

"那是二毛的，已经坏了，我后来给了他把新的……教练，你在看什么？"

秦鸿时缓缓摩挲着那把旧冰刀的刀刃，努力克制着胸腔里剧烈的心跳，到了这会儿他终于相信梁萧说的了。

衡量一个速滑运动员，大多是看他的滑程时长，可这会儿运动员不在，掐不了时长的情况下还有个法子，那就是看他的冰刀，看刀刃磨损的走向和程度，作为一个从事速滑项目多年的老教练，当秦鸿时的指腹缓缓滑过那把旧冰刀的刀刃时，他就知道梁萧没有骗他，这个叫二毛的孩子无论在转弯还是起速方面，都有着过人的天赋。他也是为了看这个才提出先到两个孩子家里瞧瞧的。

灶膛里噼啪地溅出几点火光，映亮了秦鸿时的半个脸庞，年近五十的汉子这会儿眼里泛着精光，像是发现什么格外珍贵的宝物似的。梁萧起先还担心他是出了什么事，看了会儿发现这家伙是在激动。

"教练。"

"梁萧，你说得没错，这孩子的确是滑冰的材料。另一个呢，另一个在哪儿？领我去看看。"

"党生也没回来，你想看冰刀回头我去取一下。"黑灯瞎火的，不想秦鸿时多折腾，就又往门外走，夜幕下的榆杨村没了往日的宁静，四处亮满了寻人的灯。真是的，那两个孩子如果出了什么事，他这辈子都不会原谅自己的。

党生的刀比二毛的还要破旧几分，刀刃却亮得出奇。几分钟后，秦鸿时把鞋举高，将刀刃对准灶火，小心翼翼地抚摸着刀刃的纹路。说句心里话，他好歹也是在冰场上执教这么多年的老教练了，能滑出这么干净刀刃的孩子他最多见过两个。

"梁萧，你说得对，咱们体校不能关！"这两个孩子将来一定会大放异彩的！

老秦的激动和喜悦溢于言表，可这会儿俩孩子去了哪儿他们都不知道，梁萧根本没心情说什么体校的前景啊。看他一脸的如丧考妣，秦鸿时慢慢冷静下来，他走过去，在梁萧的肩上按了按："像你说的，只要孩子不是离家出走，就能找着，我和你们一起找。"

秦鸿时的话多少鼓舞了梁萧，他点着头，正要说话，门外不知是谁忽然大喊一声："有人看见俩孩子去湖那头了！"

湖？梁萧的心咯噔一下，湖面上可是有狼的！

"教练，你在这儿等着，我去找人！"丢下这句话，梁萧奔出了小院大门。

那一晚，榆杨村的人几乎全都出动了，无数根火把浩浩荡荡进了那片有湖的大山，结果除了一件沾血的衣衫和几只瞪大饿眼的野狼，再没看见两个孩子的人影。

风吹在脸上，打在面南的山脊上，狭长的山谷里回荡起阵阵呜呜声，好像有人在大哭，梁萧的心瞬间沉入了深渊。都是因为他，都是他，甚至不知道是怎么回的村里，梁萧顶着一脸的伤，沉默地看着秦鸿时，现在的悲剧都是因为他。

"狼崽子要是把人叼回窝里也不会留下什么血，天儿不好，母狼要给小狼寻食哪。"一同去寻的人堆里有人低着嗓子说，话说一半，撞上二毛爹那张铁青的脸，赶忙闭上了嘴。

"我儿子不是没进过山，以前都没事，这次也不会有事！梁萧，为什么，为什么啊？"

梁萧也想知道，他只是想做点喜欢的事，怎么就成这样了？

"都怪我……"

"是，都怪你！"二毛爹通红着眼睛，死死盯着梁萧，一步步朝他走来，"不是你他也就是在那块破冰上滑滑，哪怕成绩差点，人至少还好端端在我身边待着。如今呢？不是你鼓吹他去滑冰，去找什么摄影机，他会来这儿吗！是你害死了我儿子！是你！"

质问带着泄愤的力量，一声声震荡着梁萧的耳膜，他低头看地，手无措地揪着衣襟，其实不用二毛爹说，他自己也清楚这一切是为了什么。不是为了自己那句话，两个孩子怎么可能大雪嚎天的还进山，不进山又怎么会遇到危险？

一说危险，梁萧又想起在雪地里随风乱倒的那团破布，灰暗的眼底又升腾起一丝希望，这次他什么也没说，径直从二毛爹身边走过，朝远处在冰天雪地里凝固成白的山隘里走去。

"梁萧你干吗去？"

梁萧不作声，只有他自己知道自己在做什么，进山，找着俩孩子，要么叫狼吃了，为二毛和党生陪葬。

他闷不作声，只管朝前走，脚在地上剜出一个个深浅不一的雪窝，陶金山跟在后头，半晌终于明白他想做什么，赶忙把人拉住："梁萧，你自己去跟送死有啥区别?！"

"他们要是真死了，我也没脸活下去了。你们说得对，两个孩子是为着我才出事的，我得负责。"

"死就是负责了吗？"半天没吭声的秦鸿时盯着脚下的雪，"这和你当初离开冰场有什么区别，不都是逃避？"

这一句话叫梁萧当即停住脚，他攥着拳头，秦鸿时的话他又怎么不知道，可他能怎么办，两条人命因为他的执念、他的一句话就这么没了，要他好模好样地活，当什么事都没发生？得是活得多混账的人才干得出那种事啊？

"我去找人，不是逃避。不过一件衣裳，没看见人，就可能没出事。"

"我的儿子不用你找！"

二毛爹又进山了，死活没许梁萧去，在他眼里，哪怕是死，他也不想自己的娃娃同这人扯上关系了。

梁萧心里不好受，在村里等了大半宿消息的秦鸿时又何尝好过，要知道，为了让这俩孩子有地方训练，他打了半宿的电话挨个说服了体校的那群领导。现在呢，领导没同意，娃娃也没了！窝火的情绪填满了胸口，隔了好久秦鸿时才反应过来有人叫他。

马大爷烟锅不离手，吞云吐雾地朝他招着手："秦教练，家里好几个电话问你回没回去。"他哦了一声："下次再来就说我不回了。"他赌气说。知道是娃娃没找着的事，马大爷叹了声气，弓着腰往回走。

"大爷，"秦鸿时追上去，"我跟你回去给那边打电话。"不管是死是活，总要说一声，哪怕自己那份遣散费再拿不着了。马大爷点了点头："电话我给你拿来了。"

说着话，电话像有感应似的响了起来。估摸着是打给自己的秦鸿时接过电话，"喂"了一声。电话那头的声音有点陌生，可听了几句，秦鸿时阴沉的脸却亮了。

"活着，梁萧，那俩孩子都好好活着呢！"甚至顾不上和马大爷打声招呼，他抱着电话就冲进了屋里。

任谁也想不到两个孩子会自己跑进城里。直到在电话里真切切地听到他们的声音，梁萧悬着的一颗心才算放下了。

"你们怎么找到体校的，这一路又是怎么过去的，有人看见你们进山了，我们都以为你们俩叫狼吃了呢！"再提那山坳，梁萧又止不住鼻子发酸，好在两个孩子还在兴奋的状态，没听出来。

"我们是想进山的，可是半路党生觉得天不好，所以我们又绕了出来。开始还担心来不及呢，幸好路上碰到三叔的车要进城，顺路就把我们俩捎来了。"

"邱三那龟儿子，带走我娃也不告诉我一声！"先前还急得发狂的二毛爹这会儿歪坐在炕头卷着手里的烟，成板的烟草掰下来一块碾碎了顺着烟纸的方向细细地摊上一缕，再用唾沫沾上，挺不卫生的烟却是他每回高兴必抽的款。二毛爹叼着烟，抬手磕了磕鞋底："你刚才说的入选是咋回事？"

"哎呀爹，都说三遍了，咋还问？"二毛不耐烦地跺着脚，却还是把刚才发生的事，原模原样地说了一遍，"梁萧说让我们俩拍段训练时的视频给他，我俩问遍村里也没有能拍训练的东西。后来一想，我俩自己过来给他们滑一段不就完了，所以就来滑了一段，然后那几个叔叔就说叫我们留下来训练，下个月参赛。"

"是全国的吧？"已经是第三次从儿子口中听见"参赛"这俩字，二毛爹忍不住挺直了脊梁，活这么大，他从没想过自己那傻儿子也有出头的一天。参赛？参加的还是国家级的比赛？是不是再过一阵就能参加世界级的了？越想越觉得美，人也开始发飘。

"哎哟，爸。"最清楚自己爹那样子的二毛红着脸叫停，"说是选拔赛，赢的才能去参加全国比赛呢。"

"那也是有机会的是吧？"

"以他们俩的实力特别有可能入选，二毛爸，让我和他们说两句吧。"梁萧伸着手，一颗悬着的心到了这会儿还没完全放下，孩子虽然找到了，可体校的事最后是怎么说的还不清楚，好歹是白纸黑字签过合同的，叫那些校领导毁约？梁萧总觉得有点不真实。

嘴瘾过够的二毛爹憨笑着递过电话，挺大个人却跟个乖宝宝似的团手坐在炕沿上，眼巴巴瞧着他讲电话，脸上哪儿还有半点方才打架时的凶狠样儿。梁萧笑了笑，捏着电话侧了侧身："二毛，体校那头是怎么说的？"

"梁萧……"

他一愣，没想到接电话的竟换成了吕老头，想说的话在嗓子里兜了一圈，再出来就换成了乖乖地问好："教练好。"

老吕呵呵笑着："不用担心，我把几个校领导全领来看了两个孩子的条件，咱们体校现在没冻冰场，我就叫他们在陆地上走了两圈旱地滑。你说得对，这两个娃娃是天生的材料，他们也都信了。"

"那姓马的那边呢？还有违约金？"这是梁萧最担心的。早不是能挥金如土的时候了，现在的梁萧每一分钱都要算计着花。

"就知道你要问这个。"老吕哈哈一笑，"放心，咱校长也不是白给的，当初订合同的时候做了准备。"说到这儿，像是刻意回避什么人似的，老吕的声音忽然低了下去，"咱们校长也不舍得呢。"

梁萧笑了笑，这样的结果他以前是想都不敢想的，如今成真了，他只觉得幸福。

"好的教练，我和鸿时教练抓紧回去。"如今万事俱备，离比赛还有一个月的时间，他们要做的事还有很多呢。

风不知什么时候停了，日头透过窗棂照进屋里，房檐下头成排立着的冰柱在阳光底下熠熠生辉。都说世上没有后悔药，梁萧感谢老天，又给了他一次机会，而这次他要拼尽全力！

来时心是怎样地忐忑，归程就有怎样的喜悦和激荡。得知两个孩子平安无事而且还进了城里的学校，榆杨村的老少一时间都扎到了陶家，看着收拾行囊准备返程的两人。梁萧来时就带了一个随身的包，这会儿接过二毛爹和党生家拿来的行李，竟然生出种要是自己再多长几只手就好了的想法。

"大哥，学校的条件虽然没以前好，但我保证，一定不叫俩孩子吃苦。"梁萧说得诚恳，不想却挨了二毛爹一胳膊肘。

"梁萧，你可别欺负我不懂，我是没读过什么书，也是看过奥运会的人，就那些拿名次的运动员，没一个不是从苦哈堆里摸爬出来的，娃既然有这个天赋，就不能因为我骂你的事不盯紧他，我娃我知道，给根藤条就能上树的主儿，不能惯着。"嘴里说着打，脸上却是抑制不住地笑，此刻的二毛爹俨然一副儿子已经是体育明星的架势了。梁萧看在眼里，内心越发坚定了要把两个孩子送出去的信念。

他这头忙着安置二毛爹递来的包裹，那头的秦鸿时却拿着电话给党生爷爷听。老人家经历了晕厥后的大喜，这会儿脸上覆着一层不自然的红，他虚抓着电话，再三确认，终于相信孙子真的活着，还叫一个城里的学校录取了。

"生儿啊，书就不读了？滑冰能滑出个啥啊？"老人家高兴后又开始担心，正抽条的孩子为了他妈东奔西跑，成绩一直没落下，如今倒为着滑冰不学习了？

爷爷的担忧党生一早想到："爷爷你放心，教练说我有滑冰的天赋，可究竟出不出得了成绩都要看一个月以后的比赛。如果得了第一名有不少奖金，这钱到时候可以拿来给俺妈治病，如果拿不到名次俺就回家，学校还有半个月开学呢，我回去也落不下多少课。"

听孙子安排得妥帖，老人家悬着的一颗心总算回到了原位："那你照顾好自己，家里不用担心，你爸那边来信了，最近几天回来，你自己在外面好好的，要是不习惯就回来。"

"知道了。"

两个人一来一回一递一声，声音顺着大哥大的听筒露出来，周围全听见了，有好事的村民凑过来打趣："大爷，那是城里，怎么苦也比咱们这穷乡僻壤强，待几天就习惯了，你就把心踏实放肚子里吧。"

秦鸿时那边也忙着帮梁萧安顿大小包裹，听见声音回头说："除了训练的苦外，有件事我不想瞒你们，体校现在资金有些困难，除了住宿和三餐，其他的我只能说慢慢改善。不过你们放心，我会把两个孩子保护好的。"

秦鸿时是个实诚人，有什么丑话都说在前头，本以为村民们又要纠结一会儿，没想到抬眼去瞧，却看到一双双笑眯眯的眼睛，党生爷爷更是弓着腰过来拉住他的手："能让娃娃吃饱穿暖我就放心了，秦教练，俺家的命根子就交到你手里了。"

一声命根子好像一把刀，深深地扎在了秦鸿时的心里，疼，却不想拔，因为那是充满善意的刀，带着村民最质朴的祈愿。他缓缓回握住大爷的手："您放心，我一定尽力照顾好两个娃娃。"

"不光是照顾好，还要让他们有出息。"梁萧把最后一包大枣摞上车，回头招呼秦鸿时，"该走了，回去还要安排训练的事呢。"秦鸿时点点头。

在一片雪雾晨光里，一辆翻斗拖拉机突突突地驶出了榆杨村的村口，这次离开和以往几次不同，不再静悄悄，而是跟着许多人相送。乌泱泱的村民从村口一路送了几百米，直到拖拉机化成个黑点消失在蜿蜒的村路上，也久久不愿离去。滑冰也能当件事做，这对长年累月靠着一亩三分地过活的村民来说，是件顶新鲜的事了。

下了整宿的雪厚积在路上，拖拉机驶过，轧出两道深深的辙痕。秦鸿时自从上车以后就一直对着个本子写写画画，也不说话，不一会儿，就引得梁萧探过了头："在写什么呢？"

"学校现存的能拿来训练的设备基本都是坏的，我在想哪些能修，还有宿舍那边，好像有几张床是好的，可以拿来给两个孩子用。"秦鸿时写写停停，末了对着一个地方发起了呆，梁萧探头一看，停着的地方写着"冰刀"俩字。

"冰刀有问题？"

秦鸿时点点头，余光毫不意外瞥见梁萧在发怔，他撂下本子，抬眼瞧着他，嘴角跟着衔起一抹笑："很意外？"梁萧点点头。

风吹乱摊平的本子，秦鸿时把笔夹在页缝里，将本子揣回口袋："飞龙冰刀的确有过一段时间的辉煌，不过这些年，国外的冰刀技术更迭升级，一把冰刀已经不是简单帮助运动员在冰上行走的工具，好冰刀能帮队员提速，减少冰面阻力，更好地保护脚踝，保护运动员，所以现在在国内，除了业余领域，大赛中比赛的运动员用的都是国外的刀。"

"没人用飞龙的刀吗？"梁萧紧盯着秦鸿时，见他缓缓摇头，心跟着就是一沉。不是这样的，不该是这样的，他记得自己学冰那阵，冰场上还有好多人穿着飞龙的冰刀比赛，怎么才几年时间，天就变了？

看出他情绪的变化，秦鸿时拍了拍他的肩："时代的洪流前进得比你我想的都要快，有些事过去也就过去了，别太放心上。"他现在担心的是队上可用的冰刀本来就不多，加上两个孩子个头不高，基本没有能让他们可以拿去比赛的合适尺码的刀。

他把本来夹在本子上的笔帽抽出来，和尚撞钟似的敲。对一个速滑运动员来说，刀好不好，直接影响着成绩，所以想拿成绩，先要把刀的事解决了。

"等我回去想想法子，看能不能淘两把旧的先用着。"

秦鸿时的声音缓缓唤回了梁萧的意识，他突然抓着秦鸿时的手："老梁有款没设计完的刀，可以拿来比赛。"

秦鸿时看着魔怔似的梁萧，缓缓叹出口气："你也说了，是没设计完的，怎么上场？穿半只吗？"

他说的是实话，他也承认老梁是位冰刀设计的行家，可人现在都不在了，上哪儿找人再去设计那后半截刀呢？秦鸿时摇摇头，趁着梁萧说话前出声把他打断了："别说你行，你滑冰是有两手，我也希望你能来队里帮那俩小的训练，至于设计冰刀的事，你不是那块料。"

第十章　梦与梦想

秦鸿时的话就像一把刀，深扎在梁萧胸口，他抬着手，张开的五指抓不到一丝风，肆虐了一宿的恶天到了这会儿安静得像个酣睡的小姑娘，天是明亮的脸，路是一开一合时高时低的嘴唇。

低着头研究笔记的秦鸿时觉出空气里突然多出来的凝固，抬头一看，呀了一声："梁萧，我没别的意思，我是觉得你的天赋在滑冰上。人嘛，精力总是有限，顾得上这头就顾不了那头，如今队里能上的教练不多，你在这方面可以多帮帮忙。"

秦鸿时说话直来直去，梁萧也明白他其实并没什么恶意，憨笑一下，他拢了拢散开的衣襟，扯起帽子盖住大半张脸："我明白，离车站还有段路，我眯会儿，教练，你放心，虽然有几年不滑了，给他们当个陪练短时间内还够用。"

梁萧是笑着说这些话的，轻快的语气里终究还是叫秦鸿时听出了丝失落，是他话说得过了。

秦鸿时张张嘴，想再解释几句，话到了嘴边，又觉得说多了实在刻意，琢磨来琢磨去，却听到闷头倒在车斗里的人已经发出了匀停的鼾声，"睡着"得倒是挺快，灰白的狐狸毛遮在那张脸上随风翻飞，秦鸿时缓缓出了口气，算了，有什么话等回去再说吧。

秦鸿时把目光从梁萧那儿收回来，又朝远处看了看，太阳升起来的地方，覆着白雪的远山平原美得像画一样，秦鸿时深吸一口气，这就是他家乡的冰雪啊，美极了。

    *

起初是装睡，没想到后来借着起起伏伏的车斗，梁萧就真的睡着了。朦朦胧胧里，他看到一个熟悉的身影，人迟疑了好久才叫出那声"爸"。好久没见，老梁依旧佝偻着背，笑眯眯地瞧着他，却不说话。

梁萧看着老爸脸上那熟悉的褶皱，眼眶猛地一酸，二话不说，直接扑到他身上一把将人抱住："爸，我错了，是我不对，是我害死了你，你打我吧！"

他哭得声嘶力竭，气几度卡在喉咙里出不来……第一次知道爸爸的怀抱也是这么温暖，他依偎在老梁胸口，絮絮叨叨念着自己做过的那些错事："爸，我真后悔了，你能不能原谅我，回到我身边，我……"他哽了一下，"我想你了！"

他哭得撕心裂肺，似乎把长这么大攒下来的眼泪一股脑全哭出来了，不动如山的老梁看着他，终于动容地抬起手，摸了摸他的脸。爸爸的手掌好暖，他不想爸爸离开，梁萧扯住他，任性地偎在那暖暖的温度里，久久不愿离去。

秦鸿时就有些尴尬了。把梁萧抱上车时，陶金山说过这小子做梦了，他还没当回事，可谁能告诉他，一个大小伙子做什么样的梦能抓着他的手又是磨又是蹭，还偏赶在售票员过来查票的空当？

"我学生，睡蒙了……"他指着梁萧解释，别提多尴尬了。

查票的一副姐什么风浪没见过的样子，叼着牙签扯过票，眼角在票面上夹了一眼又把票递了回来，嘴里念着"车辆行驶，小心脚下"，人跟着移去了后面那排。

秦鸿时吁出口气，还好，总算没叫人误会什么，这个梁萧，怎么睡个觉也这么叫人不省心呢？他嫌弃地低下头，想抽出那只叫他抱得极紧的手臂，谁知道还没使劲就听见那个人嘟囔出了声："想你了，爸……"

是因为他说了冰刀的事叫这家伙想起老梁的吗？一时间一股酸涩的情绪慢慢填满了秦鸿时的胸腔，怪他，对这孩子还有着先前的那种偏见，以后说话得记着，不能想说啥就说啥了……

眼见着二月将近，天却没点回暖的意思，老百姓叫冷，但冷对他们却是个极好的消息。体校资金紧缺，没钱支撑冰场维护的费用和电力，天冷就不一样了，体校院里有块室外冰场，他才看过最近一周的天气预报，估计那块冰再支撑他们半个月的训练不成问题。

售票员查好一圈，从挤压的行李中又折回了车头的位置，边坐下边拍了拍车盖，示意司机开车。秦鸿时把歪斜在身上的梁萧扶稳，瞧着外头的景象，心里充满着无尽的希望。

　　*

梁萧这一觉睡得格外舒服，等睁眼时，太阳已经开始西斜了，光秃秃的树影里，乘客提着大包小裹正排队下车，秦鸿时也在拿架子上的行李，听见动静眼皮都没动一下就说："醒了？"

梁萧懵懂地点头，抬手蹭了蹭嘴角的口水印："这是到哪儿了？"

"还有500米就到家了。"

家？这个陌生的词儿乍然蹦响在耳畔时，梁萧还没反应过来，直到他看清窗外熟悉的客运站仨字才反应过来，马上要到体校了。

"我怎么睡着的都不知道，换车时没麻烦您吧？"

"没。"秦鸿时递了个双肩包过来，"陶金山把你扛上来的，我没出什么力气。"

想想也是，秦教练脚上还有伤呢。梁萧点点头，盘旋在脑袋四周的瞌睡虫终于散会了。

"二毛和党生这会儿在体校，等下回去先商量下一步怎么训练，晚点再收拾吧。"

秦鸿时"嗯"了声，拎包的手忽然停了一下。

"梁萧。"

"咋？"

"体校冰刀质量都不大好，你要是看过老梁调刀，回去琢磨着帮整整。"

他说得隐晦，梁萧却听出了里头的意思。

"可是……"他结巴着开口，"你不是说我……"

"我是说你不是那块料，可再怎么样，好歹家里是开冰刀厂的，没吃过猪肉还没见过猪跑啊，多少也能顶点儿事吧，再说……"后头的话秦鸿时说不下去了，拎着包往下走，眼见着快到车门时，他终于停下来，踮着半只脚回头，"总之尽力就行。"

他说的那些梦话秦鸿时听得一知半解，有个意思却听得清楚，梁萧对老梁的死一直愧疚，想找机会弥补。孩子有心，他这个做长辈的总得鼓励吧。老梁的心愿就是做出把好刀，所以他想干啥就干啥吧。

秦鸿时一瘸一拐下了车，留下原地发愣的梁萧站在那儿：原来那个梦不全是假的……

秦鸿时的话让梁萧低落的心情稍稍好些，他恍惚觉得老梁也在哪个地方看着他，期待着他。出神的时候，车上的人眨眼就下空了，司机边在底下合着车腹盖，边朝车里头嚷嚷催着下车，只隔着一层窗玻璃，声音却遥远得像来自另一个国度。

梁萧"哦"了声，赶忙跟着下车，可不知道怎的，每走一步，心里总会有种淡淡的忐忑升起。他爸是琢磨冰刀的行家，可他不是，这么大的豪情壮志，是不是有些不切实际了。

短短的步道很快到了头，站在台阶上，迎面吹来的风比山村柔和得多，梁萧看着台阶下巴巴等着他的秦鸿时，深吸口气，不管是不是不切实际，总要试试。俗话说得好，老鼠的儿子会打洞，就算他琢磨不明白，也琢磨不了多糟糕吧。

"老秦，我帮你吧。"

秦鸿时在下面正瞧着远处的公交站点，冷不丁耳边传来一声老梁的声音，人被叫得一愣，他扭过头，眉毛直接拧成了麻花："叫谁呢？"

"我帮你。"他们两个人的，加上村里给俩孩子捎的，大小总共四个包，这会儿有仨都挂在秦鸿时身上。冷不丁瞧过去，个头不高的秦鸿时就像个进城务工的，梁萧几步过去，拿下他肩膀上的那个，自顾自地朝远走去，"快走吧，那俩孩子指不定等咱们多久了呢。"

秦鸿时立着眉毛追上去："别给我顾左右而言他，你刚刚喊我什么？老秦？你小子是想造反吗？"

"关造反啥事，我现在不是你学员了，咱俩现在应该算同事吧。再说，我教过那俩孩子几天，算他们的师父。等到了地方你也会教他们，我也得教，他们叫你教练，我再叫，不利于立威啊。"

立你个大头鬼，不是这会儿东西多不方便，否则他非得赏他个大鞋底不可。

两个人打打闹闹，很快回到了那条熟悉的街道，爱八卦的招待所老板这会儿不知跑哪儿去忙了，没像往常那样扒在玻璃门后瞧热闹，倒是体校门前的人没散，那个姓马的这会儿站在台阶上正冲着几个后赶来的校领导撒泼，两个孩子没在门口。

梁萧瞧着那些熟悉的面孔，有些忐忑地朝秦鸿时边上凑了凑："领导们不会反悔吧？"

老秦"哼"了声，他以为体校的人都像他一样，说翻脸就翻脸，同意体校继续的事没大领导拍板单凭老吕一个人可做不了主。

"你先进去，看看那俩孩子的情况，初来乍到，别再有什么不适应。"秦鸿时扬着手打发梁萧，自己则放下行李，站在台阶上听姓马的白话。

商人的话颠来倒去无非就那两句，什么损失，什么耍人。梁萧听得心烦，乖乖地推门进了屋。这次再进体校，感觉和之前就完全不同了，虽然黑咕隆咚的大厅还在无声诉说着节约用电几个字，可空气里明显多出来的人气却叫人莫名安心。他撂下东西，冲着里头喊了一声："二毛、党生，两个小兔崽子跑哪儿去了？"

话音才落，就有啪嗒啪嗒的脚步声沿着走廊深处传来。他循着声迎上去，转个弯就看见两个孩子，头上各戴着一个报纸叠出来的三角帽。党生和他就见过几面，再见脸上露出个腼腆的笑，倒是二毛，听见他回来明显很高兴，可四目相接的那刻却又刻意板起面孔，故作起了矜持。

"怎么回来这么慢，我们都收拾半天了。"他一脸"咱俩不熟"的样子，瞧得梁萧哈哈大笑。

身上的包裹也顾不得了，撂在地上就朝俩孩子跑过去，到了之后抬手就是两巴掌打在屁股上："你们快把家里人吓死了，怎么都不说一声就自己跑出来了！"

他这一下纯粹是虚张声势的，并没使劲儿，打在身上也不疼，党生笑眯眯地挨了打，倒是二毛，夸张地叫了好几声，边叫还边数落他："还不是怪你，非叫我们借什么录像的，我们问了一圈，没人知道那是啥。"

"你说得对，是怪我。"梁萧收回手，定定地看着两人，"幸好你们没事，不然我会愧疚一辈子的。"

他很少这么严肃地说话，冷不丁来这么一下，倒叫二毛很不习惯，他扭捏地扯着手上粘的毛毛，赶紧扯开话题："外面那事怎么说了？"

"什么事？"

"就姓马的那位先生，他一来就和那几位老师吵架，说什么赔偿不赔偿的事。"

梁萧心突地一跳，他一早知道但凡合同一方毁约总要有些赔偿的条款在的，就是不知道……

正忐忑的工夫，大门的方向传来脚步声，眨眼的工夫，几个领导就说着话出现在了视野里，领头的是体校的校长周树冰，年近六十的老头走起路来脚下生风，没一会儿就到了跟前。

"梁萧……"周树冰叫着他的名字。梁萧心虚地哎了声："校长，马……"

"你为我们体校找来个大麻烦啊。"周树冰话尾带音，意有所指的模样叫梁萧越发忐忑起来。他吞着口水："是不是赔偿……"

"下个月的比赛拿不到第一，除体校原样交付外，原本说好的金额也要减半。我是拿着这一大家子的养老钱出去搏的。"校长的声音低沉却响彻正道走廊，两个孩子不懂城里人说的什么养老钱，但梁萧懂，他瞪着眼睛，不敢相信最终会是这样一个结果。

梁萧一副大惊小怪的样子看得校长想笑："怎么，不会没信心吧？我对他们两个倒是很有信心呢。"做出卖体校的决定时他也挣扎过，如今好了，有了博的机会，哪怕最后输了也没什么遗憾了。

如果秦鸿时是用一种必须赢的口气同他说话，梁萧心里的这副担子说不定会轻些，可他偏是用那种尽力就好、其他的交给老天爷的口气同他讲话，梁萧反而觉得自己不拿出来点成绩都不行。

马上要进三月了，窗外依旧没半点绿意，前几天才扛着扫帚大扫雪的学生又一次出动。风停了，他们边扫着雪边唱着歌，顺着马路望过去，成排的哈气好像一眼望不到头的喷气机，壮观又朝气。

梁萧站在窗边看了两眼，接过二毛手里的被褥，替他铺平在床铺上："这段时间有暖气，等再过一阵入春了，还是得再加两床被褥在底下，这边的冬天不暖和。"

党生站在边上，眼见着忙活半天的秦鸿时出去寻什么东西了，其他人也不在，想了想问："那个比赛如果赢不了，我们也不会留到开春吧？"

话少的孩子猛地开口就说得人心一慌，梁萧正理着被角，听他这么说，手当即便顿住了，就那么静默了一秒，他把被子扯平后，直起身来，冲着身后巴巴瞧他的二毛摇摇头："不会的，"说完又看党生，"你们一定会赢，体校也会有下一个、下下个、下下下一个春天。"

有压力又怎样？就算是体能巅峰的时候，冰场上的梁萧也不是半点压力都没有，所以有压力也就有了动力，曾经的他能称霸冰场，如今琢磨几把冰刀，应该也不在话下。想通了，人也就不再纠结了，梁萧三两下把床铺收拾好，站起身冲俩孩子招招手："走，带你们看看我母校。"

二毛性子活络，什么烦心事从来不往心里装，一听梁萧这么说，人兴奋得直蹦，也难怪他兴奋，早上让他试滑的那一大片冰场就差点惊掉他的下巴，哪怕是块室外的冰场，他也没见过那么大一片啊。

"先不用那么兴奋，体校准备卖的事你们也知道，所以这里的好些设备基本不是打包就是报废处理了。"房间外是长长的走廊，另一头，秦鸿时正和周树冰搬一块塑料板似的东西，梁萧余光里扫见俩孩子的疑惑，边小跑着迎过去边开口解释，"这是滑板训练时用的滑板，校长，我来。"

他一跑，两个孩子也跟着跑，嗒嗒的脚步声顺着走廊久久回荡不去，应和着外头欢快的扫雪声，沉闷了许久的老楼竟也焕发出一丝难得的生气……

快到下午的时候，吕教练脚步蹒跚着来了，身边还带着位体格清瘦的女人。女人戴着深棕色的绒线帽，干瘪的脸呈现出一种病态的灰。梁萧一见来人立马放下手里的活计奔迎过去："师母你怎么来了？"

梁萧这位师母正是老吕的老伴儿秦向秀，梁萧有阵子没见过这位师母了，乍一看总有种往日如昔的诧异感。印象里秦向秀有张圆脸，不像现在，腮帮子深陷，她的背也是一贯挺直的，不是现在这样佝偻着的。梁萧扶着人，眼眶有些酸："师母……"

秦向秀走了这一路，人微微发着喘，听见梁萧这么隐忍地叫她，抬手就是一下："师母好好的，你这有气无力的，不知道的还当你在念丧呢。再叫一声我听听！"

抗癌的人还能腾出力气来给他提气，梁萧哪还敢再把情绪写在脸上，他扶着人，朝里走了两步，边走边声音洪亮地吩咐俩孩子："二毛、党生，这是我师母秦教练，也是曾经的全国冠军！"说到冠军俩字时，他刻意加重了语气，逗得秦向秀一阵轻笑，"什么冠军不冠军的，我都多少年没碰刀了。你们谁是二毛？哪个又是党生啊？等下，先别说话，我猜猜。"秦向秀停下脚，笑眯眯看着二毛，"你是二毛，你是党生是不是？"

"你咋知道的？"二毛惊道。

秦向秀笑出了声，指着边上老实地做着跟班的老吕："我家这口子说的，二毛嘴巴厉害，能把梁萧怼得一愣一愣的，而党生，话少，速度却不是盖的。"几句话说得二毛不好意思挠起头来，闷着声音嘀咕："怎么我才到你们就知道我爱说了……"

一句话又引得众人发笑。

梁萧摸着二毛的脑袋："你没到时他们就知道了。"

"啊？"二毛傻了眼，眼睛四下里踅摸一圈，最终停在了秦鸿时身上，秦教练笑眯眯地看着他，显然并不避讳是自己泄密这点。

梁萧又说："等到了赛场上，会有更多人知道，有个爱说的小孩滑冰也是一流的。"

"梁萧……"

"叫教练!"梁萧敲了他一下,目光紧跟着移向秦向秀,他们来之前和周树冰通过气,梁萧也知道他们来是干什么的,只是知道归知道,人却还是犹豫。

"师母,您身体不好,老吕过来的话没人照顾你了。"

秦向秀无所谓地摆摆手:"我身子骨没差到那个份上,况且体校虽然留下了,可教练却没几个,老吕说了,总不能让人家配合你留着体校,又要求别人义务劳动过来带学生吧。我退得早,每个月的钱够我们两个生活的,治病的事也有儿女在,叫老吕帮你们把这个月撑下去是最要紧的。二毛、党生,我等你们的好消息。"

说不上为什么,哪怕是第一次见面,两个孩子就是觉得这位说起话来细声细语的大娘亲切,他们不清楚在场这几个人为了让他们能参加比赛所付出的,可有点他们清楚,自己在接下来的日子里要全力以赴,不然就会辜负这些叔叔婶婶伯伯还有……

梁萧觉得两道目光齐刷刷地移过来,也学着他们的样子迎了上去:"怎么?"

没什么。二毛抿着嘴别开眼,这位就是个叔叔……

几个人又寒暄了一阵,抬眼一瞧,外头的天彻底晴了,秦鸿时看眼手表:"东西都理得差不多了,趁天没黑,先跟我去做下地面训练。"随着他的一声令下,才到城里的俩孩子就此开始了他们的速滑旅程。

第十一章　队医

说是训练，二毛却并不打怵，毕竟相似的项目梁萧在榆杨村的时候都带他们练过，倒是党生，回村没几天就来了城里，和梁萧不熟，更别提那些训练了，所以跑完步歇气儿的工夫，乍然见秦鸿时拿了根枪毛枪刺的皮绳过来，党生的小脸顿时皱巴了起来。

他瞄了眼神色如常的二毛，纠结半天终于还是凑过去小声问："这是要干吗？驴拉磨用的也不是这种绳子啊？"

秦鸿时正在那儿解绳扣，听到这话微微一笑，随手扬起手里的绳结："皮筋儿训练，是帮助运动员锻炼腿部力量和腰部力量的一个基本训练，别紧张，很简单。"

他说得轻松，事实上，像滑板训练、皮筋训练，还有自行车这些项目是速滑队员每天都要接受的基本训练。如果说短道速滑是考验一个团体的配合能力，那大道速滑则考验的是运动员对每一个弯道、每一个时间节点速度掌控的能力，大道速滑在观赏性上可能没有短道速滑那么有看头，可里头需要运动员去做去练的东西却一样也不少。

秦鸿时埋着头，指头在绞缠在一起的绳结间游走，虽然现在体校的前景看上去不乐观，可他内心深处的希望却前所未有的大，因为这两个孩子，他们就是希望。

然而希望越是大，就越容易出纰漏，起初还算正常的训练等到党生套上皮绳的瞬间却出了岔子，秦鸿时都还没用力，党生就跌倒在了地上。

在场的人都愣住了，梁萧更是第一个反应过来，小跑着过去，边跑边问怎么了。

黝黑的脸庞上浮现出一层红晕，党生不好意思地摇摇头，就势避开梁萧伸来的手："没事。"

"什么没事，没事人怎么会摔？"梁萧埋着头，不由分说地掀开孩子的衣襟一看，人当场怔住了，半晌才缓缓开口道，"这是怎么弄的啊？"

衣服叫人撩开了半截，党生有些不好意思，身子一偏又把衣服扯了回去："就是之前帮爷爷搬东西，摔了一下，没事的。秦老师，我刚才没准备，咱们再试一次，这次我不会出状况了。"

秦鸿时闷着不吭声，手却默默伸过去，掀开了党生的衣襟，正长身体的孩子衣服底下却瘦得只剩一根根肋骨条。来的路上他听梁萧说过这孩子的情况，爸在外面打工，妈重病卧床，家里全是他这个孩子还有年迈的爷爷奶奶操持，不是这种情况，孩子也不会瘦成这样。

二毛站在边上也把脑袋凑了过来，瞧着党生腰上的那片青，眉毛都没动一下就说："没事吧，我们在家里干活，时不时就伤着点这儿啊那儿的，我腿上这会儿也青了一块呢。"光说不算，像为了证明他没说谎似的，二毛干脆一屁股坐在地上，手扒开裤腿，北风阵阵，吹白了孩子半截小腿，果真如他所说，腿上一块青，"这都不是事。"

才叫党生吓了一跳的秦鸿时见二毛也来凑热闹，眼前是一阵接一阵的黑，要知道运动员最怕的就是伤病，一旦身体出了状况直接影响的就是比赛成绩。

然而不幸中的万幸是，二毛的伤不重，他瞧了一眼就把这个瞎凑热闹的小屁孩推去了一边。他那个是普通的青，不像党生这个，有些麻烦呢。

"先别练皮筋了。"他皱着眉，说完，又摇摇头，"不光皮筋，其他的也都停了，你这个情况任何训练都有可能伤到腰。"

"那么重吗？"梁萧讶道。

秦鸿时没作声，拿手又在伤口处探了探，见党生龇牙赶紧收回了手："不管怎样，先休息，我找个医生给他看看，其他的以后再说。"

才来第一天，两个队员就报废了一个，这个变故是所有人都没想到的。雪彻底停了，天慢慢呈现出大片的蓝，秦鸿时站在凛冽的风里，心里的忐忑却比其他人还要多上一重——体校的队医早辞职去南方了……

"我们需要一个队医。"沉吟许久，秦鸿时缓压着嗓子说。

他这话一出口，梁萧当即瞪起了眼睛："队医？这个时候咱们上哪儿找队医去？"甭说队医了，就是正常体校应该配备的教练员陪练员他们都凑不齐，更别提什么队医了，再说，请人是需要钱的。

他的顾虑秦鸿时何尝没想过，可眼瞧着比赛在即，就算不提党生的伤，队员在训练中受伤也是在所难免。他们这帮家伙虽然训练在行，可日常给队员治伤却是完完全全的门外汉。

"这段时间两个孩子的训练强度不会低，就算没有伤病，他们也需要日常的肌肉按摩，咱们都不在行。"他眉眼一垂，青黑的瞳仁在挂着白霜的睫毛底下闪着光，所以队医必须找。

"你们不用担心了，这事我去办。"他挥挥手，抬腿要走，"梁萧，这里你盯着，以前你在队里做的训练按减半的量带着二毛练，我带党生去找医生。"

"我和你一起去。"梁萧知道这是极难办到的事，哪肯让秦鸿时自己去办，前头他才走出一步，后脚梁萧就追了上来。

见梁萧追上去，二毛也沉不住气地跟了上来，凑着人头嚷嚷：

"我也去。"

以前体校办点事都是独来独往冷冷清清的，这下猛地多俩尾巴也是叫人头疼。

秦鸿时虎着脸，一把将二毛摁回去："你不能去，待在这儿好好训练，你也不行……"他又转向梁萧，可惜秦鸿时那一喊二骂三瞪眼的做派梁萧熟得很，压根儿唬不了他。任凭秦鸿时怎么叫，梁萧都自顾自地走着路，走路就走路吧，头也不回半下就说："这里有老吕在，何况我好歹也是曾经的明星队员，你去找的那些人我八成也认得，我去说不定还能增加点说服力，再说……"他放出撒手锏，"你一个人弄得了党生吗，他受伤呢。"

一连串的说辞一环扣着一环，逻辑严谨得不容他寻着半点错处，秦鸿时的腮帮子气到飞抖，最终还是接受了这个说法，多一个人在，党生的腰真出什么状况到时候也有人能照应一下。

"走吧。"他走上台阶侧过身，"不过丑话说在前面，去了别多话。"他倒不怕梁萧说错话，而是这一趟就连秦鸿时自己心里也是没底，谈得好万事大吉，谈不好能听到什么难听的话都不一定呢，他怕梁萧吃亏。

梁萧哪知道他心里这些弯弯绕，结结实实答了声："好，你就放心吧。"

党生怎么也没想到就一点小伤便折腾得大家大动干戈，瑟缩着想解释，话还没出口就叫秦鸿时堵了回来。

"运动员的伤就算再小也要及时处理，你好好在车上坐着，其他的别管，还有你，别偷懒，好好练。"

跟出院门的二毛叫这一嗓子喝住了脚步，扯着铁门嘀咕："秦教练后脑勺长眼了吗？"

*

秦鸿时后脑勺自然没长眼，有的不过是执教这些年攒下的经验。

东北的小城说小不小，但中心区域算起来也不大，计程车起步公里数才开了一多半，秦鸿时就指挥着司机把车开进了一处院子。趁着付车钱的工夫，党生透过窗玻璃朝外看，那栋白白的楼安静地立在蓝天底下，抬起鼻子能隐约闻到一股消毒水的味道。

"梁萧哥哥，这里我来过。"车门打开，党生摆手谢绝了梁萧伸来的手，说自己能行，"之前陪我妈看病，我们来过这儿。"

一说党生妈，梁萧才想起，自己到现在还没见过这位婶子呢："你妈身体怎样了？"

党生摇摇头："医生让回家慢慢养，不过我知道不大好。"

梁萧的心略噔一下，他隐约记得党生妈得的好像是癌，现在看来小小年纪的党生应该已经知道自己妈得的是什么病，可这样的情况他怎么能踏实地出门参加训练呢。

穷人的孩子早当家，党生揉着脑袋看出了梁萧的疑问，说："是我妈让我来的，她说你们说我滑冰有天赋，叫我好好努力。"

不同于二毛那种一提滑冰眼里就会有火在烧的眼神，眼前的这个孩子无论提起什么都是一副乖乖的表情，滑冰的天赋对他而言似乎就如同今早吃什么这种问题一样稀松平常。梁萧滑过冰，知道这种情况对今后的比赛是十分不利的，看样子得找个机会给这个孩子提提神了。

寻思的工夫，远处忽然有人喊秦鸿时的名字，听声音，竟有几分耳熟，梁萧暂且把党生的事放下，循着声音去瞧，这一瞧，心就略噔一下。

如果说他们的体校是城市曾经的速滑王者，那么迎面走来这位所在的队伍就是击败了昔日王者，如今正如日中天的新人王体校——鹏程体校。

作为一直以来被针对的对象，秦鸿时对这位说话做事总习惯性地昂着头的冯教练自然不会陌生，听着声音回头，毫不意外就对上了那双神采飞扬再带点嚣张的眼睛。秦鸿时挑挑眉，默不作声地看着冯明领着几个学生朝他走来："巧啊。"

"我也想说呢，真巧，都多久没见着咱们的老前辈了。"冯明晃着太师步，大摇大摆地走过来，顺手把秦鸿时揽住，"不过我听说你们体校不是已经卖给人家做仓库了吗？好端端怎么又来这儿了？是你自己不舒服吗？也是，怎么说也是一大把年纪的人了，身子骨顶不住多正常，不像我们年轻人，怎么折腾都没事。你们几个，过来过来，打个招呼，这是咱们冰场上的老前辈，秦教练！"

当说到"秦教练"那三个字的时候，冯明特意地扬了扬嗓子，手也配合着做了个介绍的姿势，夸张的动作引得身后那些男孩子哄笑一片，眼见着几个小的有样学样地要把秦鸿时围在中间的时候，远处突然冲过来一个人影，那人身手极快地钻进人群，就势把往秦鸿时跟前挤的高个子扒拉开："咱东北的打招呼方式什么时候改作亲嘴礼了，你们不嫌恶心我们教练还嫌恶心呢。"

正在那儿起哄的半大小子们没想到会半路杀出个程咬金，纷纷愣愣地朝秦鸿时的身侧扭过脸去，梁萧就那么站在那儿，随便他们瞧。比起充横，他梁萧也算这帮家伙的祖宗了。

梁萧拢着衣襟，下巴扬得比冯明还高，这副模样一度让冯明愣了好一会儿，他眯着眼，把这平地里冒出来的程咬金上上下下仔仔细细好一番打量，终于，他眉眼一松："我说怎么瞧着这么眼熟呢，这不是飞龙冰刀的大公子梁萧吗？怎么，不忙着继承家业，跑这儿干吗？"

放在以前，揶揄的话肯定要让梁萧生气，可这会儿的梁萧早不是原来那个不懂事的孩子了。他冷哼一声，一手扯着党生，一手挽起秦鸿时就要往医院里走，这副明显懒得和他们讲话的模样叫冯明脸色一沉，眼光一扫，指了两个学生把他们的路拦住，冯明自己慢悠悠地从后头绕到前头："怎么？不滑冰了，话都懒得和我们说一句了？"

秦鸿时没想和他一般见识，可话说到这儿，他也不打算掖着藏着什么，脚下一顿，他示意梁萧把他放开，自己则扭头面向冯明："冯教练，我们体校准备参加下个月在市里举行的全省速滑选拔赛，今天在这儿碰上了就提前打个招呼，期待咱们在赛场上的见面。"

冯明眉头一挑，两手叉抱在胸前，干脆不再装了："看来他们说的是真的啊，不过，就凭你们那些老掉牙的器材和你们几个老弱残兵，能参加比赛？再说，你们有队员吗？"他们体校的事冯明早听说了，现在他自己队上的几个队员都是从秦鸿时那头过来的，要钱没钱，要人没人，比赛？比个大头鬼吗？

冯明嗤之以鼻的表情落在几人眼里，格外刺眼，三个人里个头最小的党生头回见到这种人，有些不知道该怎么应对，扯着梁萧的袖口小声问："梁萧哥，我不就是队员吗？"

冯明正瞧着好戏似的看着他们，冷不丁听见这么个小豆丁说话，脸上的笑容越发大了，便伸手扯了党生一把："你是他们找来的队员？让我看看咱们秦教练费劲巴拉找来的天才长什么样儿，你躲什么？怕我吃了你吗？"

他拼命扯，党生拼命挣，一来二去一下碰到了先前的伤口，疼得党生当时就是一皱眉。

"哟，受伤了？"冯明一愣，赶忙松开手，还嫌弃地拍了拍掌心，"我就寻思能找着个什么样的运动员，原来是伤员啊，靠这还想赢比赛呢？"

短短几句话，党生的脸已经变得通红，他想说自己的伤没事，话没出口嘴就叫秦鸿时捂住了。

"冯明，没什么事就赶紧回去训练吧，免得上了赛场输得太难看。"

"你……"秦鸿时一句话说得冯明脸红脖子粗，拳头攥了几下好歹是撂下了，他晃了晃手，"谁输还不一定呢，咱们走着瞧。"说完要走，步子才迈了几步又停下来，"对了，你来这儿是想给他看伤吗？告诉你，这医院里治疗筋骨最好的大夫马上要来我们队了，你想看病找别人吧。"

秦鸿时如常的脸终于变了颜色，眼见着话起了作用，冯明这才满意地晃着脑袋走了。

三月的北方，树光秃秃的，放眼望去，除了院门外小卖部的招牌外再看不见半点绿，梁萧回头看向秦鸿时："教练，这医院里总不会就一个大夫能治党生吧？"

他满以为秦鸿时会给自己个肯定的回答，谁知道回头一瞧，秦鸿时的脸真沉了下去。

他怯怯地喊了声教练，秦鸿时终于回过神，抬头看了眼身后的大楼："不管怎样，先进去看看吧，他说的也未必是真。"梁萧点点头，领着党生进了医院的大门。

*

只可惜，在这件事上冯明没说谎，医院三楼，当秦鸿时领着人站在那间办公室门前时，门里的大夫正跟同事做着交接，原本摆在窗口的绿植这会儿齐刷刷摆放在纸箱里，准备往外搬，秦鸿时看着空荡荡的办公室，一时间不知该怎么跟朝他瞧过来的医生说话。

他和詹医生打过几次交道，算不上熟但也知道对方是治伤的好手。詹医生也是，冷不丁瞧见秦鸿时傻愣愣站在门口，不用猜也知道他是来干吗的。

"有队员受伤吗？进来我瞧瞧。老秦，也是你来得巧，过了今天你再找我我也不能帮你们瞧病了。"他把手里的东西一撂，颇为感慨地感叹道，"我去鹏程了。"

秦鸿时点点头："我知道。"

体校和体校间有个不成文的规定，队医非特殊情况不能交叉使用，所以这会儿到底叫不叫詹医生瞧党生的伤，秦鸿时也是踌躇。就在犹豫的当口，詹医生口袋里的电话突然响了，他边招手叫他们进门，边拿出电话接听，谁知才说了几句，詹医生再看秦鸿时的表情就有些不对头了……

都不是三岁的孩子，有些事不需要明说彼此心里就都有了数，詹医生三两句讲完了电话，对着秦鸿时沉默三秒，正不知如何开口的时候就被秦鸿时抢了先："是不方便吗？"

詹医生露出一抹苦笑，手往上一扬，示意是电话里人的意思："按理说我帮你的队员治疗对鹏程没坏处。"毕竟有着刺探军情那档子事嘛，可冯明话说得也是明白，他如果真帮秦鸿时的队员治伤，鹏程的合约也就作罢了。

"老秦，我想帮你，可你瞧这事，我实在是心有余而力不足。"

秦鸿时点点头，早在碰着冯明的时候他就料到会有这出，如今只不过是证实一下罢了。

他抬手拍了拍詹医生的肩："我懂，你也别放心上。党生，咱们……"

正当他招呼着人走的时候，门外有人抱着个纸箱子闷头走进屋来，来人显然不知道屋里还有这些人在，一个没留神直接撞在了党生身上。

小孩子在旷野似的农村待惯了，冷不丁来到这门窄道短的地方还不习惯。对方这一下他看见了，躲闪的时候却忘了边上的门框，就这一下，腰直接顶上了硬木边，原本不打紧的伤一下子造起了反，就听"哎哟"一声，党生佝偻住了腰。

来人是个年轻的姑娘，听见声音赶忙撂下箱子查看，边看边尖着嗓子问他没事吧，撞哪儿了。半大的小子头回被这么白净的姑娘关心，灰头土脸的党生脸刷地红了，捂着衣襟躲闪着姑娘伸来的手。

他这么一来，姑娘直接急了："你怎么回事？疼得都冒汗了还不叫人看，万一伤着了怎么办？"

"小玉，小玉。"本以为就这么能把几个人打发走的詹医生没想到好端端会有这么一出，为难地叫着姑娘的名字。

小玉听见詹医生叫，也马上回过神："詹医生，正好你在，你帮看看这孩子是伤哪儿了，我觉得不像是普通的撞伤。"

"小玉！"急得一脑门子官司的詹医生赶忙把人叫住，他这会儿正是要避嫌的时候，最不能帮忙的就是他们了。

这个叫小玉的姑娘有双大眼睛，说话时睫毛忽闪忽闪的，一副顶聪明的模样，见叫了半天詹医生迟迟没动静，自己也觉出了不对劲，抬头看了眼詹医生，又看看边上的秦鸿时和梁萧，眉头顿时蹙紧："看个伤而已，不会不行吧？"

就是不行呢……詹医生无奈地摇摇头："他们是鹏程的对手，鹏程的人不让我帮他们。"

"帮看个伤都不行？"小玉的音量顿时拔高。

见詹医生依旧沉默，小玉的脸顿时沉了下去，年轻气盛的脸连生气都带着股飞扬，她手一挥，直接招呼秦鸿时和梁萧过来帮忙："不帮就不帮，咱们医院又不是光你一个大夫，那是你放库里的书，留着自己搬吧！"

撂下这句话，纸箱也不搬了，罢工的小玉直接领着人出了办公室进了走廊。

*

小玉是这医院的护士，熟门熟路，没一会儿就帮忙挂了号。

坐在走廊的长椅上候诊的时候，小姑娘依旧气鼓鼓地数落着詹医生："去了体校又不是卖身给他们了，帮个忙也不行，真就没听说过。"

"姑娘，谢谢你，詹医生肯定也有他的苦衷。"折腾这半天，秦鸿时也累了，坐在长椅上，背微微前弓着，他说的是实情，好歹是认识这么些年的医生，詹医生的为人他多少还是清楚些的。

他这么一说，小玉也不骂了，歪着脑袋缓缓点了两下头："你这么一说的确是，他儿子出的那个事要赔不少钱，不然他也不会去那个什么体校。"

人这一辈子，说白了就是活在一个又一个的不得已里，为了活下去的不得已，为了子孙后代的不得已，拿他来说，不是为了养活儿女，秦鸿时也不会有之前同梁萧的那番纠结，直接献身给速滑就好了。

小玉的话像剂让人沉默的药，在场的人都陷入沉默里。刚巧面前那扇门开了，小玉抬眼看下墙上的提示标志，赶忙招呼他们起身："走了，到你们了。这位是我们医院的童医生，治疗跌打外伤也有一手。"

就这么地，在小玉的帮助下，几个人顺利看好了党生的伤，伤不算重，就是长年累月干农活积攒下来的扭挫伤。童医生坐在案头前，手里的钢笔在处方纸上龙飞凤舞地写着字："不是什么大毛病，卧床静养一个月就能有缓和。"

缓和？秦鸿时的眉毛再次皱紧了："大夫，他最近有场比赛要上场的，平时还要训练。"

"训练？"童医生扬起脸，"这么小的孩子最好是把伤一口气养好。"

"那是不能训练参赛了吗？"坏消息一个接一个，打得梁萧措手不及，要知道党生无论是先天条件还是后天素质都比二毛强，他不上场那他们体校不是赔等着……

梁萧眼巴巴地看着童医生，目光灼灼地，盯得他字也写不下去了。

"我平时看病的患者都是这套处置方式，他既然是体育生，你们可以回去问问你们队医的意见，虽然卧床静养最好，但如果平时有训练，配合每天的按摩推拿也可以。"

说来说去又回到了最初的地方，秦鸿时来找詹医生就是想叫他帮着推拿按摩的啊。

"童医生，我们队里现在没队医，你看你能不能……"

"我？"一听话头瞄准了自己，童医生的头立马摇得如同拨浪鼓，"我肯定不行，别说我每天要出门诊，就是不出门诊，像体育生的复健也有着它单独的一套，我没弄过，不知道该怎么弄啊。"又摇了摇头，童医生示意助手叫下一个患者。

一旁的小玉看不下去，还想说两句，嘴才张开就叫秦鸿时拦住了："别难为童医生了，他说的是实话，我们回去自己想办法吧。"

"自己想办法？你们能想什么办法？"小玉叫他们拉出了走廊，人依旧愤愤的，"都不是专业的怎么想法子……要不……"她眼睛一闪，似乎有什么想法。

第十二章　掣肘

梁萧见她欲言又止，忙问："是有什么想法吗？"

医院的走廊里人来人往，梁萧边问还边给一对拄拐的中年人腾地方。窗外飘过连片的云，他站在窗边，那张坚毅的脸在明暗交替的光线里越发棱角分明，看向小玉的眼睛也带着股执着。小玉一开始也是临时起意，见他这么认真，忽然就有些退缩了。

"算了，未必帮得上忙，还是不说了。"她摆着手说。

怎么能不说呢？梁萧急得上前一步，把人堵住："有什么主意你说就是，能不能行我们自己会看着办的。"

"梁萧说的是。"秦鸿时也附和说，运动员的复健不比普通医科，不是挂三两次号就解决得了问题的，而且就算没党生的事，他们队里也缺一位随队队医。

两个人都一脸的焦急与期待，巴巴等着自己的答案，搞得冉小玉想打退堂鼓也不能了。她脚一跺，心一横，手往胸口一指："我说的是我。"

"你？"以为她会说出什么惊世骇俗主意的秦鸿时，瞬间熄灭了眼底的光，不是他对这位叫小玉的热心姑娘有什么意见，她身上这身护士打扮就告诉他她说的主意压根儿不可行。

117

秦鸿时嘴角含笑，头几不可察地摇了摇："小玉姑娘，我知道你是好心，可我这个伤员是马上要上场比赛的运动员，如果是打针吊水这类的活我相信你绝对胜任得了，你……"

他不这么说还好，一这么说小玉骨子里那股不服输的劲头就蹿了起来。

"你是觉得我是个护士就治不了骨科的伤吗？我告诉你，我虽然是个护士，现在也在自学医生的课程，等我考上了我也能当正儿八经的医生！"冉小玉提议自己上的时候自己也是犹豫的，她自信自己有那个本事能帮人治伤，可自信和实际操作比起来毕竟有着许多顾忌，且不说伤最终是治好还是治坏，就说那些不明白事理的病人家属事后扯皮的事她也不是没见识过，所以她犹豫。但事有时候就是那样，正主犹豫和被别人否定完全是两回事，这病她可以不治，被人说她治不了不行！

个头和党生一般高的冉小玉生起气来脸鼓成了河豚样儿，气鼓鼓瞪着秦鸿时，再瞧秦鸿时呢，只是无奈地摇摇头，扭头领着人走了。他的想法很简单，党生是个好苗子，哪怕最后没法参加比赛，也不能随便找个人来治，坑了娃娃一辈子。

"党生、梁萧，咱们走吧。小玉姑娘，谢谢你。"又道了声谢，秦鸿时领着人离开了。

三楼的走廊并不长，一眼望到底的地方，冉小玉咬着嘴唇站在那儿，半晌才撂下攥紧的拳头，她也知道怪不得别人信不着自己，毕竟自己身上这身衣服是粉不是白。

"等我转做了医生，你们求我给你们治我都不治。"又哼了一声，她转身朝病房奔去，出来这么久，护士站肯定要骂了。

　　　　*

出了医院大门，秦鸿时叫两人在门口等，他自己去叫车。

雪后的天望过去是一望无际的蓝，心情不好的梁萧拖了拖党生的领口，抬头继续研究横在蓝天上的那枝树杈子，不知不觉又叹了口气。

"梁萧哥，这点伤不算什么，耽误不了滑冰的。"党生是副闷葫芦的性子，人一多就不敢说话，这会儿就他们俩了，他才敢把心里话说出来，"以前帮爷爷修房子，从房顶上摔下来，三天下不来床的时候都有，歇歇就没事了，真的。"

小孩子说得真挚，叫梁萧不得不低下头再次打量这个孩子。他的眼睛在日光底下剔透明亮，巴巴看着梁萧，脸上写的全是"认真"俩字，梁萧伸出手，摸了摸他的脑袋："我知道你没说假话，可是党生啊，速滑是项特别专业的运动，人在冰场上是需要你全身每一块肌肉去配合发力的。这点伤放在以前或许真的不打紧，可高强度的训练会把伤无限扩大，必须及时治疗的。"

"现在不是没法治吗？"

梁萧喉咙一哽，落在党生肩膀上的手缓缓一握："暂时没法治，不过我们会想办法的。"

党生想问是什么办法，话刚到嘴边，耳朵里就传来嘀嘀的鸣笛声，回头去看就见一辆载着秦鸿时的车子停在了道边，车里的人正喊他们过去。

梁萧拍拍他："回去再说，我们不会就这么坐以待毙的。"

党生懵懂地点点头。

*

梁萧说他们会想法子，秦鸿时也说会想法子叫他上场，可当回了体校，他们却都只叫他去卧床休息。农村出来的孩子从来就不知道什么是卧床休息，才在床上躺了一分钟，党生就觉得后背上的被子痒痒的。

他们住的屋子离训练室不远，脑袋挨着枕头就能听见二毛呼哧呼哧的运动声。他实在待不下去了，趁着屋里没人趿上鞋子跑了出去，他想告诉秦教练自己没事，真的可以训练，没想到人都没走出屋子，就迎头撞上了秦鸿时。秦鸿时拿着本书正闷头看着，没瞧见党生出来，两个人一下就撞在了一起，就听"啊"的一声，秦鸿时把后仰的党生拉住了。

"不是叫你好好躺着吗？怎么又下地了？回去，回去！"

"教练……"

"回去。"秦鸿时扬扬手里的书，"总算叫我找着了，以前队医留下几本书，咱们队现在条件有限，不过办法总比困难多，来，躺下，叫我看看你伤的位置。"

他这是打算亲自上手了。就算秦鸿时不是医生，好歹带过这么多队员，伤病的护理康复他多少知道些。

秦鸿时把人按回到床上，手掌摊开，反复在书的一页处按压几下后，将书摊平在党生脚边："你这个位置应该是扭伤合并撞伤，推拿应该能解决得了。"

信誓旦旦说着笃定的话，秦鸿时摩擦着手掌，缓缓将手放在了党生腰上，就在他慢慢加力的时候，眉头皱紧的党生终于忍不住龇牙"嘶"了声。

还没正式开始就赶紧结束的秦鸿时看着躺在床上疼得牙齿打架的党生，无力气恼的感觉顿生：他就是想让体校活下去，怎么什么事都这么不顺呢！

沉默一阵后，秦鸿时不甘心地拿起册子又研究了半天，本以为再上手多少能好些，可手起手落间，党生非但没好，反而越来越痛苦了。他赶忙撂开手，一脸抱歉地看着党生。

门外走廊里传来人声，是老吕领着训练结束的二毛朝这边来，秦鸿时脸沉了沉，一句话没说转身出了房间。

十米见方的屋子四角各摆着一张铁床，党生坐在最里头那张床上，听着窗外的风呼啦啦扯动树枝窗框，手无措地抓了抓床上的被褥。秦教练这样，是说他不能再滑冰了吗？可是他能滑啊，他能的。

好像个被人遗弃的小猫小狗似的党生连滚带爬地下床，嘴里低声叫着秦鸿时的名字：“教练，秦教练……”

不知道是他可怜巴巴的声音起了作用还是怎么，方才还闭拢的房门下一秒竟然开了，刷着绿漆的木板门发出“吱呀”的响声，紧接着一个脑袋探进来。党生眼见着那张脸一点点探进门里，眼底的希望也跟着那张脸渐渐地消散开：“是你啊……”

“是我怎么了？”二毛拿过墙上的毛巾，就手绕着脑袋瓜就是一圈，以前跟着梁萧时还不觉得，真在老吕手底下练上几趟才知道，速滑的基础训练是相当耗费体力的，瞧他这一脑袋汗就知道。

接连擦废了两条毛巾，脑袋总算不那么稀拉光汤的了，二毛这才把毛巾丢进脸盆，边往盆里倒热水边扭着脑袋问党生：“你还没说呢，是我怎么了？难不成你不想见到我？”

党生半条腿搭在床沿，轻轻摇了摇头：“不是。”

“二毛，你看见秦教练了吗？”

“看见了，门口和吕教练还有梁萧说话呢……”刚才老吕摆手叫他走，也是他心急回来看党生，连那几个教练说了什么都没来得及细听，现在想想，他们似乎提到了党生。

咕咚咕咚灌下整杯水，二毛抹着嘴扒拉着党生给他腾些地儿坐：“秦教练好像说你的伤不咋好，可我瞧你这不是没事吗？”

谁说不是呢……党生耷拉着脑袋，手有一下没一下地抠着指缝：“我说了我没事，他就是不许我练习，可我真的要滑冰……”

党生性子没二毛那么活泛，说起话来从来不大声，二毛瞧他一脸小媳妇似的模样，抬手撩起他的衣襟仔细瞧了半天：“也瞧不出什么事啊。不过梁萧说了，秦教练和吕教练都是专业的，听他们的没错。”

是没错，可他需要上冰场啊……

党生闷不吭气，可那急切的劲儿却分明写在脸上，二毛看了他一眼，默不作声地折回到门口。

门外头，低声说话的三个人不知把阵地转移去了哪里，这会儿门外静悄悄的，没半点声音。二毛趴在门上听了半天，确定外头没人了，这才扭过头冲着党生一眨眼睛："你不是说在医院碰着一个能治伤的姐姐吗，干吗不去找她？"

党生摇摇头："秦教练不许，说她不是专业的。"

"专业不专业的，治了再说，再说了，就你现在这么干吊着，不是也没人能治吗？"

二毛的话像一壶烈酒，钻进耳朵里，醍醐灌顶，党生眨眨眼，终于不那么烦了。

　　　　　*

说好了下午陪党生去找那个姐姐，谁知道气还没喘匀，门口又传来了老吕的喊声。六十出头的半大老头说起话来中气足得很，吼一嗓子威力比他爸还强，这边正和党生商量着路线的二毛话才起了头就叫老吕吼着溜出了门。

还是方才那扇半开的门，还是那个露出半截的脑袋，二毛隔着门缝嘱咐屋里的党生："等我练完了咱俩就去。"眼见着党生点头，他这才放心地离开了。

　　　　　*

孩子有孩子的愁，大人有大人的愁，离开房间的秦鸿时并没放弃党生的意思，和老吕梁萧商量了半天，好歹算是搜刮出了几个有复健经验的人选，又要去找联系方式外加说服人家帮他们义务劳动，毕竟连他们这些教练员都没工资，更别提付钱请人家了。

人情牌不好打，四个人的名单半小时联系到三个，得到的说辞都是大同小异：没时间，忙。

"咱们体校的情况大概都知道了……"秦鸿时挂断电话，苦笑道，"是我我也不来，什么年代了，还叫人家上有老下有小的来义务劳动。"

想想又觉得这话说得丧气，慢慢敛好心神，打发梁萧："老吕领着二毛去坐自行车了，你去看看党生，那孩子一个人在宿舍呢。"

梁萧点点头，知道他是不想让自己在场听他再被人拒绝一回。体校说是暂时保存下来了，可依旧是要啥没啥，哪怕找着了队医，后头还有不止一个难关等着他们呢，能上场的冰刀就是其中一项。

从二楼下来，梁萧扶着扶手，打算回头再研究研究老梁留下的那本笔记，先前看了几次，除了知道是老梁设计的新冰刀图纸外，其他什么门道都没看出来，因为这款冰刀和之前老版的冰刀实在太像了。

梁萧想得太出神，以至于什么时候到了一楼都不知道。后门外的院子里，老吕抬着一只手指挥二毛做热身，下午出了太阳，泼金洒银地落在少年头顶，一副朝气蓬勃的模样，梁萧看着看着，胸腔里不足的底气渐渐找了回来。他收回手，迈着大步朝宿舍走去。困难再大又怎样，他骨子里流的是梁家的血，属于冰面、属于冰刀的血，就算迟了些，也是迟早要找回来的东西。

"党生……"眼见着宿舍近在眼前，梁萧整理了下表情，露出一个自认可以鼓舞人心的笑容，伸手推门，"吱呀"一声，门开了，对角各放一张床的见方房间里，阳光倾洒进来，照见那满室乱飞的尘埃，他眨眨眼，党生呢？

党生住的那张床上这会儿被褥叠得平整，床单上甚至没半点褶皱，自然，也就没什么人在了。

党生！

梁萧的心咯噔一下。

二楼，秦鸿时神情沮丧地放下电话，他望向窗外，对着那根横在窗前的树杈子发了好一会儿呆，其实拒绝是意料中的事，只不过这最后一通电话比之前几个都直接不说，甚至还发出来一声不屑的笑声……

不是全无交情的人，遇着事却是这么个结果，人情冷暖，可见一斑，还真是校未倒茶先凉啊。心里感叹着，脸上的表情就越发落寞起来，接下来该怎么办他是半点想法也没有。

古董级的摇号座机安静地搁在桌上，他的指头有一搭无一搭地缠弄着电话线，就在沉默时，门外忽然传来急促的脚步声，门甚至都没推开，他就听见门外的梁萧粗喘着说党生不见了。

不见了？他站起来，看着身后豁然打开的房门，扬着嗓子问："怎么又不见了？"

才叫人撅了的秦鸿时口气里充满了不信和气愤，一个"又"字更是叫梁萧不知道该如何回答。人怎么又不见了的，他也不知道啊。

面面相觑的工夫，楼底下的人也听见了动静，隔着半截楼梯就听见二毛扯着嗓子的问话声："他怎么自己走了啊？"

"怎么"，已经来到门外的秦鸿时马上反应过来这话背后的意思，一时间也顾不上细问梁萧了，直接冲到二毛跟前："你知道他上哪儿去了，是吗？"

"去……去医院了啊……"秦鸿时的表情太吓人，直接吓得二毛结巴了，"他急着上冰，可你……你说他的伤要是不好就不能参赛，所以我们商量着去找医院的那个护士姐姐……教练，我没寻思他会自己去，教练……"二毛叫着秦鸿时，说实话，见秦教练这些天，他还是头回见他这副表情呢，太吓人了。

老吕腿脚不及年轻人快，秦鸿时奔下楼时他才爬上二楼，见他这副火急火燎的表情，赶忙把人扯住："上哪儿去啊？当老师的人这么沉不住气，怎么把队伍带好？"老吕腿脚慢归慢，听力却半点不差，几个人在二楼说的话他都听见了。

"梁萧，上午医院你是跟着一起去的，知道对方是什么人吗？"

梁萧也跟着拦秦鸿时，听见老吕问，气喘吁吁地点点头："叫小玉，是个护士，我们在时她的确说过想帮忙，党生估计就是因为这句话去找她的。"

老吕颔首，抬眼看了看外头的天："这个时候保不齐人家下班了，你这么冒冒失失冲过去，一定找得着人吗？"

老吕是体校的老前辈，说出来的话透着股不容置疑的权威，秦鸿时叫他这么一说，总算不再像先前那么急了。

"那该怎么办？"

"怎么办你问我？"老吕恨铁不成钢地剜了他一眼，以前这种事都是他安排的，但凡安排，还都是有条不紊的，这回看来是真着急上火了。

老吕沉吟一声："这么的，先打电话给医院，问问那姑娘在不在，要是不在家在哪儿，咱们几个兵分三路，我去医院，梁萧和二毛年纪小，去姑娘家门口等着，记着别叫人家误会咱们是坏人，至于你……"他扫了眼秦鸿时，"党生年纪小，这么短的时间很可能走不远，你去扫街，沿路找。"

头发几乎全白的老爷子说出来的话透着股不容置喙的笃定，别说，妥帖的安排真叫急火火的秦鸿时冷静了下来。他不好意思地瞧了眼师父，默默点头："就照您说的办。"

说干就干，四个人下楼锁门，冲着马路那边各自前进了。可他们不知道的是，党生这会儿不在他们预设的任何一条路线里。

说来也巧，梁萧他们走后，党生腰上的伤一直像团疑影似的盘踞在小玉心头，久久不散，所以以下班后的她没急着回家，而是溜溜达达去了离医院有段距离的商场，不为逛街，为的是那离商场不远的体校。

谁知道到了没多久就撞见了过来找她的党生，刚好附近有家咖啡厅，小玉紧了紧领口把人领了进去。和装修简朴的体校不同，商场周围的咖啡厅从装潢到陈设都带着股农村孩子适应不来的调调。冉小玉站在吧台边点了两杯咖啡，又给党生叫了个巧克力蛋糕，回去座位的时候，却见党生正手足无措地站在卡位旁边，一动不动。

"怎么不坐？坐啊。"

党生捏着身上灰不溜秋的衣服，脸色黑里透出红来："我的衣服……不好。"

"哪里不好了，干干净净的，只管坐就是了。"她一把将人按坐在位置上，自己撂下包，跟着坐去了对面，"说吧，找我什么事？"

说来也怪，冉小玉明明因为秦鸿时那些话在生闷气，可气生得再大，在这个一脸憨厚的孩子面前也撒不出来。

冉小玉皮肤生得细腻，脱掉护士装，身上更是多了丝知心姐姐的暖意，党生瞧了他一眼，赶忙低下头去："我想……我想找你帮忙……"

"治你身上的伤？"冉小玉挑了下眉，刚巧服务员端了咖啡过来，她把蛋糕碟子朝他面前推了推，自己拿起勺子搅了搅咖啡，"可你们那个姓什么的教练不是信不着我吗？"

"我信！"党生扬起脸，声音因为紧张微微颤抖着。

冉小玉看着他倔强的模样，扑哧一下笑出了声："咱俩才见过一面，你凭什么信我？"

"我……"

她喝了口咖啡："你要是说实话我说不定还能帮你，要是说假话，那咱们就拜拜吧。"

短短几句话说得党生登时脸涨得通红，就说他不会说谎的。

外头刮起了旋风，一个白色的塑料袋隔着落地窗盘旋起伏，渐渐飞远了，咖啡厅里开着空调，暖风从头顶吹过来，党生只觉得背上汗津津的，他耷拉着脑袋，咖啡里映出的那张脸沮丧又无助。

其实也没什么可瞒的。

"下个月有比赛，我一定要上场参赛，可秦教练说了，我腰上的伤不好，训练都不许我参加……"

冉小玉除了会些推拿，对体育竞技的了解也仅限于电视里的一两个片段。她点点头，觉得党生这股执着劲儿值得她一帮。

"你那么喜欢速滑啊……"她搅着咖啡，本来是无心的一句感叹，没想到换来的竟是句否定的答案。

咖啡厅里三三两两坐了些人，吧台后头的店员趁着空当打开音响，没一会儿，一首舒缓的班得瑞就和着咖啡香在店里弥散开了。冉小玉起初以为是她听错了，一时间咖啡也顾不上喝，撂下杯子又问一声："你是说你喜欢速滑吗？"

这次她把眼睛睁得老大，生怕自己眼花，错漏过去什么重要的细节。可惜啊，咖啡厅的环境别提多好，没人高声说话，连灯光的亮度也是足够她看清党生脸上细节的。她没听错，也看不错，对面的孩子的确摇着头说没那么喜欢。

说完，觉得自己的话不那么准确，又补充说："也不是不喜欢，就是……"那个词该怎么说呢，"就是不像我另外一个朋友那样，没它不行吧。"想了想，觉得就是没它也行的感觉。他家人口少，事情却比邻居谁家都多，爸爸长年在外头打工，家里就剩他和爷爷奶奶还有一个生病的妈。

"我妈病得很重，家里给她看病花了好多钱，我想帮忙。"

这句话冉小玉听得迷糊："帮忙？然后来做你本来不喜欢的速滑？"这里头的逻辑在哪儿？她怎么听不懂了？

党生有些急，捏着袖子头埋得很低："我听他们说城里的比赛都有奖金的，我需要钱……"

哦，冉小玉有些懂了："所以你为了赢奖金，急着上场，所以现在来找我治伤？"

党生使劲儿点着头，是这回事。

冉小玉"哦"了一声，却总觉得哪里不对，想了想说："你看是不是这么回事，我最近参加那个医生的等级考试是因为我不喜欢做护士，想做医生，所以就算很难我也报名参加了，因为我有强烈的愿望做一名医生。因为热爱，我对自己的复健手法多少也有些自信，你们体育的事我不懂，可道理想必差不多，是不是要有热爱才能做得好？"

"我不讨厌滑冰的，而且……"总觉得自己哪里说得不好，党生赶忙解释，"教练说我滑得好。"

"那我问你个问题，假如有天别人不许你滑冰了，你会伤心吗？如果是非常非常伤心的那种，才称得上是热爱呢。你是吗？"

冉小玉的话让小小年纪的少年陷入沉思中，如果有天别人不许他滑冰，他会伤心吗？或许会有失落吧，毕竟从冰上走过去上学比其他路线都要快呢。但除了这个，其他的……他好像就没什么伤心的了。

小孩子的沉默就是最好的答案，冉小玉看着面前这个陷入迷惘的少年，突然觉得这个问题由她问出来是不是不大合适。

她"哎"了一声，把那个蛋糕推去了党生跟前："先吃蛋糕吧，热爱不热爱这事也说不准，指不定哪天速滑就会成为你生命一样的东西呢，先吃蛋糕。"

杏仁铺顶的巧克力蛋糕散发出淡淡的苦香，党生看着蛋糕，突然反应过来另一个问题："姐姐，你会帮我治伤吗？"

冉小玉歪着脑袋瞧这个一脸呆样的小孩："都叫我姐姐了，必须帮你治啊。"只有25岁的姑娘，前阵病房有个患者居然叫她大姐，哼……气呼呼地喝了口咖啡，冉小玉朝小心翼翼切割蛋糕的党生说，"先吃完，吃完就领你去治伤。"

党生重重点点头，吃喝的速度也比方才明显加快了，只是这个黑乎乎的水喝起来，味道怎么像马尿呢？

  *

  一圈下来，甭说党生的人影了，就是他的半截头发也没见着，走在街上的秦鸿时好像只没头苍蝇似的，眉头急得直接打起了结。这孩子是不是逃跑上瘾了，自打认识起，他都找他几回了。

  眼见着天又开始擦黑，可半点党生的影子也没见着，生怕他叫拍花子拍了的秦鸿时顾不上心里的火，转身打算去冉小玉的家再看看。

  暮色四合的时候，街上人来人往的，都是下班的人，秦鸿时在一片汽车自行车里穿梭着，冷不丁听见有人叫他，回头一瞧竟是梁萧和二毛。隔着重重人流和车辆，二毛皮猴子似的在街边上蹿下跳，一只手高扬着朝一个方向示意着。

  "你说什么？"秦鸿时急死了，扯着喉咙喊。

  "我说，老吕来消息了，人在体校呢！"

  秦鸿时神情一松，这句总算听清了，心也跟着落回了肚子里，人没丢就好，可是……下一秒又奇怪：怎么折腾了一溜十三招就这么回去了？

  刚巧面前横行的车辆腾出个空当，秦鸿时赶忙小跑过去和他们会合："人没事吧？"

  梁萧摇摇头，嘴角竟扬起一抹意味深长的笑："不光人没事，还很好呢。"

  好？秦鸿时一愣，人没丢就不错了，怎么还能扯得上好与坏？他急匆匆地往回走，问的话却好像石沉大海，有去无回，那两个家伙就像商量好似的都不搭茬，气得秦鸿时翻了好一阵的白眼。不过，孩子没出事的确是最大的好事……

  这会儿的秦鸿时还不理解梁萧他们说的好指的是什么，只当是两人的玩笑。等他回到体校，站在宿舍门口看着里头的人时，终于理解了他们说的到底是怎么一回事……

宿舍的灯管才换过，明亮地照着房间，透窗去看，扯着火烧云的天美得像幅油画一般，冉小玉弓着腰站在床铺边，手正一下下按压着党生的腰。说来奇怪，明明看上去差不多的手法，这会儿的党生却老实地躺在那儿，再不喊疼了。

"你……"

"我怎么？"

秦鸿时结巴，冉小玉没有，牙尖嘴利地回了一句，手就势在党生的腰上拍了一拍："往里翻一下，行了。

"秦教练，我丑话说前头，冲你先前对我的瞧不起，我死活是不会来的，能来全看这个孩子的面。你觉得我一个护士做不了医生的活，我现在就做给你看看，不过也说好了，我不义务劳动，我要收费的。至于你们这一时半会儿拿不出钱的事吕教练和我说好了，先欠着，以后还。"

……

冉小玉一口气说完这一大通，直接把秦鸿时说得更愣了。他看着老实巴交趴在床上的党生，讶异了好半天，就在梁萧以为他要发飙，准备过来拦着的时候，变故出现了，秦鸿时居然弓下腰，朝着床铺旁的冉小玉深鞠了一躬："对不起，谢谢你，党生就拜托给你了。"

炸毛鸡秒变顺毛鹅，变故来得太快，搞得冉小玉一时半刻竟不知该怎么答他了。

头顶的灯管刺啦一闪，不知哪只躲过冬天的飞蛾这会儿转醒了，正绕着白光猛撞脑袋，冉小玉眨眨眼回神，扭着身子避开秦鸿时那一躬，嘴里咕哝着说："什么拜托不拜托的，我也是新手，他让我治也是帮我练习。"

冉小玉就是这么个人，别人对她狠，她能十倍地狠回去，可别人但凡对她有丁点的好，她就受不了了。

秦鸿时也没想到这个牙尖嘴利的姑娘会"怂"得这么快，人一愣，随即笑了。

看来连老天爷都不忍心看他们体校就这么结束了，派这么多好人过来帮忙，真好啊……

夜幕彻底落下，窗外亮起了盏盏灯火，觑着眼去瞧，好像一条直达天界的银河，队伍集结后的第一天就在冉小玉一下下地揉按中结束了。

吃过晚饭，秦鸿时叫梁萧送人家回去。东北的夜生活不像南方那么兴旺，没到八点，远近望去，除了夜市那边稍微多了点光亮外，整条街都是寂静默然的牌匾和紧闭的门户。

梁萧和冉小玉不熟，除了一开始问她家在哪儿后就没说过话，地上的雪没扫净，像得了斑秃似的深一块浅一块，人走在上面咯吱咯吱地发着响。冉小玉是个活络性子，受不了这种安静，走没几步就开始踅摸起了话题——

"你是做什么的啊？我瞧你不管他们训练的事，是管后勤吗？后勤都是管什么的？"

女孩子的聒噪并不讨人厌，行走在夜里的街上，融化在夜市的叫卖声里，像首起伏跳动的乐曲。梁萧苦笑一下，她问的问题刚好他也想知道，自己除了把两个孩子找了来，以后还能为体校做点什么。

他的沉默引起了冉小玉更大的好奇，刚好路过一家甜品店，没关门，店里有明亮的光透出来，方便她停下来仔细打量梁萧。这一打量不要紧，她突然觉得眼前这位少年有点眼熟。

"我见过你！"她指着他，异常笃定地说。

梁萧的心一突，冉小玉说见过他肯定是指以前，以前……那可是段他几乎没干什么好事的时光呢。梁萧脸上的笑意充满了心虚，他朝后退了退，想离光能照到的地方远一点，仿佛这么做就能把过去做过的那些荒唐事藏起来，叫冉小玉认不出他。

他的心思冉小玉不知道，她只知道他站远了，自己看不清了，她一把把人扯回来，指着他的脸说："你是……"

梁萧觉得自己脸上的笑都僵住了。

"你是我上次在医学院碰到的那个师兄？"

师兄？梁萧摸摸自己的脸，心说这姑娘的眼神堪忧啊。

他的反应一丝不漏地落在冉小玉眼里，说实话她说完那句也觉得不对，印象里的师兄个头要高，脸也比这位有棱角，最重要的是师兄的脸上总是带笑的，不像这位……她伸手戳了戳梁萧的脸："你心思挺重啊。"

姑娘的指尖带着特有的温暖和味道，冷不丁来这一下直接叫梁萧愣在当处。估计冉小玉也察觉出来自己的举动有不妥，赶忙把手收了回去："那个，你看你眉心都有川字纹了，年纪轻轻的有什么好愁的？"

川字纹？梁萧抬手摸了摸眉心，是说他吗？他长皱纹了？他今年才二十多岁啊……

一辆厢式货车开着远光灯从街头晃晃悠悠地朝这边来，灯光下冉小玉满脸的同情和惋惜，搞得梁萧都内疚了，自己现在已经老到要叫个姑娘同情了？

"你听过飞龙冰刀厂吗？"

冉小玉点点头："咱们市最老牌的冰刀厂，怎么可能不知道？"她不明白好端端地怎么提起飞龙冰刀了，只能乖乖等着梁萧的下文。

街上起了风，路灯下扬起几片霜雪，洋洋洒洒落在梁萧头顶，平添了几分萧索的意味。

他朝路心撇了撇步子，留给冉小玉一个淡淡的侧脸："飞龙冰刀年前因为他家小老板的胡闹倒闭了，他不单把自家的厂子鼓捣黄了，连家也败光了。"

冉小玉隐约察觉了什么："你是那个小老板？"

梁萧点点头："党生和二毛是我在乡下避难时发现的，我把他们带回来，希望他们能闯出自己的天下，至于你问我是做什么的……"说到这儿，梁萧苦笑一下，"体校的现状你应该看到了，要设备没设备，要器材没器材，我想做的是给两个孩子做出可以参加比赛的冰刀。"

"那就做啊！"

理所当然的话落进梁萧的耳朵换来更大的苦笑，他以前的想法也是这样，那就做啊，毕竟做把冰刀不是什么难事，可真当他想放手去做的时候却发现，以前他嗤之以鼻的东西涵盖的知识并不是一星半点儿，老梁的事业从来不是那么简单的，他现在连老梁的笔记都做不到完全看懂。

他的烦恼分明写在脸上，冉小玉看一眼就全明白了，她嘿嘿一笑："这有什么难？你爸不在了，厂里做过冰刀的人不会都不在吧，多学习多问人，没有学不会的！我一个做护士的想当医生还有好多人看笑话呢，可老天爷给了我机会，我就得抓住，你也是！"

冉小玉不算是那种顶好看的姑娘，但不知怎么回事，说这番话的她身上似乎有光发出来，梁萧看着这个比他整矮一头的姑娘，突然有种被激励到的感觉。是啊，老梁不在了，杰叔在，除了杰叔还有原来厂里的职工，哪怕那些人不想看到自己，可只要他诚心道歉，一切都会有转机的，一定会……

第十三章　从零开始

冉小玉家在医院和体校中间，步行过去半小时足够了，梁萧把人送到门口，目送她进门了才往回走。

冉小玉住的公寓楼是城市最早一批电梯房，眼见他转身走进电梯间，身后那扇要关未关的门又开了。梁萧回过头，奇怪地看着门缝里的那张脸："有事？"

冉小玉点点头，就是话到嘴边突然想不起来了，她挠挠头，回忆了半天也没想起自己要说什么，又不好意思地挠挠头："我忘了要说什么了……"

昏黄的门灯从头顶落下来，梁萧隔着那片混沌看她：开口忘事这事他也干过。

"是什么要紧的事吗？"他挪后几步，退回到门前，眨着眼看冉小玉在那儿冥想。

看来冥想失败了，冉小玉急得揪起了头发，高束的马尾经不住她这么一揪，顿时混乱起来，原本挺干净整洁的姑娘也随即变了样儿，顿时有种打架失败后拖着乱尾的即视感。梁萧看着好笑，赶忙把人制住："是重要的事吗？和体校有关？"

冉小玉摇摇头，重要倒不重要，和体校肯定是有关的，她歪着脑袋又想了半天，终于还是放弃了："等我想起来再说吧。"

梁萧点点头，本来也是，算一算冉小玉和他们体校有来往不过就一天的事，加起来连24小时都没有，就算想知道什么重要的事也不可能。

身后的电梯咚一声响停在了三楼，梁萧朝她摆摆手，跨步进了电梯。就在电梯门合拢的瞬间，冉小玉终于想起自己要和他说什么了。

"党生的事啊！"她跺着脚，猛拍自己的榆木脑袋，不过电梯已经下去了，想想也只能下回再说了。夜幕彻底沉下去，冉小玉甩着发酸的手，把门关上。

*

回去的路上，梁萧想了很多，想的不是别的，都是有关冰刀的事。

"明天先找杰叔，再说其他。"他扳着指头，念叨着杰叔的名字，以前不觉得那个长相干瘦的老头有什么好，可碰到事了，肯拿出实心为他出力的还就这一个老头。

迎面飘来一阵焦香，抬头一看是个推着铁皮桶缓行的老大爷，那种铁皮桶在老家这边很常见，梁萧闭着眼闻味就知道里头烘着的是烤地瓜。

"大爷，地瓜多少钱？"

大爷闷头走路，听见询价比了比两根手指："收摊了，两块一个就卖，小伙子瞅瞅，都是黄瓤甜地瓜，不甜不要钱。"

梁萧借着路灯朝铁桶里看，桶里不多不少五个地瓜，个个腰比腕粗。

"大爷，这五个我都要了。"

收摊了还能卖东西，满脸是纹的老大爷脸上浮起幸福的笑，边掏地瓜边说："有俩个头小点的不敢保甜，就送你了，五个给我六块钱就行。"

平白无故省了四块钱，梁萧很高兴地付了钱，提着东西往回走。人哪，心情好起来，再远的距离也近了，明明平时走起来要十分钟的路梁萧五分钟就到了。

夜里起了风，撼动体校门前那棵老榆树，梁萧提着装地瓜的纸袋迈步上台阶，眼看还剩最后一阶的时候，脚忽然顿住了。夜风里，他听见两个熟悉的声音正在楼边的巷子里你一言我一语地说着话，伴随着说话声，还有深深的吸气声。

党生按照二毛说的做了半天的滑步训练，人微微喘息着，却没半点放弃的意思，边做还边问："你看我这么做对吗？"

黑灯瞎火的，二毛举着手电，仔细盯着他那两条腿瞧，半天才说："差不多。"

"不能差不多，秦教练说了真正的训练是特别严格的，我练不好就拿不到第一，拿不到第一就拿不到给我妈治病的钱，那我在这儿待的一个月就浪费了。"

"你来这儿是为了赚钱给你妈治病？"黑暗中，一个人影从路中间移过来，声音中满是诧异。吓了一跳的二毛赶忙移了手电去瞧，这一瞧，提在嗓子眼的那口气也算放下了。

"梁萧是你啊，走路怎么没声音的，吓我一跳。"

手电的光在墙砖路面上画着圈，光柱里梁萧的脸上满是讶异，党生不知道他在讶异什么，只是懵懂地点着头："我妈治病需要很多钱。"

"所以你是打算滑过这一个月就离开体校？"

手电的光和远处的路灯交织出一个混沌寒凉的世界，梁萧的脸透过那世界瞧有些凶，有些惊，党生不知道他为什么会这样，只能照实点头："我爹下个月回来，我比完赛刚好回去陪他领我妈看病去。"

说不出为什么，那一刻，听到这答复的梁萧有种五味杂陈的感觉，他原来以为天赋和爱好这两者是相通的，有了天赋自然就喜爱了，谁能想到在速滑上有这么高天赋的党生竟然还未开窍……

作为一项竞技体育的参与者，梁萧清楚一点，想在速滑这条路上走远，除了对胜利的渴望，还需要对这项运动有无限的热爱，否则，走不远的。

万万没想到党生会这么想，梁萧忧愁地看着巷子深处的两个孩子，冷不丁听见身后传来老吕和秦鸿时的说话声。自从体校决定继续下去，老吕就和他们一样住在了学校，连他生病的老伴也交给了妹子照顾，这会儿老爷子正追着秦鸿时问汤面里加点什么菜呢。

"先别菜不菜的，那俩小兔崽子你看到了吗？"秦鸿时扒拉开老吕，屋里屋外地寻人，没法子，这俩玩意属于有离家出走前科的，他都有阴影了。

梁萧挨着墙根儿站着，听前头充满人间烟火的对话，决定还是先把这会儿的发现掖回心里，总不能在这个时间再给秦鸿时打击吧，那位可是出了名的视速滑为命的人呢。

"先吃饭，我买了地瓜。"他扬了扬手里的纸袋，示意他们进门，"还有你党生，伤没好，别这么急着训练，真把腰练坏了，什么奖金都是白扯的，和你没关系。"

他说得挺严重，吓得党生当即收拢起双腿。

"会把腰练坏？"

"会。"梁萧郑重其事地点头，不管怎样，已经闯过那么多关了，也不差这一关的事了。再说，不就是个兴趣的事吗？

经费有限，所以几个人在体校集合后的第一顿晚饭是老吕费尽心思煮的，是一盆汇聚了白萝卜、土豆、生菜外加一小把金针菇煮成的方便面，甚至没有鸡蛋。

老吕把冒着热气的铝锅端进屋里，很是愧疚地说："过阵子，我想想办法，给你们提高伙食。"

梁萧把手里的纸袋摞在桌上："路上捎的加餐，告诉你啊老吕，别打我师母退休金的主意哈。"

老吕剜了这没大没小的逆徒一眼，伸手扒拉开口袋，高兴地喝了声："烤地瓜，挺香啊！二毛、党生，你俩愣着干吗呢，坐下吃饭啊，瞅啥呢？"

边说边抹抹手，掏出两个个头最大的地瓜，一人一个分给俩孩子。

"鸿时，吃饭了，有地瓜，再晚点你那份就让我吃了……"

走廊里传来秦鸿时的应和声，似乎是听见了老吕说到地瓜，秦鸿时的声音跟着高了几分，连脚步声也比开始快了不少。

党生挨着板凳坐下，捧着地瓜小小地咬了一口："教练，你们喜欢吃地瓜？"

老吕觉得娃娃的问题有趣，分好碗筷拉过板凳坐下："烤地瓜多香，你不喜欢？"

党生捧着手里的地瓜，没等开口就叫二毛抢了先："家里总吃地瓜，教练，我和党生能吃一碗方便面吗？"

这些年农村条件的确好了不少，可大多家庭吃的还是粗茶淡饭，像方便面这种城里人闲时打牙祭的吃食在他们眼里却是鲜少尝试的美味。

没想到俩孩子如此给他的方便面捧场，老吕激动得眉毛都颤了，连连点头："能，怎么不能！"

边挑面边心里叹：多好的孩子啊，不挑不拣不娇气，关键天赋还高，如今伤的事也有小玉照顾了，以后剩下来的都是好日子了。

热腾腾的汤水顺着碗沿升腾在脸上，老吕坐在马扎上不迭声地劝他们喝得慢些，压根儿没留心在外头应声半天的秦鸿时到了这会儿也没进来。

　　*

走廊里没燃灯，月光隔窗洒在地上，秦鸿时端着一碟咸菜，默默听梁萧把话说完，半晌才说了句："我知道了。"

"你打算怎么办？"体育不像其他行业，没了热爱与激情、单纯把它当作一个阶梯的人是做不出成绩的，就算做出来了，也是流星划天、转瞬即逝的事，"他还说滑过这个月拿了钱就回去给他妈治病。"

一想到老实巴交的党生放着那么大的天赋不当回事，只拿它当一个赚快钱的过场，梁萧就急得慌："你怎么还有心思笑啊？"他急得直跺脚，一抬头却见秦鸿时在笑，梁萧直接愣在那儿，半天摸不着头脑。

他一副着急上火的模样看得秦鸿时笑容更大了，抬起手拍了拍他的肩膀，说："放心吧梁萧，那孩子天生就是属于冰场的，这点他迟早会发现。"

咋发现？秦鸿时这副不慌不忙的模样看得梁萧更急了，身后那扇门里，两个孩子把面吸溜得山响，一副不识愁滋味的模样，听得梁萧越发叹起气来。

"别叹气了，我说没事就是没事，明天你和我一起带他们训练。"

"我？"梁萧没想到自己也被安排进了教练组，人一愣，"我明天想去找杰叔呢。"

"为了冰刀的事吗？"秦鸿时挑挑眉，"梁萧，我没泼你冷水的意思，做冰刀不像单纯的速滑那么简单，需要许多专业知识的，队里现有的几副刀虽然不比其他队那么好，但只要咱们的孩子优秀，丁点的缺陷是能弥补的。"后面的话他没说，秦鸿时拍了拍梁萧的肩，推门进了屋。

门开的瞬间，明亮的灯光倾泻出来，落在梁萧的脚上、身上还有那双因为无措不断攥起松开的手上，秦鸿时的声音好像古时候小二吆喝似的打从里头传来："快来，尝尝我腌的咸菜。"

"啥玩意？吃腻了？拜托你看看这是普通的咸菜疙瘩吗？这是你们教练秘制的萝卜条好吧？梁萧呢？梁萧进来，用嘴告诉他们俩我的萝卜条和他们在家吃的有没有不一样！"

梁萧在秦鸿时的吆喝声中进到了那个烟火升腾的小屋里，整栋楼能关的电全关了，这里是唯一一间亮着灯的房间，方便面余温尚在，两个孩子已经在秦鸿时的威势下各夹了一根萝卜条塞进嘴里，老吕在边上笑着啃地瓜。说这是最美的人间烟火属实不为过，可说不上为什么，梁萧的心里总是空落落的，好像丢了什么重要的东西，更奇怪的是，那样东西他似乎从没拥有过。

就这么浑浑噩噩地吃过晚饭，三个大人外加两个孩子挤在一间房里睡下了。梁萧睡在靠窗的上铺，窗帘没拉严，泻进一束洁白的月光，他枕着胳膊躺在床上，半张脸沐在月光里，渐渐进入了梦乡。这一晚，许久没见的老梁出现在了梦里，一下一下轻抚他的头发，嘴里絮叨着别难为自己。连老梁也不看好他这个门外汉接触冰刀吗？梦里的梁萧眉头渐渐蹙了起来。

*

第二天清早，梁萧被耳边隐约传来的沙沙声吵醒了，睁眼一瞧，昨晚房间里睡了五个人，到了这会儿就剩他一个了，梁萧打个激灵，粗暴地套上衣服，翻身下床。

动静是从后院传来的，想起昨天提到的冰场，梁萧寻思着八成是在浇冰呢。训练用的冰场因为会有冰刀划痕造成的破损，隔一段时间就要进行浇筑维护，冰面如果破损得大，甚至要多浇几次。

梁萧掖好裤脚，人已经叫昨晚的梦说服了，既然他对冰刀的事知之甚少，那就多在训练上出些力吧。

这么想着，步子也越发快了，可等人走出院子，看着在冰上徒手拉着一个大铁桶的秦鸿时时，梁萧那颗已经稳定下来的小心脏还是禁不住扑腾了一下。

"老师，体校的浇冰车也坏了吗？"老秦怎么手动浇起冰来了？

老吕指挥着两个孩子推车的动作，慢条斯理地掏出根烟，细声细气说："节约，要从每一度电做起，浇冰车费电。"

好吧，体校已经穷得叮当乱响的概念再度在梁萧的脑海加深了。

手动浇出来的冰场比不上浇冰车浇出来的那么细腻，秦鸿时半圈走完，人已经累到不行不说，瞧着那片坑洼起伏的冰面，又止不住哀叹，就这冰况，真不如别心疼那点电钱了。

两个孩子却兴奋得不行，连内向话少的党生都说这场地比他们村的那块可是大太多了。

秦鸿时放下车，抖了抖开始滴水的衣襟，那是自然，榆杨村的那块冰场他看过，比短道那百来米的场地大不了多少，真正的大道速滑的场地周长可是足足有四百米的。

把车推到一边，秦鸿时擦着汗走到老吕旁边："这钱省不下来，你看那坑坑巴巴的，根本没法滑。"

"也不是一点办法都没有。"在边上愣神半天的梁萧朝场地上一指，不知什么时候，二毛已经拉着党生换鞋上了冰场。

"祖宗，他腰上的伤还没好呢！"秦鸿时拍着大腿迭声地叫，可就算他叫得再狠再响，也为时已晚了，两个祖宗已经以迅雷不及掩耳之势蹿上了冰面。二毛更是在蹿出去十几米后回头示意党生去追他，秦鸿时把嗓子喊劈了也没拦住这小子。

"教练，你看！"

气到肺炸的秦鸿时冷不丁听见人叫他，顺着那只手朝冰面上一看，北风清冽的广阔平地上，党生并没像二毛鼓动的那样奋力去追赶，而是停在原地，拿刀刃缓缓地搓着地面。

秦鸿时脸色一沉，明知故问："要我看什么？"

看什么？梁萧翻了个白眼，扬着嗓子问近处的党生："党生，你怎么不滑？”

"教练不许我剧烈运动啊……"党生指着腰，不明白梁萧好端端怎么问起这个。

梁萧摊了摊手，就说他对冰场缺乏激情。

"梁萧……"就在梁萧为党生的事忧愁的时候，秦鸿时淡淡叫了下他的名字，"你看那孩子的眼睛。"

眼睛？梁萧有些蒙，侧过来去看党生的眼："他眼睛怎么了？"

"这孩子眼里有对冰场的渴望，你仔细看，二毛飞奔时他的反应。"

反应？梁萧的两只眼睛瞪得像铜铃，盯着党生的脸仔细瞧，除了憨笑，别的啥也没有啊，更别说渴望了。他还记得自己头回上冰场的时候，接连卡了三个跟头，膝盖都磕肿了，心却无比激动，对冰场的热爱从来都是天生的，根本不用旁人去启发去促动。

他的忧虑秦鸿时看在眼里，他的意思他也一清二楚，抬手压了压他的肩膀，秦鸿时说："不是每个人都是你那样的，党生这孩子年纪不大，背负的东西却多，家庭、学业，包括这次拿你的话讲是为了奖金来参加的比赛，动机不纯，可别忘了，他是个孩子，许多事也许连他自己都不清楚，而这些事就需要咱们这些做教练的去引导去指引。梁萧，别那么急，慢慢来，过半个月，咱们且看。"

风扬起秦鸿时的领口，搅动头顶几根白发，不知为什么，那一刻，梁萧突然就想起了曾经的老梁，老梁也像此刻的秦鸿时一样，极有耐性地和他念叨着冰刀是怎么回事，什么样的材质更利于运动员在冰场上的发挥，那时候全当耳旁风的话到了这会儿却成了再难重现的珍贵东西，想再听一回也难了。

风在楼宇间穿梭，吹到耳边，依旧是刺骨的冷，梁萧吸吸鼻子，第一次觉得他不该让老爸的事业就这么轻易断送。

杰叔自从在老吕那儿得知了梁萧回来的消息，就一直急着想去看看，可腿伤没好，儿子更是盯贼似的盯着他，搞得他心急如焚却也无计可施。这天吃过早饭，儿子单位来消息叫他过去，又挨了好一通嘱咐，陶家杰好歹算是把这尊大佛送走了。

外头天不错，开得十足的暖气烘出窗顶一方清冷甘洌的蓝天，陶家杰半靠在被窝垛上，鼻梁挂着副厚底花镜，正觑眼看着手里那沓票据。那些都是他为了把冰刀厂弄回来找的证据，可惜啊，折腾这么久，还少了些关键的东西——能证明梁萧是叫人骗了才签了那些文件的证据。

晴朗的日光隔窗照亮大半个房间，邻床的病人边吸溜着牛奶边拿眼打量他："老哥，我瞧你年纪不小，儿子也孝顺，该退休的年纪了，怎么还这么忙啊？"从他住进来那天算起，他就没看见陶家杰安心养过病，手上总是捣东捣西的，当然了，人家儿子在的时候除外。

陶家杰无意识地"嗯"了一声，半晌才反应过来隔壁还有道炽热的目光等着他答话呢，他嗒了一声，放下手里的票据："这是……"他也不知道该怎么说了，因为说来实在话长。

刚巧门外传来说话声，一时间吸引了邻床大哥的视线，陶家杰也乐得偷闲，把自己不大擅长的解释工作给免了。本以为能有点时间再琢磨琢磨这堆材料的，没想到才放他一马的哥们儿下一秒竟探过只手碰了碰他："老哥，好像找你的，我听着是说什么杰，你名字不就是陶杰吗？"

是陶家杰……

杰叔无奈地看着这个脑震荡合并骨折住进来的病友，目光移去门边，心说这脑震荡的后遗症不小啊，眼里却看到个熟悉的身影。他惊叫出声，人差点从床铺上弹起来，是梁萧！

梁萧也听见了杰叔的叫声，他赶忙向护士道谢，推门进了手边那间房。

阳光和消毒水的滋味铺天盖地地落进眼里，梁萧看着不迭拍打着床铺催他过去的杰叔，眼眶止不住地酸起来，才多久没见啊，杰叔怎么就瘦成这样了呢……

"傻孩子，好端端的哭什么，快点过来坐。"知道他在为什么伤心，陶家杰无所谓地拉过人，再把他强摁在床垫上，满脸关切地问，"你怎么来了？老吕说你回来了，在体校，怎么样，在那边待得适应不适应？"

梁萧看着杰叔腿上的石膏还有脑门贴着的纱布，头像压了十斤重的石头似的怎么也抬不起来，只是闷着声音说："以前又不是没在那儿待过，没什么不习惯，都挺好的。"

他说挺好陶家杰又怎么会信，今非昔比，这会儿的体校和他在的那会儿根本不是一回事好吗。

"杰叔，你怎么样，除了腿，还伤在哪儿了？"

陶家杰摇摇头，想说没了，嘴没张开就叫邻床的病友抢了个先："胫骨肋骨都有骨折，换作是我，肋骨骨折根本就没力气坐，哪像他，天天还忙活什么票据呢。"

"杰叔，厂子的事是我自食恶果，你就别替我忙活了，再说胖猴他们敢对你动手一回，就有第二回。"听了这话，梁萧一脸愧疚。

"嘻！我这把老骨头吃的盐比那家伙吃的饭都多，这点小场面还是不怕的，再说那是你爸的心血，是他留给你的家业，不管多难，咱们都要想法子拿回来的。"

邻床的从住进来还是头回听见这些内容，什么厂子，什么家业的，听着就劲爆，巴不得再听多些呢，见陶家杰说一句喘半声，不禁心急催道："什么厂子？是叫人算计了吗？我侄子是律师，用不用介绍你们认识？"

"叔，能下床吗？我推你出去走走？"

陶家杰点点头，也好。

出门前怕他受冻，梁萧又找了两件外套给陶家杰披着，可怜精瘦的人经他这么一打扮直接成了粽子，画风顿时好笑起来。

陶家杰无奈地扯了扯横在脸上的围巾："隔壁是个热心肠。"

梁萧点点头，也挺八卦的。

"叔，我是怕他们再算计你。"

"不打紧，你叔也不是吃素的，这次的事公安局和交警队在查，一旦有了眉目他就是自寻死路。"何况他这把老骨头，已经是半拉身子已经入土的人，没什么事能把他吓住了。

见他还要说什么，陶家杰抬手把人拦住："梁萧，你今天来是不是有别的什么事？"离体校生死攸关没几天的当口，他会跑来医院，陶家杰不信单纯是为了看他。梁萧一下叫说中了心事，有些不好意思，支吾半天才绕到轮椅前头，半蹲在他身前说："叔，我想学做冰刀，可是不知道从哪儿入手，所以只能来找你帮忙。"

轮椅踩停在住院部一楼的大厅里，玻璃转门走走停停，不时带进来一阵凉风，陶家杰坐在椅子里，鼻尖叫风吹得一阵阵的凉。他还记得梁家出事不过是一个多月前的事，那时把梁萧送去榆杨村也是实在想不到办法的下下策，可谁能想到，那个眼里什么都没有的二世祖会在短短一个月里有了这么大的变化……

他半抬起手，示意梁萧过来拉住自己，另一只手一下下抚着这个后辈的手背，天可怜见，老梁要是在，看到这幕该有多开心啊。

都说上了年纪，七情六欲都淡了，眼泪更是金贵得很，那一刻，陶家杰的眼泪却像不值钱似的啪嗒啪嗒往下掉，湿了手背还有半张脸。

他哭，梁萧也哭。他知道杰叔为什么伤感，是啊，要是他早些懂事，多替老梁分担些，说不定这会儿他还在身边说着他的不是呢……

医院里人来人往，没人留意这哭得稀里哗啦的一老一少，见惯生老病死的地方，眼泪是最司空见惯的东西。

哭过了，情绪抒发出来了，人也舒坦了不少，陶家杰抹抹眼泪，也叫梁萧别哭了："不知道从哪儿入手不要紧，有你杰叔在，我替你找人教你。"

冰刀厂虽然倒了，可冰刀厂的老人还在，只要梁萧有心学，他就一定要帮他圆了这个梦。

❄ **速滑小知识**

速度滑冰（也叫大道速滑）同短道速滑的区别除了运动员所用冰刀不同外，还有一个区别从它们的名字里就可以窥得一二：大道速滑场地最大周长为400米，最小周长为333.33米。短道速滑的冰道则短得多，场地周长111.12米。大道速滑的跑道是由两条连接两个半圆的直道组成的封闭跑道，两条跑道内半径25到126米，终点设在直道一侧终点，另一侧设变道区。

第十四章　三顾茅庐

　　捏着杰叔给他的地址，梁萧离开了医院，宽坦的庭院里，阳光白惨惨的，风从光秃秃的树杈里吹过来，小刀似的割着脸。他拢了拢领口，白貂风毛贴在额前叫风吹得上下乱飞，杰叔给的这个地址是飞龙厂当时负责技术的老工人，也是对他意见最大的一个人。

　　梁萧瞧着小黄楼3号门的字眼，心止不住七上八下，当年的事过了这么久他仍历历在目。还记得那时候他和胖猴还是铁瓷，才开春的暖阳天，胖猴提议去飞龙转转，瞧瞧梁萧的家业，他想都没想就答应了，于是七八个人四五辆车浩浩荡荡拉着队伍就到了厂区里，开始溜溜达达还没什么事，直到胖猴指着那栋白色的技术楼说想去那儿看看，他和那位叫宋东方的前辈间的恩怨由此正式拉开了序幕。

　　往事不堪回首，梁萧愁得直挠头皮，可杰叔也说了，要想学做冰刀，宋东方就是位绕不开的人物，既然这样，死就死吧！他松开手，转身朝身后的住院楼瞧了一眼，终于大踏步走出了庭院。

　　＊

　　所谓小黄楼是城市对市北几栋外墙是黄色的小楼的称呼，早年作为制鞋厂后勤保障的办公楼，后来改作职工宿舍，等到制鞋厂倒闭，这楼没了人维修，慢慢就成了城市的眼泪，成了一众气派楼宇里不和谐的那一点。

梁萧为了省钱，从医院一路走过去，等到了地方，太阳也从手侧移去了脑瓜顶上。肚子开始咕咕叫出声，他却没时间找吃的，站在几栋印象里的小楼前，他仰头望着楼宇门上斑驳的字迹。

杰叔说是三门洞二楼东边这间，应该是这里吧，确定找对了地方的梁萧深吸一口气，做好了等会儿要挨骂的准备，抬手敲响了面前的铁门。

"咚咚咚。"他悬着手，等了一会儿，见没动静又敲三下，关节叩在锈迹斑驳的门扉上发出的声响，在直上直下的筒子楼里反复回响。

终是没人应。梁萧皱着眉正盘算这会儿人不在家能在哪儿的时候，身后楼梯上忽然探出来个脑袋。

"你找谁？"

那声音又细又尖，吓了梁萧一跳，他拍着胸脯回头看，发现是个白头发的大爷。

"大爷，宋东方是住这儿吗？"

"他不在家，每天这会儿他都在街口摆摊修冰刀，你要找就去街口找。"见梁萧一脸的了然，抬腿要走的大爷又收住了脚，"你是他什么人，关系近吗？劝劝他，都什么年纪了还整天惦记他那点手艺，要我说现在滑冰的人都没多少，还谈什么修刀？"

大爷嗓门亮堂，话里话外都是对滑冰这事的瞧不上，梁萧急着找人，不然非得和他好好说道说道。匆忙道了声谢，梁萧快步下楼。

街口？不会是他来的那个？那就是，右手指在左手掌心一点，他扭头朝反方向走去，没走几步就看到一条竹篱圈出来的小院旁边，有个熟悉的身影，那人正坐在大树底下，弓着腰摆弄着膝头上的冰刀。皮面破了，刀刃却格外亮，太阳底下瞧，不时映出一道亮线投在身后的树干高墙上。

梁萧搓搓手，往前挨了几步，低声喊人："宋叔……"这一声是底气不足喊出来的，专心琢磨冰刀的宋东方压根儿没听见。

他握了握拳，又喊一声，这一声是花了力气的，宋东方果然停下手里的活计四处张望起来。他往前凑了凑："宋叔，是我，梁萧。"

"梁萧？"宋东方推了推鼻梁上的镜子，喃喃的声音像在念叨一个特别遥远的名字，终于，记忆里的那个人和眼前这小子的脸重合在一起，宋东方的脸顷刻间冷了下去。他重新埋低头，手依旧不紧不慢地伸进鞋里压抿里头起的皮，什么梁萧，和他有什么关系。

宋东方一副我不认识你的神情让梁萧有点受伤，他知道之前是他做得不对，可他真的想改，也决心想改了。他扯着衣角，脑海里浮现出杰叔在他离开时说的话，人就如同这冰刀，花多少心思在上头刀就能给你多少回馈，不论当年是他年少轻狂还是混账王八蛋，事情终归都是他做的，错也是他犯下的，不能怪人家生气。

想通了，也就不委屈了，梁萧攥紧衣角几步走到宋东方跟前："叔，以前是我混账不懂事，害了我爸也牵连了你们，我知道错了，我现在是诚心想学做刀，除了你没人能帮我，求你了叔，你大人不记小人过，别让我爸的一番心血在我这儿断了。"

"做刀？"宋东方哼了声，扬起脸看太阳，还伸手捞了捞，"这太阳也没打西边出来啊，咱们一贯瞧不上臭工人的梁大少爷怎么想起做冰刀了？还是说您老闲着没事特地来寻我的开心？"

"不是，我没有，宋叔你听我说……"

想解释的手伸去一半就叫人挡了回来，宋东方拎着工具箱飞速把东西收拢回箱里，一边起身一边说："你什么都不用说，我没那个本事也没那个精力教你，真想学就另请高明吧。"

说着，宋东方就朝小黄楼走去。

"宋叔，过去的事我真知错了，我找到两个特别有速滑天赋的孩子，可现在他们没有合适的冰刀上场比赛，我想帮忙，却不知道该从哪儿帮，你就……"

老头噜噜噜地走，他一句话说完，街上早没了宋东方的影子。

风一阵阵地吹，吹散了遮脸的帽子，梁萧山红着脸，不知所措地站在那儿，他是真的知道错了，宋叔为什么就是不信他呢？委屈过后，涌上来的是无边的倔强，如果宋叔真不原谅他，他就站在这儿一直等到他原谅自己为止。

小黄楼的窗是早些年的那种铸铁钢窗，拉一下吱呀地响，既不好看也没塑窗保暖。宋东方撂下东西站在窗边，看着楼底下戳着的人，不好的情绪波浪似的在胸口翻涌，他就是气不过，曾经把冰刀说成是赚钱工具的小子和他说什么继承和热爱？越想越气，他直接折回桌旁，抄起电话打给陶家杰。

"你个老东西，退休了，退休了怎么还找我的麻烦！"

这通电话陶家杰已经等了有一会儿了，听见他发火，自己禁不住笑出了声："是谁前几天还帮我找证据的？死鸭子嘴硬。"

冷不丁叫人掀了老底，宋东方的老脸腾地就红了，他先是使劲儿跺了下脚，接着就吊高嗓门说："反正我不管，冰刀厂现在也没了，我是不会让自己跟这个扫把星扯上半点关系了，半点也不！"说完，他就挂了电话，不再给叫人揭短的机会。

窗外，风时大时小吹打着窗扉，透风的铁窗发出咯吱咯吱的声响，方才还晴着的天不知道什么时候又阴了，矮仄的二楼沉浸在那片灰败中像叫人罩了层塑料，宋东方站在里头，胸口一阵一阵透不过气来。

屋子就那么大，别说北边卧室，就是客厅里也瞧得见那个讨人厌的家伙杵在楼下。宋东方眼不见心不烦，直接进了南边卧室，门一关，不听不看，乐得清闲。

像是为了表示自己的不在乎一般，他甚至翻出那台八百年不听的收音机听起了里头的评书。田连元的《水浒传》前些年特别火，这会儿听却怎么也听不出个滋味来，他躺在床上，在听到拳打镇关西那里时忍不住弹坐起身换了个频道，唷，厂子倒闭他连点收入都没了，电台的主持人居然和他推销保健品……

宋东方"哼"了一声，又换了个频道，就这么心烦手快地接连换了三四个频道，宋东方手停住，听见里头传来一条播报，第七届全国青少年速滑比赛选拔赛将在一个月后于本市举办。梁萧说他找了两个孩子，学做冰刀就是为了让他们更好地参加比赛，说的比赛大概就是这个吧。

学做冰刀？宋东方止不住冷哼，这话换谁说他说不定都能信上几分，是他，梦里都不用想。

他还记得那次他带着那些狐朋狗友来厂里时的情形，开始原本好好的，直到他的一个朋友凑在车床旁边想上手试着参与一下，那小子说什么？哦，对，说冰刀有什么好做的，一点技术含量都没有，是个人就能做。是个人就能做，那他这会儿又来干什么？

宋东方枕着手臂看着天花白墙，肚子不知不觉咕噜了一声，人啊，果然生不得气，一生气，饿得都快了。他哼哼着爬起来，进厨房去张罗吃的了。

饭是昨天剩下的，配上小葱鸡蛋，再切两块红肠丁，一番炉火热气后，一盘香喷喷的炒饭出锅了。宋东方端着盘子走到桌旁，闻了闻味道，有些感慨，这不管是人还是东西，哪怕再不堪，也有能让他发挥热量的地方，就拿这饭来说吧，你要是真拿那才出锅的米饭去炒，绝对不如这隔夜饭吃着爽利。

人都等不及坐下，走在路上就扒拉了两口，红肠的肉香透过齿缝滑进胃里，从头皮到脚底的舒坦。

三两下吃完了饭，宋东方瞧见墙角搁着的工具箱，想起刚才叫打岔修了一半的冰鞋，忙撂下盘子拿过马扎，坐下开始干活。

明亮的白炽灯在阴云密布的天里努力地发着光亮，等一双鞋修完，宋东方整个人已经是腰酸背痛腿抽筋了。到了岁数，真是不能不服老……

他捶着腰起身，突然听见门外有人喊他。一声叠着一声的"老宋"一听就是楼上老吴头的动静，他搓着手去开门，嘴里边问着："什么事啊？"

"你回来了啊？之前有个小伙子找你，我叫他去街口了，刚才我老伴叫我去买酱油，一下楼就看见那小子雪里站着呢，我还寻思呢，这么坏的天你不能没回来啊。"

小伙子？宋东方只觉得心都咯噔地翻了个个儿，不敢相信地一步一步朝窗子走去。风顺着窗缝溜进来，越走近越觉得什么东西凉凉打着自己的脸，宋东方瞪着眼，一点点朝窗外看去。

不过一个晌午的工夫，原本的好天气就不复存在了，密匝的云低压在头顶，撒麦似的往地下泼着斗大的雪片，梁萧就站在楼下那成排停靠的自行车前，肩膀和头顶都让雪染成了白，因为冷的关系，他不时跺上两下脚，眼睛也跟着朝楼上看过来。

宋东方心一慌，赶忙抽身躲在墙后头。这小子居然还没走？心七上八下地翻腾，老吴头的声音喇叭似的在门口循环播放："你到底认不认识那个人啊，这么冷的天怎么不让人进来？还是他不知道你回来了，用我替你叫一声不？"

"不用。"老吴这股热心肠着实让宋东方受不了，趁着那个腿脚麻利的老头没跑出去，他赶忙飞奔着把人拦住了。一道洞开的门，宋东方站在门里，扯着外头的老吴头。

"不用？为什么不用？"

"他……"宋东方心烦地咬咬牙，"他是来要账的！"

"要账？你欠人钱了？"老吴头瞪大眼睛瞧着这位邻居，心里不禁啧啧，瞧不出瞧不出，平时瞅着老实巴交的家伙也会欠钱……

老吴头的脸五彩缤纷地变换着颜色，一看就是在乱想，宋东方懒得解释，直接总结："所以你别管。"

行吧……老吴头点着头上了楼梯，只不过那不时抽动的唇角泄露了他的心思：债主上门的戏码他咋舍得错过呢？

……

好歹算是把人打发走了，宋东方气闷地关上门，心里琢磨起楼下的人，他这是从刚才一直站到这会儿吗？丁零一声电话响，十足吓了沉思中的宋东方一跳，他拍着胸脯折到桌子旁，抄起电话喂了一声："谁啊？"

"老宋，你欠人钱了？"

……

老吴头那个破车嘴，回去就把自己"欠钱"的事说给邻居听，结果怎么着，隔壁的邻居跟着过来"慰问"他了。

头疼……他使劲儿掐了两下太阳穴，觉得不能这样下去。想来想去，他的目光定在桌上那张纸上……

*

天说变就变，原本艳阳高照的，眨眼就下起了雪。梁萧在雪里站了这一会儿，脚冻得早没了知觉，说来也怪，从来都是遇到困难直接绕道的人这回却上了倔劲儿，天越是冷他越是没了离开的意思。

宋叔说得对，他之前的态度太轻率了，任谁也不会相信他是真的决心做把好刀。所以，他就在这儿等，越冷越要等，直到宋叔相信自己没在开玩笑为止。

咯吱一声响，他抬起头看着声音出现的地方，眼睛跟着一亮，是宋叔家，宋叔正隔窗看着他呢。

"宋叔……"他叫了一声，眼前突然一花，一团白花花的东西从宋东方手里漏到了地上。

白色的纸团在飘絮的雪片间拐着弯落在楼下一片歪停着的自行车间，梁萧看看落地的纸团，又仰头瞧瞧窗边的宋东方，嘴巴微张，甚至没来得及说上下半句，就听"嘭"的一声，才打开的窗又关上了。

是要他看字条的意思吗？梁萧看看地又看看天，移着步子朝面前那排自行车走去。

纸团落在两辆叠放着的自行车之间的脚蹬上，梁萧穿得不少，想把手顺利地伸进去拿到东西不是什么容易的事。

他试着把旁边的车移开，可在小轿车没彻底流行起来的东北，作为出行主要工具的自行车几乎是家家都有的东西，光有不算，条件好的家里有两三台车都是不成问题的，这么多车挤挤挨挨地放在一起，除非他从头一辆车开始搬，不然想随便拣辆近处的车挪动，简直比登天还难。

梁萧试了几次，发现不行，只得放弃了。他盯着那两辆车交叠的姿势仔细瞧了一会儿，突然把羽绒服的袖管挽了起来，举着白花花的胳膊伸了过去。

风凛冽地吹在半截胳膊上，雪挨着皮肤顷刻融化，激起一层鸡皮疙瘩。梁萧皱着眉，强忍住哆嗦把手伸进了交织成密网的自行车海里，差一点，就差一点了，他咬紧牙，抖着手凑过去，终于，两手一夹，拿到了！

他长出口气，赶忙踮着脚站起身，边抖手边把袖子撸下来，真冷啊，也不知道宋叔会写些什么给他，预感不会是好话，但不知为什么，心里却总免不了有些期待，万一是答应他了呢？可如果真是答应的话为什么不直接下楼和他说呢？

想来想去怎么都觉得纸条里不会有什么好话，梁萧的脸紧张得越发皱巴起来，手又开始哆嗦，这次不是为着冷，而是紧张。

"丑媳妇总要见公婆，是死是活总要看看。"他深吸口气，终于扯开了纸团上支棱起来的那个边角，随着纸面展开，里头的字也跟着映入梁萧的眼底。

字不多，眼一扫就看完了，可梁萧拿着那张纸，久久没动，白色的哈气顺着齿缝呼出来，飘到睫毛上凝结成了霜：宋叔就这么不想教他吗？甚至拿胖猴来吓唬自己？

越想越不可能，梁萧的心里甚至升起一种无法解释的孤勇，他把纸重新团成团，猛掼在地上，冲着楼上大喊："你想告诉他就告诉他，但我告诉你，我初衷不变，我梁萧想学做冰刀，不是开玩笑！"

巨大的吼声像是撼动了整栋楼一般，宋东方杵在墙边，夹烟的手都跟着颤了颤，电话铃又如约响起，不用接也知道，指不定是这楼里哪位热心邻居打来慰问关心顺便打听到底是不是债务关系的……

他哆嗦一下，后知后觉发现一根烟竟燃尽了，最后一点火星正燎着自己的手，他像醒过来似的扔开烟头，径直走到电话旁边：不是不怕吗？那就让他看看人来的时候他到底怕是不怕？

一声吼花掉了梁萧太多气力，喊完他就蹲坐在了地上，这才想起自己早饭还没吃。可就是没心思吃，一想到老梁的心血因为自己断送了，他的心就一阵阵地疼。他要学做冰刀，要把老梁的梦延续下去，要让飞龙的冰刀登上世界的赛场！

咕噜一声，肚子叫了。他弯了弯腰，想靠物理压缩的方式叫胃忘了没吃饭这事，自己则扶着一旁的自行车慢慢地起身。想学做刀就要让宋东方相信他的诚意，所以不管现在的条件再怎么困难，他都要坚持下去，坚持……

"梁萧……"

不知过去多久，身边隐约传来喊他的声音，他迷迷瞪瞪地抬起头，瞧着四个脑袋跟唐僧师徒似的扎在跟前。

"老吕？秦队？"他晃着脑袋，人还有些蒙。

"还有我呢，我和党生也来了！"一个叽叽喳喳的声音蹿天猴似的在耳边聒噪。

梁萧笑了，是，还有二毛和党生，可是你们怎么来了？

秦鸿时看出他的疑惑，阴着脸答说："都说了队里的刀还能应付，谁让你这死冷的天过来学做刀？何况人家也不想教你！"

哦，明白了，是宋东方找的他们。梁萧舔舔干涩的唇，抬头瞧了眼楼上："不是说要找胖猴吗？干吗不找？你今天要他们过来带我回去，明天我还会来的……"

"还来？还来你个大头！"秦鸿时气得不行，抬手就要打，不是老吕摸着梁萧脑门温度不对给拦下了，这下打梁萧恐怕是要挨的。

"发烧了，先弄回去再说吧。"老头儿叹着气，示意秦鸿时把人扶起来，自己则伸手扶起另外一边，"你们两个去道边看看有没有出租车，拦一辆。"

"不是要省钱吗？"

老吕瞅着梁萧叹气："就他这模样，咋省？先把人弄回去再说吧。"

得了大人的指示，两个孩子撒丫子似的跑了。

西斜的雪线里，一老两少三个人并着肩膀，慢悠悠地消失在路尽头，眼看小黄楼要被甩去脑后时，老吕回头看了一眼，长叹一声。

*

梁萧这场感冒来得又急又凶，到家时人已经烧迷糊了。他不知道周围发生了什么，只觉得有好多人来来回回在身边走，时不时还有双手搁块凉冰冰的东西在他脸上，甚至几次，他还看见他家老梁和老妈站在那儿，一脸疼惜地望着他。

"爸、妈，我错了，错了……"

意思清楚的话到了现实世界就成了谁也听不懂的哼哼，秦鸿时边拿着投好的手巾替下他脑门上那块，边气得哼哼："不自量力，太不自量力了，当谁都跟我们一样不和他一般见识呢。厂子都是他弄黄的，现在还跑去叫人家教他做刀？"说着，泄愤似的在梁萧的脑门上一按。

"别那么说，人家有人家的苦衷也说不定。"老吕佝偻着腰，把拆开的药盒重新分好。梁萧这一病，本就困难的体校更是捉襟见肘，甭说钱了，人都不够用，就拿现在来说吧，他和老秦要照顾梁萧，做饭的活儿就只能交给那俩孩子了。

"也不知道他们习不习惯用电。"老吕嘟囔着推开门，朝门卫室走。

那里原本是秦鸿时住的地方，如今腾出来做了临时厨房。只不过这会儿的厨房里怎么有炒菜声呢？没记错他们要吃的是方便面啊。

越想越觉得奇怪，脚下的步子也不自觉快了起来，老吕几乎是一路小跑着来到大厅，隔着门卫室的窗，他看见一个细瘦的背影正举着锅铲拨弄着什么东西，青灰色的烟从他面前升腾起来，那人边拨弄着锅铲，边把围站在身侧的两个孩子拼命朝身后扒拉。

"远点站，叫油溅了可不是闹着玩的。"布满厚茧的大手罩在两个孩子脸上，引来一阵阵开心的笑声，二毛更是不怕死地把头重新凑了回去，边凑还边问："你这里头搁了什么啊，怎么那么香，我妈也是炒茄子，就不是这个味儿。"

宋东方哈哈笑着，正准备答话，冷不丁瞧见一个人影立在身后那扇门旁，赶忙放下锅铲回头去瞧。四目相对的瞬间，他低声叫着那人："老吕。"

"老宋，你到底还是来了。"

吕中一副早料到他会来的模样叫宋东方十分不爽，他"哼"了一声转过头，泄愤似的猛铲锅底："我可不是过来教谁做冰刀的，就是听说你们这里穷得底掉，连饭都吃不上了，大人没事，俩孩子正长身体呢，耽误不得。"

"是是是，你说的是，这汤好了吧，我先端进去。"见他不言语，吕中笑着端起碗离开了门卫室。

丁点儿小的一碗汤，任谁都看得出这汤是做给谁的，吕中微笑着，缓缓从明亮地界走到了昏暗的走廊里，身后的宋东方还在努力辩白，说什么是他材料带少了，就做了那么一碗。多明显的谎话，却把两个孩子糊弄得一愣一愣，硬是又把注意力集中回了锅里的炝白菜上。

都是刀子嘴豆腐心啊，鸿时是这样，宋东方还是，看来连老天爷都不想这学校到此结束啊。

放了胡椒的菌汤散着阵阵香味，老吕稳稳端着，一步步走回了寝室。

"老秦，等会儿把这张床也收拾出来，有人要住。"

"谁啊？"秦鸿时正为发着烧还不忘钻牛角尖的梁萧头疼，听见吕中的话不禁回头，"哎？哪儿来的蘑菇汤？"

"新室友的，来搭把手，把他扶起来。"一边说，老吕一边指挥着秦鸿时把烧得迷迷糊糊的梁萧扶了起来。

试了下汤的温度，正好，便放心地舀起一勺喂进他嘴里："宋东方来了，外头做菜呢，那也是个倔老头，明明是服软想帮忙，却死撑着说是来帮忙做菜的。你别乱动，先把这口汤喝了，真是，一个比一地叫人操心。"

好说歹说总算让睡梦里的梁萧把这口汤老实喝下去了，老吕长长地舒了口气。

下雪的日子天黑得格外早，不过眨眼的工夫天就彻底黑下去了。吕中搅着碗，颇为感叹地瞧着秦鸿时，队医、刀具护理、教练、运动员，好歹这个人数不多的学校算是五脏俱全了。

*

不知是不是感觉出了宋东方的到来，先前还烧得糊涂的梁萧到了后半夜竟然奇迹般地好了。窗帘隔出一室朦胧的月色，屋子里却不是乌漆麻黑的，怕他病情有变，老吕特地留了盏台灯。

暖黄的光顺着灯罩泻出来，温暖的光影落在地上，梁萧动了动手，发现有什么东西压着他，侧过头一看，一个圆滚滚的脑袋正趴在床沿上，再一瞧竟是秦鸿时。

"秦教练……"他扯扯手，无奈秦鸿时的头太沉，根本动弹不了半分。

正当他不知该怎么办的时候，头顶突然传来动静："你要什么？"

冷冷淡淡的声音除了宋东方再没别人。

"宋叔……"他眼瞧着宋东方顺着床梯蹦下床，径直走到桌旁，拿起了水杯问他："是想喝水吗？"他点点头，借着宋东方的手连喝两大口，仍觉得一切都像是在做梦一样。

"宋叔你怎么在……"

"陶家杰那个浑蛋，拿命逼着我过来，我烦的是你又不是他，几十年的老伙计了，好歹过来一趟。不过说好了，冰刀不是吃饭做菜，做好做赖都成，它是要陪着运动员一同上冰场的，是不亚于手和脚重要的东西，不懂这点就甭想学好做刀。"

"所以你是答应教我了？"

啰哩八唆说了这么大一通就是不想叫他听出自己说的是什么，可没想到说再多也是白说。

宋东方冷哼着撂下杯子，顺便踢了熟睡中的秦鸿时一脚："人都好了，不用看着了，回床，睡觉。"

他这一脚踹得秦鸿时摇头晃脑，打着激灵起身，硬是不知道发生了什么。整个房间除他，似乎没人不清楚现在的状况了。

二毛面朝墙闭紧了眼，脚却鸟悄地抬起来踹了上铺一脚，咚的一声，引来吕中一声轻骂："不想训练加码现在就睡觉。"

"是！"原来大家都没睡啊，党生闭上眼睛，掖掖被角，不知是不是晚饭的烩白菜太好吃了，搞得他这会儿心都跟着一同暖暖的……

　　　　*

大雪再次劝退了才有些影儿的春意，对体校的几个大人来说却是个好得不能再好的消息。资金紧缺的日子里，有块室外冰场可用对他们而言无疑是个再好不过的消息了。

冉小玉今天是下午班，早饭一过就跑来体校替党生按腰。

不过一天而已，体校又多了个陌生大爷，让她有些意外。宋东方对这个年纪轻轻的小姑娘倒是没什么兴趣，今天，他特意起了个大早，又回了小黄楼一趟，把自己珍藏多年的家伙什全拿了过来。

露天的冰场上，秦鸿时看着二毛做基础，宋东方则拉着马扎介绍着不同冰刀的区别："你以前练的是速度滑冰，也就是咱们说的大道速滑，区别于其他速滑所用冰刀的一个最大特点就是这里。"

说着，他掰了掰手里的冰鞋，随着他的动作，乍看之下是一体的冰刀突然折出来半截，在一根弹簧的牵动下做着移动。

"这种跋拉板式冰刀是1997年荷兰那边研制出来的，那一年，因为咱们国家冰刀更新得比其他国家慢了一拍，几大赛场上的发挥都不理想，所以梁萧，你爸一直想做的事不是什么没意义的事，他是想让咱们国家的运动员能发挥出更好的成绩……"

宋东方如果是在一个月之前和他说这些话，大概率是要被他当成笑话嘲笑一通的，可这会儿的梁萧早不是那个随意摆烂、人家说东他偏向西的无脑二世祖了，宋东方的话也越发深刻地扎进他脑海里，一同深刻起来的，还有那个哪怕已经下班回家还在摆弄那些冰刀部件、不迭画图的老梁的佝偻背影。

"我要是早点明白就好了。"风呼啦啦扯动帽檐上的风毛，阳光白惨惨地落在脸上，梁萧低着头，说不出的落寞。说实话，宋东方见惯了嚣张跋扈的他，冷不丁见他这么消沉一下，还真有些不习惯。

上了年纪的老家伙实在不会安慰人，只能嘟囔着又拿了款冰刀出来："你小子别溜号，我讲课呢，瞧见没有，这是花样滑冰的刀，区别于其他冰刀的一个最明显的特点是……梁萧，你把腰杆给我挺起来，这个问题你回答！"光说不够，手还在梁萧的背上重重一敲，直敲出了梁萧半个肺来。

他勾着手揉揉背，觉得这样虚张声势的宋东方像个可爱大叔。

"点冰！"梁萧不自觉笑了起来，可眼前这位可爱大叔脸更沉了，梁萧赶忙缩着身子抢答，"就是刀头那个锯齿的处理，能协调花滑手在冰面上的稳定性，帮助他们完成多周跳！我说对了你不能打我！"

"还那么油嘴滑舌，就不能遗传点老梁的沉稳劲儿吗？"他冷哼着捏着刀身把鞋举在掌心，"除了点冰那里，花滑鞋的鞋身也比其他冰鞋更具美观性，你看这个鞋跟的处理和其他鞋也是不一样的。"

兼具技术和观赏性于一身的花样滑冰需要运动员从头到脚都是美的，所以一双好的花滑鞋不单需要在刀身上下功夫，也要在设计上花心思。

默默把这点记下的梁萧看着宋东方拿出第三把刀，这个他认识，刀两头都是圆弧状的，可以方便运动员随时随地调整动作方向，是球刀，供冰球运动员用的。

宋东方见他一副胜券在握，随时准备答他问题的模样，拿着刀的手一顿，随即又放下了，想出风头？偏不给他机会："看看这个。认得吧？"

梁萧前一秒还存着玩心，可当看到那把刀的时候，神情立马严肃起来，他不知道宋东方是从哪儿拿来的这把刀，可那熟悉的刀身还有配色无不在提醒他，这是把熟人的刀。

他的变化宋东方看在眼里，手慢慢抚了把刀身："李双的刀，当初你和他一起进的体校，他这会儿全国冠军都得了几个了。人家都说咱们短道底子比大道好，你不信这个邪，专门挑了大道练，你和老梁的约定也就是从那时候开始的吧？"

见他不作声，宋东方继续说："后来你放弃了，老梁却在坚持，他一直相信他的儿子有天能清醒过来，如今……"他抬眼看看梁萧，嫌弃地撇了撇嘴，"这么大岁数了，上了赛场也滑不出什么成绩了，就是不知道改做冰刀是不是那块料……"

老爷子怨气不小，话里话外都在数落他，梁萧听着心里却半点不气。他站起身，冲着宋东方深鞠一躬："就算不是那块料也麻烦宋叔把我打磨成那块料。"

风顺着冰面吹过来，刮在脸上刀割似的疼，滑完一圈正叫老吕提溜耳根规范着动作的党生红着脸瞧过来，刚好看见梁萧那颗圆溜溜的脑瓜顶。

第十五章　竞赛

　　"党生……"正看得出神，耳边忽然传来一声幽幽的呼唤，党生打了个激灵，忙回头去看，却见才指点了他几个动作的老吕正捶着腰坐回自己的马扎上，手在空中一比画，"今天就到这儿，你回宿舍等着小玉过来替你治伤吧。"

　　"可是教练，我的腰已经没事了……"像是为了证明自己说的是真的似的，党生还特地撑着胯来回晃荡两周，"你瞧，真没事了。"

　　见吕中不作声，他急忙滑到冰沿处，弯腰就是一躬："教练，是因为我刚才溜号吗？我保证不再乱看了，你就让我……"

　　他憋得脸都红了，瞧得吕中直想笑，抬起手，掌心向下压了压，示意他少安毋躁："不是因为你溜号，今天的基础训练的确到时间了，小玉待会儿就到，你去宿舍等着她就行。"

　　"可是……"

　　"去吧。"吕中摆摆手，弓着腰拿起马扎挪去了一旁正盯着二毛训练的秦鸿时身边。

　　风时快时慢地吹，吹得少年的脸红一阵白一阵，他两眼无神地看着远处，先前说好同进退的二毛这会儿正在秦鸿时的指导下做着起步训练。虽然穿的是不咋合体的训练服，二毛脸上却格外神采飞扬，只见他身子前倾，左手肘贴在左膝侧，右腿斜蹬，做出随时发力的模样。

都是从同一个村子出来的孩子，这会儿的二毛精神气是深扎到每根骨头里的，不像他，只能站在场地外，脱冰刀回宿舍。

党生的心像被火煎烤似的难受，妈妈的病拖了好久没钱治，医生说了，过了这个春天，后头再想治就难了，爸爸为了凑够手术的钱已经一年多没回家了，他年纪小，之前也没法子赚钱，如今好容易等来了这个机会，可那些教练却不许他上场参训……

念头一起，心就更难受了，身后又传来了吕中的催促声，他没法子，只有开门进了那栋走路都会有回音的楼里。

天雾冷雾冷的，党生坐在床沿，看着窗户上巴掌大的天，眉头皱出来一个他这个年纪不该有的弧度，他想上场参训，想赢得比赛，那样妈妈的病就有救了。

伤感的情绪就这么无边无际地纠缠包裹着这个小小的身躯，甚至让他连屋里什么时候进来了人都不知道。梁萧进门就见这小子泥雕塑似的窝在床上，整个人要多没精气神就有多没精气神。

"党生你怎么了？"他撂下东西走过去，手在对方的肩头轻轻一拍，见人好歹回了神，他又问一句，"是出什么事了吗？"

党生从小嘴笨，有事也不习惯和旁人说，更何况现在的事说出去免不了有告状的嫌疑。

他抿着嘴摇摇头，心却依旧不好受，想了想又抬头问梁萧："梁萧哥，不参加训练的话比赛夺冠难不难？"

"那肯定……"梁萧张口想说难，可当看见巴巴瞧着自己的党生时，想到他现在的情况，又把已经到了嘴边的答案咽了回去，他搓着手走到床边，挨着党生坐下，"党生，吕教练和秦教练不会一直不叫你参训的，现在之所以缩减训练量是考虑你腰上的伤……"

"我的伤早好了啊！"又听人说伤，党生当即像个警惕的小兽般从床上弹起来，"不信你瞧，我的腰现在半点事儿没有，你看啊！"光说不够，他又冲着梁萧连扭几下。

大雪连天的日子，屋里的暖气烧得热烘烘，少年的肋骨在白晃晃的天光里根根分明。他撅着半撤腰，献宝似的递到梁萧跟前，看得梁萧不知是该哭还是该笑。

"快把衣服穿上吧，别再受凉感冒。"手忙脚乱地替他盖好衣服，梁萧拍拍身边的位置，示意他坐好，其实党生的疑惑何尝不是他的，他也做过运动员，也受过伤，像党生这种腰伤，如果重的话是根本连地也下不了的，更别提走路了，路走得了就说明腰没事，既然腰没事却不许大幅度训练，这里头……

动起脑筋的梁萧渐渐皱起了眉，他想到了之前冉小玉和他说过的那件事，党生是为了给妈妈赚钱治病才来滑冰的，这孩子对速滑并没那么多热爱，而这事他也同秦鸿时说过，会不会是为了这个，秦鸿时和老吕故意想要磨磨他的性子呢？

"党生，你喜欢速滑吗？"

孩子不懂好端端怎么又问这个，本能地啊了声："喜不喜欢速滑？小玉姐姐也问过我这个问题……"慢慢地，迷茫的眼底浮现出一丝清明，"梁萧哥，你们是因为这个才不许我训练的吗？我喜欢，喜欢！"

光对他说还不算，情急的党生干脆站起身跑出房间找吕中和秦鸿时去了。

梁萧咬着舌头想追，才到门口就叫凶神恶煞的宋东方拦住了。

"叫你回来拿东西，东西没拿着，人怎么也迷路了？要是不想学尽管吱声，我一把老骨头整天在这儿陪你，我也累！"骂骂咧咧的话吼得梁萧脸红一阵白一阵，也不好解释方才的事，只能乖乖拿了东西跟着宋东方出去了。

走廊不短，从这儿到那儿一眼望过去，早没了党生的影子，梁萧跟在宋东方身后，心思早飞到了外头那块冰场，也不知道党生那孩子去冰场上是去干什么。

*

党生是去告诉教练他喜欢速滑的。

"教练，我喜欢速滑，我喜欢，你们就让我参加训练吧！"十二三岁的孩子一路跑来，气喘吁吁的，脸更叫风吹出了一片山红，可中气十足的喊声换来的却只是两个大人诧异的眼神。

吕中先回过神，笑呵呵地瞧了他一眼，打发人走："知道了，先康复，以后会安排你训练的。"

"可是……"党生不死心，还想说什么，身后忽然传来一声喊——"我的患者呢，跑哪儿去了？"

是冉小玉来了。

见他还是一副丧丧的面孔，吕中笑眯眯地走过去，拍了他两下，顺势把人往回推了下："回去，把伤先治好。二毛，别偷懒，你起步姿势不对，错的姿势会影响整场比赛的节奏和速度，退回来，再滑一圈。"

如火如荼的训练全都与他无关，党生再不想多留，快步地冲回了主楼。

那天剩下的时间里，党生整个人都像死了似的趴在床上任凭冉小玉摆布，方才看见冰场那里发生的事情，冉小玉也不知道该说些什么安慰他，只能尽心尽力地替他揉着伤处。

"其实吧……"她天生话多，受不了两个人在这儿天聋对地哑，何况党生的情绪多少还和自己传话有关系，"其实哈，我觉得喜欢不喜欢这种事不是靠说的，有些事你做到了，旁人是感觉得到的。"

"什么意思？"党生隔着枕头闷声问。

"就是……"冉小玉挠了挠头，五官纠结成了一团，天知道上学那会儿最让她为难的题目就是归纳总结了，"就是哪怕是很短时间的训练，你也拿出200分的努力去做，让他们看到你对速滑的认真，就差不多了。"呸呸嘴，大概就是这么个意思。

认真吗？党生心里默念，人忽然昂起头，勾着脑袋问冉小玉："小玉姐，我腰上的伤要紧吗？"

这孩子扑棱一下弹起来，吓得冉小玉手都不知道该往哪儿放了，噎了半晌，手复又按在他腰上："这伤本来也不重，估计再几天就能好利索了。"

好利索？党生趴回去，眼睛穿过枕巾看对面的白墙，在村里长起来的孩子，平时磕磕碰碰都是在所难免的，也没见哪个耽误过农活。虽然现在进了城，干的也不再是农活，身体的事自己总是清楚的，他抿着嘴角，琢磨着小玉姐姐的话，既然专业的医生都说没事，那是不是就意味着他能做些事了？

看到了希望，连呼吸也比方才匀停不少，冉小玉见他终于不像刚才那么闷闷的了，自己的心也跟着放下了些。她哪知道，这会儿，在党生的小脑袋瓜里，正酝酿着一个大胆的计划呢……

　　　　*

头回接受系统训练，二毛的心整个都是飞在天上的，直到现在他才知道起跑时把刀刃放在特定角度能最大限度地增加推力、提高速度，还有他摆臂的动作，秦教练说他多余动作太多，消耗体力不说，还影响速度。今天他试着改了下，还没改彻底，不过不要紧，还有明天。

二毛跟着教练乐呵呵地返回主楼，路上碰着在大厅里做康复的党生和冉小玉，这才想起光自己开心了，差点把自己的小伙伴忘了，赶忙抬手打招呼："党生，你怎么样了？"再瞧党生竟也乐呵呵的，再没了先前的愁苦样子，顿时也放下心来。

知道是他的小伙伴来了，冉小玉指导党生做了最后一节转腰，便给今天的内容画了句号。

"小伙子底子不赖，用不了几天准没事。"她拍着党生的肩膀，赞许地点点头，刚好叫宋东方训得跟孙子似的梁萧这会儿正捧着食材往门卫室去，看见他们赶忙招呼，"小玉别急着走，老宋带了肉来，等会儿吃锅子，他们特意嘱咐要你一起。"

"好啊。"冉小玉愉快地点头，"梁萧，才知道你们家以前是开冰刀厂的，怎么样，冰刀学得怎么样了？"

"能不能别哪壶不开提哪壶？"梁萧脸如菜色地闪进了门卫室，留在原地的冉小玉不甘心地跟进去，继续打趣。

隔窗的热气很快让整个门卫室迷蒙起来，屋里的人吵吵闹闹，你来我往，好一幅人间烟火景象。

二毛闻着了肉香，忍不住吸溜一口，也想凑过去提早瞧瞧午饭长什么样儿，谁知道才迈开步子就叫一只手扯住了。党生拉着他，神秘兮兮地朝他努了努嘴："二毛，帮我个忙。"

"帮忙？什么忙，你尽管说。"别看是个农村娃，二毛却早在电视里学会了江湖义气那套，党生是他一个村出来的兄弟，他说帮忙，他必须帮。可眼瞧党生这藏藏掖掖的做派，二毛又觉得这个忙可能有点棘手。

附耳过去，听他低声说完，二毛吓住了，眼睛瞄着他的腰直说"可是"。

"没什么可是。小玉姐姐说了，我的腰没事，而且……"他低下头，"我妈等不了了，我必须赶紧训练，拿到冠军我妈就有钱治病了。"

党生家的情况二毛比谁都清楚，党生的急切他也都清楚，他唯一担心的就是党生的腰。

"我腰没事。"像为了证明自己说的是真的一般，稚嫩的孩子弓起腰，手在上头重重拍了两下，"你看！"

他下手不轻，精瘦的腰条硬是拍出了重重鼓响，二毛看着他的眼神那么坚定，最后一点疑惑也不见了，拉起他的手小跑出了主楼，边跑还边说："你不让我教我也想告诉你呢，秦教练今天教了我好厉害的一招！"

　　大人们热火朝天地准备着饭菜，帽儿菇、萝卜块配上新切的嫩牛肉，一股脑丢进滚开的水里，不过眨眼的工夫就闻到了扑鼻的香气。宋东方站在电锅旁，手里的长筷熟练地拨搅着锅里的佐物，经他点拨过的红肉眨眼就白了，连肉的筋膜在水花里扑腾出晶亮的色泽，他满意地欣赏着自己的手艺，顺手拍走了梁萧凑过来的头。

　　"狗鼻子收收，这要不是你出生的时候我在跟前，铁定怀疑你是不是老梁在外头垃圾桶里捡的。一整天的时间，不同冰刀不同用料都什么区别到现在还没弄清楚，亏你当初还是个滑过冰的运动员。"

　　不缓气的叨叨直念得梁萧好像戴上了金箍，龇牙咧嘴地闪开了，门口碰见老吕端着碟土豆进来，两两照面，梁萧一龇牙走了。

　　曾经的霸王如今叫一个下岗老头数落成这样，也是好笑，吕中眯着眼撂下土豆在宋东方旁边站定："怎么样？"

　　"有点悟性。"想起方才在自己的指点下成功把一副冰刀拆分开的梁萧，宋东方眉眼一缓，开口说的是与方才截然不同的话，"老梁泉下有知，知道那兔崽子终于肯做人，还愿意学冰刀，也闭得上眼了吧。"

　　说着，他手一停，转身看身旁那个笑得肩都颤了的人："干吗？笑我两面三刀当面一套背后一套？他那德行就不能夸，夸了尾巴上天人上房，到时候谁也没招！"

　　宋老头的声调高高的，说起来他和吕中、秦鸿时都是旧相识，彼此是怎么个脾气大家都有数，有些越描越黑的事描几笔也就差不多了，说了几句，宋东方嘟囔着闭了嘴，由着吕老头笑。

　　"笑笑笑，我还没笑你呢，怎么找来的俩小孩单练一个？另外一个呢，白搭的吗？"

吕中笑着摇头，才想说话就听门外突然传来一声暴喝，不用听也知道那是秦鸿时的声儿。

"他这个暴脾气，有话从来不知道好好说。"吕中摇摇头，搁下东西，又招呼了声边上的冉小玉有事照应着，这才拽起外套披在身上，朝后门的方向走去。

没听错，秦鸿时的声音是从冰场那边传来的，指不定是俩孩子做了什么触了这阎罗的霉头，吕中晃着脑袋，心里盘算着左不过是党生又缠着他想上冰训练了。

那个孩子，看着闷不吭声内向得很，但论起在某件事上的要强劲儿也是极强的，所以哪怕冉小玉说了那孩子对速滑缺乏热爱，只要有那身本事在，早晚有天都会开悟的。

一道后门一开一合，没了牛肉锅的温暖飘香，只有凛冽北风和满院苍梧，吕中没戴花镜，这会儿视野里是成片的灰白，他在灰白里踅摸，终于在左手前那块冰面上找着了四个黑点，党生、二毛、梁萧，还有秦鸿时都在。

"老秦，有话好好说，吼什么？"

吕中哪知道这会儿的秦鸿时眼睛都气红了，如果刚才不是他回屋拿东西，经过走廊朝外头看了一眼，这会儿那个孩子指不定什么样儿了。

"我不吼行吗？咱们三番五次地说，别急别急，治伤治伤，你看这俩浑球都干了什么？党生，你自己说说，你刚才滑出来的是什么样儿？发力时腰不疼吗？"

秦鸿时的一通吼彻底镇住了党生，他捂着腰眼，头埋得要多低有多低，他也想理直气壮地告诉秦鸿时自己腰不疼，可跟见了鬼似的，明明以前什么事都不耽搁的伤，放在冰面上就造作了起来。不是腰疼，方才那一下他也不能摔。

　　他闷不吭声，吓得二毛想辩解也不知该怎么说。他悄悄抬头，指望好脾气的吕老头能帮他们说两句话，没想到四目对上，画面更吓人了，平时总是笑眯眯的吕老头直接上冰走到党生跟前，抬手在他腰上摁了一下。

　　党生随即发出"嘶"的一声。吕中的脸更黑了："谁让你上冰了？"

　　"教练，党生也是听说腰没事了才央着我教他动作的，他不是故意的。"

　　"听说？听谁说？"事到如今也意识到事情严重性的梁萧喝着声音问。

　　"哎，你们怎么都跑这儿来了？牛肉锅好了，可香了，快进来……"通往前楼的门开了道缝，冉小玉探出半个身子，挥手招呼他们，她半截身子在门里，半截露在外头，一副招呼完就走人的架势，没想到话说完对面紧跟着射来一道恶狠狠的目光。冉小玉打了个寒战，缩着脖子瞧向秦鸿时："秦教练，你瞪我干吗？"

　　"是你说的他的腰没事了？"

　　"是没事了啊，再按几天……"冉小玉越说声音越低，直到看见人堆里哈腰站在那儿脸上带着痛苦的党生，这才哑着嗓子小跑过去，"怎么？不会是又疼了吧？不应该啊，那点腰伤不重啊……"

　　"不重？知道我们为什么迟迟不让他上冰吗？冰场上的运动员和平地上的人不一样，每跑一步肌肉间的撕扯力都不是常人能比的，你一句没事了让孩子上了冰场，瞧瞧现在是什么样儿？"秦鸿时每字每句都是质问，"何况他对侧也有旧伤，这些都是我让他休养的原因，你问问他，滑了这两下那里疼不疼？"

　　冉小玉咬紧了唇，这些话不用问，她有眼睛，看得见党生捂着腰的手是两只不是一只。

　　"我没想到……对不起……"

"是我该对不起，没钱宁可不治也不该找你这么个半吊子。"

"鸿时！"吕中喝了一声，"小玉是好心来帮忙的，这么说人家不合适，快和人家姑娘道个歉。"

秦鸿时抿着嘴别开脸，就是不吭声。

"不用道歉，该道歉的是我，是我嘴小还想吃四方，没那金刚钻偏揽瓷器活，是我给你们添麻烦了，对不起。"冉小玉青着脸，扭头跑了。

不知过了多久，打从门卫室里传来宋东方的声音："他们人呢？哎，丫头你去哪儿啊？"

"我去看看。"天没黑，但放个姑娘这么走终究不好，梁萧瞧了党生一眼，追了出去。

风不知不觉间紧了许多，冰场一头，挂着国旗的旗杆发出"咯吱咯吱"的撼动声，还在气头上的秦鸿时低头瞧了眼党生，见那小子一副他干了什么罪大恶极的事似的表情，不禁更加火大："你是在怪我说了你的小玉姐姐吗？"

"鸿时……"吕中拦住他，自己长出口气，慢慢把头扭向了党生。

"党生……"他又叫了一声党生的名字，别看那孩子平时不声不响的，发作起来脾气也是真的倔，吕中眼瞧着自己一声喊完没有当即奏效，人并不急，耐着性子又叫一声党生，"党生，别怪秦教练发火，你现在的情况实在不适合上冰进行大幅度训练，我们是为了你的将来考虑的。"

"现在上不了冰我妈就没将来了。"吕中一句话勾起了党生压在胸腔里好久好久的情绪，"教练，我不要什么将来，就现在，只要你们让我现在上冰，赢了比赛，以后什么事情我都听你们的，我保证！"

　　意气上来时，说的话都是中气十足的，什么腰伤什么腿疼的都顾不上了，党生撒开捂着腰眼的手几下滑到吕中跟前，比起说话用吼的秦鸿时，他觉得这位上了年纪的老教练是能听进去他说什么的。

　　事实上，党生的心思吕中比谁都懂，他叹着气，伸手摸了摸党生的脑瓜顶："孩子，有些事能拼得了意志，有些不行。"

　　"怎么不行？"没等吕中把话说完，党生就急急地打断了他的话，"教练，刚才那是意外，而且都是些小伤，耽误不了比赛。"

　　"还有可能是我没教对。"一直没敢插嘴的二毛趁机帮腔，虽然他心里头觉得自己是把教练教的那些动作半点不落准确无误地教给党生了。

　　两个孩子一唱一和，拼命想劝服执拗的大人，风渐渐大起来，沿着冻得结实的冰面吹在脸上，比刀割还疼。党生望了二毛一眼，感激地对小伙伴点了点头，就在他琢磨着再说些什么来说服大人的时候，一贯狠声狠气的秦鸿时突然开腔——

　　"想上场也可以。"

　　党生以为自己听错了，巴巴看了对方半天，直到胳膊都叫二毛撇麻了才缓缓回过神来："你是说真的吗？教练？"

　　"说话算话，不过你得先做一件事。"

　　"什么事？"这个时候别说一件事，就是十件二十件，他也干！

　　党生看着秦鸿时，等他说出具体是什么事，没想到对方只是沉默地折回了身后的主楼。

　　玻璃门抓着门轴里外晃动着，吱呀的声响持续了一会儿慢慢恢复了平静，二毛咕咚一声吞了口口水，干巴巴地问："教练这是去哪儿了？"

　　再瞧老吕，一副见怪不怪的模样，居然拉过了之前没来得及拿走的马扎，慢悠悠坐下来摸出根烟抽……

　　五元一包的香烟燃烧出呛人的味道，二毛咳嗽两声，拉着党生朝背风的地方撒了，一边走一边嘀咕："你说这两人葫芦里卖的什么药啊？"

卖的什么药党生不知道，他就知道只要让他上冰、参训，别让他这么整天跟个废人似的在那儿待着，就行。

秦鸿时腿脚不慢，一去一回不过两三分钟的事，早在屋里等得不耐烦的宋东方也跟了出来，才做好饭的他身上沾满了烟火气，走在风里，风都沾染了牛肉锅的香气。

"赢了我，证明这伤影响不了你发挥，我就让你上场，参训。"秦鸿时扬了扬手里的东西，竟是把成人用的冰刀。

天上有云，遮得日光也不那么透亮，即便这样，那副表面破了好几处的冰刀刀刃依旧发着熠熠的寒光。

党生没想到教练说的事会是和他比赛，人有些愣，倒是脑子活络的二毛先反应过来，指着秦鸿时就说："我记得梁萧说过，秦教练是全国冠军，和他比有胜算吗？"

关于秦教练的过往，不光二毛，连党生他自己也知道，来这里的头一天梁萧就把队里两位教练的经历和他说了，秦教练是两届全国冠军，老吕虽然没什么头衔，可退居二线前带出来的队员也是个顶个的牛。和他比……党生紧咬住唇，心里也是没底。

眼见两个娃娃一副被人刁难的模样，吧嗒吧嗒嗽着烟的吕中摁灭了烟，朝着党生一努嘴："觉得他欺负人？"

没有倒没有，就是……多少还是有点实力不均吧，党生虽然对自己在冰上的实力有点信心，但和全国冠军比，还是……没底。

他不说话旁人也看出他心里是怎么想的，吕中将烟头朝地上一丢，弓着背起身："鸿时，别为难孩子，你这身手就算赢了他们，娃娃心里头还是不服气。"

"那你说怎么办？"秦鸿时沉着脸，说实话，带队这么多年，几百个人也带过的他头回碰到这么犟的队员，说了先养养伤，就是不听，心急上场到头来伤处恶化，那可是会耽误一辈子的事啊，所以这会儿虽然知道这么做有点大欺小，他还是决定挫挫对方的锐气再说。

心里有气，连带动作都重了许多，一双旧冰鞋硬让他穿出咯吱的响动来，看得旁边的宋东方心疼得直叫唤。

"东方。"吕中叫了声，把人扒拉开，龟裂的手掌一把将秦鸿时套到一半的冰鞋拽住。

秦鸿时不明所以，蹙着眉头朝他看来："干吗，老吕？"

"我来。"说着，吕中不由分说地把鞋退到手里，有些混浊的眼睛在鞋面上来回打量，半晌说，"看来没记错，咱俩的脚差不多大。"

说干就干，老吕头直接坐回马扎上开始脱袜子穿冰刀了。

"还愣着干吗？真想上场就把我赢了，证明你的腰没事。"举手投足都透着股不利索的吕中套好一只，回头看还在那儿发怔的党生，"怎么？不会害怕和我一个老头子比赛吧，我可是好些年没上过冰了。哎鸿时，你脚比我窄吗，有点挤脚呢？"

"什么挤脚不挤脚的，这不是你的鞋，穿上肯定不合脚。"作为专业人士的宋东方最受不了这样换鞋穿的行为。早在很多年前，速滑鞋的鞋身就改为了碳纤材料的，运动员穿上后有个对鞋身加热塑形的过程，所以不是脚宽脚窄的事，而是这是秦鸿时的鞋，只能配合他的脚型。

好在鼓捣半天，总算穿好了一只，吕中嘘着气去拿另一只，抬头看眼还在发呆的党生，白了半截的眉毛一挑："怎么，不会不敢和我老头子比吧？"

"不是不是……"党生赶忙摆手，他就是觉得这样不公平，吕教练年纪那么大了，鞋也不合脚，跟他比，自己就算赢了也不光彩吧。

吕中笑出了声，两只鞋穿好，直接起身拍了拍党生的肩："既然那么想参赛就别有顾虑，我吕老头说的，赢了我，许你上场。"

最后四个字吕中是提着真气说的，声音在开阔的场地上响鼓似的炸开，振聋发聩，党生望着他，腰上又叫二毛推了一下。

"还愣着干吗？老吕答应你了，你不是一直想比赛吗，现在机会来了。"

党生缓缓回过神，眼睛在身周环顾了一圈，秦教练依旧赌气地沉着脸，可沉默也说明他不会反对老吕许下的诺言，终于得了准话的党生再没犹豫，弯下腰重新系紧鞋带，循着老吕滑行的方向滑到了起跑线上。

大道速滑和同样带着"速滑"二字的短道速滑无论从规则还是场地形式上都有着不小的区别。

拿场地来说吧，短道用的场地是30米×60米的，教练员在场外喊几嗓子，场上的运动员听着不费劲，可要是换了大道速滑的场地，甭说场外指导，光喊几声都能叫教练员的嗓子劈掉。除了场地，大道和短道的上场人数也不同，平时电视上看的五六个人挤挨在冰场上的情形只能在短道看见，大道的赛场上没那么热闹。好比现在，老吕和党生就各自站在自己的赛道上，等着场地外的秦鸿时发令。

"咱们一圈是400米，大道速滑考验耐力，比短的看不出什么，咱们就比个1000米，你如果比我用时短，今后的训练你就和二毛一起。"

吕中上了年纪，又多少年没踩过冰鞋，冷不丁上场，又一口气说了这些话，人微微喘起气来，党生看着，心里有些过意不去："教练你的身体。"

"不用担心，我体力没年轻人好，刚好抵扣了你腰上的伤，咱们爷俩半斤八两，也算在同一个水平线上了。"吕中安抚性地朝他笑笑，随即正过脸，做出个起跑的姿势，"你没受过训，平时怎么自在现在就怎么滑，不用拘着动作。就是那条线，那是起跑线，记着，刀头在哨声响起前不能过线，人在哨声响后才能起跑，就这两点，记住了吗？"

一条不能过线，一条是等哨声响起后再跑，党生默念一遍，点点头，表示记住了。

眼瞧两人做好了准备，边上冷哼半天的秦鸿时缓缓把口哨含在了嘴里。

刮了半天的风到了这会儿突然停了，空气中似乎有什么东西在伺机出去，只等那声哨响起再奋起行动。

"以为对手是老吕就能赢？太天真了。"秦鸿时冷哼一声，含住哨子猛吹一下，就听"嘀——"的一声，两道黑影一前一后从冰面上窜了出去。

二毛眼瞧着党生速度不慢，激动地鼓起掌来，边鼓掌边嘲讽："教练你别看我们是小孩，党生的速度绝对一流。"

要正确衡量一个运动员的水平，还要看这小子的分段成绩，如果他耐力不行，中段或者后段的降幅太大也是不行的。

他嗯了一声，头一个300米成绩出来了，24″67，这个成绩放在党生这个年龄段的确能拔得头筹了，可这小子现在的状态，用不了到下面那圈，老吕就能将两人间的差距拉开。

念头才出来，身边的人就止住了欢呼"哎呀"了一声："他怎么叫吕老头超了？"

再看冰面上，两个都没穿速滑服的身影好像两个粽子似的在冰面上飞奔，之前还领先的党生一圈将尽，竟叫无论从年纪还是体力都不如他的吕中反超了。

发现这点的党生急了，他拼命地做着摆臂，两条腿也跟着一同发力。可越是急，身体就越是跟他故意找起了别扭，平时指哪儿打哪儿的胳膊腿到这会儿竟开始打起了架，本来不重的腰伤更在这会儿找起了别扭，右腿每动一下，腰就像挨了一棒似的钝疼。

眼见他和老吕之间的距离越拉越远，党生的脑海里浮现出妈妈那张苍白的脸，这次出门前，他特意去同妈妈道了别，告诉她等他拿了冠军就拿钱给她治病。

对他这番较劲儿似的信誓旦旦，妈妈只是笑着嘱咐他照顾好自己，注意身体，她根本不知道，现在的情况已经没有时间让他去关注自己了，妈妈再不手术就要错过最佳手术时机了。

越想越不甘的党生小脸绷得紧紧的，他边奔跑边试图调匀自己的呼吸，是了，老家的冰没这里的光滑一样没耽误他滑得飞快，到了这里，他一样能赢。

他能赢！党生的眼睛不知什么时候瞪得通红，他的身体就像藏了一个有着无穷能量的发动机，经过刚才的不适应，这会儿彻底进了状态。

前一秒还急得跟什么似的二毛见状激动得摇晃起秦鸿时的手："教练你看，党生发力了，他和老吕的距离在拉近呢！"

秦鸿时叫那双小小的手摇晃得几乎散架，挣了好久才算挣开那双作妖的手。

党生的速度他自然看见了，说实话，秦鸿时也叫这孩子的爆发力惊着了，在他这个年龄段，在秦鸿时带过的所有队员里，滑到这么长的距离还能骤然提速的孩子，只有党生一个。

二毛激动得欢呼出声，没留意在惊艳过后，秦鸿时的眼里慢慢浮起了担忧，这么好的苗子偏偏急着上场，要知道这个时候上场一个闹不好，可是会影响他一辈子的。

秦鸿时的担忧像条无形的细线，跨过冰面缓缓绑牢在党生身上。

到了这会儿，党生有些理解教练们为什么执着于叫他休养，那个原本不起眼的腰伤这会儿已经疼得不容忽视，可他没得选，赢得比赛，上冰训练的念头像把尖刀悬在头顶，叫他不敢懈劲儿。

眨眼间，1000米的距离只剩最后半圈，秦鸿时已经远远站在冰面上横着胳膊准备给冠军掐时间了，而党生和老吕间的距离也被他缩短到只剩两臂远。

二毛站在场边，上蹿下跳地给他加油，连天生一副凶面孔的宋东方都露出了笑容，时不时吆喝一声，打趣着老吕要被个后生盖帽。

他不懂什么叫盖帽，他只知道要赢，他要赢，赢了妈妈的病就有救了。党生只觉得身上的每一寸肌肉都绷紧了，叫嚣着"胜利"俩字。

近了近了，他同老吕的距离只有一米了，再加把劲他就赢了。

党生屏住呼吸，半点不敢分心，胜利的欲望前所未有地占据他小小的身躯，他要赢！

他不知道，在他朝胜利奔赴的时候，场外的秦鸿时心里也绷紧了一根弦。短短1000米，这个孩子几度刷新了他们体校的纪录，如果，他说如果，党生真的赢了这场比赛，他和老吕又要怎么拦住他，要他先把身上的伤养好呢？

就在秦鸿时内心忐忑的时候，身边一大一小两个家伙忽然惊叫出声，就听"哎哟"一声，没等他反应过来，先前还上蹿下跳提早庆祝胜利的二毛已经蹿到冰面上，着急忙慌地去扶自己的小伙伴——狗啃在地上的党生。

还是这样的结果……老吕撞线过来时，秦鸿时按下了秒表："1′11″31，吕中胜。"

冷冷的声音伴随着视野里慢慢降速的那双冰鞋一股脑扎进党生的心里，他趴伏在地上，眼泪止不住地流出眼眶，也分不清是因为失利的伤心还是为了腰疼。

他以为自己能扛过去的，没想到就在刚刚，在他马上要反超老吕的时候，不起眼的腰伤忽然加剧，就像有人横了把锯子在那儿，不紧不慢一下下割着他。

疼痛让小小的脸皱巴成了一团，党生趴在地上呜呜地哭出了声，一旁的二毛以为他是为着输了比赛才哭的，手忙脚乱安慰说："没事没事，就差一点，就差最后一点而已。"

"二毛，我腰疼。"

啊？二毛看着哭得青筋都蹦起来的党生，这才知道事情大条了，赶忙回身喊人。风从他大张的嘴巴灌进来，还没来得及发出第一个字，就看着一道黑影从头顶压了过来。秦鸿时冷着声音把他扒拉开："腰上的伤不能乱动，你去帮老宋把吕教练扶回去，这里有我。"

二毛"啊"了一声，这才注意到那个冠军并没滑远，这会儿正坐在不远处的冰面上脸色苍白地摇手，对宋东方说着没事。

"这下好了，要钱没钱要人没人的学校如今又倒下两个，我看这选拔赛也不用参加了。"

秦教练稳稳把他托抱起来，说出来的话却叫党生的心彻底沉入了谷底，他是想参赛，但他没想要拖累旁人，拖累体校。

"秦教练，对……对不起……"

秦鸿时看着闷声道歉的孩子，冷哼一声。

"你这声对不起还是留着等会儿自己和老吕说吧。"说着，又担忧地朝身后看了一眼。云层遮蔽下，阔大的冰面成了灰色，混在一片钢筋水泥里，成了最不起眼的一点风景。老吕在宋东方和二毛的搀扶下正努力起身，瞧那费劲的模样，这场比赛指不定又伤着了哪里，秦鸿时越瞧越叹气，最后索性扭过头，狠声狠气地说了句："等会儿回屋老实躺着去，不叫你起来不许再起来！"

党生就这么叫人判了刑，然而这还不是最可怕的，可怕的是他不知道这刑罚是有期还是无期，是长是短。

宿舍的天花板又成了他能欣赏到的唯一风景，上头碎裂出来的线缝和老家的没什么两样，却给不了他以往那样的踏实和心安了。

不知道是怕他担心还是想背着他说话，叫这场比赛累着的老吕没回这间宿舍，甚至连秦鸿时也是送他回来后就走了，房间里只剩一个聒噪的二毛陪着他。

方才还一直鼓动着小伙伴去比去拼的二毛这会儿丧头耷脑地端了杯水过来，硬是不敢正眼看他一眼。写着"先进个人"字样的搪瓷杯里，水波一圈圈震荡开来，二毛终于嗫着声音缓缓开腔："那个啥，党生，你要是不听我的就好了，都怪我，你打我吧。"

小孩子的意气总归是一阵一阵的，说到懊恼时，二毛直接拽起党生的手朝自己的脸上使劲儿甩了过来。党生吓了一跳，赶忙从愣神里回来，掖着自己的手不叫二毛犯浑。

"你说什么呢，想上场比赛的是我不是你，这事和你没关系，我就是担心……"他仰脸朝窗外看去，哪怕是待在暖意十足的屋里雾茫茫的天也给人一种生寒之感，爹说过，雪探云，霜随风，不管是风是雨，来之前总能在天上找出蛛丝马迹，刚才在外头比赛的时候他就觉得要有一场大雪了，可这会儿躺在床上，眼巴巴瞧着窗户外瑞雪落下的景象，党生却觉不出半点喜气。

他不甘地咬咬唇，挣扎着侧过身，面朝向二毛："二毛，你说，教练他们会不会就这么不许我参赛了？"

"肯定不会。"二毛扯过一个板凳，横跨着腿坐在上头，半个身子前倾过来凑近党生，"你比我滑得好，他们肯定还指望你夺冠呢。梁萧不是说了吗，这场比赛对体校也特别关键，他们不会不许你上场的。"

对，是特别关键，是生死存亡的比赛，他也记得梁萧的原话是这么说的。

想到这事，党生的心略略安定下来，窗外传来沙沙声，仰起脖子去瞧，斗大的雪片正呼扇着飘落在窗格间。对了，梁萧，他记得梁萧之前去追小玉姐姐了，去了这么久还没回来，是小玉姐姐还在生气吗？一想到这儿，才好些的心情又糟糕起来，这些人之所以会这样，全都是因为他。

二毛猜到他在想什么，大剌剌地拍了小伙伴一下："别想那么多了，等你伤好了拿个冠军回来，再去和他们道歉道谢，小玉姐姐那么好的人，只会替你高兴，不会记仇的。"

希望如此吧……党生收回眼，脖子落回枕头的瞬间，一直加在腰上的力道也跟着一同卸下来，别说，还真疼。

手偷偷探过去，使劲儿按了两下，党生抿抿嘴，闭上眼睛，想着要是这一切都是场梦就好了。

他不知道的是，这会儿脑海里念叨着的梁萧并没追上冉小玉，却在回来的路上撞上了一拨人。

***

在离体校还有半条街的地方，天上飘起了雪，路边卖糖葫芦的小贩正匆忙收拢东西，街上行人脚步也都匆匆，梁萧慢慢走着，眼睛还时不时朝身边张望一下，希望冉小玉没走远，这会儿就躲在哪个角落等他去告罪。

都是以前胡闹时得出来的经验，生气离开不是真的离开，而是给你机会去赔不是去道歉，可冉小玉这回显然和之前那些不一样，她是真气，也是真走了。

意识到这点，梁萧有些步履沉重，以至于身边那辆跟了许久的小轿车鸣了三下笛他才反应过来。

梁萧抬起头，瞧着缓缓滑下的车窗里露出张眼熟的面孔，皱眉想了半天，总算脱口而出一个名字："冯教练？"

"不愧是曾经的冠军队员，记性不赖嘛。"长副尖下巴的冯教练说着朝车里退了退，随手示意司机停车，"你是回体校吗？正好我也想去瞧瞧老吕老秦，顺路，上车吧。"

黄鼠狼给鸡拜年，梁萧自然是不信什么所谓的瞧瞧是带着善意的，他笑着指指腿："不用了，走两步权当锻炼身体了。"

"就这两步路锻的哪门子炼呢？上来……"招呼的手停在半空，冯教练目送着梁萧走远，冷哼一声，"真是跟什么人学什么脾气，又倔又傻的样儿简直和那两个老的一模一样。"

"教练，他们学校总共没几个人，咱们何必大动干戈跑这一趟呢？"同车的人从旁边探出脑袋，瞧着梁萧的背影说。那人年纪不大，声音也介于浑厚和稚嫩间，说话时习惯上扬的声调透着股傲气。

教练听了冷哼一声："是没几个人，不过上次在医院碰见的那孩子，总要探探虚实才放心，还有你！说多少遍了，赛场上最忌掉以轻心，随便一张新面孔都有可能是下一个冠军，想把地位稳住就要时刻绷紧了弦！"

挨了训的队员不服气地嘟囔了两声，却将反驳的话咽回了肚子，教练说的话他虽然不全赞同，但有一点还是有点道理的，他要探探这昔日王者的虚实，瞧瞧他们究竟淘来个什么样的宝贝。

***

因为路上碰上了鹏程的人，又听他们说要来体校瞧瞧，心知来者不善的梁萧半步没敢耽搁，一路跑着就回了体校。

玻璃门开了又关，绕着门轴做着回旋，门卫室亮着灯，透过窗他看见三个身影，三个人正在里头说着什么。

煮好的牛肉锅过了口感最好的时候，这会儿吸溜光汤上漂着两片凝固的油花，梁萧跑进去，油花随着他的脚步打了个圈。

因为走得早，他并不知道之后老吕和二毛比赛的事，这会儿看见老吕一脸虚脱地躺在值班床上，人直接吓了一跳，大呼着跑过去："这是怎么了？"

老吕摆摆手，示意自己没事："上了年纪，高估自己这身板了，以前别说1000米，再远点儿我也没事。"

"你跑1000米？"梁萧的眼睛飞速在屋里扫了一圈，当看到地上那副冰霜还在的冰刀时，一切都明白了，"你和党生比赛了？你这身板还有那孩子的腰怎么能比呢？"

不提这事还好，一说这事秦鸿时的脸顿时又不好看起来："都知道不能比，可你领回来那孩子是个属驴的，不比就自己偷着练，总觉得自己行，情况你当时也在，也清楚。还有你老吕，就算我比又能怎样？总比你现在这样强吧？"挺大一把年纪，累得呼哧带喘，万一累出点儿病就更热闹了。

吕中摆摆手，示意他别啰唆了："梁萧，找着小冉了吗？咱们得和人家道个歉，人家本来也是来帮忙的。"

不提冉小玉还好，一提冉小玉，梁萧立马想起刚才的事，手朝门外一指，赶忙说："我刚才碰见鹏程的人了，他们正往这儿来呢。"

话音刚落，几道人影便鱼贯着进了大厅，领头那个看见门卫室里的光，趴在床上朝里头的人望了望，咧嘴一笑："条件这么艰苦吗？怎么都扎这儿了？"

连嘲带讽的话语听得人极不舒服，暴脾气的秦鸿时头一个不舒服，冲出去拦着那些人不许他们再往里进。

"今天整休，不对外接待。"

"得了吧老秦，都这么熟了就别整那些虚的了。"冯明今天就是来刺探军情的，自然不会听他说的那些，手一挡，直接进了门卫室。

丁点大的屋子一眼就看得到底，冯明先看了眼床上的吕中，紧接着把视线落在了地上那副冰刀上。

目光触及的瞬间，把冰刀当成命的宋东方一个箭步冲过去，捡起冰刀藏进怀里，一副就不给你看的模样，闹得冯明只能悻悻地摸摸鼻头作罢。

不过好歹是做了这么久教练的人，什么刀才上过冰场只需他一眼就分辨得出，再联系吕中那一脸菜色，不用猜也知道这老家伙才上过冰场。

他双手一合，打个哈哈："老吕是跟谁比过了，能叫你消耗这么大体力，对手是个狠角色啊。"

"就是偶尔手痒，上冰滑了两圈，老了，体力不行，滑到一半就告饶了。"

冯明"哦"了声，心说你这话纯属骗鬼呢。

他搓着手，借着四下打量的空当朝身后跟着的人使了个眼色，几个细高挑的学生立刻会意，借着四处看的机会就往楼里溜，有个更是直奔后头冰场去了。

"你们想干吗？"秦鸿时见状赶忙追上去，把人拦住，回身质问冯明，"冯教练你什么意思？"

"我哪有什么意思啊，只是领着几个不成器的学生过来和前辈学习学习。"冯明笑呵呵地说，眼底的精光却不停，继续朝学生使着眼色。

得令的体育生就像出笼的猛虎，多少个秦鸿时也拦不住，眼见着通往后院的门就要让人冲开了，梁萧赶忙跑过去，同秦鸿时手拉着手，拦着那帮横冲直撞的人。

都说他以前做的那些事混账，可到了这会儿，过往那些浑不吝的劲头倒成了拦住这群小王八蛋的资本，在人堆里左突右挡的梁萧一次又一次拦住了想冲卡过关的小子，也替秦鸿时挡下了对方时不时伸出来的黑手。

厚重的云乌压压地透窗压下来，梁萧站在那片青黑中，活像个浴血的战士。

"教练你放心，有我在，不会叫他们捣乱的。"他啐了口带血的唾沫，狠声说。

叫一个一度被他左右看不上眼的家伙保护，秦鸿时心里多少有点不舒服，可他又矛盾着，觉得这会儿与自己并肩作战的小子身上那股血性比当年在赛场上时还要更胜几分。

梁萧的气势带动了秦鸿时，早不再年轻的中年汉子张开臂膀，抵在门上，似乎在用行动说着：我看你们哪个敢来？

一声闷雷适时穿透云层，啪地在玻璃门外炸裂开来，一群伺机捣乱的小子当即被那副景象镇住，站在那儿不敢动了。

眼见着混乱的局面叫控制住时，一声散漫的嘿声突然从另一边传来。秦鸿时听着方向不对，赶忙循声去看，却见黑洞洞的走廊里走出来三个人，一个高个子长臂大刺刺地架着党生站在走廊头，笑眯眯地招呼着冯明："教练，这个弟弟腰受伤了……"

……

秦鸿时脸一沉，防天防地还是没防住这些人专找老实孩子下手。

第十六章　希望所在

冷不丁见这么多人堵在大厅里，党生也是吓了一跳，又见秦教练阴沉着面孔瞧着自己，他更是觉得自己是不是做错了什么。

"那个……"想来想去，他还是觉得应该解释一下，"教练，这个哥哥说他有法子让我的腰伤快好。"

"好你个大头鬼！"秦鸿时的脸直接气到变形，门也顾不上拦了，直接冲到党生身边，将他从那个坏笑着的小子手里扯了过来。别以为他们体校差点关门他就对圈里那些新生代不了解了，就拿眼前这个拿浑话糊弄党生的小子说吧，名叫邱东，是鹏程的二号种子，实力比第一的差一截不说，人品也是堪忧，曾经在比赛里故意抢跑，扰乱别人的比赛节奏，他说帮忙治伤？亏得党生那小子信？

"党生……"幽幽一声唤，是吕中扶墙从门卫室里走了出来，他无视冯明假模假样伸来的手，一步一步慢悠悠地走到党生跟前，"你回去躺着，这里有我们招呼。"

"别介啊。"见吕中也开腔了，冯明越发笃定，这个叫党生的就是这所学校准备的王牌。做教练的年头久了，看运动员的眼睛也练成了火眼金睛，冯明眯起小眼睛，在学员的护卫下几步赶到党生身边，探手在那孩子的胳膊上捏了一把，嘴巴顿时一张，心里忍不住啧啧了一下，好歹他也是执教这么多年的人，好苗子多少也见过些，可像党生这样的他真的头回见。

个头不高的孩子一副营养不良的模样，乍看之下人瘦得跟豆芽菜似的，挨着骨架才知道，这小子有副天生属于运动场的骨骼，肉少却有力，一把捏上去全是属于筋骨的力量，这孩子……

冯明出神的工夫，秦鸿时冲过来一把将人从他的手里抢了回来："怎么？冯教练有那么多学生没看够，特意跑来我们学校看什么？是胜券在握，对接下来的比赛有必赢的信心了？"

宝贝没摸够就叫人这么拿走了，冯明意犹未尽地舔着舌头，眼底的艳羡藏也藏不住。

可宝贝是人家的，这会儿多瞧一眼都叫人当贼似的防着，他也只好搓着手，不甘地收回了眼睛。

"这孩子……"他搓了搓手，想起件事，遂朝党生一指，"有腰伤是不？怎么样，好了吗？咱们队里现在人少，是不是没队医啊？没关系，如果需要尽管开口，鹏程上到设施下到队医就没缺的东西，你们……"

"多谢，不过不必了。"吕中深呵口气，抬手比了个请，"我们等会儿还有训练，涉及队里机密的事，就不留你们了。谢谢你们特意跑这么远来看我们，门在那儿，我们就不送了。"

逐客令伴随着阵阵冷风，怀抱冰刀的宋东方，怒气满脸的秦鸿时，张牙舞爪一副对方敢动他随时会拼命做派的梁萧，还有满脸苍白却有如定海神针般站在那儿的吕中，几个人护着两个孩子，城墙似的矗立在那儿，萧索中透着股不容挑衅的味道。

就算冯明存着闹事的心思，在这样一帮人跟前，他还是稍微掂量了一下，就在两下僵持时，一道人影悄悄挪到他身后，轻咳了一声："好了教练。"

好了？那就的确没再留下的必要了，冯明勾了勾唇角，老好人似的耸耸肩："好心被当驴肝肺，我是好心，过来看看你们，既然没人欢迎，那咱们走吧。"抬手一招，一群膀大腰圆的队员呼啦啦地往外走。

不过眨眼的工夫，新雪已经把才清爽半天的柏油路又盖了个严实，人走在上头，脚踏出阵阵咯吱声。

冯明几步走下台阶，回身寻着方才和自己说话的队员："看到什么了？"

"两道冰印，有道是门卫室里那双冰鞋留下的。"

冯明"嗯"了声，那是吕老头的，能叫吕老头亲自下场，这后头……他沉吟半响，开口问道："另一道呢？"

对方没作声，而是从怀里掏出个东西，雪扑簌簌地落在上面，很快凝结成一个好看的冰晶。冯明眼光一震，把那东西拿过来捧在手里，这么看不够，还举起来迎着天光细细地看。透明的斜楞冰在雪光下发着阵阵白光，顺着平面边缘瞧，一道足有指头深的压痕在苍灰的天下闪闪发亮。

那是冰刀轧过冰面留下的痕迹，冯明端详半天又换了个角度瞧，他的队员也够聪明，专挑转弯处的冰碴往下剜，这个角度看，不单能更好地评估运动员的速度，还能粗判出他过弯的技巧如何。

可惜啊，无论是速度还是技巧，这个小孩都有着一等一的天赋。

"邱东，你见那孩子时他在干什么？"

"床上躺着呢，我听见他们说那个姓秦的似乎不想让他上场。"

不想让他上场？冯明手朝后一抛，手里的冰应声碎裂在身后，登时裂成无数细碎粉末，他掸掸手上的水珠说："是不能上场吧？"那样的材料怎么可能不许他上场，如果不叫上场，那么里头的原因怕是只有一个，他们想等那孩子腰上的伤好些了再去。

顶好的材料，可惜在别人的队里……

眼瞧自家的队车就停在对面街上，冯明搓搓手，回头看着身后那栋破旧的楼，瞧那孩子的神情，可不像同老吕他们一条心啊。

"走了，还傻站着干什么，一个个平时扬了二正，想等到了赛场再被叫孙子吗？都给我上车，赶在天黑前加练一波。走走走，一个两个慢吞吞的，没见人家队伍找着了厉害角色吗？还不给我努力些！"

"腰都伤了，再厉害能厉害成什么样儿？"一个个头不高的男生嘟囔着，话才说完反手就挨了冯明一脚。

"想在我队里待就把这话咽回肚子里，别瞧那孩子不起眼，到了冰场指不定甩你们八丈远！"

"教练。"邱东挨过来，跟在冯明身后上了车，"我刚才拿了张咱们鹏程的宣传单给他，这个时候转队八成是不可能了，但是可以动摇动摇他们的军心。"

正落座的冯明闻声一愣，紧接着露出个意味深长的笑容，抬手拍了拍邱东的肩："你小子。"

两个人心领神会地对视一眼，随着发动起来的车子各自掏出手机刷起了微博，至于叫车很快甩在后头的老楼，楼里面发生了什么，和他们有什么关系，鹏程体校的人巴不得他们越乱越好呢。

***

再说梁萧他们，叫冯明他们这么一闹，原本就没缓过气的吕中像霜打的茄子似的，再坚持不住，人直接倒向了地上，不是梁萧眼疾手快一把扶住，老爷子非再摔出个好歹不可。

几个人慌慌张张把人重扶回宿舍，等安顿好人，秦鸿时再次把脸转向了党生。白花花的灯光铺天盖地地落在他脸上，叫光打出的棱角像尖刀般深扎进党生的心。

他低下头，没等秦鸿时问罪，自己先承认起错误来："我以为他们是学校的朋友，对不起，教练。"

"党生，从现在开始，你，卧床休息，训练暂停。"

什么是晴天霹雳，党生抬起头，觉得这会儿直愣愣劈在头顶的就是。

"教……教练……"他直愣愣地抬起头，眼巴巴看着秦鸿时，一度希望他是一时说笑。

窗外，鼓噪的大风卷着雪片撼动了楼前的白杨，光秃秃的枝子左右摇摆，晃出一室诡谲的暗影，秦鸿时的脸在那树影里没有一丝变化就那么定定看着他，已经到了嘴边的话就又咽回了肚子，党生低下头，委屈地问："要休息多久啊？"

他的问题落进秦鸿时的耳朵，像是一个极为可笑的笑话，他冷哼一声："没有今天这场比赛本来下周就准备恢复你的训练，现在你也估摸出自己的腰是怎么一个状况了，少则半月，多的话……"舌尖触碰上牙齿，秦鸿时的眉头紧锁起来，"多的话，等到选拔赛后也不一定。"

"选拔赛后？"党生使劲儿地眨眨眼睛，怀疑自己听错了，"可是，可是，如果选拔赛不许我上场，咱们体校……"

秦鸿时知道他要说什么，无所谓地又哼一声："比起这个学校的生死，我和老吕都不想毁了一棵苗子的将来。老吕，等你好了你说。"担心自己再说下去八成能说出更难听的话，秦鸿时干脆把话筒递给了吕中，那老头耐心脾气都比他好，让他说，免得等会儿又吵起来。

见他一副破罐破摔的模样，才稍稍缓过些神的吕中直接被气笑了，躺在床上隔空给他一下："你啊，没事吓唬孩子干吗？"

"吕教练……"吕中的话让党生重新燃起了希望，忍着腰疼昂起头巴巴瞧着房间那头的吕中，"你是说我能参加选拔赛？"

方才那一下虽然是半开玩笑，却又消耗了吕中一些体力，老爷子躺在床上，沉沉出了口气，是梁萧看着不对，过去在他胸前顺了几下才缓过些脸色。

　　"你们秦教练说得对，体校的生死虽大，但和运动员的职业生涯比起来还是小事，所以所谓的训练上场，前提都是你的身体扛得住，小子，安心休息几天，等你的腰好了少不了训练比赛的机会。"

　　农村孩子脑子里没那么多弯弯绕，压根儿没留意吕中说的几天究竟是几天，他只是又看到了上场的希望。只要能让他上场，他就有机会夺冠，等拿了冠军，妈妈手术的钱就有了。

　　梁萧看着党生满眼都是期待，又联想之前的腰伤，对那未知的未来并不那么乐观。

　　现在队里没了冉小玉，连个能帮他康复的人都没有，腰伤，单靠养，没个十天半月哪有机会好？梁萧越想越觉得是这么回事，人不禁开始发愁。

　　"你那脸咋回事？有发愁的工夫不如出去帮我把汤热了，真是的，那么好的牛肉要过两遍火，不得老了啊？"宋东方对什么休养啊治伤的不擅长，他这会儿就惦记自己掏家底买的牛肉还有梁萧的功课，"等会儿吃完饭你接着去练做模，真是的，手笨脚笨的样子，老梁那心灵手巧的基因算是糟践在你小子身上了。"

　　能在出了这么大的事以后还心心念念他的牛肉他的冰刀，宋东方这心也不知该说是真大还是干脆就没有了，屋小人多，梁萧也不想挑这个时候和他分辩，顺着半开的门跟了出去。

　　走廊里没开灯，大雪天里，放眼望去一整片的黑，黑洞洞的廊道里，宋东方佝偻着背前行，梁萧跟在身后，时不时回头看上一眼，宿舍的门正在缓缓闭拢，白炽灯照出来的一线天光随着门扉闭拢正越变越窄，放眼望去好像这楼里几个人越发渺小的希望。

　　梁萧收回眼，正要叹气时，却发现宋东方正倒背着两手在前头等他，见状，他赶忙紧跑几步跟了上去："宋叔，有事啊？"

　　宋东方掏着耳朵点头，算有吧："你杰叔出院了，早上来了消息，说白天回冰刀厂看了眼，你那个朋友胖猴准备把地皮卖掉，估计这几天厂里的机器也都要跟着处理。"

一早知道会是这个结果，梁萧低着头，闷嗯了声表示他听到了。他这个反应倒叫宋东方有些意外，他挑着眉头瞧了他一眼："我还以为你要跳脚咒骂呢，老陶说你成熟不少，这会儿看还真是。"

成熟不成熟的，全都是叫现实历练出来的血泪，如果可以，梁萧宁可拿这成熟来换冰刀厂，来换他爸老梁回来。

梁萧的沉默叫宋东方越发相信了陶家杰的话，这会儿的梁萧和以前不一样了。

陷入黑暗的走廊又窄又长，人走在里头像是永远走不到头一样。梁萧侧过脸，看着窗外大而寂静的雪花，听着两人的脚步一前一后咚咚地发着回响，他以为老宋头会继续说冰刀厂的事呢，没想到下一秒，他竟话锋一转，说起了体校。

"你爸在时没少资助这所学校，连带我们底下的人也都和这体校的教练有好多年的交情了，你刚才在屋里听那两个人说话，觉得谁说的可能性大？"

两个人？梁萧脑子稍一转弯就领会到他说的是秦鸿时和吕中，而这可能性说的八成是党生的上场时间。他摇摇头，想说不知道，可又想想之前参训时见过的那些伤病，犹豫了下开口："宋叔，你是不是也觉得党生这次有可能上不了场了？"

不知不觉间走到了大厅里，方才那群人来得匆忙走得急切，直到这会儿才发现地上叫这帮人踩得一片狼藉，宋东方进了门卫室温牛肉，灯亮起来，照见好大一片鞋印，梁萧拿了拖把挨排打扫，玻璃窗里，宋东方搅着肉汤低声回答他方才的问题："那个孩子还那么小，就算这次不能上场，把伤养好，以后还有大把的机会可以拼可以赛。"

那就是偏向于秦鸿时的说法了，一想到党生有可能上不了赛场，梁萧就替那孩子惋惜起来。

筷尖磕着锅沿，发着叮叮的响声，宋东方捡着先前没来得及放的食材丢进锅里，余光扫了一眼外头愣神的人："替他不甘心了？

"梁萧，你知道咱们冰刀厂是怎么起来又怎么没落的吗？想当初咱们飞龙做的冰刀在世界上也是有席位的。"提起当初，宋东方的视线渐渐随着锅里的白气迷蒙起来，那时候他还不是现在眼瞅要过六十的老头，才从职高毕业的小伙子对生活总有股说不清道不明的激情，在飞龙就碰上了年纪相仿的梁萧爸爸。

"你爸特喜欢钻研，什么东西哪怕再难也不怕，他都会耐着性子去研究去琢磨，那些年，就是靠着他这股劲头我们厂的人过了好几年的好日子。"

曾经的风光梁萧也知道，包括没离开家时，老梁的工作间里摆着的那成溜的奖杯他也是没少摸弄的。他低着头，手里的拖把一下一下蹭着水泥地："后来飞龙就不行了是吗？"

宋东方嗯了声，丁点也不回避："你爸喜欢帮助人，那几年厂子效益好，你爸就帮着其他企业，也给钱也出力，就是那会儿，外国人琢磨出了新的冰刀，一下子把咱们厂的生意压制了。你在厂里待过，应该知道客随货走的道理，人家的东西好，买家自然就去买人家的东西，咱们飞龙也就是从那时候开始陷入了经营困难。"

"可是我爸没放弃，他一直在研究怎么对咱们的冰刀进行改进。"甚至革命，所以才有了他和老梁的那个约定。

屋里的灯照出窗外，落进眼底，像燃着一把火，梁萧攥着拖把手，地也顾不上拖，只等宋东方的下文。

窗里的人缓缓点头："老梁没放弃，我们这些跟着他的人也都相信，外国人做得出来的东西咱们中国人一样做得出来，所以你爸坚持，我们也跟着坚持。那段时间，除了咱们厂难，有个地方也同样难。"

说了这么久，宋东方扭头看向窗外："这座体校其实和咱们飞龙差不多，称过霸，也没落过，咱们飞龙是被国外的技术赶超了，这里是因为资金不足，教练和运动员一直在外流，你可能不懂你爸对冰刀的那份感情，哪怕是你最叛逆的那段时间，他也相信有天你能变好，所以他在拼命维系飞龙的时候也一直努力让这座体校活下去，为的就是害怕哪天你醒悟过来发现自己喜欢的东西没了。"

宋东方的话像一把锋刃，每说一字就在他的心上深扎一刀，想想以前自己还因为老梁的资助行为嘲笑过他的傻气，梁萧就觉得胸口一阵阵地疼。

巨大的暗影笼罩在身上，兽口一样像要把他吞吃入腹，宋东方瞧他这副丢了魂儿的模样，有些解气，他早想这么做了，叫这小子也知道什么是心痛。可话说回来，得是梁萧先改好了，不然他这话就算说出去，也未必有人肯听。

眼见着锅里的水滚开，他抬手拨了拨两片粘在锅壁的菜叶，长出口气："和你说这么多不是为了翻旧账，我听说那两个孩子是你在乡下找来的，好歹一个村里生活过的人，说话沟通比老吕老秦他们容易。那个叫党生的娃娃瞧着内向，脾气可是有点倔，你有机会和他聊聊，开解开解，别叫他钻了牛角尖。"

说来说去，兜了这么大个圈，最后竟是为了让他去开解党生，梁萧张着嘴巴，半天才确认自己没有听错。

"宋叔你……"

"别整天'宋叔，宋叔'叫得好听，我老宋的时间宝贵得很，说好就留这几天，要是冰刀学不会我照走不误！"

筷子经他的手磕出啪啪的响声，老宋噘嘴的样子在白气升腾的门卫室里难得的鲜活明亮，梁萧看着看着，心都跟着亮起来，只要人在心在，就没过不去的坎。

大厅外的梁萧叫宋东方一番教育，斗志昂扬。宿舍里的党生面对脸色阴沉的秦鸿时，几度想要开口，却始终没张开嘴。他想说自己可以，可同样的话他刚才才说过一遍，老吕也用事实告诉他，他说的话不现实。

北风呼号着吹打着窗扉，四点才过，天却早早黑透。似乎是想房间里的气氛别再那么压抑，给老吕喂好水，秦鸿时走到窗前，把窗帘拉严。

画着翠竹图案的棉布在一米宽的窗前伸展开，给漫天飞雪的夜平添了一分盎然春意。秦鸿时把帘角扯平，回头就见党生躺在那儿，两只眼睛直勾勾地瞧着布帘，铁石的心肠也有些松动了。好歹是年纪这么小的孩子，一个人孤身来了这里，放着这一腔热情却没处释放，是他他也郁闷。

刚巧门外传来动静，听声是饭好了，他抬起手招呼二毛："过来摆桌子，准备吃饭。"

对小伙伴感同身受的二毛同情地瞧了党生一眼，回身去搬桌子，忙活的时候，不忘小声安抚："没事的，这点伤好得快，等好了你就又能和我一起训练参赛了。"

吱呀一声门响，宋东方端着加料的牛肉锅进来，热气腾腾，无所不在的肉香扑鼻而来，刺激着寒冷冬日里的味蕾，二毛忍不住吸溜一口，伸手去拽党生，一边拽还一边说："梁萧说宋叔做牛肉是一绝，俺娘也说，牛肉养身，吃了这个你准保好得快，快起来。"

"是。"跟在宋东方身后的梁萧手捧一碟小菜，随口应和着，白色的灯光穿过腾腾热气落在他脸上，之前还满是丧气的五官难得生动起来，他撂下东西就直奔过来，伸手缓缓把党生扶起来，"咱榆杨村的人底子好，这点小伤养起来也比别人快，更不用说吃了咱们老宋的牛肉了。"

"叫谁老宋呢？老宋是你叫的？"正被锅烫得直摸耳朵的宋东方闻声狠剜了他一眼，谁承想和以前不同，谈过心的梁萧竟不怕他瞪眼了，还反手回了他一个笑。

宋东方很纳闷："早知道就不谈心了，搞得现在威严都没了！"

梁萧的变化屋里另外两个人也注意到了，歇了这么半天，吕中又有了力气，能自己起身了，他推开秦鸿时伸来的手，示意自己可以，还同他交换了个眼神——梁萧又像当初赛场上的梁萧了。

只是这个变好了，另一个似乎还差点意思，梁萧的话只是把党生从床上拉起来，可小孩子的眼里依旧没有光。

训练了一天，二毛早饿得肚子咕咕叫，开始还惦记小伙伴，这会儿早叫牛肉锅的香味勾去了桌边。

梁萧走过去，鼓励地拍拍党生："放心吧，会有机会上场的。"

真的会吗？沉重的气息压在身体里，叫这个小小的身躯喘不上气。他趿拉好鞋，顺着梁萧的侧脸朝屋里张望，似乎除了他，这房间的所有人都对未来充满着希望，或许秦教练说的话只想吓吓他，只要他的伤好了，就会让他上场参训的……

快乐这东西是比任何事都具感染力的，当热腾腾的牛肉和着汤水一同盛进碗里时，党生似乎也相信了梁萧的话，他很快就会好起来，很快就能上赛场。

牛肉汤真好喝啊，屋里的人不约而同发出一声喟叹。

因为头天的比赛消耗了吕中不少的体力，所以第二天清早，头一个起床的秦鸿时刻意没把他叫醒，而是自己趿着手脚朝冰场走去。

这一夜雪就没停过，他要看看冰场哪里需要维护，或者这几天时间要全部留给陆地训练了。

秦鸿时扣上扣子先去水房洗漱，不想在那儿撞上了正往回折的梁萧。秦鸿时一愣："你起这么早？"

才洗完脸，梁萧脸上挂着水珠，正边走边擦，听见他问憨憨一笑："睡不着。那个，教练，我去看了冰场，全让雪盖住了，面积太大来不及全清理，我只扫了直道那段，你可以带着二毛在那儿训练，等我回来再清理剩下的。"

听他说清理了直道，秦鸿时的脑海里不禁浮现出那百来米长的跑道，靠一双手扫出那些长度，这小子是几点起的啊。他张着嘴，开始朝外头张望，可惜水房这边没有窗，看不见半点后院。尝试失败的秦鸿时抿抿嘴，后知后觉地反应过来，问道："你要去哪儿？"

梁萧这会儿已经把脸擦净，正在那儿穿外套，听见后随口说道："去找大夫，有大夫治疗，党生的伤也能快点好。"

"哪就那么好找？"一提大夫，秦鸿时的脸又沉了下去，昨晚吃完饭他趁着几个小的不在，又和老吕提了这事，可惜两个在体校待了这么些年的老家伙硬是再想不出一个能帮党生做复健的医生了。

他的忧虑梁萧哪会不知道，可他是打定了主意，总要去试试的。

"教练，我不和你说了，和老宋约了九点回来学刀头材料，他不喜欢人迟到。"说着，梁萧风风火火地走了，留下秦鸿时一个人怔在原地，只能追着那道远去的背影看玻璃门外的熹微月光。

乌云散了，太阳还没升起来，这是一天里最冷最暗的时间，却也是充满希望的时间。

路上除了偶尔经过一辆赶着出城的长途车，一路没看见什么行人，眼瞅已经是三月头了，天却依旧冷得能冻掉下巴，梁萧缩了缩脖子，把没扣严的领口又扣好。

脚踩在地上发出咯吱响声，他快步走着，半点不敢耽误，他要赶在七点医院交班时赶过去，没记错的话，昨天应该是冉小玉值夜班，现在去医院，肯定能堵到人。

没错，梁萧要去找的给党生治伤的大夫就是冉小玉。

虽然昨天的事有一小半的责任该归到冉小玉身上，可对这个立志换专业的小护士，梁萧总有种信任在里头，这信任不是无缘无故的，是建立在党生被她治疗以后的确见好的基础上的。

刚才在体校里他没敢说出冉小玉的名字，的确是担心秦鸿时不同意。可另一方面他敢去找她，也是因为秦鸿时，因为秦教练肯让冉小玉治疗党生这么多天。

人生在世，谁不是摸着石头过河，犯点错不要紧，就好比他，错得那么大，如今也要想法子努力活下去。

走着走着，街上的路灯渐渐在熹微的晨光里暗淡下去，一道橙色的霞光缓缓从东边拱出来，落在他眼里，化成无边的勇气和力量。

"冉小玉。"七点半，候在医院楼下的梁萧喊住那个低头走路的姑娘，"冉小玉，我在这儿呢。"他小跑到近前，朝姑娘露出个无比灿烂的笑容，"昨天的事对不起啊。"

"什么对不起，我不认识你。"

要么说别惹姑娘生气，姑娘生起气来轻轻松松就失忆。好在梁萧在这方面有经验，半点不介意地跟了上去："你不认识我、我认识你，你就是人美心善义务帮我们劳动治病的白衣天使冉小玉。"

"呸。"冉小玉顿住脚，朝地上发出一声晴雯呸，"昨天那么说我的时候怎么没见你喊我白衣天使，这会儿你们那个秦教练不在了，倒知道叫了。"

她这是怪他昨天没替她出头呢，想想的确是这么回事，梁萧面色诚恳地说了声对不起："说实话，昨天以前我都不明白自己是为什么活着……"

雪停了，天却依然冷，梁萧怕他站得久了冻着人家，便言简意赅地把昨晚自己同宋东方说的话和冉小玉学了一遍："我爸为了我考虑这么多，可惜他在时我不理解，现在懂了却没人可以让我弥补了，我现在唯一的念想就是别让我爸的手艺断在我这儿，让党生的伤快点好起来，参加比赛，让体校能活下去。"

"你等会儿，党生的伤？是为我那话伤的吗？"

"不是不是。"梁萧怕她误会，赶紧摆手，"是你走后，为了让那孩子死心，老吕和他比了一场，才把伤弄重了。"

"比赛！"冉小玉叫了声天，"伤得多重啊？"

"现在还在床上躺着呢。"不光躺着，昨天睡着了以后人还在哼哼，怕她担心，后半句梁萧掖回肚子里，没敢说出来。

"怎么会这样？"冉小玉急起来就喜欢咬指甲，不过眨眼的工夫，两个指头已经秃了。事情到了现在，她也知道是自己对党生的伤情预估不足，如果她再有经验些，再从更专业的角度让那孩子多休养一阵，他是肯定不会贸贸然地去比什么赛的，都怪她……

眼睛不知怎么就湿了，冉小玉抽抽着鼻子，一把将梁萧拉住："走，我跟你回去，是我的锅我不会甩，是我的错我认，我去跟他们道歉，请他们再给我一次机会替党生治伤。"

梁萧等的就是她这句话，没想到以为会很难搞定的事不过三两句话就说通了，他也被这个名叫小玉的姑娘身上那股豁达劲儿感染了，连呼吸都急促起来。

"不过……"不过有些事他得先给冉小玉打个预防针，"不过，秦教练他们都不知道我来找的是你，我和他们说我是出来找大夫的，等会儿回去万一他们……"

"说难听的话给我听是吧？"冉小玉眨眨眼，猛地一拍胸脯，"放心，我也不是什么公主，没那么多公主病，本来就是我有错在先，让人家说两句正常，你就放心吧。"

随着豪言放出，姑娘水汪汪的眼睛在渐渐升起的日头底下发着熠熠光辉，梁萧望着那双眼，最后一丝顾虑也消失不见了，他转回身，扬扬手："等比赛结束，我一定好好谢你。"

"怎么谢？"

"请你吃大餐。"

"大餐倒不用，我想吃昨天炖的那个牛肉锅，宋叔不知道在里头放了什么，闻着真香。吸溜。"

梁萧哈哈大笑："没问题。"

同样豁达的人说起话都比别人轻松，两个年纪相仿，脾气也不反冲的年轻人就这么一路说笑着走回学校，没想到一推门，冉小玉先愣了。

他怎么也在？

大厅里没掌灯，放眼望过去，黑洞洞的一片里立着几个人影，别的人她不熟，唯独那个细高挑儿的她熟得很，之前在医院里总是抬头不见低头见，这会儿再看，很容易就认出来了。

愣神过后，她脱口叫着那人的名字："詹医生？"

才从医院离职去了鹏程体校的詹医生会出现在这儿，不用猜冉小玉也知道是谁叫他来的。再想想刚才梁萧同他说的鹏程体校过来砸场的那些事，她只能发出一声轻呵了，知人知面不知心，谁能想到，在医院里一副仁心的医生出了医院的门就能跟着老板到人家家里来寻事。

越想越觉得是自己之前看错了人，踩在地上的步子也越发咚咚起来。

她弄出来的动静不小，很快就引得在那儿对峙的几人回过头来，詹医生似乎知道她和这里有联系，见到冉小玉出现，脸上并没多少惊讶，倒是秦鸿时，本来就阴云密布的脸在看到她的时候直接狂风暴雨起来。

冉小玉呼吸一滞，身子微侧过来，低声同梁萧说："秦教练比想象的不欢迎我呀。"

"放心，有我。"梁萧拍着胸脯说，他和冉小玉不同，关注点从进门开始一直没在詹医生那儿多留，反而一直盯着去而复返的冯明瞧个没完。无事不登三宝殿，对手上门，准没好事。

他深吸口气，拽了下冉小玉的袖子，示意她先过去。两个人悄无声息地进来，静静站在那里，并没打扰他们的意思，冯明见状也就收回了目光，继续刚才的对话。

冯明的手有种异于常人的白，搁在黑漆漆的空间里，随意比画一下都有种瘆人的感觉。秦鸿时眼瞧那手往自己的肩膀搭，似乎想套近乎，皱着眉闪开了。

"有话直说，我很忙，等下还有训练。"

"训什么练啊。"冯明一副你少骗我的模样，"那孩子我又不是没看着，腰都那样了，除非有专业的康复师处理，不然短时间内是甭想上冰了。"

他的话不留半点情面，句句刀子似的朝人的心窝里扎，秦鸿时本来脾气就不好，听见这话直接想打人了，老吕和宋东方又不在，不大的厅堂里顿时剑拔弩张。

眼见着两方人要火拼起来，梁萧赶忙拉着冉小玉冲了过去："谢谢冯教练的好意，不过我们有自己的队医，就不麻烦你们了。"

见他领着个黄毛丫头过来，冯明的表情微微变动了一下："她？是你们的队医？"

"我是！"冉小玉昂着胸脯中气十足地说，就算她曾经犯过错，可她有信心不会再犯第二回。

冉小玉一脸笃定，换来的却是一声质疑的轻呵："就凭你？"

冉小玉心里一突，扭过脸心虚地瞧着提问的詹医生："凭我怎么了？"

詹医生但笑不语，两个人你来我往的架势顿时叫冯明明白了什么："你们认识？"

"何止认识，还在一个科室共事过好一阵呢。"詹医生笑眯眯地冲着冉小玉一努嘴，"医院护士，听说是在准备转医考试，没想到这么快就谋到第二职业，给人家当起队医了。"

"哈哈哈，"冯明直接笑出了声，光笑不说，还朝冉小玉竖了竖指头，"小姑娘有胆量，护转医，还给人当队医？"笑着，又把指头移向了秦鸿时，"老秦你也是有魄力，什么人都敢用？还是说真没人可用了？不要紧，我这不是来帮你了吗？那孩子叫党生是吧？党生，我知道你想参加比赛，我带了咱们市最好的康复师来给你治疗，用不了几天你的伤就能好，到时候就可以在赛场上一较高下了！"

冯明嗓门很大，刻意抬高声量的嗓门就像个扩音大喇叭，让他的话顷间传遍了整栋楼，秦鸿时的脸也越发深沉起来，他一步上前，直接揪住冯明的脖领子："你再说一声试试？"

秦鸿时的手劲不小，一下就把冯明提了起来，脚跟离地的瞬间，冯明的脸色也跟着难看起来，他努力挣扎着不让自己看上去那么狼狈，从牙缝里挤出声音来："开个玩笑而已，怎么，认识这么多年，连玩笑也不能开了？"

秦鸿时的脸阴沉得吓人，透过阴沉的大厅看过去，说是地狱修罗面也不为过，梁萧担心再这么下去要出事，赶忙过去和詹医生一起把冯明救了下来。

脱离拳手，紧跟着是一连串的猛咳，冯明脸色铁青，敢怒不敢言，仰头看了秦鸿时半天，终于狠劲儿朝地上一啐："不识好歹，你就跟这栋连鬼影都不肯来的体校一起见鬼去吧。"光骂仍不解气，又扬着嗓子说，"党生，我知道你是个练速滑的好苗子，与其放着这身本事窝在这里，不如来我们体校。我们体校有队医，能训练，有成绩，比这儿适合你！"

"滚！"一声大吼后，梁萧冲过来，一把将人推出好远，"这里不欢迎你，下次再敢来，我就不客气了！"

不大的扫帚捏在手里，竟也捏出点金箍棒的气势，眼看着秦鸿时和冉小玉也后知后觉地站在梁萧身后，一副力挺的模样，冯明只得没趣儿地摸摸鼻头，扬起手招呼詹医生走了。

"真的是，好心当成驴肝肺……"

"收起你的好心吧！"梁萧直接扔了手里的扫帚，顺便还朝两个人离开的方向踢了一脚。

门开的时候有风刮进来，卷着昨夜的雪花凉凉打在脸上，梁萧呼哧呼哧大口喘着气，半晌才回过神来："教练，昨天的事不能全怪小玉，求你再给她个机会吧。"

他背对着两人，身影像雕像般凝刻进那片黑暗里，只是无论是秦鸿时还是冉小玉都没想到，这家伙的脑子是属跳棋的，说起话来前后完全没联系，前一秒还在骂人，这会儿又开始替人求情了。

秦鸿时一脸无语。

冉小玉："对不起，秦教练，昨天的事梁萧都和我说了，都是我的错，是我对党生的伤情预估不足，才说了那样的话，叫那孩子有胆上冰，我保证下次不会再犯了。"

吱呀的门声从远处传来，在屋里控制了两个孩子半天的宋东方无奈地站在门口，任由俩孩子朝外探出头去。那两个家伙来时秦鸿时嘱咐过，避免叫党生和他们接触，他也努力了，可努力归努力，这房子隔音差的事他实在无能为力。

眼见着党生巴巴瞧着自己，冉小玉的目光从那孩子的脸一点点移去腰上，看来昨天是真伤着了，不然他不会是这个站姿。

"教练，我虽然不是科班出身，但我会努力学习，没人做康复，他什么时候能恢复，能恢复成什么样，都不确定啊。"

冉小玉说着又鞠一躬，视野里，青灰色的石板地在满是风雪的晨曦里反射出淡淡的光，有些话说出来可能有些托大，但她觉得她这会儿就是体校的希望所在。

叫吕中和宋东方紧盯着在屋里待了这么久，党生多少也听出来了，那个叫冯明的是为他而来的。

他是从农村出来的孩子，说句实心话，见过的好人坏事都有限，可光听梁萧他们刚才防人如防贼的架势，冯明这人是好是坏他心里或多或少也有了点数。

绵长的走廊，在青白的晨雾里悠远得像是通向不知是哪儿的远方，秦鸿时和冉小玉就站在那远方尽处，两两对望着，沉默的内容则是关乎他接下来命运的事。

党生的心开始咚咚跳动起来，他揪着衣角，别提多希望秦鸿时能说出那句"好的，党生就拜托给你了"。哪怕秦教练一直说昨天的事有冉小玉的责任，可作为当事人的他知道，如果不是冉小玉，他的伤说不定要更加糟糕。

像是知道他的急切一样，站在那儿的秦教练只管沉默地看着冉小玉，就是不说话，党生急得手心冒汗，就差跑过去替他表态了。

"先别急着吱声，秦教练属驴的，犟起来再像昨天那样收拾你一顿，你就更别想上场了！"身后的二毛低声捂紧他的嘴，生怕党生再说出什么来惹着那个属驴的教练。

他的手温热，这会儿用力捂住党生的嘴，粗暴的动作传递的是属于少年伙伴间才懂得的力量。村里人总说比起跳马猴似的二毛，党生有着比同龄人更多的稳重，他们哪知道，就是这个跳马猴偶尔说出来的一句话，倒是会真切提醒"稳重"的人什么是稳重。

在他的接连提醒下，着急的党生总算清醒过来，不再争着劲地去问个结果。

嘴是消停了，心却还是急的，他真的想快些好起来，快些上冰场，快些训练，快些参加比赛拿到冠军，带着妈妈去做手术、治病……

急切的心情好像终于撼动了那个脾气属驴的秦教练，他先是微微侧了侧身，像是躲避冉小玉那一躬，接着微一沉吟，说了声"对不起"。

对不起？在场的人都愣了，党生的眼底更是亮起一簇光，秦教练会道歉，是不是代表着……没等他美完，秦鸿时紧跟着又浇了捧凉水在他头顶。

"对不起，昨天是我情急，不管怎么样，你都是帮助了我们的人，我不应该那个态度，我向你道歉。不过，我们体校现在不需要你的帮助，谢谢。"

"是因为我昨天说党生的情况可以训练那句话吗？"没想到道歉后头跟着的会是拒绝，冉小玉半晌回过神，上前一步追问。

秦鸿时并不避讳，点头说："是我们虽然急着要那孩子上场，但一个并不专业的康复师有时候非但帮不上忙，还可能造成其他不可预估的后果，冉小姐，我说这话并不是针对你，而是比起这一场比赛，我希望那孩子可以走得更远些。"

深沉的声音沿着长廊幽幽传进耳朵，党生的脑子一阵嗡嗡响，他晃晃脑袋，不确定是不是他听错了。

"教练是说如果我的伤不好就不叫我参加这次的比赛吗？"他扭回头，望着五官正做着紧急集合的二毛，"是吗？二毛？"

"好像是……哎，我语文都不及格，这题属于阅读理解了吧，我说的未必准哪！"见党生的脸一点点黯淡下去，二毛赶紧往回找补，可任凭他怎么往回圆都没用，党生的语文是及格的，不光及格，还是时不时拿第一的那种。如今看来，只要他的伤不好，秦教练是肯定不会叫他上场的了，心情跌入谷底的党生垂着头，也顾不得外头的冉小玉还在和秦鸿时说些什么，落寞地转回屋里。

眼瞧快八点了，天边终于有了清晰的亮色，党生坐在床沿上，看着外面高高低低的车子一辆辆过去，也不知道细数到第几辆的时候，身边的垫子忽然沉下去，梁萧挨着他坐下了。

"党生，虽然秦教练有点谨慎，但他想的也未必一点道理都没有，你放心，等会儿我去找杰叔，他认识的人多，就算认识的人没有会康复的，认识的人还有认识的人，总能找到人帮你早点上场的。"

党生抓了抓床单，缓缓回过头来，两眼无神地看着他，说："谢谢。"

比起党生，梁萧更喜欢跟二毛打交道，那家伙生气就发火，开心就蹦高，不像党生，小小的年纪，有什么事总是藏在心里，叫人想帮忙都不知道该从哪儿入手。是不是天才都有怪癖呢？不会啊，他就没有啊？梁萧挠着头，脸不知不觉中大了几圈。

"梁萧哥，我没事，真的，你不用开导我。"

听见他这么说，梁萧回过神，又把他仔细瞧了瞧："真的？"

"真的，再难的事总有法子的。"

这话说得对，再难的事总会有法子，梁萧点点头，起身朝外走："我去和老宋说一声，等会儿再学刀，给你找大夫要紧。"

"不用……"党生抬手去拦，可惜刷着绿漆的木板门一晃，梁萧早出了门。他瞧着慢慢闭拢的门，悄悄拿出口袋里的那张纸瞧了瞧，低声说道："真不用……"

他已经有法子了，虽然这法子对这房子里生活的人来说不是个好法子，可他实在没办法。党生五指慢慢收拢，捏紧了那张印着鹏程字样的宣传单。他没想过要背叛谁，鹏程的那位冯教练不是说了吗，可以帮他治伤的……

第十七章　没有枪没有炮

门外，才来不久的冉小玉就让秦鸿时一番坦诚到近乎直白的话"气"走了，晨曦的光霞透窗照进狭长的走廊，在三个多少都有些白发伛偻的老家伙身后扯出一道道影子。

宋东方是搞冰刀的，教练那些事他并不怎么清楚，只是先前听梁萧说过体校这会儿没合适的队医替党生治疗。

他抱着膀子，听对面两人你一言一语地来往，忍不住开口："老秦，要我说如果真没人就让那姑娘试试呗，怎么着也比没人强吧。"

说完他就挨了一剜。

怕他多想，吕中赶忙拍了拍宋东方，解释说："我知道你是为我们好，那姑娘虽然会点康复，可老秦担心她不是成手，再出现之前那种情况，会毁了党生那棵好苗子。"

宋东方"嗯"了声，他们说的他也懂，问题是现在不是没人能上吗，有个人盯着总好过开天窗吧。

"梁萧！"他猛然一叫，人也跟着奔了出去，动作麻利到吓得吕中和秦鸿时先后一恍神。

是梁萧又出什么幺蛾子了吗？秦鸿时被这一而再的波折折磨得心

208

力交瘁，回头时眉头拧得格外紧，梁萧领回来的俩孩子个个不叫他省心，更别提这个不省心的鼻祖了。

宋东方平时也没少叫这小子折腾，所以这会儿看他一副鬼鬼祟祟的模样顿时堵在道上："说了等会儿学做冰刀，这又是要干吗去？"

他一下一下跺着脚，堵得梁萧没处躲没处藏，只得挠着头实话实说："我怕党生那孩子心急，想去问问杰叔有没有康复师能联系上，他认识的人多。"

"又是杰叔，他那么大年纪，你少麻烦他一次能怎样？"

"我也是想去看看他。"

"然后说好的等会儿学做刀就真成等会儿了？"宋东方哼了一声，回头瞧了眼吕中和秦鸿时，虽然不赞成梁萧这种有事没事找杰叔的做法，但这种时候死马当活马医也是个法子，何况他也有阵子没见这个老伙计了，去看看也好。

"走，一起。"转过身，宋东方招呼梁萧，想一出是一出的做派搞得梁萧一愣一愣。

"宋叔，你也去吗？"

"不去留这儿和他俩大眼瞪小眼啊？刚好路上也能教冰刀，一勺烩了。"

宋东方说干就干，说话的工夫人已经走出了老远。梁萧站在原地半天才缓过神来，又瞧了秦鸿时一眼，他小跑着去追宋东方："宋叔，你外套没穿呢……"

又是取外套，又和吕中打了声招呼，等他一路小跑着上了公交，人已经累得满头大汗了。

清早的公交车上挤满了去上班的人，那一年，外卖刚刚才在南方兴起来，在这个东北小城，上下班通勤的人还是习惯早上出门时带上一份午饭。

车子徐徐启动，梁萧闻着那一车的饭香，目光落在了气定神闲的宋东方身上："叔，车上乱，要不还是等一会儿回去你再教我吧。"

"梁萧，把我之前教你的速滑刀的特点与关键和我说一遍。"宋东方面朝窗外，平淡无波的脸倒映在窗玻璃上，并没再瞧梁萧。

梁萧一愣，虽然不知道宋叔为什么要执意在公交车上让他复习，可老人家的要求总有道理在，他还是依言逐条复述过去："专业的速滑刀与普及刀的区别，一个在鞋身，现在市场上。专业刀普遍选用的是玻纤加碳纤材料做出的鞋身，运动员上脚加热塑形，玻碳纤做出来的鞋身在支撑性和保护性上更加出色；再有的区别是专业刀用的是可脱位刀，普及刀是由前结合后结合固定在鞋身上的一体鞋刀。"

梁萧一口气说完，宋东方缓缓地点头："还有之前教你的冰刀维护，回头再练练，我能教你的就教完了。"

教完了？梁萧蒙了，掰掰指头细数："叔，我总共才跟你学了几天啊，怎么就学完了？还是我哪里表现得不好，惹你生气，不想教我了？如果是那样，我道歉，认错，我错了，行吗？"

梁萧越说越激动，说到最后直接从座位上弹起来，眼看车里挤挤插插坐满的人都往这儿瞧，宋东方老脸一红，赶忙把人按回椅子上："不是，你没做错事，我也没生气，是做冰刀这块我没其他可以教你了，以后我顶多教你怎么修修冰刀。"

"不是……为什么啊？"梁萧仔仔细细把宋东方从头到脚打量了一遍，确定他不是生气，脑子里的疑惑更大了，既然没气，怎么就不能教了呢。

"不是我不想教，是没法教了……"车子路过文化馆，吱嘎一声停住了，宋东方看着窗外的人上上下下，指着文化馆后面的那片地方幽声说，"知道咱们厂当初为什么突然就叫那些外国人给落下了吗？我开始不懂，养好咱们厂那么些人的手艺怎么就不行了，后来我明白了，外国人做实验，什么样的材质适合做鞋身，什么样硬度的刀可以让运动员在冰面上滑得更快，这些都是咱们之前很少去想的。人哪，安逸久了就会习惯，习惯的结果就是让人家远远甩在后头。"

宋东方一句一句地说，梁萧一句一句地听，听到最后仍不懂他说的这些和不能教他有什么关系。

"傻子。"宋东方瞧他一脸不开窍的样子，抬手就是一下，"实验是要设备、要材料、要条件的……"

眼见着最后一个人上了车，司机挡位一换，又驾着车摇摇晃晃地上路了，圆顶的文化宫很快被甩出了视野。直到这会儿，梁萧才弄懂为什么从刚才开始，宋东方就一直瞧着文化宫后头的那块地，再往后走一段路，就是飞龙曾经的厂址了。

厂都让他弄没了，再想学做刀也无异于纸上谈兵吧。

未曾想细究下来会是这样的答案，梁萧彻底陷入了沉默，整个人看上去也像被抽光了精气神，连背也挺不直了。

见他这副模样，宋东方十分不屑地哼了声："这就打击着了，老梁那会儿受到的打击不比你小，退单纸片似的涌来，厂里还有一百来张嘴等着吃饭，这些重担全压他身上。哦，对了，那会儿他家里好像还有个专门喜欢唱反调的败家儿子，就是那样，我也没见他喊过一声苦，更没像你这样。你小子，给我打起精神来。"光说不够，宋东方直接对着梁萧的后脑勺就是一下，"人生在世几十年，谁没碰到点沟坎，碰到事就这副尿样，知道你是这种人我都不教你。"

连吼带骂的话终于让梁萧提起些精神，他摸摸脑袋，不好意思地看了宋东方一眼："对不起，叔，我就是后悔。"

"后悔的事以后就别犯，谁年轻时没犯过点错，就算是老梁，如果你去问他，保不齐他也犯过，所以别丧着脸了，看着就烦！"宋东方的嘴毒和秦鸿时还不一样，秦教练的毒里有的是严厉，和他比起来，老宋更像家长，随随便便两句吼就能把你吼得不精神起来都不行。

梁萧挤出个比哭还难看的笑，换来宋东方一阵沉默：那个，还是丧着脸吧……

远离文化宫，进到主城区，道两侧的风景开始变得晴朗热闹起来，宋东方看着窗外一辆载着早餐的三轮摩托渐渐被公交车甩去后头，思忖了下，缓缓开口："老陶说他找了证人，能帮你证明那些文件不是在你清醒时签下的，我不放心，过去看看。"

原来如此，难怪宋叔这趟非坚持要同行呢……一想到有人愿意证明，梁萧不再消沉，重新振作起来。不管对方是良心发现，还是出于什么原因，他都要好好谢谢这个肯帮自己的人，一旦证明那些文件不是他签的，冰刀厂就能回来，老梁的手艺也就能跟着一起传下去了。越想越激动，裹着羽绒的胸口剧烈起伏着。

然而就在他猜测着会是哪个家伙肯在这个时候站出来帮自己的时候，一个让梁萧怎么都想不到的人竟出现在了杰叔家里。

上次见胖猴的记忆久得好像隔了一整个世纪，算算时间也不过是几天前的事而已。

车子在终点站停好，梁萧跟着宋东方下车，正要往杰叔家去，才到楼下就被垃圾堆旁丢着的那堆东西绊住了脚。梁萧站在那儿，盯着那堆东西怔了半天，才抖着牙齿说了句："是咱们厂里的机器。"

宋东方没作声，脸却阴沉得可怕，这些陪了他几十年的老伙计如今叫人这么随意丢在垃圾堆里，关节都叫人砸坏了，那些破损那些伤就像扎在他心里的刺，别提多疼了。

他朝旁边看了眼，毫不意外，在楼下看见了那个熟悉的车牌，老爷子来了气性，噔噔踩着步子就朝楼里冲，一边走一边数落："梁萧，以后再敢交这种狐朋狗友，小心我替你老子教训你！"

梁萧看着宋东方远去的背影，低头轻轻抚摸了下那些安静躺在垃圾堆里的机器，这些话不用嘱咐他也知道了。他缓缓起身，抬头看眼青灰色天空底下的楼宇，猴子，躲了你这么久，现在我不想躲了。

陶家杰的家在三楼，半新不旧的住宅这会儿门户洞开，几个穿衣打扮都流里流气的年轻人堵在门口，一脸坏笑地瞧着屋里的人，时不时还发出两声坏笑。

陶家杰平时不和儿子住在一起，加上有事要办，出了院就早早把儿子支走了，这会儿两室一厅的屋子里除了他全是那个胖猴的人。

可终究是活了半辈子的人，这点场面还没叫他放在眼里，陶家杰坐在桌旁，冷眼瞧着沙发上的年轻人："所以根本没有良心发现想帮忙的人，一切都是你安排的？"

胖猴得意地摊了摊手："老爷子，我也不想这样，要知道现在家里的生意都是我在操持，我也不想浪费时间在你们这些废物身上，可你偏偏想不开啊，非和我作对啊。你说那个梁萧有什么好，需要你命也不顾地这么对他？他配得起你做的这些事吗？"

陶家杰哼了声："这不需要你操心。"

"老爷子……"胖猴眉头一紧，原本还装作潇洒的手也跟着揪成了一团，"您可别敬酒不吃吃罚酒，听说你才出了车祸，好歹捡回来的命总要珍惜着些吧。"

"呵呵。"陶家杰冷笑着，"我一个糟老头子出了车祸居然叫你这么个大忙人知道了，也是我的荣幸啊。不过人在做天在看，交警队说了，是谁撞的我，迟早找得着，到时候管保让坏人受到惩处。"

他话里有话，软硬不吃的态度把胖猴的鼻子都气歪了，运了半天的气，退回到沙发上："梁萧欠我的钱又怎么说，我记得上次你说他的账算你的？也是，听说他是你打小看着长大的，这么眼睁睁看着他东躲西藏，有家回不来也是心疼吧？"

"我是……"陶家杰长出口气，不想否认这话是他说的，也是在很早的时候就说了，哪怕儿子反对，他也是实打实想这么做，老梁对他们家有恩，恩情大得可以让他拿命去还。儿子说，那债他还不完就要让后代背，关于这点他也咨询过律师了，可以防范……陶家杰垂下眼，冰刀厂能不能拿回来他不知道，至少在那之前先别让梁萧再这么东躲西藏的了，"我是说过，刚好今天你来，看看这个，有问题现在说。"

说着，他从身后架子上拿来个东西，正要递去给胖猴的时候，大门外突然传来一阵躁动，隔着那几个花里胡哨的人头，陶家杰看见宋东方还有梁萧在往门里冲。

他脑袋猛地一嗡，这孩子怎么来了。

胖猴开始还对杰叔手里的东西感兴趣，听见熟人的声音顿时兴致高了起来，拍着巴掌站起身，一脸欢迎的样子："梁萧，你竟然回来了，我说怎么再去榆杨村没见着你呢。"

梁萧看了他一眼，默不作声走到杰叔旁边，拿过他手里的东西瞧了一眼，顺手撕成碎片："叔，我欠的钱不用你帮还。"

"这就对了嘛，我刚才还和他们说，咱们梁萧是爷们儿，自己欠的钱怎么会叫别人背呢，是吧？怎么样梁萧，当了这么久的缩头乌龟，钱准备什么时候还？"

阴一声阳一句的腔调钻进耳朵，别提多不舒服了，站在旁边的宋东方瞧着胖猴那一脸嘚瑟的模样，恨不得替他爸妈教训他两下。

眼瞅着宋东方的拳头要硬起来，梁萧赶紧把他按住，淡淡回答："我没钱。"那理直气壮的模样一度叫胖猴怀疑，眼前的还是不是那个没脑子更没主见的梁萧。

"没……没钱？没钱是什么意思？"

"字面意思。我现在没钱还你，你可以去告我，也可以继续找我麻烦，但你找我麻烦我会报警，告我我会向法院申请个人破产，我现在没房没钱，是有机会被判个人破产的，所以如果你不想鸡飞蛋打，最好别惹我身边的人。"

"个人还能破产？梁萧，你是以为我没读过书吗？"胖猴真叫他唬住了，完全没了刚才的气势。

看出这点的梁萧继续说："你读过多少书我不知道，破产的事你可以去查，我骗得了你一时骗得了一世吗？"

就这么轻易叫他反客为主，胖猴不甘心地咬着唇："你想怎样？"

"不想怎样，你给我点时间，我赚了钱就会还你，否则鸡飞蛋打，要头一颗要命一条。"

他说得大义凛然，却换来胖猴一阵冷笑："这么说我还得供着你了？"一面说一面朝身边的人使眼色，得到示意的混混纷纷捏着拳头凑了过来，那场面，就连暴脾气的宋东方都有些怵了。

"梁萧，你……"

"宋叔放心，我报了警，估计再有几分钟就能到。"说着，他举起手机，果然，在亮起来的页面上，一通打给110的记录挂在最顶上。

胖猴气得咬紧牙："算你狠，咱们走！"

"等下。"

"你又想怎样？"胖猴咬牙切齿地回头。

"厂里的机器值些钱，想糟蹋东西别搁我们眼皮子底下。"

机器？胖猴眼珠一转，想起楼下那些东西，顿时像找到什么乐子似的笑了下，终于带着那帮咸鱼烂虾走了。

"咚"的一声，挂钟发出半点的提示，好不容易从刚才那剑拔弩张气氛里回神的陶家杰埋怨地拉住梁萧，正想数落，梁萧忽然身子一侧，闪去了窗边，眼巴巴瞧着楼下，边瞧还边嘀咕："看来是就带来那么多啊。"

"什么带来那么多，你说什么呢？混小子，赶紧给110去个电话，等会儿警察来了再说你报假警。"

"我就没打110。"确认过楼下没动静的梁萧转回身，冲着两人扬扬手机，"在网上找的图片，那些傻子，光看见了110，都不看上头还有浏览器的地址栏呢。"

"你这小子，吓我一跳，还有那个什么个人破产，也是你瞎掰的吧？"

梁萧摇摇头，这个真不是，以前他只想着逃避，没想过自己留下的这副烂摊子最后都是叫杰叔扛下来的，好歹现在他终于清醒了，不会再叫别人替他背锅了。

"国外的确有个人破产的案例，至于国内有没有，我还不清楚，不过杰叔，以后这些事你真的不能再给我扛了，我不能叫你儿子还有老梁看不起我，再说了，最糟也就是进去待两年的事，我不怕。"

梁萧笑得坦然，两个老家伙却不约而同心酸起来，宋东方抿抿嘴，想找点话题缓和下这个尴尬的气氛，眼睛一扫，突然看见梁萧又再向外瞧，不禁凑过去问："你看什么呢？还有刚才说的，什么叫就带那么多？"

梁萧没作声，反手从怀里掏出个东西，那东西怎么瞧怎么眼熟，宋东方看着看着突然一拍脑门："你把压膜器的把手拿上来干吗？"

"叔，你不是说厂子没了没法学做冰刀吗，这些器材虽然让那群兔崽子祸害坏了，但你对照骨架也能教我吧？"梁萧脸上挂着笑，清澈的眼眸倒映着宋东方那张发怔的脸……

"所以他们走时你故意说那么一句，就是想他们再砸点设备送你跟前来？"

可不是！那首唱游击的歌里不是有句是这么唱的吗：没有吃没有穿，自有那敌人送上前。没有枪没有炮，敌人给我们造。只要胖猴的脑子没进化得像他这么灵，他梁萧就缺不了学习冰刀的模具，哪怕是坏了的。

窗外的天忽地晴了，梁萧看着那抹照进窗里的艳阳，在心里暗自发誓，现在叫他们弄坏的，他梁萧将来会让他们加倍奉还。

杰叔是上了年纪的人，加上才出院，人还虚，听了半天解释才弄懂他们在说什么，半晌回神，直拍着梁萧的肩膀大笑："梁萧，你这小子……"

"有点儿坏水是吧？"梁萧不好意思地挠着脑袋，"我一直这样，因为我这鬼脑子我爸以前没少数落我。"

听他说老梁，杰叔缓缓放下手，就那么坐在椅子上端详着他："老梁要是看到现在的你，会很欣慰的。"

"我也欣慰。"宋东方没好气地哼了声，"那么多的机器也不知道会叫那群狗东西糟蹋成什么样。"

"师父你不是也说，咱们厂的东西过时了，需要更新换代了，你放心，我不会让这些东西白白坏掉，我会好好研究，争取早点研究出更好的来。"

梁萧的眼睛发着熠熠的光，真挚的模样让宋东方都看不下去了，头一扭，别去一旁："谁是你师父？"

"可不就是你吗？咱们厂除了老梁就数你的手艺好，梁萧以后就拜托给你了。"

刀子嘴豆腐心的人面皮都薄，宋东方叫老陶这么一通说，更不好意思了，嘴巴嘀嘀咕咕的不知说了些什么。陶家杰看着好笑，拉着梁萧的手问："你们怎么想起来这儿了？"

"还不是……"他想说还不是师父说有了线索，转念一想，自己一开始并不是为了这事来的啊。

"叔，是这样，党生的腰受了伤，队里现在没有队医帮他治疗，我想问问你认不认识什么能做康复的专科医生。"

"康复师啊……"杰叔想了想，"你们问没问过詹洪明？"

"就是××医院的那个詹医生吗？"不提他还好，一提那个姓詹的，宋东方就止不住地翻起白眼，"人家现在在鹏程体校呢，今早才去咱们学校示威过，找他帮忙？不可能的。"

"詹医生去鹏程了？"陶家杰对这个消息一无所知，想了想又摇头，"小詹那人我虽然没什么交情，但为人还是了解的，不会做出什么示威的事啊。"

见他不信，梁萧就把早上的事原原本本说了一遍，陶家杰听完，缓缓摇了摇头："做康复的我是认识几个，不过这些年东北经济不行，好些都去了南方，就他一个还留在这儿……要不这样，我给他打个电话，看看没有冯明在场，他会不会同意帮党生治疗。"

这主意不是不行，梁萧却觉得可行性不大，如果詹医生能同意，早在医院那天他就同意了。

"杰叔……"他想劝陶家杰别浪费工夫了，就在这时，桌上的电话突然响了。

在手机兴起的年代，杰叔家用的还是座机。他戴上眼镜，瞧着来电显示的号码，神情一讶："是小詹……"

詹医生吗？梁萧不信什么心有灵犀那套，拖着椅子凑到电话旁边，看着杰叔接起电话。

"小詹啊，我正想找你呢！你有事让我转告梁萧？"

转告我？正在边上听壁角的梁萧没想到这里头会有自己的事，瞪着眼睛听得越发仔细，然而让他万万没想到的是，接下来听到的会是这样一个消息——党生去鹏程找冯明，被冯明邀请加入鹏程了……

怎么会这样？

笑容瞬间凝固在梁萧脸上，也就怔愣了一秒的时间，回神后的他招呼也没打一声便把陶家杰手里的电话夺了过来："你说什么？再说一遍？"

梁萧的声音像吼，吵得人脑仁疼，詹洪明当即把电话举远，考虑着是不是就这么挂断了算了。本来嘛，他现在在鹏程，梁萧他们是对方体校的人，这个口信按理说他是不该传的，也是考虑着之前和老吕的交情，想来想去才把电话打去了陶家杰那儿，谁想到梁萧那怨种也在，多毛似的嚷嚷，摆明了是想把鹏程的人招来。

举远的手不觉又收了回来："你小点声，小点声行吗？再喊我挂电话了！"

陶家杰知道他是认真的，赶忙示意梁萧冷静，随后又把电话抓回了手："小詹，你说党生去了鹏程是真的吗？"

"我拿这事骗你们也没意思啊。"他这会儿是躲在自己办公室里打的电话，隔着一道门，走廊里不时有人走过，每下脚步声都像踩在他心上，叫他心惊胆战，越说越怕，他直接走到窗根儿底下，半边脸藏在窗帘后头低声说，"那孩子急着比赛，老吕那头因为他的伤迟迟不肯点头让他上冰，估计梁萧也和你说了。今早冯明才领我去那头动摇了一番军心，因为他说鹏程有我，能让他上场，才让那孩子动心了。

"陶老，梁萧这会儿不冷静，有些话我说给你听，你再转述给他。党生那孩子在我这儿我肯定好好给他治疗，不过说句实心话，我瞧着冯明的心思不单纯，除了康复这块，其他地方我没法插手，你们如果想那孩子回去，最好早做准备，先不和你说了，有人敲门。"

都没来得及再多说一句话，电话随即挂断了。

因为后半程是杰叔在听，挤在边上的梁萧想听也没听清对方说了什么，这会儿看他挂了电话，赶忙凑过去，急火火地问詹洪明说了什么。

陶家杰看着他，脑海里想的是詹洪明的话，他对冯明这人了解不深，拿不准对方究竟会不会像詹洪明说的那么不单纯。

沉吟片刻，他开口说道："小詹让你们想法子让孩子回来。"

这不是废话吗，梁萧急得跺脚，眼神虚晃了半天突然朝杰叔手里的电话看去："教练他们不知道发没发现党生跑了，这样，宋叔，你和杰叔在这儿给体校打电话，告诉他们一声，顺便等等看胖猴他们会不会再把砸坏的设备送过来，之前砸坏的那些让我藏在楼下车棚里了。我现在去鹏程一趟，好歹是我带出村的人，要走也要过我这关才行！"

说完，他拿上外套冲出门去，甚至没理会一下身后喊他名字的杰叔。

还真是人不可貌相，他怎么都想不到看上去老实巴交的党生冷不丁能干出这种事，还是这么大一桩。

几级台阶很快走到头，小区院里，太阳透过矮树落了一地凉淡的细影，梁萧走在冷风中，心里早把那孩子骂了无数遍。就算想去鹏程，至少也要和他们商量一下嘛，这么不辞而别，如果出了什么事，要他怎么和榆杨村里他的家人交代呢！

梁萧越想越生气，一不留神，崴了一脚泥。

他不知道是杰叔他们联系得及时还是教练们一早得了消息，总之，等梁萧赶到鹏程门口时，秦鸿时已经站在那儿和乌泱泱一帮体育生对峙了。吕中不在，不知道是没来还是秦鸿时没把事情告诉他，倒是个头儿在一群高个子面前明显不占优的二毛也在，正梗着脖子朝门里大喊着党生的名字。

和他们那座三层高的小楼不同，鹏程体校光门脸就有两辆大巴那么长，能左右伸缩的门栏旁，青黑色的大理石板上刻着名家撰写的"鹏程体校"几个字，阳光一晃，气派非常。然而这一切都没让二毛有半点怯场，比对面人足足矮了一头的他调门调得老高，手拢成喇叭冲着院里叫："党生，你出来。党生，你别叫这帮人骗了。秦教练说了，会帮你想办法的！你不能因为心急比赛就听他们骗你啊！"

"你说谁骗呢！"听见有人诋毁自家学校，鹏程的人不干了，人高马大的体育生没老师管束，跃跃欲试地朝前伸着拳头。

二毛也不是尿人，见对方伸手，自己也挽起了袖子，日光白晃晃，照在少年精瘦的胳膊上，惹来对方一阵谴笑："长得这么弱不禁风还想学人打架，这不是成心找死吗？"

"说谁找死呢？"二毛眼睛充血，说话间就要向前冲，对方一副巴不得他挑衅的模样，袖子都没撸，就伸来了拳头。

终究是在城里好吃好喝生活这么久的体育生，打起架是又快又狠，眼见一拳就要招呼在二毛脸上的时候，另一个人同时抬起只脚，对准二毛的小腿就狠端过来。

没想到他们打架和挖人一样不讲武德，二毛眼见着躲闪不及，就要挨揍了，连回击的拳头也顿时软了几分。

关键时刻，两道黑影几乎同时挡在他面前，一个拍落了对面伸来的拳头，一个更是直接端飞了那只飞脚，就听"嘎嘣"一声，一个理着寸头的细高个儿挣扎着栽倒在地，两只大手合抱住右腿，不迭声地喊着疼。

好久没打架了，再品这身手，还行，没减当年几分。梁萧弯着腰，掸掸鞋面上沾的灰，扬着声朝院子里喊："冯明，你再不出来别怪我不客气了。"

"你谁啊，敢这么喊我们教练？"

"我？"梁萧抬起头，瞧着对面发话那个冷哼一声，"爷爷我要不是退役得早，这会儿肯定挂在你们这帮臭小子目标排行榜榜首上。"

这些都是速滑队的后辈，认识梁萧的真没几个，可说没见过，也不是，上回在医院跟着冯明一起的学生里有人记得他，回校以后又听冯明说起，特意去百度了一下，这会儿又见面，终于缓神想起来了："不就是把飞龙冰刀厂祸害黄了的那个败家子吗，还目标排行榜？就吹吧……"

没等嘲笑完，笑就成了哼哼，年轻的学生捂着腮帮子，一脸不敢置信地看着梁萧："你敢打我？"

"有什么不敢？你自己也说了，我是败家子，败家子除了会败家，打人也不赖。"说着，梁萧像为了证明自己所说非虚似的握了握拳头。身后传来轻咳，秦鸿时也看不下去他这么糟践自己的名声了。

可他不懂，和流氓打交道就该用流氓的法子，何况……"我不是体校的人，犯了事耽误不了你们参赛，所以教练，等会儿不管出什么事你都千万别出手。"

体校正对着马路，这会儿车来车往鸣笛不断，秦鸿时透过那些喇叭声听出他的话，一向平静的眼睛竟闪现出一道波纹。他拉着二毛，看着挡在面前、身上不断散发着流氓气息的梁萧，头回觉得自己那个曾经最得意的门生回来了。

秦鸿时的感慨都是放在心里头的，梁萧瞧不见，更摸不着，他这会儿一门心思想的除了快点把党生叫出来带回去再无其他。

风静静地吹着脸，再没了刚才下刀子似的嚣张气焰，果真是进了万物复苏的月份，哪怕昨夜还风雪呼号，这会儿也有了温暖之感。

嘱咐过秦鸿时，梁萧张开手脚，摆出一副要上去拼命的架势。别说，跟胖猴他们混了这么久，别的长进没有，打架斗殴、坑蒙拐骗的本事倒是学了个十成十，哪怕这会儿他不是真心想去挑事，这架势一亮出来，也足够那些没进社会的半大孩子怕一阵的了。

领头那个明显叫他镇住了，加上身边才让梁萧踢了一脚的家伙还在哼哼，方才还想着给这几个"不速之客"些下马威的体育生当即没一个敢吱声了。

风慢慢停了，光秃秃的柳条安静地垂挂道旁，不知从哪儿传来一阵踏雪声，咯吱咯吱地靠过来，一路伴着清朗又嘚瑟的笑声。

"老秦，没看出来啊，你带出来的学生这么有出息，吓唬小孩子啊。"

见自己教练来了，才叫梁萧唬得一愣一愣的学生自动劈开条路出来，朝后寻去的眼神里也多了些神采。

以前都是狗仗人势，现在好了，也算见识了人仗狗势了。秦鸿时伸手拽回了梁萧，自己站在前头看着冯明满脸堆笑的样子，他还没老呢，不至于混得要叫个晚辈替自己出头。

"说到吓唬，冯明，你把我们体校的队员骗到你这里，就不是吓唬了吗？"

彼此都清楚对方揣的什么心思的两个人，说起话也少了许多弯弯绕，秦鸿时单刀直入，冯明也就少了那些敷衍的客套。

有钱学校出来的教练，走到哪儿手里都提着保温壶，这会儿小臂长的水壶耽误他说话，所以随手递给了身边的人。长着对细小眼的冯明两手一合，开口便说冤枉："天地良心，老秦，我是守法公民，拐带人口可是犯法的，你别诬赖好人，党生的确在里头，不过不是我骗来拐来的，是他自己要求来的。你也知道你们学校现在是什么状况，这人往高处走，谁也拦不住不是？"

话的确是那个话，可从冯明嘴里出来总让人有种里头全是阴谋的意思，秦鸿时好歹和他打了这么多年的交道，自然不会叫他这套说辞轻易糊弄过去。

他拦住要说话的梁萧，牙缝里哼出一声："的确拦不住，不过好歹在我们那边得过，现在人走了，不露个面打个招呼不合适，你说是吧？"

"谁说不是，就是知道你担心，所以我特地出来接你进去，看看党生，也顺便参观参观我们体校。啊，对了，忘了说，党生这会儿在做康复，出不来，所以才请你进去。"

冯明话说得要多漂亮有多漂亮，让人挑不出半点毛病，秦鸿时听完，哼了声："那就带路吧。"

***

有些人要交往过一阵才知道好坏，有些路要真走过一遭才能知道所谓的路和路也是不一样的。

同样是体校，鹏程光那个院子就抵过他们学校三个大，一栋紧着一栋的场馆排成排，路上别说泥了，连雪都没看着半片。

二毛自认自己是个有骨气的人，可一路走过来，也渐渐觉得底气不像进院前那么足了。

小孩子的转变冯明看在眼里，笑在嘴边，扬手问道："怎么样，我们鹏程和你们那座老字号比，哪里好？"

没想到他会突然问自己，二毛当即挺直脊背，一副你说的什么玩意的表情："俺爹说能叫得上老字号的都是称得上霸王的，当然是我们那儿好。"

冯明但笑不语，手跟着一扬，引路朝一栋圆顶蓝墙的房子过去："这就是我们的速滑馆，队员平时训练复健包括器材维护都在里面。"

说话间，人已经走到楼前，有学生站在门边，手挑起门帘，等他们过去。

冯明走在前面，余光却始终没从二毛身上移开过："你叫二毛吗？我以前有个学生也是从你们那儿来的，不过不是榆杨村，是北边一个叫什么树的村子，你知道叫什么村吗？"

"自己的学生自己都不知道，这么不上心的教练党生是瞎了眼吗要跟你？"

……

二毛年纪小，怼起人却是半点不手软，本想套套近乎顺便再探探虚实的冯明踢到了钉板，脸唰地沉了一沉，梁萧见状，更是火上添把油，当着冯明的面朝他竖了竖指头。

这两人啊，秦鸿时不赞同这种极为幼稚的行为，严肃着表情，郑重其事地跟着竖了竖指头。

冯明脸都叫气歪了，刚好这时有人从回廊那边过来，他一眼瞧见，抬手把人叫住问道："党生那儿怎么样了？"

"詹医生正给他做理疗呢，那孩子也不知道受了谁的指导，运动根本不得当，本来不重的伤弄得有点棘手了。"

　　冯明满意地扬起手，打发了人走，脸跟着偏向后，意味深长地念叨一声："秦教练没带那孩子几天，估计是之前的哪个不懂行的家伙，耽误了人吧。"

　　"是你！"二毛咬着牙冲过去，叫梁萧一把拦住了。

　　"见党生要紧。"

　　"可他说秦教练。"

　　他把人按住，贴在他耳边低声："男子汉要能屈能伸，现在见党生要紧。再说了，狗说的话不用往心里去。"

　　"狗说……"二毛不服地重复他说的话，下一秒突然眼睛一亮，对，就是狗说的！

　　"梁萧……"狗喊了他一声，梁萧顶着副笑眼抬头看狗，狗也看着他，手指着一扇半开的门，"这是我们鹏程的器材室，你家以前是做冰刀的，估计对这个感兴趣，要不要进去看看？"

　　冯明会好心地让他看器材？怕不是借着器材打别的主意吧。梁萧这会儿全部心思都在找党生上，压根儿没心思陪他演戏，笑着就要拒绝，可当余光扫过那扇门时，自以为意志力坚强的梁萧还是愣住了，那真是间实打实的器材室，里头陈列的都是各式各样的速滑冰刀，那些牌子大多数是他在做运动员时穿过的，这会儿再看并不能激起他半点波澜，让他眼眶剧烈地震的是几双堆放在墙角的冰鞋，那是他们飞龙的冰刀。

　　见他终于看到了重点，冯明满意地扬了扬手，吩咐几个学生进去："淘汰的东西怎么还不扔了，难道还想穿着这些破烂上场比赛不成？"

　　冯明一声接着一声，指挥着队员把那些看上去根本还都完好的冰刀一双双拿离房间，只留下梁萧望着空下来的墙角久久征愣。

不是放在那儿久置的刀，墙角簇新得没有半点印记，他会特意摆了那些东西在那里，就是想刺激他。

也不知时间过去多久，梁萧抿着唇回神，看向冯明的眼睛里没有沮丧没有打击，留下的只是越发坚定的东西。他咧嘴笑了，四颗牙齿透过阳光去看，白得刺眼。

"都是以前设计的旧东西，拿去比赛的确不行，可惜我爸走得早，不然他临走时设计的那款刀做出来会比这些都好。"

冯明眉头一挑，没想到自己撂下的这根刺没扎着这小子，也是意外，就在他琢磨着是自己放的料不够狠还是这小子吃错药的时候，梁萧已经招呼着秦鸿时和二毛继续朝前走了，一边走还一边说："不过啊刀再好，人差劲，也是没用。"光说不算，他还装作无奈地晃了两下脑袋，真的是……气死人了……

冯明按捺着脾气跟上去，装作没听见，不是他不想回嘴，而是他发现，在混账方面，自己还真比不过梁萧这些人。

与其在自己不擅长的地方自找没趣，还不如在自己的主场予以对方痛击呢。

眼见又穿过一道门，冯明抢先一步跨了进去，指着面前那片似乎一眼望不到头的冰面介绍："这就是我们的速滑场，冰面条件达到国际标准，和那些露天浇出来的野冰不一样，站在上面，冰感也更丝滑……"

他忙着吧唧，没留心自己手里的水壶什么时候到了秦鸿时手里，进口的保温壶拿在老秦手里，打开倾倒流水的动作做得轻车熟路，等冯明反应过来，他早把半壶温水悉数倒在冰面上了。

温的水遇上冻实的冰很快凝成高高的山形，秦鸿时瞧着那山直摇头："还以为国际标准得标成什么样呢，这结冰的速度是快。"边说，又晃了下手里的壶，就听哗啦一声，光洁的冰面上顷刻多出道疤瘌。

前一秒还在为那片一眼望不到头的阔大冰面惊叹的二毛这一刻就叫人拢上了嘴巴，秦鸿时捏住他的嘴，连扭带拽地把人拎回来："喜欢看冰回头给你买根冰棍去。"

"冯教练，党生在哪儿，麻烦快点带我们去，学校那头事多，没那么多时间在这儿耽搁。"

瞧这嘴毒的，凭他冯明想怎么显摆，到了秦鸿时这儿，全成了耽搁……冯明眼睛都气歪了。

站的地方，头顶刚好是风口，呜呜的冷风顺着脖领灌进身体，冻得发抖，也叫人很快清醒。冯明呵出口气，看着白雾在面前一点点散开，朗声说道："党生就在前面，不过有件事我想先问问秦教练，你们这趟来是看人呢，还是想把他带回去呢？"

"党生是和我一起从榆杨村出来的，当然得和我在一起，一起回体校，回我们体校去！"没等秦鸿时言声，二毛就蹿着高说。

说实话，党生这趟出走，最生气最害怕的不是吕中不是秦鸿时更不是梁萧，是他，二毛。

别看他就是个孩子，可他是在电话里同党生的爷爷拍着胸脯保证过的，有他在党生就在，有他在，党生就一定不会有事。

这话什么意思，他在哪儿，党生就得在哪儿！不然他怎么照顾人哪！

要么说童言可贵嘛，毕竟这么天真的傻话大人是说不出来的，冯明看着急得直瞪眼的二毛，笑得眼睛都弯了。

"你笑什么！有什么好笑的！党生他本来就会跟我们回体校，不是你骗他会来这儿吗？"

他越急冯明越笑，笑到最后气得二毛直蹦高，眼见着梁萧和秦鸿时两个人都要拦不住了，冯明忽然朝远一指："他来了，我有没有骗人，人跟不跟你们回去，你们自己问吧。"

顺着他手指的方向回头看，一辆载满温水的浇冰车正从对面车库里缓缓驶出来，庞大的车身滑到冰面上，瞬间变得像个温暾前行的蚂蚁那么小。在车身驶过的地方，一个熟悉的身影正踩着冰刀，在另外一个高个子的指导下缓缓滑上冰面，虽然有身侧人不住地提醒他不能求急、要慢，那人的脸上还是露出了兴奋又喜悦的笑容。

"党生！"二毛当即大叫一声，猛蹿上冰面，朝着那道身影奔跑，"你小子笑什么呢！知不知道我们为了你都要急……"就听"哎哟"一声，二毛直接狗啃一般跌在冯明口中那片无比丝滑的冰面上，再瞧对面，没想到他们这么快就找来的党生神情一紧。

速滑馆的天花板装的是大片透明的玻璃，自带发热功能的它哪怕昨晚下了那么大一场雪依旧澄澈干净。

天光蓝蓝地倾泻下明亮的光瀑，照在秦鸿时那张阴沉的脸上，冷得吓人。

了解过速滑的人都知道，要想隔着那么大片场地叫一个人要花格外大的气力不说，对方也未必听得清他在说什么，可秦鸿时不管，他甚至没有用手拢在嘴边，就那么直啦啦地喊他的名字："党生，过来！"

巨大的喊声穿过冰面，慢慢在那宽阔的场地上散开，变浅。

对面的人没动。

二毛以为他没听见，想帮忙喊，嘴巴刚张开就叫秦鸿时拦住了，他就像个固执的雕像，立在那儿，仿佛谁来了也不能让他移动一下。

"党生，过来。"他又喊一声，这回对面的人动了，他摆着双臂，两条腿并没怎么使劲儿，可脚上的冰刀就像听见指令似的，载着他飞快地朝这边来。不过眨眼工夫，党生已经低着头站在秦鸿时面前听训了。

"秦教练……"

一道一臂宽的泡沫护栏隔在两人中间，党生的声音传过来，带着一股无力心虚之感，秦鸿时看着他，瞬间觉得先前准备好的那些批评责骂再没说的必要了。

哪怕他没指导过他几回，只要他叫自己一声教练，那这个学生他就认。

"把刀脱了，下冰，跟我回去。"他的声音毫无情绪，好像方才那个准备过来兴师问罪的人不是他，是别人。

党生咬咬唇，下巴抬起，迅速看了秦鸿时一眼，又马上低下头去。

二毛急了："党生，教练的话你没听见啊，把刀脱了，咱们回去啊。"

"教练……"党生的肩膀簌簌抖着，梁萧看在眼里，似乎猜到他接下去要说什么，于是赶在他开口前抢先一步说："党生，秦教练是咱们省数一数二的教练，他带的学生成绩没有差的，不叫你上冰也是为了你的将来考虑。你别急，也别听别人说的，跟我们走，我不会骗你的。"

"可是……"党生使劲儿攥了攥袖口，声音都颤了，"我想我的将来里有我妈……"

"教练、梁萧哥哥、二毛，对不起，我要留下，不能和你们回去。"

第十八章　雪上加霜

　　在榆杨村，家家户户除了预备砍柴用的斧头，还要有把用来捣糕的石锤，到了每年特定的时候，家家户户都要用它捣江米，做年糕。

　　二毛家里也有这样的锤子，锤头还是他爹进山打猎时在口老井旁边找来的老山石。小时候他不懂，一度还想试着拿那锤子玩两下，结果木头没凿成，反倒砸了脚，到这会儿他脚上还留着那时的疤呢。

　　场馆的门关着，外头的风进不来，门里的风倒是吹得帽檐的貂毛，呼扇呼扇地乱飞。自从来了城里，梁萧总是担心他这不习惯那不适应，连身上穿的羽绒服都换给了自己，可这会儿身上从里到外都透着股暖意的二毛却觉得心像被那捣糕的锤子使劲儿砸着，顷刻碎成了渣。

　　而那把他的心肝脾肺捣碎成渣的不是别的，就是自己最好的朋友，党生，他说的话。

　　二毛激动得拳头攥紧，通红着眼睛说："你说啥呢党生，离村时咱俩咋说的，怎么都要在一起，你现在怎么能当叛徒呢？"

　　"叛徒"这两个字从半大的孩子嘴里说出来或许有些沉重，可这会儿的党生在二毛眼里就是叛徒，不光是离村时，就是之前和村里通电话，他也是拍着胸脯跟家里头打了包票的，说要照顾好党生，不让他出事，这会儿怎么着，人虽然好好的，心却坏了？

小孩子的情感是无比真挚的，质问也是发自内心的，党生赧然地站在冰面上，眼睛甚至不敢直视他，只是哑着声音说对不起。

"对不起，二毛，你好好跟着教练学，希望你在赛场上拿好成绩。"

"你都跑了我还要个屁的成绩啊！"党生越是这么温温暾暾地说话，二毛就越是生气，明明在学校里被老师拿来做标杆的学生怎么就跑去敌营了呢？

他上蹿下跳想跳到冰面上好好和他说道说道，腰才弯下去就叫一只手拦住了。

抬起头去看，成排的灯球顺着棚顶铺张着排列，泻下一地明亮的光，秦鸿时就在那光中拉着他的手，拦住不叫他过去。

"教练……"

"党生，一个运动员的运动生涯是需要花许多心思去维护、延长的，我理解你想上场想参赛的心情，但以你现在的情况，我认为养伤才是第一位的，把伤养好，才有资本去竞争去夺冠，也是出于这个原因，我才压着不许你上冰。昨天你执意上冰，对你腰伤的康复极为不利，如果不好好休养，是会影响你以后比赛的，你还小，或许不懂我为什么这么说。党生，你比在场所有的孩子都有天赋，我不希望你为了这一时的得失失去了将来，我这么说你懂吗？"

党生孑然地站在冰面上，头微垂，手因为无措松一下紧一下地捏着防撞垫，半晌，他终于点点头："懂。"

"懂就好，是走是留，选择权在你，我还有句话说，在这儿你虽然能接受到系统的康复和训练，可你的伤需要的是休养，这些东西能不能支持你到比赛那天，没人敢保证。"

党生闻声抬头，一双清澄的眼睛呆望着他，显然这话他是头回听见。

见秦鸿时一句话就叫人动摇了，原本胜券在握的冯明赶忙迈步上前，拦住不叫他再往下说："党生，秦教练会这么说完全是因为他们那边没有能做康复的人，可咱们这儿不一样，詹医生刚才给你做了康复理疗，你这会儿上冰，是不是不像原来那么疼了？"见娃娃的眼睛晃了晃，像是把他的话听进去了，冯明赶忙趁热打铁，扣着他的肩膀接着说，"咱们鹏程的条件你也看到了，不管是技术还是设施都是一流的，这些东西是干吗的，就是帮着你在赛场上提高成绩的，我费劲巴拉把你挖来，会害你吗？"

党生的眼睛又动了动，他看看秦鸿时，又看看后面站着的梁萧、二毛，搁在身侧的拳头微微收拢，随即朝他们深鞠一躬："对不起，教练，我要留下，谢谢你们。"

转了半圈的浇冰车这会儿来到众人跟前，呜呜的声响里，少年的背弯得好像江南的拱桥，优美的曲线下头遮着的是冻结人心的寒冰。

秦鸿时昂了昂头，下巴因为嘴唇的抿紧绷出了两道笔直如刀的线，他沉默了几秒，终于缓缓点头，一言不发地转身走了。

"教练……"梁萧清楚，凭秦鸿时的脾气秉性，说过的话就做得出来，走就是放弃，他真打算不管党生了。梁萧也清楚以党生现在的情况，凭你怎么说也无法劝动他的，可他就是不死心，因为看到这会儿叫冯明糊弄的党生，他就想起当初的自己。

"党生，"他回头，"我家的事你知道吧，我当初的情况虽然和你不一样，但也是头脑发热随便听了别人的话，你不能走我的老路啊。"

"梁萧，你这话就难听了，什么叫走你的老路呢，我们是正规体校，又不是江湖骗子！"少了秦鸿时在场，冯明说起话来多了份肆无忌惮，跟在后头的鹏程的队员见状也都个个捏起了拳头，那架势仿佛他再多说一个字就要吃一顿拳脚似的。

可这些，梁萧真的不怕，吃过亏的人最怕的不是物理攻击，而是眼睁睁看着自己的伙伴重蹈覆辙而他无力阻拦。

见梁萧没有还手的意思，二毛急火火地冲挡在他前头，手脚亮开，一副谁敢跟梁萧动手就得先过自己这关的架势。

毛头小子不知死活的模样逗笑了冯明，他抬起手，示意自家人消停些，自己跟着上前一步，低头瞅了瞅二毛的腿。

"你是和党生一起从榆杨村来的？"

"是又怎么样？"二毛不服气地瞪了他一眼，手臂因为发力绷得紧紧的，哪怕隔着厚厚的羽绒服也能感觉到底下线条的分明。

冯明看着这个急赤白脸的孩子，心里忍不住啧啧，虽然没看过他在冰场上的表现，单就这个爆发力来说也是天生吃体育饭的材料，更何况，秦鸿时为了保住学校特意从乡下挖来的孩子，想必也是有两下子的。

这么一想，冯明顿时又把鬼主意打到了二毛身上。

他咧嘴一笑："没什么，就是觉得既然你和党生是好朋友，如果不想分开大可以来我们鹏程，这样你们两个不用分开，你也有更好的条件……"话没说完，就听呸的一声，冯明合上眼，觉得有什么湿湿黏黏的东西正顺着脸颊往下滑……这个小兔崽子！

小兔崽子本崽二毛抹抹嘴，不忘缩回梁萧身后，顺便剜了冯明一眼："坏我兄弟也就算了，还想坏我，呸！"

又是一口。

"奶奶的！"鹏程的人不干了，张牙舞爪地围过来，就要动手。

"住手！"冯明脸色难看地叫住人，手拿着纸巾一下下揩着脸，口气不无嘲讽地说，"不愧是鸿时找来的人，脾气和他一样，又臭又硬，没关系，哪天你想来，我们鹏程的场地随时朝你开放。"

"谁要你开放，我们自己又不是没冰场。"冯明的猫哭耗子一贯是打动不了二毛的，他翻了个白眼，冲着一脸担忧看着自己的党生又喊一声，"党生，你现在跟我们走还来得及，这里的都不是好人。"

"二毛！"怕他再说下去会惹事，党生赶忙抢先一句喊住了他，"你回去好好训练，咱们……赛场上见。"

棚顶投下来的日光与灯光混在一起，白惨惨地落了少年一脸，他明明在笑，可怎么看怎么叫人觉得比哭还难看……

什么叫赛场上见啊！二毛急得想骂人，脚才跳起来又叫梁萧拉了回去。

他们这边争论得再如何热闹，有些人有些事都再回不到原来的轨道，就好像秦鸿时刚才弄坏的那块冰，浇冰车在上头走过一遍，表面是平整了，底下的印子却还在，一切都回不到原样了。

好在这会儿的党生和他那时候不一样，他相信党生的初衷是好的，不像他，纯纯的破罐破摔。

小孩叫他牵扯住，以为他是有话要说，等了半天却不见他说一个字，急得顿时跺脚："梁萧你拉我干吗啊？"

"二毛，他既然已经做了决定，接下的路就让他自己去走吧。"

自己走？那不得一路掉坑里啊？不明白梁萧好端端的怎么就举手投降了，二毛瞪着眼睛，希望他把话说明白，不想他一句话都没有，直接拉起他就往外走。

"梁萧哥，你拉我干吗？梁萧，党生还在里面呢，梁萧！"

尖厉的叫喊随着铁门关闭彻底消失在空荡的速滑馆里，他们的识趣让冯明很是受用，他拍着巴掌吼着面前那群半大小子："傻站着干什么，不训练了？！"

于是乌泱泱的人四散开，绕在身边那点热乎气也随之消散了，冯明扯扯领口，隔着四散的人瞧去冰上，抬手一唤："党生，你留一下。"

才和小伙伴分别的党生这会儿一脸的落寞，听见冯明喊，手臂一摆又滑了回来："什么事，冯教练？"

冯明没说话，先是赞许地拍了拍他的肩："你是个聪明孩子，我眼光很准，没看错人，以后在队里好好滑，表现好我让你当队长。"

一声队长像是拨开了哪个开关，叫神游的人顿时回神，党生眨巴着眼睛，喃喃重复着他说的："当队长？我不行的。"

"我说你行你就行！"冯明边乐呵呵地说，边抬手招呼过来一个队员，"去我办公室把我电热脚垫拿来。"说完又转回头，"队长这头衔给的都是有实力的人，你在队上多滑一阵，有了成绩，队长自然是你的。"

"不是……"党生着了急，连忙摆起手，"冯教练，我不能，我是说，等这场赛比完我就走了，我怎么能当队长呢？不行的……"

手摆得急，好像生怕慢一点就要给对方惹出麻烦一样，却没留意在他说出这话时冯明的眼神已经变了。

"走？去哪儿？回秦鸿时那儿吗？"

党生不作声了，回去？怕是没那个脸了。

他低下头，声音小得好像蚊子叫："我也不知道，应该是回家陪我妈手术吧。"

冯明神色一缓，还真以为这是个养不熟的傻子，到了他这儿还惦记着秦鸿时那头，再说，那种破到掉渣的地方也的确没什么可惦记的，不是回那边就成……

他唇角一弯，露出笑容："我说的是更长远的事，可以远到等你妈妈手术完了。"

党生又摇头："我以前不知道滑冰也能换钱，是梁萧哥和秦教练把我带出来，让我知道的，我这次离开那边已经很伤他们的心了，以后……可能也不滑了吧。"说着说着就觉得哪里不对，一抬头竟撞上了冯明意味深长的眼神。

农村孩子经历的事有限，平时能接触到的最多的人情世故无外乎替邻居家下地干活的大人带会儿孩子，他只是天真地觉得自己刚才那么决绝地拒绝秦鸿时很伤人，却不知道自己这会儿说的话得罪的是更难缠的人。

同冯教练对视两秒，后知后觉察觉自己的话或许伤害了对方，党生赶忙找补："教练你放心，我现在在你队上，肯定会好好滑给咱们班，不对，是咱们体校争取荣誉的！"

小孩子眨巴着天真的眼睛说着自以为诚恳的话，殊不知自己诚心诚意的保证半点没打动在社会上摸爬滚打小半生的冯明。

现在？他费劲巴拉把人挖来为的怎么可能是一个区区现在？还有，他说以后可能不滑，是，秦鸿时那个破烂的体校经过这事大概率要倒，其他学校呢，搁一个心思不在队里的家伙不是诚心给别的队伍留空子吗？何况凭他的本事，那是足以在年龄组里称王称霸的。

他默不作声，就那么看着党生，直到孩子发毛以为自己说了什么了不得的话时，他又一笑："我信你，不过话别说那么早，先滑滑看，说不定这场比完你又想留下呢，到时候咱们再聊队长的事也不迟。"

见他没生气，党生虚张了张嘴，半天说了声好，虽然他的心里话是这场比赛后是不会再滑了，毕竟这次离队情有可原，以后还留在这儿就太对不起秦教练他们了。

这话他没敢再说，哪怕没经过事的农村孩子还是觉得自己刚才那番话惹得冯教练不高兴了。

志忑的时候，冯明叫来了詹医生："詹医生，党生才来，别急着让他训练，今天先集中康复，明天我带他上冰。"

冯教练没生气，要给他治伤才让上冰，看来还是希望他身体快点好起来的。党生悬着的一颗心总算放下了，跟着詹医生的步子朝康复室过去。

等人走远了，一个一直在旁边远观的高个儿队员凑到冯明身边："教练，你真打算让这小子当队员吗？"

冯明乜了对方一眼，轻哼一声："怎么可能？"就算开始有那想法这会儿也半点没有了，对一个不跟自己一条心的队员多费精力，他像是那么闲的人吗？

"通知队里，明天上冰训练，两两测速。"

"得嘞。"高个子打了个响指，目光随着党生离开的方向一路追了过去，正好，他们也想瞧瞧这个叫教练特意挖回来的小子究竟是个什么实力呢。

"教练，你就瞧好吧。"

***

鹏程体校门前，天不知什么时候竟晴了，清凌凌的蓝上头缀着个金黄的圆盘，空气已经冷得能冻掉下巴，视野却开阔清爽许多，再不像雪天那般压得人连喘息都困难。

然而这么好的天，走在路上的两个人却格外步履沉重，梁萧走在头里，气势还不如鼓着腮帮的二毛足。

"梁萧，你刚才怎么不让我把话说完，那个姓冯的我怎么瞧怎么觉得不像个好东西，党生那傻子留下不得让他们生吞活剥了？"

"说完又能怎样？秦教练说的不比你多？他是铁了心想要拿冠军给他妈赚钱治病，除非现在有人能拿出那笔钱，不然让他放弃留在那儿，难。"

钱？二毛停住脚："梁萧，我以前看那些电视剧，富豪生了败家子一般不都会留下遗嘱什么的吗？你爸有没有留下什么遗嘱防着家让你败光，防着你饿死？"

"呵呵。"梁萧停下脚，瞧着他冷笑两声，要是有那遗嘱他至于现在连家都没个吗？

表情就是答案，提议落空的二毛失落地踢飞路边一块石子：没钱就没法子让党生回心转意，他不回心转意就得继续留在狼窝里，那接下来该怎么办呢？

说话的工夫人到了公交站点，天儿好了出行的人都跟着多了不少，男男女女一大帮人挤挨在促狭的公交站点，等候着一辆不知多久才能到的车。

梁萧怕他走丢，进了站点就一直拉着他，青年人的手心像火，握在腕上像环了圈火炉，二毛不自在地扭了扭，说"别这么抓着我"。

"不抓着怎么行？你现在可是咱们体校唯一的希望了。"想想留在身后那片楼宇里的党生，想想冯明让人丢掉的那些冰刀，未卜的前途里，不服输的梁萧咬着牙，却不想放弃那丁点的希望。

原本只是个二号种子的家伙瞬间成了全村的希望，这种地位提升的速度实打实让二毛愣了好半晌。

太阳出来了，白灿灿地照在地上，路边不知谁堆的雪人在日头底下晶莹发亮。

公交来了，梁萧拖着还在愣神的二毛一路上了车，车上人不少，仅有的几个座位这会儿坐满了人，他领着人一路走到车尾，在一个不碍着什么人的地方站定，手顺便将二毛的脑袋拨正："没记错是你当初说速滑是你一辈子的梦想，圆梦的时候到了，加油吧，少年。"

干巴巴的玩笑没能激起半点笑声，反倒让二毛苦起了脸，对方是党生，叫他跟党生竞争，不是诚心找输吗？

最后一个人付好钱上了车，合页门拉起，一上路就嘎吱嘎吱怪响的公交车缓缓发动，梁萧抓着栏杆，看也没看他一眼就说："冰场上没有绝对的输赢，何况这场不赢，体校就真的关门了。"

二毛一愣，这才想起方才只顾着和党生置气，压根儿忘了他们身上还有另外一副担子在呢。

车子刚巧一晃，他的脸也跟着紧皱起来："靠我那不是铁定要关门了？"

……

梁萧一口老血差点呕出来，他凶着脸，借着窗外的天光狠狠瞪着二毛，心说这还是那个在村里和自己叫板那么久的熊孩子吗？怎么这么尿啊……

他也不想啊，说来也是自认有天分的人，可天分和天分这东西还是有区别的，就跟老天爷赏饭一样，他觉得自己的饭是老天爷赏的，至于党生，那是老天爷追屁股后头喂的，能一样吗？

越想越愁，二毛人直往车板上打堆随，那可怜的模样看得梁萧直叹气，他也知道让二毛去和党生比是难为孩子了，可事到如今也没其他法子了。

"也不知道老秦这会儿回没回体校……"又想那个半路出走的倔老师，明明是晴朗的好天气，车里的人却越发愁了。

就这么随车一路回了体校，梁萧的心始终沉甸甸的，眼见着大门就在眼前，念叨了一路的二毛忽然扯了扯他的袖子："梁萧，快看啊，有人在学校那儿捣乱呢！"

怎么没完了呢？梁萧愁得脸都黑了，抬起头，等看见眼前景象时，人却难得地露出了喜色，他按住二毛的脑袋使劲儿一揉："你小子，那不是捣乱，那是敌人给我们送刀枪来了！"

刀枪？二毛瞧着那堆叫宋东方唏嘘不已的破铜烂铁，心说这是哪门子的刀枪啊！

懒得和他解释，梁萧直接小跑过去，拿起一片带着尖碴的风琴状铁片，脸上的喜色略略减了些，他也想到了，自己那句激将换来的冰刀设备肯定免不了胖猴的毒手，而眼前这些东西显然遭到了比杰叔楼下那些更惨烈的待遇。

宋东方正捏着根管子唏嘘，听见他叹气忙抬了抬手，鼓励道："与其留在那边叫那群败家子当废铜烂铁卖了不如这么给咱们拿来，像你说的，没有这些老家伙，咱们就算想研究新的也得多花不少工夫。"一面说一面又笑，"何况我都看过了，几个重要的部位破坏得不厉害，修修就能用。那群败家子，不知道想砸东西也得懂行的道理吗？"

所以这算是苦中作乐吗？梁萧跟着笑笑，指着二毛搬那个小的："你现在是咱们体校的命根子，小心抻到腰。"

"哪就那么脆弱了？"二毛不满地撇撇嘴，乖乖地撇下手里那块，去拿旁边的。

半大的孩子抱着东西吭哧吭哧地朝里去，背影透着股倔强，喊梁萧过去搭手的宋东方边上台阶边朝门里努嘴："这么听话？"

他说的是刺头二毛。

梁萧笑笑，心里清楚，那孩子虽然嘴上说比不过党生，心里却把体校的事听了进去，腰什么的，注意着呢。

"老秦回来了吗？"

"里头呢，说是党生那孩子不回来，人拉个脸，吓死个人哪。"

嗯，猜到了。梁萧闷不吭声，配合着宋东方的步调抬着死沉的铁板上台阶。

太阳是真出来了，天亮堂得没半点云丝，手里的铁板在阳光下闪着银光，眨眼间淹没在门洞里，泥牛入海般沉没进死寂。

东西说多不多，几个来回就全搬进了离门近的那间仓库，宋东方干了半天，手上沾满了机油泥屑，这会儿正扎在水房里猛洗。扑棱扑棱的水声中，梁萧擦干手，缓缓走到门廊外，天晴了，老旧的窗格也透进来新鲜的光，照在宿舍的棱框上，门开了条缝，里头隐隐传来说话声，他缓步走过去，是秦鸿时在指导二毛动作。

"手臂摆开，右腿、右腿朝后蹬，动作不对，再来，手臂摆开，左腿朝后蹬，不对，再来！"伴着一声声严厉的批评，梁萧看着门缝里二毛倔强的侧脸。

"教练，"他推门进去，把二毛扯到身后，"我知道你有气，党生走谁都不好受，可不能拿他撒气，他是我带出榆杨村的，二毛离村

时答应过党生的爷爷要好好照顾他，我离村的时候也说过这话。"吟
了吟又说，"你也说过。"

秦鸿时站在窗前，明亮的光绕在他身边，勾勒出了一圈金边，逆
着光，看不清他的脸，只觉得那双飞扬凌厉的眼这会儿像是充了血，
红红的。

秦教练这是……哭过了？

梁萧呼吸一滞，想象不出像他这样的人哭的时候会是什么样子。

就在他不知所措的时候，身后的门开了，消失半响的吕中手拿一
件银亮的东西慢吞吞地走进来，瞧都没瞧秦鸿时一眼就把东西递到了
梁萧手里。

"梁萧，知道为什么飞龙那么难的时候还在帮我们吗？"

"不是为了我吗？"吕中的话问得梁萧头脑发蒙，而手里那个沉
甸甸的东西更是瞧得他发怔，那是把款式格外老的冰刀，黑色的鞋面
嵌着金色的线条，在鞋帮底处龙飞凤舞绣着"飞龙"两字，是他们厂
的刀。

"这……"他抬起头，望着吕中，等他的下文。

昨天的伤没好利索，加上方才翻箱倒柜消耗了体力，这会儿吕中
的背越发佝偻着，他顺着墙根一路走到床边，坐下去，咚一声。

"这是你们飞龙造出来的第一款职业速滑刀，当时飞龙还是个
籍籍无名的小厂，是我的教练力排众议，让我穿着这把刀上了比赛
场，拿了个冠军，这所学校就是在那个时候和飞龙结下的缘分，因为
那次，但凡这里有什么困难，冰刀厂都会出力帮忙，你们以为现在是
咱们学校最难的时候，以前比这还难的时候我们也经历过，那时候我
们队的主力受伤，眼见着一个项目要没人可上，是你爸帮忙改制了冰
刀，让那个人顺利上场，知道这是什么吗？"吕中指着光亮的刀身，
"这是最硬的刀，最快的锋，专啃最难啃的硬骨头。没队员不怕，
没有合适的冰刀，不怕，人，就是不能没有那股硬拼的精气神，没有

这，人就枉为人了。

"所以鸿时，别怪那孩子，就算咱们体校最后真的没保住，咱们也要把这最后一场赛比完、比好，你听懂了吗？"

秦鸿时眼波一动，缓缓点了点头，不光他，连才被修理一通的二毛也觉得有什么东西在胸膛里剧烈震荡着。

孩子使劲点着头，手握那把冰刀的梁萧觉得掌心的东西热热的，好像天上的父亲在对他鼓劲，说着：梁萧，加油。

吕中的话像是清凉的甘泉，从天而降，浇熄满室的浮躁繁杂。

前一秒还紧咬着后槽牙说话的秦鸿时这会儿也冷静下来，垂着头走到二毛身边，低着声音说了句对不起："老吕说得对，而且现在仗还没打，咱们不能自己先举了白旗，而且这场仗也未必是咱们输。"

听他这么说，二毛突然觉得自己肩上的担子更重了，不对，说是担子也不那么准确，应该是希望，自己肩膀上承载的希望更多了。

瞧着个头将将过胸的孩子在那儿使劲儿地挺胸脯，秦鸿时的嘴角止不住弯了一弯，他说的未必输说的不是这个，不过……笑容渐渐放大，也可以是这个。

宋东方洗完手也没擦，甩着两只爪子走进来，一进门就觉得气氛有些诡异，不禁侧身后退一步，斜着眼睛打量他们："出什么事了，刚才不还一副世界末日的架势吗？怎么？死机重启了？"

宋东方的幽默时刻和毒舌交缠在一起，揶揄的话这会儿听来却好像仙乐般悦耳，平时总喜欢怼他两句的秦鸿时也叫他逗乐了，不错，的确是死机重启了。

"老宋，晚上做点好的，庆祝一下。"

"庆祝什么？"宋东方不怕天不怕地，就怕秦鸿时这么勾肩搭背地和他客气，答起话来声音都抖了。

秦鸿时故意刺激他似的又拍了两下："庆祝新生。"

新生？眼瞅着刚才死这会儿活的秦鸿时拉着二毛出去训练，丈二和尚摸不着头脑的宋东方看看梁萧，又看看吕中，突然反应过来另外一件重要的事。

说做好的，菜钱呢？不会又要他添吧！

气鼓鼓的宋东方喊梁萧："想吃好的不？想吃就跟我走！"那么些叫砸坏的设备，不修出来一两件也对不起晚饭啊。信奉多劳多吃原则的宋东方拉着梁萧走了，走时，吕中拿来的那副冰刀还握在手里。梁萧回头望了一眼，发现老吕正含笑着和他摆摆手，笑容里透着慈爱，恍惚间让他觉得自己看见的不是吕中，是老梁。

爸，我会努力不辜负你期望的。

***

人少的好处就是偌大的房子，那么多房间空着，想用哪间就用哪间。

为了方便他们琢磨冰刀，秦鸿时特意把靠北一间房腾出来给他们用。

房间不小，有扇大大的窗，脖子一伸就瞧得见在冰上训练的两个人。宋东方拿着小锤，敲一下朝外望一眼："这么说，党生那娃娃是铁了心留在那儿了？"

梁萧替他扶着钢管，赶在两下敲之间点头嗯了一声。

"担心了？"

这回梁萧没作声，可沉沉的脸色已经替他做了回答。

宋东方放下小锤，示意他停下："先不修了，修也修不好。"

"是坏得太厉害吗？"

宋东方摇摇头，指着身边那些歪七扭八的钢管摇着头说："这些都是做普及刀的流水线，等将来厂子回来我和你说一遍你就都知道了。你爸生前在琢磨的是专业刀，他说那个科技含量高，更重要的是……梁萧，你知道你爸说的更重要的是什么吗？"

梁萧摇摇头。

"更重要的是……"宋东方撂下东西，目光缓缓落定在吕中拿来的那把冰刀上，"更重要的是，每一把专业刀都只对应一个主人，就像我们工匠人的手一样，和运动员匹配后的冰刀是能帮他们去赢得比赛的，所以它和推广意义更多的普刀不一样。"

梁萧压了下下巴，忽然反应过来一件事："叔，我一直想问你，你先前教我冰刀的制作流程，我总觉得里面有些不清楚，你是不是教的是普刀啊？"

后知后觉的发问换来的是宋东方回避似的嘟囔，看他躲躲闪闪的眼神，梁萧越发肯定了自己的想法："你教我的真是普刀的做法啊？"

"不然呢？"宋东方毫不遮掩地嘟囔，"谁让你之前那么不学无术，我怎么知道你是不是真学好了，我看家的本事，要教人总要先考察考察学员吧……"

梁萧简直哭笑不得了，好歹是和自己老爸差不多年纪的人，说话办事简直比年轻人还年轻人……

梁萧笑过，又诚恳地起身，朝他就是一鞠躬："宋叔肯把实话告诉我，是觉得我现在有资格了吗？"

这下换宋东方沉默了，身后放着他日常修理冰刀的工具箱，他反手拿过来，慢慢把箱盖打开。掀开木头做的工具箱盖子，里头看着是浅浅一层，放着镊子针线这类的小件。指头扣在沿缝里，一拽一提，看着平平无奇的箱子当即分出几层，底下的工具一看就是他平时经常拿出来擦拭的，每一寸都透着亮，梁萧的眼睛从那一排排的工具上滑过去，嘴不自觉微张开来："这些都是做冰刀要用的吗？"

"别乱碰！"啪的一声，宋东方拍落他的手，横着眼睛从最底下那格拿出来一对没有配鞋的刀。说来也怪，自打看见那刀的第一眼起，梁萧就觉得那刀和别的不一样。

"叔，这是……"

宋东方的手轻轻抚过刀身："这是你爸在时做出来的最后一款刀。"

"是我爸说的那个新刀吗？"

宋东方点点头。

"可是……"梁萧越发迷糊了，他分明记得老梁的那款新刀最后是没做出来的，可眼前这副又是怎么回事呢？

"我也不知道，刀做出来后我们也做过测试，数据比老款有极大的提升，可你爸就说不够。"究竟哪里不够，没人知道，因为就在这款刀做出来后不久，老梁就叫眼前这个败家子气死了……

眼刀飞来，不用猜梁萧就知道保准是又想起老梁了，事到如今，他也早习惯了宋东方这时不时地"鞭尸"，只要能教他做冰刀，怎么鞭，随便。

"叔，刀的事我慢慢研究，你先教我怎么做鞋身吧，之前他只知道里头有玻纤碳纤，至于这些东西怎么做出副鞋来，他是一头糨糊。

宋东方嗯了声："教是要教的，先把这个复原。"他指着才叫自己扔地上的上钉器吆喝……

那脸变得堪比二月天。

***

交心的过程虽然曲折，好歹梁萧总算看到了入门的希望，加上二毛那边训练也比预想的顺利，晚饭宋东方乐呵呵地掏了腰包给几个人炒了份足量的锅包肉。东北的锅包肉要用大火才能炸出成型的肉壳，所以二毛没吃过真正的锅包肉。这孩子打从吃第一口开始就嚷嚷着好吃，尖叫的声音一度掀翻了房顶。

秦鸿时买了瓶二锅头回来，二两小盅，一人半盅，辛辣的酒下肚，激起一片火热情肠。吕中和他碰了一杯，趁着其他人没注意，低着嗓音问："是不是对党生还不死心？"

秦鸿时没有隐瞒的意思，啜了口酒点头："冯明那人喜欢歪门邪道，那孩子在那儿会吃苦头。"

吕中哦了声："有主意了？"

"有点想法，办办看吧。老吕，你腰怎么样了？"

"还能挺上十天半月，怎么，想出门？"下午他们训练回来就瞧他在那儿整理衣服，他人虽然上了年纪，眼神倒还可以，清清楚楚看见包裹里装着牙膏毛巾洗漱用品。

"没想好，等我再打听打听。"一口闷下去，他又给吕中斟了一杯，"如果成行，你就帮我照顾队里几天。"

"没问题。"

老哥俩你一言我一杯，淡淡的酒气熏出了一个火热人间。

也不知道几个人是怎么吃完的，上了床的秦鸿时只觉得酒气上涌，身上热得不行，就这么折腾了不知多久，人总算睡着了。

睡到天昏地暗时，耳边隐约传来了沙沙声。起先还没注意，直到那声音越来越大，人终于打着激灵惊醒，再看窗外，昨天的清朗闹着玩似的不见了，取而代之的是连片的蒙蒙细雨淹没了窗外那方天空。

"糟了！"他翻身起床，外衣也顾不上穿，直奔后院的冰场跑去。

麻绳专挑细处断，夜草不肥劳命马，什么是雪上加霜，这会儿总算叫几个人体会了个完全。

梁萧一夜睡得熟，正梦到自己做的刀得了国际大奖的时候，耳边传来了噼啪声，他挣扎半天，好不容易睁开眼，晨光里的天花板却给了他一种今夕何夕的迷蒙感。

恍神半天，好不容易反应过来这是哪里，眼睛一抬，猛地看见灰突突的窗，哪怕隔着两层玻璃，那潮湿的水汽依旧浸润进来，躺在床上都觉得黏腻。

"这雨是下了多久啊……"喃喃的工夫，沿着走廊的方向又传来远远一声响，听声音像有人在搬什么东西，他愣了一下，突然反应过来什么似的猛地从床位上弹起，一面扯外头一面扒拉着横睡在自己身上的二毛，"起来起来，出事了！"

"什么事啊？"二毛睡得正香，叫他这么一扒拉人顿时蒙了，直接出溜到床底下不说，还差点叫梁萧踩了一脚。

两人的对话叫醒了屋里剩下的人，别看吕中年纪最大，却是头一个反应过来发生什么的，说了声"梁萧别忙"，瞬间控制住了混乱的现场。

"不是……"二毛依旧蒙蒙的，"到底出了什么事啊？"他怎么不懂这些大人好端端的怎么一个个突然变这么严肃了。

"雨。"突然就下雨了，说好的寒潮叫这场突如其来的雨瞬间打散了，人走在走廊里，以前觉得温暖的暖气到了这会儿竟成了难熬的燥热。一路跟着朝后院走的二毛还是不明白，不就是场雨吗，有什么大不了……

通向后院的门呼啦一声被打开，细如牛毛的雨迎面打过来，人走在里头，像走在浓雾里，直到那刻，二毛总算明白了这些大人为什么个个都是副如临大敌的模样，他怎么忘了所谓的冰最怕的就是升温降雨了？

跟着大人一路来到冰场边上，情况比想得还要糟，秦鸿时手里扯着塑料布，似乎还想给冰面做下遮挡，可那么大一块冰又怎么是几块塑料布就遮得住的呢？

吕中不忍心看他这么折腾自己，走上去拦住他接下来的动作："别折腾了，没用的。"

棉毡密匝出来的毡底鞋踩在冰面上，发出一片沙沙的响声，这雨显然是下了有一会儿了，把冰都浇酥了。

秦鸿时的手腕叫吕中捏着，不能再动作，人越发愤懑颓丧起来：

"不折腾能怎么办？万一雨过会儿就停了呢？"

一部手机递过来，屏幕上的画面定格在最近这天的天气预报上。

"暖流来了，咱们没看天气预报，不知道。"吕中也是刚才才查的，这会儿抿着唇站在那儿，不撒手也不说话，希望秦鸿时能看清现实别再继续折腾了。

"没冰也不要紧，库里还有之前留下的轮滑，以前天暖的时候咱们不也是靠着轮滑做训练的吗，不要紧的。"

"不可能不要紧的。"

梁萧以为秦鸿时这回又要抓狂了，没想到他比想得要冷静。

他撒开那块遮冰的塑料布，轻轻推开吕中的手："我……出去办点事。"

说完便头也不回地走了。

"老秦，你上哪儿去？"宋东方在他经过时抓了一把，仍没拦住秦鸿时。

天依旧雾气蒙蒙的，秦鸿时的背影裹在那片灰里，慢慢消失在门后。

才振奋起来的精神就叫这场糟雨打垮了，二毛沮丧地扯扯梁萧："那个轮滑训练，真行吗？"

这种时候了，不行也得行啊。

"夏训时的确会用轮滑训练，放心吧，可行的。"

见他这么说，二毛将信将疑地点头："那咱们现在做什么？"

梁萧回头看了眼，见吕中正弯腰抚摸着冰面，在外头站了这么久，他外套上结了层厚厚的雾霜，稍有动作，就会有凝结的水珠落下来。

他摸得那么认真，似乎想从那一寸寸的蜂窝里找出哪怕一点可以用来训练的冰。梁萧看着看着，长叹一声，揽住二毛往回走。

面前的房子安静地沉在雾气中，梁萧拉着门看二毛进去，越发对未知的将来迷茫——一开始的六个人到了这会儿就剩五个了，如今连训练的冰场也没了，前途未卜，但依旧要坚持啊！

打着气，关了门，顺手脱掉身上的冬衣。春天就这么来了，来得让他们所有人都猝不及防，越想越沮丧，不喜欢这种情绪的梁萧挺了挺腰杆，朝宿舍的方向喊了声："二毛，早饭想吃什么？"

"二毛？"

二毛站在门边，木头似的僵在那儿，像没听见他说话似的，梁萧皱起眉，又低低叫了一声，心里缓缓升腾起不好的预感，可别再出什么事吧……

可就是怕什么来什么，等他走到宿舍门前，顺着二毛眼睛瞧的方向看去时，人终于彻彻底底地愣住了。没记错，从秦鸿时离开到他们进来也就几分钟，怎么这么短的时间，秦教练的床就变得干净，连被褥都没了呢？

说出去办事，可办事有带被褥的吗？

"你们两个愣着干吗呢？"是宋东方拉着吕中回来了，"这个老秦也是，属仓鼠的，也不知在哪儿淘弄来那么些塑料袋，眼瞧着一时半刻是难清理了。"

宋东方摇着头，见俩孩子没一个作声的，隐约察觉出哪儿不对，推开人朝门里一看，不禁喝了一声："好个老秦，这是脚底抹油，溜了？"

"别瞎说。"吕中喝了声，推门进去，把那光溜溜的铺位上上下下打量一番，沉着声音说，"老秦是去办事了，二毛接下来的训练由我负责。东方，麻烦做点早饭，吃完饭咱们就开工。"

"教练，秦教练会不会是真的走了？"二毛实打实是这么想的，毕竟最被看好的主力队员去了别人的队，现在唯一能拿来训练的冰场也化成了水，是个人都会绝望，走也成了理所当然的设想。

话音还没落，就得到了吕中的否定，老爷子扶着床沿摇头说：

"别人会，老秦不会。他是把速滑看得比生命还重的人。"

二毛没作声，心说速滑还是他的命呢，也没见他这么不辞而别啊。

但作为孩子有时确实是不懂大人的想法，既然出了村子，他就把自己交给了这些大人，他们怎么说，自己怎么做就好了。心定下来的二毛跟在梁萧身后，进去清理昨晚弄出来的一室狼藉。

窗外的天依旧沉沉的，屋里亮再多的灯也驱不散沉闷，帮着梁萧把饭桌折好，二毛瞧了眼秦鸿时的铺位："你说，秦教练如果不是抛下咱们不管了是去办事了，他会是去办什么事呢？"咚一声，脑壳挨了梁萧的一下敲，后者头都没抬，自顾自抹着桌子说："没大没小，叫哥。"

"都什么时候了还在这儿摆谱，真是的。"二毛撇撇嘴，跑去叠被子了，倒是就此把刚才问的问题抛去了脑后。

****

低沉的情绪好歹算是这么遮掩过去了，可就像偷铃的贼，捂的是自己的耳朵，事情依旧搁在那儿，随时随地就能叫人揭开了烦恼一阵。而二毛的烦恼就是从饭后的训练开始的。

雨没停的迹象，外头冰还没化干净的操场暂时用不了，穿着轮滑的二毛只得在前厅训练。先前还觉得顶大的前厅到了训练时就显得不够用了，加上头回穿这玩意，无论从脚感还是平衡上二毛都不习惯，趔趄半晌，动作没练成一个，大马趴倒是吃了好几回，二毛觉得身上架子都要摔散了。

"不行不行，教练，这玩意我真不行。"当摔到第五下的时候，二毛终于摆摆手趴在地上举起了白旗，谁说速滑刀和这个带轱辘的东西原理一样，根本不一样好吗，他在冰上是如鱼得水，踩着这玩意直接就叫摔成了死鱼……

左右没心思干活，一直在旁边观战的梁萧给他打气："你就是不习惯，多滑几回就好了。"

"好不了……"二毛的脸扣在地上，说起话来嗡嗡嗡，"知道这样我还不如答应那个姓冯的，去他们那边训练呢，这样不用狗啃屎，还能照顾照顾党生那个二傻子，哎哟我的脚。"

他哀号着躲闪着梁萧伸来的手，下一秒忽然听见吕中说："冯明要你去鹏程练习吗？"

"可不是……"二毛扬起半张脸，隔着暗淡的天光瞧向吕中，"不过教练你放心，我们老师说过，东北也是革命老区，我们榆杨村是出过战斗英雄的地方，当叛徒这事我不会做的。"

一说叛徒，又想起党生，二毛不禁咬着舌头不说话了。

细如牛毛的雨丝还在门外绵绵下着，隔着道玻璃向屋里递着湿热的潮气，老吕的眼睛半眯着，浸泡在那湿气里，像是深不见底的泉眼。

就那么沉默半晌，他忽然捻着指头开口："偶尔做回叛徒也不是不可以……"

啥？二毛愣住了，看看吕中，又瞧瞧梁萧，没等咂摸出这话背后的意思，就听在边上给冰鞋缝线的宋东方幽幽开口："鹏程那边有冰场，还是顶好的冰场呢。"

说来说去，还是先前那句老话，没有枪没有炮敌人给我们造。

见二毛还是一副懵懂模样，梁萧把他拉起来仔仔细细地解释给他听，说白了，冯明的目的就是不想他们的体校有和鹏程竞争的实力，又没真刀真枪硬干的底气，所以才用了挖墙脚这种阴招。

他一番话讲完，二毛的嘴巴张得足以吞下一整个鸵鸟蛋，半晌才吭哧吭哧地啊出一声："你们是想我就坡下驴，借他们的冰场练习，顺便出咱们的成绩吗？"

"还有帮忙看着党生。"梁萧补充说。

说真的，就算没有今天这场雨，他也盘算着要去鹏程那边蹲点了，毕竟比起胆子大得能上天的二毛来说，党生的性子太单纯，一个不小心就会遭人骗。这下好了，吕中要二毛去那边滑冰，他就更有理由跟过去照看了。

梁萧不自觉把头转向了宋东方那边，这个头发花白的老爷子正迎灯穿线，韧性极好的鱼线用在捆绑方面的确不错，可每每碰到穿针环节就总容易叫人头疼，梁萧看着老爷子颤颤巍巍的手，好担心线没穿成反倒扎了手。

像看穿他心思一样，老宋从牙缝里哼出一声，手一扬，再一挑，明明毛躁成八股的线头瞬间就穿过了针眼……白炽灯的光让梁萧得以看见宋东方指尖的老茧，老爷子炫耀似的又冲着他一哼："专业刀手工操作的环节多，在哪儿都能教，只一样，给我找个棚子，我不喜欢淋雨挨浇。"

原来他早就知道梁萧想说什么了。梁萧感激地瞧了宋东方一眼，转身低头拍了拍二毛："我和宋叔陪你去，咱们一起看着党生。"

有人撑腰，二毛的腰杆顿时直了不少，有人一起去，那他就更不怕了，只一样："你们不担心那边条件太好，把我也弄叛变了吗？"

就凭你？梁萧呵呵一声，谁叛变这小子也不会叛变。

"你骨头硬，变不了。"甚至，连那个这会儿正在鹏程训练的党生，梁萧也不觉得他是背叛了谁，人生在世，不过是不断遭遇不得已的过程，能力大点的就硬扛过去，能力小的就只能认命顺从，曾经的他不也是认命顺从了吗？梁萧长叹一声，遗憾自己没有早些拥有这同理心。

***

雨一路绵延，从清早一直下到了晌午，食堂里，打好饭的冯明领着党生走去教练那桌，一路引来好些侧目。这些侧目自然不是针对他的，屈膝坐好的冯明指指身边的位子，示意党生坐下："党生，上午的康复效果怎么样？腰还疼不疼了？"

党生摇摇头，虽然不明白为什么背后凉飕飕的，但看着一桌子的教练员，还是觉得坐在这里不大合适。

"教练，我还是去那边坐吧。"他端着餐盘打算起身，腿才绕出座位，又叫冯明按了回去。

"踏实坐着，知道那些人为什么那么看你吗？因为这个位子是给队里最好的运动员的，党生，我看好你，你得明白啊。"

"教练……"党生的眼睛动了动，有些动容。

"不过嘛……"冯明夹起块红烧肉，放进嘴里，细细嚼了半天，"你才来队里，队里的队员难免有不服气，这样，过几天，等你的伤再好一点，我安排场队内赛，让你们比画比画，你的实力我是相信的，也拿出来让他们服气服气。"

一听说能上冰，党生的眼睛都亮了，顿时筷子一撂，饭也不吃了，起身就说："教练我可以的，詹医生说我底子好，这点伤不碍事的……"

"真的吗？"冯明装模作样地看了眼队医，他一早就知会过詹医生，所以哪怕这会儿姓詹的在闷头吃饭，还是默默点了点头。

"既然这样，那……"他喊了个人名，随即在他左手边应声站起来个高个子。

"你……"冯明挑着筷尖，嘴角挂着隐隐的笑，"安排一下，下午队内比赛，让你们看看咱们新种子的实力。"

一声新种子就像粒蹦着火苗的炭粒，丢进人堆，顿时掀起一片暗涌，原本饭吃得就郁闷的队员闻声一个个的饭也不吃了，纷纷摩拳擦掌瞧着这个新种子，有胆大的更是哼出了声："长得跟棵豆芽菜似的，就种子了？"

这一声起，周围的人纷纷应和，火花四溅的食堂里，乐见其成的冯明装模作样地按下了党生："体育生就这样，拿出你的实力来，他们也就闭嘴了，吃饭，吃饱了下午好比赛。"

刺耳的声音还在延续，党生却不像之前那么忐忑了，冯教练说得对，只要他赢了比赛，质疑的声音自然就会消失的。

下午的比赛设在速滑馆，提前清理过的冰场这会儿亮得好像面镜子，清晰地映出天顶那片灰色的天。

因为党生之前没参加过正规比赛，所以冯明先把速滑比赛的规则简单说了下："大道速滑和短道不同，每组只有两名运动员。跑道分内外道，内道起跑的运动员，滑行到换道区时要换到外道滑跑，外道运动员要换到内道。那是换道区。"他指着冰面上的一块区域继续说，"党生看清楚了，外道选手拥有换道优先权，如换道时发生冲撞，内道选手是要失去比赛资格的。考虑到你身体还在恢复期，咱们今天暂时先比个1000米，第一组，谁想挑战一下咱们新秀？"

本来就是被视作羔羊的党生一被冯明称作新秀，场边上的人更不服气了，当即跳出来几个人，甩着膀子表示想第一个上场。

冯明踅摸一圈，最后指着在队里成绩中游的一个说："你上。"选他不是平白选的，不选成绩最差的，是考虑如果输了不至于激起太大的不服；不选成绩好的，是考虑万一输了会打击队里的自信心。

冯明抱臂看着两个孩子上冰，心里的如意算盘打得满满的。本来他是打算好好栽培党生的，无奈这孩子心思不在鹏程，那就没什么好说的了，放着这么好的陪练不用白不用嘛。

随着两个孩子站到各自赛道上，他瞄了眼秒表，抬高的右臂略略停顿后猛地落下，一声开始响彻场地上空，也几乎是同时，党生像支离弦的箭似的冲了出去。那句话怎么说来着，外行看热闹，内行看门道，都是在冰场上摸爬滚打了好几年的人，一个起跑动作就足够他们掂量掂量党生的实力了，有几个开始还极其不服的学员眼瞧着人嗖的一下从面前窜出去，惊得下巴都要掉了，连队里原本的种子选手脸色也变得不好看，就凑到冯明身边看着他手里的秒表：头一百米足足比他快了0.45秒，接近半秒钟！这成绩别说放在他们市，就是放在整个东三省也足够称王称霸的了。

感受到学员的焦虑，手掐秒表的冯明神情却是淡淡的。他也吃惊，但更多的是庆幸，庆幸自己把这个宝贝挖了过来，不然任由他留在那边，别说冠军了，就连师资学员迟早也会叫那头吸引走的。现在的结果是最好的，少了一个敌人，同时给队里找到了最佳的陪练。

就在冯明把算盘打得啪啪响的时候，场上的两个人也滑完了一圈，眼见着要换道了，被甩在后面一截的队员紧咬着后槽牙：这是在他们学校，对方是个没受过什么训练的乡下病小子，在他的主场输了比赛那是要丢大人的。不过也不担心，教练说了，那小子没受过什么训练，换道他未必知道……

然而就在他念叨的工夫，前面的人身形忽地一闪，竟然就那么姿态优雅、动作流畅地换了道。

他不是没受过训练吗？

如意算盘落空，让他不禁恍了下神，脑子空白的时候，前头的人又甩下他好大一截，眼见着离终点不远，他干脆自暴自弃地脚下打滑，摔倒在地上："地上有坑，哎哟！"

场外的人就差翻白眼了，地上有坑谁还能看不见是怎么的？再说了，早起才浇过的冰，哪来的坑？

吐槽归吐槽，终归是自己人，这个时候不配合着把戏演好，挨笑话的是他们大家，冯明旁边的队长左右使了个眼色，立马有人上场去修复那块坑包。他们忙活的时候，党生也滑过了终点，朝倒在地上的人伸出了手。

天依旧阴着，可偌大的冰场里，那无数盏高亮的灯却把那些阴暗驱得半点不剩。灯下的党生脸色潮红，他一只手小心地摸了摸腰，别说，詹医生的手法真的好，这么滑腰也不见疼。

他大口喘息着，胸口起伏着，连带那只伸出去的手都是一抖一抖的。

比输了的人这会儿正郁闷，怎么可能接受他的好意，白了一眼自己爬起来滑走了，边走还边解释："今天这冰没浇好！"

"没浇好人家怎么滑出这个成绩的？"冯明狠剜了自己的学生一眼，就势晃晃手里的秒表，"这是党生的成绩，你们谁有自信滑出这个成绩？"

秒表的底盘发着荧荧的绿光，上面的数字在众人眼前转过一圈，引来一阵沉默，1′11″59，别说他们体校，这是个拿去成人组也能排得了名次的成绩啊。

挑刺的人在成绩面前都像哑巴了似的失了声，最后打破沉默的还是冯明身边站的人，他的名字特别好记，就比王重阳少了个阳字，作为队长，刚才比赛的时候他已经感受到了来自四面八方的打量，想要不被人实打实夺了队长的名号，这会儿他就要站出来。

"教练，让我和党生比一场吧。"

他看着冯明，也看着党生，后者还在那儿剧烈喘息着，看样子方才那场比赛是消耗了他不少的体力，这个时候和他比的确有些胜之不武，不过他只想胜，其他的不想管。

"怎么样，党生？"

党生呵着气，才想点头，远处突然传来哐啷一声，随着一声门响，一个熟悉的声音遥遥传了过来："这冰是比我们那块好哈……"

是二毛！

❄ 速滑小知识

关于速度滑冰的比赛规则：和允许多人同时上场、讲求团队配合的短道速滑不同，速度滑冰更像一场自己同秒表展开的孤勇之战。每次上场的只有两名队员，由抽签选出的两名运动员各自站在自己的内道或外道上，由内道起跑的运动员在换道区要换去外道，而在外道的运动员要换至内道。在换道时，外道选手享有换道优先权，两名运动员一旦在换道过程中发生碰撞则判定内道选手犯规。

换道区是在标准速度滑冰的场地中，于标记1500米和100米起点的双跑道直道端划定的不少于40米长的区域。

另外，在进出弯道线时禁止为了缩短滑距而越过内侧雪线或雪线代替物下面的色线和代替物间的跑道基本线，违者取消比赛资格。

第十九章　学刀、识人

"你是……"冯明对这个说话像开炮的小子有点印象，却一时半会儿想不起他是哪个，直到追着赶来的门卫跑到二毛身边，那小子连蹦带跳说什么是他邀请他来滑冰的，冯明这才想起来对方是谁。

隔着那成片的冰面，他朝把人架起来正要往外走的门卫摆摆手："让他进来。"

"都说了是你们这位冯教练请我来的！"二毛的两只胳膊好歹算是得到解放，搁在两边使劲儿抡了两圈。

鹏程的训练场真大啊，灯晃得他睁不开眼，二毛站在门边适应了好半天，这才回神又朝对面喊："冯教练，我们那儿的冰场叫雨浇化了，没地儿练习，我记得你说欢迎我来，这话还算数吗？"

冯明乐了，这年头识时务的人不少，这么识时务的还真不多。

他揣起秒表，合掌招呼他过来："怎么，你们那儿的冰场化了？"

"是啊，就一宿的工夫，全化了，秦教练也走了，剩下一个老吕光叫我练那个什么轮滑，你瞧把我磕得……"说着边扬起脸，证明似的指着自己的脸、手，还有袜子底下的脚脖子。

流水的动作逗得冯明直笑，想想也是，要啥没啥的地方哪留得下人？

"成啊，想练我们敞开大门欢迎。"

"你们在比赛？"二毛点着头，不大的眼睛绕着场地四处看了一圈，最后把目光落在了党生身上。臭小子，算你有点良心，听说咱们那头这么惨还知道伤心难过，心里吐槽着党生，嘴上却对冯明说，"我能上场比比吗？"

冯明愣了下，余光扫过王重弯腰穿刀的身影，哂笑一下："说好了是我们队长挑战党生。"

"挑战他不妨碍先挑战挑战我嘛，你们这儿有我能穿的冰刀吗？我的刀刃没磨，会影响发挥。"论折腾起人来，二毛是一套接一套的。

王重一门心思想挑战党生，没多余的精神分给这个野小子，琢磨着拒绝的时候，听见冯明说："比一场？比一场也行啊。王重，就当热身了，也顺便探探这小子的实力。"正好他也想见识见识秦鸿时挖回来的俩宝贝都是什么样呢。

教练发话了，王重也只得照办，确认鞋带系好，他朝身边的队员示意："给他找双鞋来。"

"我39码，别拿错了。"二毛吆喝着，半点都不见外，气得王重当场想翻脸了。这是哪个村产出来的野小子，一个闷葫芦似的给他难堪，一个倒不闷，改公开叫板了。

王重后槽牙咬得咯吱响，取鞋的人也回来了，瞧着拿来的鞋，王重眼神一松，赞许地接过鞋，转身递给二毛："队员的鞋都是各自合脚的，没法借，你就穿这个吧，估计和你原来那双差不多。省得花时间适应了。"

二毛一瞧那刀就知道他话背后的意思了，飞龙的刀，昨天从他们眼前"丢"出去的那款，这是又去垃圾堆里取来的啊。他笑笑，二话不说地穿好鞋，上冰："来吧。"

　　那就来吧……王重冷冷地看了这个野小子一眼，右脚一蹬，率先滑上了冰面："教练，党生连换道都知道，想必他们教练之前教过他们规则，这回就不用浪费时间了，直接开始吧。"

　　一队之长说话有着普通队员没有的霸气，特别是他那么冷静地站上冰面，亮出起跑姿势的样子莫名让鹏程才低沉下去的气势又一次高涨起来。

　　一群半大孩子围在场周，兴奋得上蹿下跳，有的想给对方一个下马威，甚至含住指尖吹起了口哨，混乱的场面让终于缓过气的党生很是担忧，他叫了声二毛的名字，不想对方却回给他一个你放心的眼神。

　　别人的主场又如何，冰刀是老款又怎样，我今天要让你们这帮人看看你们二毛爷爷的实力。棚顶天光一晃，冰上，穿好鞋的二毛也亮出了姿势，随着一声口哨响，两个人箭一般地冲了出去。

　　在党生没来前，王重是鹏程实打实的种子选手，可经过方才那场比赛，他的地位分明被什么无形的东西撼动了，这会儿的他亟须拿成绩来巩固自己的地位。党生没上场又怎样，大道比的是时间，就算本人不上场，用时短了一样是他赢！

　　越是想赢，就越是在意身边的人，好在滑出百米后，那个要求贼多的小子就没了影子。他切了声，心说气势拿挺足，速度嘛，不过如此……

　　正当他铆着劲头打算再提些速的时候，打从右后方忽然传来了呼哧呼哧的喘息声，他心里咯噔一下，没回头就知道是对方追上来了。这不，场外头的那些个臭小子正铆劲大喊着加油呢。

　　他当然知道要加油，只是没看出，这个叫二毛的小子竟有两下子，这会儿都滑出将近四百米了他居然还能发力追上来？

　　在大道速滑比赛上，有几个速度是评判一个运动员状态是否好的关键，其中最重要的一个就是起跑速度，没猜错，刚才起跑后那小子至少让他甩出去一个身位，虽然也就一米左右的距离，想追上来也非易事。是自己的速度……他低下头，检查自己的速度，并没降低啊，还是对方的爆发力让他追上来了。

确认了这点的王重重新调整好呼吸，四肢开始大开大合地发力，又一个弯道过去，身后的人非但没有被甩开，反而靠更近了。

他有些慌，心想那个秦教练究竟是个什么人物，怎么随便找了两个孩子，就这么一个比一个厉害。这么一分心，就忘了眼前的事，他眼一花，后知后觉才意识到该换道了。

可一切都晚了，在外道的二毛按线换道，而等迟了一拍的他意识到这点时，人已经撞上了二毛，就听嘭的一声，比他矮上一头的孩子直接叫他撞飞了出去。

哨声响起时，他脑子都是蒙的，什么情况？这个二毛不光逼得他分神，还逼得他犯规了？

再睁开眼看，更是吓了一跳，除了几个平时总跟在自己身边的队员外，冯教练这会儿竟然不先来看自己的伤，反而是去看那个叫二毛的？

头顶的光洋洋洒洒打在脸上，王重又气又愤，只觉得有什么东西在重重敲着自己的头，他直接无视掉那些伸来搀扶的手，起身出了冰场。

队员们呼喊着王重的声音，冯明一声不落地全听到了，可他这会儿真没心思理会什么王重。

神奇，太神奇了。他怀疑秦鸿时的命是不是叫天上的神仙开过光了，怎么这么好的两棵苗子就都叫他找着了？

刚才那场比赛他全程看完了，虽然没比完，但二毛的实力也实打实让他惊叹了好一番，这孩子虽然没有党生那么超群的实力，可这爆发力在同龄人里也相当难得。说这俩孩子是卧龙凤雏有些过，可也差不了太多。

冯明的眼睛晶亮地打量着二毛的胳膊，确认没伤着后才缓缓松了口气，与此同时，一个全新的主意正在他心里慢慢成形——党生是个没开窍的死心眼，一心觉得对不起秦鸿时他们，除非他是傻子才会把这样一个人投进心里，所以他才想把党生给队里当陪练，练废将来的对手，顺便也提高队里的成绩。现在不同了，他怎么瞧怎么觉得这个二毛比党生识趣，两个人又是好朋友，如果拿下了二毛，党生说不定……

冯明越想越觉得是这么回事，赶忙起身招呼着："詹医生在哪儿，去把人给我叫来！"

如果他想的可行，那鹏程得到的就不是一个天才，而是一双了。他没多余的时间可以耽误，他要和詹医生谈谈，立刻，马上。

速滑馆因为冯明的激动变得热闹非常，与此同时，在鹏程对面一家名叫万里的茶庄里，梁萧已经对着远处那片楼宇发怔半天了："也不知道二毛在里面顺不顺利……"杯里的茶凉了，茶碎沉在杯底，零零星星的，好像这会儿散乱的一颗心。

宋东方最不耐烦看他这有气无力的样子，他拿着长针使劲扎进皮面，再一掏一拉，扯着鱼线出来，然后说："进去这么久，要出事早出事了，没动静就说明进展多半正常。"他放下针，又开始细细打量起梁萧，"我还没说你，你那个脑子里窝藏的鬼主意可真不少啊，不是出门的时候我就在旁边听着，怎么也想不到那些话会是你说的……"什么诋毁自家抬高鹏程但又得注意要不卑不亢些，什么党生腰上有伤，要想法子多争取时间，多让他休养，"你怎么猜到冯明一准会拿党生当筷子呢？"

梁萧听了翻着白眼，颇有些自豪地抬手朝下巴上一指："你当我这么多年的混账王八蛋是白当的吗？胖猴教了我不少呢！"

宋东方沉吟着点点头："幸亏没再跟他学，不然下一届流氓之王非你莫属了。"

"流氓之王？还喜剧之王呢！"梁萧嗤了声，正准备把那碗凉茶喝光，就在这时，对面那栋楼里突然闪过一道光，天依旧阴恻恻的，那光在这天里显得有些扎眼。梁萧的心几乎在那刻跳到了嗓子眼，他盯着那光，在心里默数，一下，两下，三下，成了！

梁萧他们的想法很简单，在保护党生之余找点机会让二毛有机会上冰做些练习，这就够了。至于其他，本来也不是多龌龊的人，生不出什么龌龊坑人的想法。

"呵呵。"万里茶室里的暖风轻柔地吹打着墙边的绿植，扶疏的叶子前头，宋东方瞧着餍足默念的梁萧又是一阵冷笑，"你生出来的龌龊点子少？得亏你现在是我们这头的人，不然别说一个冰刀厂，就是十个体校也得让你算计进去。"

梁萧这会儿心情好，懒得同他计较什么口舌皇帝。也亏得这茶室的老板是老梁生前的朋友，才特地腾出个桌子给他们照应学校里的两个孩子。

对面的信号闪了几下就没了，梁萧放下心，注意力重新落回到宋东方手上。

就那么盯了两秒，梁萧突然身子前扑，半个身体趴到了桌上，一双眼睛巴巴瞧着宋东方："叔，趁着天没黑，教我做刀吧。"

自打这孩子出生开始，宋东方就觉得他这一惊一乍的性格怪吓人的，这会儿总在一块，这想法就越发强烈了。望着那双牛一般大的眼睛，宋东方嫌弃地撤回身子，没好气地挑高手里的针："专业刀最讲究的是刀，那玩意你也知道，需要高温锻造打磨，现在没那条件，怎么教？"

"学不了刀可以学鞋的部分嘛，一把冰刀光有刀又没法用。"

说得倒是那么回事。听来听去觉得他说得有理，宋东方真的放下手里的东西，转手从口袋里掏出个小本："这个你该见过吧。"宋东方说着，把那本子平平整整放在桌上。梁萧看着他，平静的眼波止不住动了动，老梁的笔记本，他怎么可能不认得。

见他不作声，宋东方也不问，直接摊开本子的首页指着上面的设计图说："我这本是复印本，原本在你那儿，这里头是老梁没来得及设计出来的冰刀思路，内容想必你也看过了，老梁说想设计一款全新的冰刀，具体是个什么思路却没和我说过，所以我到现在也没琢磨出来他说的新是指哪里。不过你说得对，刀是刀，鞋是鞋，就算刀的制法不成熟，先教你做鞋也是一样的。"

说的就是这个，既然要继承老梁的事业，就要了解其中所有的知识，包括鞋。

沉下心来做事情的梁萧身上有种无法用言语形容的光，就算对面坐着曾经对他无比火大的宋东方，这会儿看着这样的他，再多的气也发不出来了。他轻叹一声，变戏法似的又从工具箱里拿出个木头盒子，那盒子是用薄木头做的，四壁上还有发黑的虫子眼。不明白他为什么拿这么个物件出来的梁萧瞧了半天，摇摇头，等他的下文。

宋东方知道他咋想的，得意地挑挑眉："不知道这是干什么的吧，梁萧，你要是再多滑哪怕一阵子的冰，就会知道这东西是干什么的了。"一边说，一边又拿出来包白颜色的东西，梁萧撑着眼睛盯着那东西瞧，半天才反应过来不是毒品，是石膏。

"臭小子，再七想八想我不教了。"宋东方翻着白眼，直到梁萧对他接连作了好几个揖才算了。

"重要的话我就说一遍，你小子听好了，但凡是专业的速滑运动员，他们用的冰刀从鞋到刀都是结合他们自身条件以及发力点特别定做的。什么是定做，就是不是机器上走的批量货，而是冰刀匠人手工的一个线脚一个线脚亲手做出来的。做冰鞋的第一个步骤用的就是这两个不起眼的东西——石膏、木盒，它们的作用是用来干什么的？"他略顿顿，留出几秒时间让梁萧思考，等他想差不多了才揭晓答案，

"它们是用来倒模的。"

给职业运动员制作特制冰刀的第一步是要在运动员的脚上包裹湿滑的石膏绷带，和骨折受伤时医生做的石膏差不多，区别是做冰刀的石膏绷带要由两部分组成，等五到十分钟石膏硬化后再把成型的石膏取下来，用橡皮筋扎好。

"然后就是这个箱子上场的时候了。"老宋的工具箱像叮当猫的口袋，不一会儿就从看着不大的箱子里拿出来两个硬化的石膏组件，"这个就是定了型的石膏，咱们管它叫反模具，把反模具放进箱子里，四周用细沙做压实固定，这个步骤需要格外仔细，但凡有一个地方没压实都会让后续做来的冰鞋无法与脚达到100%贴合，做好这些就把调制好的石膏液倒进反模具里……"

认真讲课的老宋身上有种慈祥的气质，梁萧看着他，想象着如果坐在他面前说这些话的人是老梁该有多好。

专业刀鞋身的制作，不了解前觉得神秘，等真了解后也简单，几个步骤考验的大多是做鞋人的手艺，譬如鞋身是不是贴合，里衬做得是否平整，梁萧一遍听下来，就把几个环节都记下了。

雨还在下，大有从淅淅沥沥的牛毛小雨扩张成瓢泼大雨的趋势，人待在屋里，哪怕四周亮着无数盏灯，却总觉得有什么东西重重压在心上。宋东方一口气说完，口有些干，喊人又来续了一壶茶。

茶是老板亲自端来的，一并带来的还有一张唏嘘的脸，老板撂下茶壶就问："咱们的冰刀厂确定卖了？"

卖是一早就有的消息，新鲜的是老板这个态度，见他们两脸迷糊，茶老板从围裙里掏出个广播，音量调高，有清朗的男声从里面温温流淌而出——据悉，我市的冰刀老字号飞龙冰刀厂自倒闭以来，一直围绕原厂址的处置问题的讨论已于今日得出结论，双方将于一周后进行相关文件签署，享誉东北数十年的飞龙冰刀将自此落幕，接下来，让我们收听另一则社会新闻。

沙沙声响后，茶老板关了收音机，看着沉默不语的一老一少，知道自己是带了条丧气的消息过来，顿时后悔不知道该说些什么安慰的话，想来想去，又往满水的杯子里添了点茶。

新添的茶散着茶香，热气腾腾地熏染着脸，宋东方动了动指头，说："没事，早在那天就听胖猴说了，现在再听，不过是尘埃落定罢了，老陶再如何努力，也做不到力挽狂澜。梁萧，别难受，你年轻，往后长了本事再办一个厂也是一样。"说说又笑，"就是不知道我能不能等到那天了。"

宋东方很少说丧气的话，猛然来上一句倒叫沮丧的梁萧不好意思再丧气下去了，他挺了挺脊背，目光坚定地说："能，一定能，老吕不是说了吗，当时让飞龙腾飞起来的就是一场比赛，一个速滑手穿了咱们做的刀，现在也一样，只要有比赛，就有飞龙再飞的时候。"

宋东方嗯了声，粗糙的手托着方方的下巴，说得容易啊，有比赛，可比赛的人这会儿全在人家学校呢。宋东方脸上不无担忧："你说二毛那孩子能不能叫冯明收买了？"

梁萧坚定地摇着头："他是我看上的孩子，肯定不会。"

嘿，就是因为是他看上的，才怕啊，毕竟当初"慧眼识猪"识了那个叫胖猴的做朋友的也是他哈。打击的话还是别说了，宋东方扭过脑袋，学着梁萧的模样，看着雨幕下的鹏程体校。

院子外的人在担心里面的孩子是不是那么坚定，里头的孩子则忙着感叹自己是不是有做演员的潜质，看着比他们住的宿舍都大的康复室，二毛扭着脖子，配合地举高右手："冯教练，我没什么事，那点小磕小碰的不要紧。"

"还是检查仔细些好。"冯明站在边上，含糊地应声，眼睛却自始至终紧盯着二毛腿部线条。

之前只顾着看党生了，都没留意这个二毛也是个狠角色。

越感叹就越庆幸，庆幸这突然转暖的天，庆幸那边的野冰这么不禁风吹雨淋，庆幸自己当初无心发出的那句邀请。

詹医生检查完一通，回身去拿仪器，灯光从白色的衣衫上掠过，在冯明脑海里闪出一个念头："你这次来，秦鸿时就没说什么？"

"秦教练走了。"一提秦鸿时，二毛的脸上浮现出一种介乎于气恼和不解的情绪，他低着头，撒气似的说，"不要我们了。"

走了？冯明回忆了片刻，记忆里的秦鸿时是个硬骨头，不该这么容易就放弃啊……

越想越觉得不妥，又问："那吕中呢？他也同意你走了？"

一提吕中，二毛的表情变得不自然起来："不同意，可是那边没冰场，轮滑我又不会，踩上去就狗啃泥，我就不想练了……

"冯教练，你是不欢迎我来吗？"

"怎么会？"冯明抱着手臂，左右踅摸一圈，确定党生不在，这才开口问出那个曾经问过另一个人的问题，"二毛，你想来鹏程吗？"

来之前，梁萧嘱咐他最多的一句话就是但凡鹏程的冯明问他什么，千万不能像党生那样随随便便就表露了心迹，但另一方面，更不能把对方抛来的问题回死。

梁萧说的那些个太极回旋什么的他不懂，但有句他听得清楚，就是不能让冯明对他有戒备心，要让他看到自己身上有可以动摇的东西。说白了，和糊弄老师是一个道理，就算没做作业，也要让老师相信那作业没做有他的道理。

三月的雨滴答滴答敲打着身后的窗，二毛迎着光眨巴着那双水晶似透亮的眼睛回望着冯明："我现在不就在鹏程吗？"

"不是……"巴巴等着答案的冯明捂了捂脑门，很是头疼，"我的意思是你想不想代表我们鹏程体校出征，参赛？"

"像党生那样吗？"

冯明一怔，随即连连点头："对对对，就是像他那样，你愿意吗？"

愿意你奶奶个腿……二毛在心里狠狠一呸，当他是孩子就以为他不知道吗，党生不想背叛体校，这边就拿他当靶子，就拿刚刚的事情说吧，不是他来得及时，党生那傻子指不定要让他们使唤着陪练几场呢。问他愿意不愿意，当靶子的事谁愿意？

心里骂得唾沫翻飞，面上却没露半分，二毛抠抠耳朵，有些为难地说了声'我也不知道'。

"虽然那边现在什么都没有了，老秦也跑了，老吕那个轮滑也把我摔惨了，我还挺烦梁萧的，可我爹说做人，忘恩负义不好，所以我也不知道来你们这儿到底好不好……"

左右摇摆的话透着股真实，冯明原本还悬着的心慢慢落回了原位，都说农村孩子淳朴，不懂什么鬼门道，可谁能担保没有个意外呢。他要真是满口答应了，冯明反而不信，不像现在，动摇着，也动心着，倒是意味着他们有机会。

詹医生做好最后一项检查，点着头摘了口罩，示意他没什么事，冯明这才放心地摆摆手，示意他出去。

王重会犯规撞人完全在他的意料之外，要知道面前这位是他们鹏程极有可能拉拢过来的种子选手，叫撞坏了可不得了。

"没伤着哪儿就好。"他拉着二毛从体检床上下来，借着天光打量这个从头结实到脚的男生，"没想好也不要紧，你现在人就在这儿，鹏程是个什么情况，是不是比你原来的学校有实力有前景你待上一阵就知道了，留不留下，你自己考虑，不急。"

他就像个循循善诱的大家长，一脸慈爱地拍着二毛的肩膀，不知道的还真当他是为了二毛考虑呢。二毛重重吐槽，没耽误脸上绽放出灿烂的笑。

他点着头说好。

骗人是不好，可也分得为着什么骗人，像现在这样是为了保护党生骗人的，他还觉得自己是学雷锋做好事了呢。

眼见着忙活半天，就快到晌午了，天依旧阴沉沉的，像扣了个巨大的锅盖，不知不觉又到了饭点，冯明扫了眼腕表，示意他跟着自己去食堂："正好，你和党生是一个村子出来的，那孩子总是一副老气横秋心事重重的模样，不像你，性子活泛，你俩在一起，还能影响影响他。"

二毛抿抿嘴，想起梁萧之前嘱咐他，对待党生的事要抱有一个复杂的心情，那心情该怎么把握来着？鹏程的灯太过明亮，晃得他半晌都回忆不起那句话是怎么说的，只能呆呆地嗯了声，好在迎面过来几个队员争先恐后地同冯明打着招呼，没人注意到他的反常。

打过招呼的冯明领着二毛去食堂吃饭，在他们身后不远处，前一秒还一脸笑容向教练问好的学员转眼就变了副面孔，一个个抱着臂膀，冷眼目送着远去的两个人，一个长副尖下巴的男生摇着头瞧二毛："瞧见没有，人家受伤有教练亲自陪护，我受伤那会儿好像就让我自己在宿舍休养半天了事？"

"谁说不是？不过那小子速度确实可以，我刚才特意去库房找了计时的秒表看，虽然头一个一百米是咱们队长快，可到了接下去的几百米，那小子提速提得飞快，明显比队长快不少。"

另一个哼了声："不是快不少后面怎么可能追得上？"

尖下巴点头说是，又颇为感叹地晃了晃脑袋："你们说咱们什么时候能有那样的速度啊？"

这话一出，立马迎来一阵嘲笑，几只手一齐伸过来，扣在尖下巴的脑袋上猛揉："你这辈子是别想了。"

挨了队友收拾的尖下巴脸涨得通红，拼力才算挣开了几人围起来的包围圈，跳着脚叫唤："我没资格想，好像你们有似的。"

"我们也没说自己有。"另一个队员不以为意地笑着，脸不觉仰头向天，声音幽幽地说，"咱们都是队里的'脂粉庸俗'，叫人压下去也没什么，天分在那儿，强求不了，这会儿心里不好受的该是另有其人吧……"

一句意味深长的"另有其人"叫吵吵闹闹的几个人不约而同地安静下来，彼此交换了下眼神，前一秒还你打我我噎你，眨眼就勾肩搭背起来。

几颗人头挤挨在一起，拉着横排朝前走，再开口，颇有几分幸灾乐祸的腔调。

"你们说队长这会儿会不会躲在哪儿哭呢？"

"保不齐。一下子凭空多出来两个人压着咱们这位'天之骄子'，怎么可能好受？还有还有，你们听说没有，那个原本是要给咱们当陪练的小子，因为来了同伴，很可能被提拔成队长。"

"真的假的？"

"什么真的假的，刚才教练搂着谁你没看见啊？那个叫二毛的和党生是同乡，多了一个伴，党生就极有可能真的留下。俗话说一山不容二虎，我瞧咱们队长这回是……前途未卜啊……"

鹏程在冯明的带领下，长期都讲究的是饿狼效应，教练看重成绩，队员们就跟着看重，至于那之外所谓的团队建设早就成了摆设，人上人下，只要不是自己，其他的都是热闹，只配拿来看的。

一片幸灾乐祸的笑声过后，身后突然传来一声咳嗽，尖下巴回头一瞧，当即吓得脸色煞白，叫了声队长，连朋友都顾不上叫，自己先溜了。

后反应过来的几个人神情也都难看得要命，有个胆大的硬着头皮支吾两声说他们只是闲聊，没再说他。

说没说的，反正王重早一字不漏地听见了。他淡淡扫了一眼在场的人，一言不发地走了。别说这几个人，从训练结束到现在，他一路走，一路听，类似的嘲讽早不知听了多少遍。

胜者为王，他也不是个愿赌不服输的人，可就是不服气，换成谁不行，偏偏是两个乡下小子？他五岁开始学冰，七岁改速滑，八岁得了人生第一个冠军，不是速滑，他这会儿说不定正在校园里和数学英语做斗争呢，是冯明，在他人生头一次面临抉择的时候找着了他，邀请他来鹏程做队长。堂堂教练说出来的话就和放屁一样，放完就变的吗？

头顶，成排的探灯从阴沉的天光里撕扯出来，明晃晃地照出条通向远方的路，而他却不知道自己接下去的路要往哪儿走了。

他深深地吸了一口气，拼命拉回了不知神游去哪儿的思绪，远处就是通向食堂的路，他要挺直了腰杆，不能叫那些家伙看自己的笑话。

然而他还是高估了自己的耐力。中午的饭口，食堂里坐满了人，橱窗外，手拿托盘等着打饭的人排出了长龙，眼见着从屋这头一直甩尾到了那头。餐盘是在门口取，他拿着沾着水珠的铁盘正要拿筷子，忽然觉得原本嘈杂的房间变得鸦雀无声，抬头去看，离他最近的那张桌子旁，两个叽叽喳喳说得正欢的学员这会儿正含着筷子，巴巴看着他。

王重腰一挺，手里的筷子捏出了咯吱响。"也是没想到他会看过来，"含着筷子的人赶忙低下头，借着夹菜的动作掩饰方才的尴尬，只是嘴依旧闲不住，开口闭口说的全是有关他的闲话，"王重这心理素质可以啊，队长都要被拿下来了，还有闲心过来吃饭？"

王重的脸更僵了，端着盘子，甚至不知脚该往哪儿迈，冰球队的人知道什么，凭什么议论他？

"王队，你吃不吃，不吃别挡道啊？"身后有人说话，一口一个王队叫得亲切，当他听不出话后头的揶揄吗？

王重阴沉着脸，刷地回身，手里的餐盘筷子哗啦一声丢在桌上："没我喜欢吃的菜，不吃了。"

餐盘才洗过，摞成摞，里头攒着水，他这一下下去，不光砸得餐盘哐哐响，更是溅起来水珠无数，拿话噎他的人没防备，叫水砸了一身，活像窗外的雨穿窗进来一样。

王重看着他狼狈地扫着衣裳，堵在胸口的那股气总算宣泄了些，趁着门口人少，他一个侧身离开了食堂。

他不信自己苦练了这么多年的速滑到头来会叫两个名不见经传的野小子比下去，不就是速度吗，别人练十遍他就练二十遍三十遍，不信超不过那两个人。

主意打定了，步子就跟着坚定了，他踩着流星步，很快远离了那个坏他心情的食堂，直奔器材室去。

器材室在食堂和速滑馆中间的位置，途中还要路过卫生间、康复室，心急训练的王重本来没想耽搁，可当他经过卫生间门前时，门里的那个身影还是绊住了他的脚步。

那个二毛不该是和冯教练一起在食堂吃饭吗，怎么跑这儿来了？还有，和他在一起的不是那个党生吗？

卫生间里亮着灯，隔着明亮的场馆看却显得有几分阴暗。

两个人一前一后都来了鹏程，来了还鬼鬼祟祟地往一起凑，这里头……越想越觉得是这么回事的王重放轻脚步，小心翼翼地朝那片暗淡潮湿的门凑了过去。

门里的人不知道自己这会儿正叫人听了壁角，自顾自说着话，或者说得再确切些，是党生在质问二毛。

方才人多，以他的脾气秉性也没那个勇气当着那么多人的面去问他为什么来这儿，这会儿不一样，冯明从进了食堂就被别的队的教练叫去谈事了，落单的二毛也顺势叫他拉来了这里。

馆里开着冷风，这让有水的卫生间显得越发阴冷，不过一会儿工夫，党生因为气愤变得通红的脸就叫低温冻成了白色，他攥着拳头，眼睛充血地望着二毛，半天终于说出那句："你怎么能撇下那边来这里？"

党生的话都把二毛听笑了，他哈哈乐了两声，无所谓地答道："你能来我为什么不能？"

"那怎么一样！"党生气得跺脚，说出来的话却带着克制和斯文，"我需要钱给我妈手术，那边治不了我的伤，不能让我上场，所以我才……所以我才……"

"所以你才叛变的？那我也差不离，刚才估计你也听见我说的了，冰场化了，我没地方训练，而且秦教练也撒手了，我有什么必要留在那个没希望的地方继续陪他们胡混呢？"

"二毛，你怎么能……你不是这样的人啊！"性格决定了党生在吵架时就不可能占上风，骨子里就多了分文弱少了股冲劲儿的党生面对说起话来一套一套的二毛，明显感觉自己词穷，说来说去都不过是那句你不是这样的人。

车轱辘话听得二毛都急，他多想把实情全告诉他，告诉党生自己是为了保护他才来的，自己从来没有背叛过那边，可出门时梁萧特地嘱咐过他，这些话千万不能告诉党生，那孩子单纯，万一知道实情后过不了心里那关，或是某个节点说漏了嘴，这一切安排就都白费了。

心里暗暗叹气，明明以前最喜欢和梁萧对着干的就是他二毛，如今把那家伙一言一句都当圣旨执行的也是他，风水轮流转，二毛希望将来的某一天，等秦鸿时回来，等体校保留下来的时候，他也能指挥指挥梁萧。

长叹一声，还得按照梁萧准备的剧本接着演："你怎么知道我不是这样的人？我就是啊。你知道我爱速滑，俺爸好不容易才同意我出来比赛，我总不能为了那个半死不活的学校守活寡吧？"

二毛是榆杨村的孩子头头，说出来的话也比同龄人多了分霸道和口无遮拦，像守活寡这种词，具体是什么意思他还不大懂，但联系一下先前从大人口中听来的话，觉得拿来用在这儿也挺合适。

他说得理所当然，殊不知那副带点儿得意的神情让党生越发寒心起来。

"二毛哥，你怎么能这样，谁？"眼眶里涌出眼泪的时候，门口露出的那半块衣角吓了他一跳，赶忙抹干眼泪大声问道。

门外一直在等这两个人能说出什么实话的王重咬着槽牙，早恨得牙痒痒，他要听实话，却不是这样的实话。再偏头一瞧，冯教练那一脸得意的神情让他的心顿时咯噔跳了一下。

"教练……"

"党生，是我！"冯明呵呵笑着，一只脚迈进门里，手不忘拍了拍王重的肩，曼声打发，"要是不吃饭就抓紧去训练，还有反思反思上午怎么会犯那么低级的错误。"

他的声音轻飘飘的，再没有往日里那种倚重的口气，就叫这么撂在门外的王重愣在那里，久久没回过神来。

门里，冯明打开水龙头，借着洗手的空当和两个孩子聊天，问党生腰伤好没好，问二毛怎么没去吃饭，就像方才门外偷听的人里没他似的。

王重咬咬牙，再留下去也是没意思了，愤愤地转身走了。

他故意迈着重步，地上的理石板被踩得咚咚作响，冯明知道他心里有气，可那又怎样，他手下这会儿已经有了更好的学苗，至于王重那样的角色，管他怎样呢……

洗净了手，又在干手机下呜呜吹了一阵，冯明才缓缓转身，面带微笑地对二毛说："二毛是吧，你们刚才说的话我都听见了，党生这孩子重情，是优点，一时接受不了那头没着落也是自然，别急着逼他，总归你们两个现在就在队里，先跟着训练，找找感觉，至于其他的，都好说。"

　　梁萧说过，论说场面话，冯明敢认第二没人敢认第一，可再好听的话都是糖衣炮弹，是为了拉拢人说的，刚才他是怎么对待那个叫王重的二毛全都看见了，半大的孩子想要透彻地看清一个人的好坏不容易，可他就是知道，眼前这个笑眯眯的，对着他们和颜悦色的教练，骨子里比那个动不动就阎王附体的秦教练差远了。

　　长这么大也没这么用过脑子的二毛有些头疼，他敲了敲脑袋，点头开口："教练，我还没吃饭呢。"

　　"去吧去吧。"事到如今，冯明对这个孩子的到来已经没了怀疑，望着手牵着手往外走的两个孩子，他信心十足地畅想着未来。他相信，不光二毛，连同党生，很快也会安心地留在队里的。

　　"那个谁。"他扯住一个路过的学生，朝着对方扬下巴，"去找下詹医生，就说我在办公室等他。"

　　既然事情有急有缓，那党生的治疗方案也就要跟着做些调整了，毕竟是块难得的材料，就这么随随便便地练废了，也是可惜。

　　打发走一个，迎面又来一个，口口声声喊着他的名字：冯明，那边果然来人了。

　　冯明哼了声，偏过脸朝外瞧，雨雾蒙蒙的天，体校的大院放眼看过去迷迷濛濛的，因为中间隔着别的楼宇，一眼并不能看到大门口。他负着手冷眼瞧了半天，问道："来了几个人？"

　　"俩，冰刀厂那个败家子还有一个跟班老头。"

　　跟班老头？是宋东方还是吕中那个老不死的……他捻着指尖，又无所谓地摇摇头，是谁都不要紧了。

　　"嘱咐门卫，这次务必不能放人进来。如果他们闹就报警。反正咱们那位梁少爷不是头回吃官司了，虱子多了不怕咬。"

　　报信的人说声得嘞，笑着原路折回去。

　　与此同时，在鹏程体校门前几次试图闯门都接连失败的梁萧拿出手机，看了眼上面的信息，一颗悬着的心好歹算是放下了。

"二毛那小子，有两下子。"

宋东方跟着瞧了眼手机的内容，摇头心说好端端的孩子都叫这小子带歪了，这是打入敌人内部的本子，如果换他去演他都没把握能不穿帮。

嘿……

"现在打算怎么办？"

梁萧指着延伸向街道深处的院墙，眼神坚定地说出两个字："翻墙。"

他们的学校如今已经一穷二白什么都没有了，连吕老头都说参加得了比赛是幸，如果参加不了，好歹也要保住党生，不能叫那孩子随便让人糟践了。

他也同意，毕竟有人在就意味着希望在。

院里的二毛倒是没想到外头的梁萧正这么有觉悟地拉着宋东方假装翻墙为他们打掩护，他只想才到这个环境，头回觉得城里的孩子真不是他想的那个样，那些人虽然个个都笑着，但笑都没达眼底，不像梁萧他们，哪怕是骂人，也不会给他这种身在狼窝的感觉。

二毛不喜欢这样的气氛，所以就算食堂的饭比老宋做的牛肉锅还好吃，他也只是匆匆填饱肚子就拉着党生回了宿舍。刚才临走时冯明说了，给他们俩安排在同一间宿舍，就在速滑馆后头那栋奶黄色小楼的二楼。二毛虽然时刻记得梁萧的嘱咐，不能把来这儿的原因告诉党生，可他还是想和自己的小伙伴说说话，哪怕是些无关紧要的闲嗑也好。

外头的雨还在下，牛毛似的打在脸上钻进袖里冰冰凉地贴着肌肤。二毛一边走一边抹着脸，嘴里骂骂咧咧说这该死的雨，不是这雨，他们的冰场也不至于用不了。

"二毛。"

"干吗？"才来的二毛身上穿的还是从村里带来的校服，为了表示同那边的决裂，梁萧的羽绒服留在了那头，并没穿来，身上这件衣服没有防雨雪功能，很快浸湿了一片。

他抖抖袖子，紧走两步，后知后觉发现身边的人并没跟来，而是站在一步远的地方一脸幽怨地看着他。他抖抖眉毛，又问了声："怎么了？"

"那边没了冰场已经够难了，秦教练走了，你如今也走了，只留下吕教练和梁萧，他们心里该有多难受啊。"

"难受？那你跟我回去，他们准保不难受了。"二毛翻着白眼，心说难受的根源压根儿没在他这儿好吗？

党生让他一句话噎得没了气息，急脾气的二毛只得放下身段折回来拉起人，循循善诱："你来有你的原因，我来也我的原因，这段时间咱们就好好练习，其他的以后再说好吗？"

"可是……"党生不明白明明一直那么坚定正直的二毛怎么忽然成了这样，他一个人背信弃义也就算了，怎么连二毛也……

"你们吃过饭了？"僵持的时候，一个圆脸男生迎面朝他们走过来，见两人一脸懵逼的模样，他笑着挠挠头，"是教练让我来接你们的，你们的宿舍安排在3205，就在我们隔壁。"

有人在场，想说的话也没机会说了，党生只能点着头，示意二毛跟着走。

就这么一路在雨幕中穿行了一阵，那栋冯明口中的小黄楼很快出现在视野里，楼边是院墙，墙这头种着高高的青松，雨下了半晌，在冬雪里瑟了几个月的松柏绿得发亮。

说是松树，和山里的还不一样，进门前二毛忍不住多看了两眼，这一看，就刚好看见不远处栅栏上正努力攀缘的梁萧。

他一愣，差点笑出声来，都说运动员不管从事哪项运动，身体的关节都是类似的灵活，可他瞧梁萧那努力翻墙的模样，怎么看都觉得好像苞米地里偷玉米的熊瞎子呢……

小孩子眼睛一亮，指着那个方向大喊："你怎么翻人家的墙哪……"

二毛刚说出这一半玩笑一半揶揄的话就后悔了，他咬着舌尖后知后觉地发现周围还有旁的人，他这一嗓子喊出去，半个操场的人都朝这边望了。

有性子急的飞快捡了根扫帚，半抱半扛地就朝栅栏边上跑，雨细得好像牛毛，扫帚尖上沾了泥，叫雨浸了，湿答答落下，平添了好些泥泞。

眼见扫帚直奔梁萧的脸去了，二毛的心顿时提到了嗓子眼，想提醒又怕一嗓子出去，先前犯的错不能弥补不说，倒显出他们之间的亲厚，叫鹏程的人疑心。

左也不是右也不是，只能在袖子里暗暗搓手，祈祷梁萧动作麻利点，别叫人打着了才好。

操场上的楼宇之间隔着不小的缝隙，拿扫帚的人从楼与楼之间的路跑过去，踩出一路啪嗒声，墙头的梁萧显然还没反应过来，半条腿伸进院里，另外一条还蹬在墙头，一时间收也不是，跨也不是。眼瞧那扫帚就要搋到眼前了，墙外头的宋东方赶忙伸出两只手，边拉边催他回去："留得青山在，不愁没柴烧，你瞧那扫帚那么尖，再把你弄破了相！"

老头嘴里没句好话，意思却是那个意思，梁萧决定还是三十六计走为上计，可裤子偏挑这个时候和他作对，他人才向下一退，两条腿之间的那块布料就发出刺啦一声响。

梁萧：……

宋东方：……

抱扫帚的队员啊啊啊地冲来，尖尖的扫帚下一秒就要戳上他的脸了，就在二毛和党生急得要死的时候，那个站在身边的圆脸男生忽然风一样地跑过去，伸手拽住了扫帚："别这样，有什么事先问过教练再说。"再说了，他认得这个人，飞龙冰刀的太子爷，也是曾经的速滑天才，那时候他才学速滑，家里给他买的第一双冰刀就是飞龙的，他还记得买冰刀那天，市里正在比赛，教练带着他们一群小孩去观摩，赛场上最恣意潇洒的冠军就是眼前这个他。

往事让圆脸的眼睛亮亮的，连带叫他拦住的同伴都发现了不对，撒着身子低声问他怎么了。

"没怎么。"就是见着偶像了，他抿抿唇，克制住眼底的兴奋，转回身对同伴说，"协会才下的规定，队员打架，严重的是要禁赛的。他们现在是咱们对头，到时候一个弄不好，你因为这一扫帚被禁了赛，不值当。"

夹带私货的说法成功地叫对方住了手，那人问道："那怎么办？"

"先……"没等他编出一套能让自己多跟偶像待上一会儿的说辞，一道冷冷的声音就从对角那栋楼后头穿插过来。

"该怎么办就怎么办，鹏程校规第十一条是怎么写的都忘了？"

圆脸肩一抖，手缓缓撒开，脚也跟着慢慢错后，一点点给那个身影让位。

王重寒着脸一步步走来，雨无形地绕在身周，在头顶在肩头在抬起的手臂上勾勒出清浅的雾圈，早在二毛和党生从食堂那边出来他就一直看着，只等他们进宿舍自己就去找对方摊牌，可这会儿突然从墙头蹦出来两个人，叫他烦躁的心顿时又多了几分浮躁。

拿着扫帚的看见队长来了，又听他这么一说，想起他说的那条校规，立刻有了依仗，撂下的扫帚重新攥在手里，直愣愣地就朝梁萧脸上撒了过来。

这一下透着股不客气的意思，又快又狠，吓得梁萧当即连裤子坏了也顾不得了，只能连滚带爬翻出栅栏。

细高的铁栏像一根根剑戟，直直地戳进苍灰的天，梁萧扯着裤子，冷不丁觉得一团暗影从对面欺压过来，抬头一看，是那个叫王重的孩子。

高高的个头顶着张阴郁的脸，瞧着梁萧直摇头，这个年龄段的孩子该是无忧无虑的才对，怎么对面这个像有多大的心事似的。

梁萧扯着裤子，听他冷冷地开口："我知道你们不甘心，想把他们两个都要回去，可是这会儿不行，我不介意他们走，前提是要被我打败了才能走。"

好胜心这么强好吗？梁萧嗓子眼发干，一度想张嘴灌两口雨水解渴，想来想去还是放弃了。

不过听话听音，王重这小子的话里头也传递出另一重意思：二毛的戏挺成功，这会儿算是成功打入敌人内部了。

隔着雨幕瞧对面的人，欣慰之余有点心疼，说好是带他们出来出人头地的，这会儿却叫个半大的孩子演戏骗人。他暗叹一声，重新调整好情绪，扬着声音质问："党生、二毛，你们真的要离开吗？你们这么干是不是太忘恩负义了些？"

犀利的言辞背后是逼真的演技，方才还为他捏了把冷汗的二毛不满地嘟囔一声，雨势不知不觉间渐大，雨声遮住了他的嘟囔，那情状让周围的人都误以为他不满的点是别的地方，也算歪打正着吧。

圆脸男孩赶忙把两个人扯走，不叫他们留下来继续听"骂"，留下王重依旧站在雨幕里指挥着赶来的人把两个"捣乱"的家伙盯紧驱逐。

"臭梁萧，说话真难听。"宿舍楼近在眼前，圆脸替两人拉开了门，示意他们先进，自己断后的时候不忘安慰，"他也应该生气的，不过队员跳槽在圈里也不是什么新鲜事，咱们队里好些人之前也在其他队待过。说起来，他们这么生气也是因为你们原来的体校确实有点惨，就我听说的，那边的尖子最后都叫外省挖走了，你们该是他们最后的希望吧，希望叫人冷不丁掐灭了，能好受吗？"

圆脸一口一声，句句刀子般深扎在党生的心里，他说的正是自己想说的，体校有他一个叛徒已经够了，如今又出了一个二毛，这不是……脑子里冒出来个词，用在这种情况或许有些不合适，但又觉得最合适——断后。老牌体校就此断后了。脑子叫乱七八糟的想法占满了，党生丧气地耷拉着脑袋，没防备前头的人忽然停住了。

圆脸笑着指着一扇门："喏，就这间。"

金属质地的防盗门冷森森地嵌进墙面，比那边的木板门高级了不知多少倍也多了不少的疏离感。党生接过圆脸递来的钥匙，决定待会儿好好和二毛谈谈，人在做天在看，他不信二毛是这种见风使舵的人啊。

钥匙插进门里，发出清脆的嘎嗒声，二毛舔着嘴唇，正琢磨这钥匙是该往左转还是往右，身后那道楼梯下头忽然传来嗒嗒步声。那步声并不急，甚至比起一般步幅间隔的时间还要久些，他们觉得怪，停下手里活计，扭头去瞧，透过暗沉沉的天光，一道人影缓缓沿着楼梯攀缘上来，没一会儿，王重人已经站在楼梯前掸着衣裳盯着他们看了。

二毛低头看了看自己的短腿，心说乖乖，一步两蹬啊。

那头一步两蹬的人也望着他，半天才凉凉开口："咱们，再比一场。"王重丝毫不遮掩自己对方才那场失利的耿耿于怀，他需要再来一场比赛证明自己，也证明给队里的其他人看，证明他才是这个队长的不二人选。

三月的第一场雨依旧下得不瘟不火，隔窗向外看除了灰沉沉的天甚至捕捉不到雨滴的样子，玻璃上挂满了雾一样的雨，王重站在那光里，整个人从头到脚都透着冰冷。

没想到队长会同这两个新来的这么较真，圆脸看眼队长，又看眼二毛和党生，夹在中间不知该说些什么。倒是二毛先嗤了一声，掰着手腕说了句比就比，谁怕谁啊？

王重的眼睛从党生身上移到了二毛那儿，正好，等先赢了他，再收拾另外一个，反正他是看出来了，除非把眼前这两个野小子结结实实地踩在脚下，否则今后在这队里他将永远没有出头之日。

他的眼睛里藏着刀子，轻瞟过来，都叫人觉得头皮疼。党生这会儿全部心思都在和二毛好好谈谈上，本来就没什么心情比赛，见二毛这么好斗，更是急切地扯着他，示意他别和他们一般见识。

王重见状冷哼一声："急什么，赢了他，下一个就是你了。"

"那也得先赢了我再说吧。"二毛骨子里有种说不清道不明的执拗，他时刻记得这趟进这狼窝是为了什么，所以一见王重挑衅党生，当即老母鸡护食似的横挡在两人之间。

　　***

原本该是午休的时间，又是这样的阴雨天，偌大的场馆里本来该是空荡荡的，可消息传得比想得要快，不过眨眼的工夫，那些吃过饭准备回宿舍休息的半大小子顿时瞌睡全无，三五人结着伴，全都一股脑扎进了场馆，等着接下来那场大戏。

第二十章　不合脚的鞋

人性有时候就是那么奇怪，一面巴望着有人能把整天吆五喝六的队长拉下马，一面又打心眼里瞧不上那两个半路杀出来的野小子，说来说去，最好的结果是什么，不外乎是把领头的拉下马的不是别人而是自己。

有了这种念头作祟，加油声也掺杂了虚情，敲锣打鼓地冲上天棚，再随着玻璃顶的雨花消散在宽敞的冰面上。

那些人揣的是什么心思王重怎么会不懂，天依旧暗沉沉的，灯却明亮，教练开会不在，这会儿他嘱咐圆脸把门锁好，自己透过冰面看里头那张模糊得几乎看不清五官的脸，狠狠压实鞋盖，起身滑向自己的赛道。

上一次是他大意了，这回说什么也不会了。

"怎么样？准备好了吗？"回头瞧，二毛还在穿鞋，崭新的冰刀上脚并没让那个农村孩子不适应，反而因为头回摸到这么好的刀，眼里充满了惊艳和小心翼翼，他怕一个不小心把刀弄坏了，连起身都不会了，甚至伸出手去叫党生扶他一把。

王重轻嗤一声，冲着那个缓缓在起跑线上站定的小子又说一句准备好了吗。

二毛点点头，眼睛不自觉又垂下去瞧了一眼，心说真是把好刀，踩在上面像踩进了两团棉花里，又想起梁萧，他家之前不也是做刀的吗，怎么就没做几双这样的……

胡思乱想的工夫，发令的也站在道旁就了位，口哨含在嘴里，一条胳膊高举在半空，等王重摆好姿势，嘴唇一抿，安静的场馆瞬间迸出一声钻天的响。等二毛回过神时，王重已经在离他十几米远的地方奋力挥臂了。

党生站在边上使劲儿喊他的名字，不用正眼瞧二毛也看得见他脑门上的青筋，难为平时大声喊一嗓子都费老门子劲的人了，到了这会儿也不愿意看着他输。放心吧，有他在，输不了。

一个地方出来的人，又有着那么深的交情，何况这回来也是为了替他遮风挡雨，肩膀上扛了这么些东西的二毛窜行在冰面上，格外卖力。

那个叫王重的有几斤几两上午已经比试出个八九不离十，所以二毛不怕他，更何况，不过是十来米的距离……他挥着手臂，眉头轻轻一挑，腿上发力。

时至今日，梁萧和老秦老吕教他的那些东西才终于见了真章，腿朝哪个方向蹬能最大限度提速，手臂怎么挥才最节省体力，一字一句的金玉良言汹涌钻进脑子里，排成流水的探灯从头顶明晃晃照下来，照在少年的脸上，那神情，决绝又坚定。

可再多的坚定也有崴脚的时候，眼见两人的距离越拉越近，二毛突然觉得之前那双说踩上去好像踩棉花的冰鞋不那么跟脚了，不跟脚也就算了，还左右晃荡，闹了半天，这鞋肥啊。

二毛意识到自己叫人算计了，顿时没了方才的潇洒，一面做着摆臂，一面还要调整脚下的步伐，不调整压根儿不行，万一哪下劲儿用大了，鞋说不定就飞了。

就这么一路狼狈一路追，和王重之间的差距别说拉近了，等他滑完一圈，王重已经在离他半圈远的地方准备好扣圈了。

忙活这么半天，脚踝磨得生疼，眼瞧着耳朵里为王重叫好的加油声越来越大，他眼睛一扫，冷不丁看见人堆里党生在那儿手拢着喇叭，使劲儿给他喊着加油。

那小子……

二毛抿抿唇，迎着冷风蹦了个脏字，咋也不能叫那小子看扁，拼了！

豁出去的二毛身上有股说不清道不明的冲劲儿，一口唾沫落地，人早架着风飞出去，鞋不合脚怎么了，叫他落下一大截又怎么了？干他奶奶的就是了！

二毛觉得自己和梁萧学坏了，都会骂人了，好歹坏的会了好的也学了不少，之前他们教的那些动作有的不熟的这会儿到了冰上慢慢都通了……那些原本准备好了瞧他笑话的人这会儿眼见着赛程过半，二毛非但没有甘心落后，反倒大幅提速追了上来，众人傻眼了不说，更是生出些羡慕来。

人和人有时候真的不能比，好比天赋吧，换自己上场，别说穿了一双不合脚的鞋，就是穿着正合适的鞋，想在这么短的时间内提速那么多也是不可能的……

"多少了？"有好信儿的凑过来看秒表，等看清上头的数字时脸刷地白了，这还是人吗？感叹完又看场上，说好的1000米，王重已经离终点线没几米了。

人堆里不知谁喊了一声："队长加油！"

伴着这一嗓子，王重冲线，而这会儿的二毛离终点线还有小半圈距离呢。

好歹是在队里管事的队长，基本的人望还是有的，眼见王重缓着气下场，几个捧臭脚的赶忙竖着指头迎上去，一口一个队长好样的队长牛叉，一声一声不带重样的。

之前去迎党生的那个圆脸见状不满地噘起嘴："就会拍马屁，二毛刚才那个提速多漂亮没看见吗？"

"二毛的鞋……"党生念叨着，眼睛跟着滑近的人最终停在了面前那片冰上，灯光明亮清澈，照在二毛的脚踝上，青红一片。输了的人也知道问题在哪儿，一边弯腰揉脚，一边随着惯性滑到缓冲带。

大道速滑滑到中段就是无氧运动，比的是耐力更是体力，1000米滑完，王重没了力气，二毛也没有，两个人一前一后，边滑边喘气，只有那些为王重庆祝的，欢呼得别提多热闹了。

热闹里，王重无声地指着一个人，朝他勾了勾手。得了召唤的人拿着毛巾，乐呵呵过去："队长，擦擦汗。"

"刀。"没半点准备的，王重这么说。一句话出口，让在场人都愣了，递毛巾的人毛巾也不递了，回头看看身后，自己的冰鞋正戳在那儿，所以队长是要他的刀？

"刀。拿来。"他又说。

这下清楚了，队长就是要他的冰刀，可是……"队长，我的号你穿不合适啊？"整整大了一个码呢……

唤了几秒，嗓子眼总算能正常出气了，王重坐在座位上，脱着刀扬着声："既然比就光明正大地比，他的鞋不合适，我穿的合适不合适。"

绕口令似的话叫憋着一肚子气的二毛松了眉梢，他挑着眉眼细细打量着王重，嘿嘿，没想到，冯明那个小人居然带出来个还不赖的队长。

接了刀的王重拿起护刃，先把自己的刀放好，再穿新的，一板一眼的动作里，他低着头问道："再比一场，怎么样？"

什么怎么样？谁不比谁孙子。不喜欢鹏程那股弯弯绕气氛的二毛没想到这个王重竟然挺光明磊落的，乐呵呵地答应了。

"二毛……"党生凑过去叫，他们俩你一言我一语就说定了第二场，都不歇一会儿的吗，再说他的脚。

他着急，有的人却无所谓，二毛灌着水，眼梢却始终没从王重身上移过，水顺着嘴缝滴答而下，眼瞧一整瓶就这么喝光了，二毛抹抹嘴，一副他是大哥的模样拍了党生一下："这个王重挺有意思的。"

有意思也不能连着比两场吧？好人也得比伤了。

"我不比，让你比吗？"空水瓶递出去，二毛拽了拽裤脚，他这趟为什么来鹏程党生不知道，他可是怎么也忘不了的。趁着王重穿好刀滑上冰，二毛拍拍党生的肩："好好养你的伤吧。"

说也奇怪，明明是两个年纪差不多大的孩子，可就刚刚那一下，党生居然生出了种自己在被二毛照顾的感觉，明明以前在村里他才是出主意更多的那个人啊，怎么到了这会儿，那小子……

出神的工夫，二毛已经甩着胳膊大踏步地滑上了冰面，王重动作稍慢了一步，跟在后头摆弄他那双鞋。动作迟了些，就听二毛回头喊一声："你干吗呢？"

"把鞋弄松点儿。"摆弄两下，觉得行了，王重直起腰，甩了甩脚，面无表情地瞧着二毛，"说要公平地比一场就要真的公平，上一场我穿的是自己的鞋，这场要把之前的余富找回来，这样才是真的公平。"

说话的工夫，两个人都在各自的起跑线上站定了，站在内圈的二毛瞧着王重的后脑勺，竟然有点喜欢上这个城里小子了。

公平吗？那他就拿出自己的看家本事来比试这一场吧。

发令员又站在了刚才站过的位置上，党生担心二毛，不禁往前站了站，这样就离鹏程的人近了，他们说的话也更清晰地钻进了党生的耳朵。

他们在说二毛。

有个声音尖细的先夸了二毛一句，说他滑得不赖。

"不赖有什么用，才用不合脚的鞋滑了一圈，再来一圈，嗬，就算再厉害的人也不行吧。"

"可咱们队长不也换了柳条的鞋吗？柳条的脚比咱队长小哪。"

"要不说队长傻呢，公平？等他队长的衔让人夺了就好受了？"

尖细嗓听他这么说，微微一诧："我以为你和咱们队长不对付呢，也盼着他赢？"

"你是不是傻？我即使不喜欢在这队里也是三号种子，队长真叫人挤下来了对我的排名有半点好处？我就盼着那个乡下小子崴着脚，再或者干脆卡个跟头。哎哟！"

正得意，身后突然伸来一只手，二话不说对着那人的背就是一下子，对方忙着说话，压根儿没防备，直接叫那只手推了个趔趄。

速滑馆的冰面旁围着一圈宽宽的防撞带，原本规规矩矩地列着队伍，叫他一脑袋撞过去，当时挺出了一个拐弯。

生气时的党生话依旧不多，通红着两只眼睛只管狠狠瞪着倒伏在防撞垫上拼命想要爬起来的家伙，上去又推一下。

"我去，你……"倒地的人头晕眼花，透过防撞垫和臂弯夹出来的那一点空隙瞧清了推他的是谁，已经准备骂出口的脏话顿时短了半截，好歹是教练认定的种子选手，就算再嚣张的人也懂得这个时候该收敛锋芒，他咕哝一声，捏着喉咙说道，"怎么忘了你也在了。"

党生大口喘着气，压根儿不理会他说的什么忘了自己在这儿，这会儿的他脑子里全是这些人方才说的话，他是没脾气，可也不想听见别人这么非议自己的好朋友。

雨又大了些，啪嗒啪嗒的雨珠颗颗脆砸在头顶那块巨大的玻璃上。天沉得可怕，不一会儿，一道惊雷透过云层狠劈下来，哪怕有屋顶隔住了声音，那道亮白在乌沉沉的底色上也显得蔚为壮观，眼见白闪落下，偌大场馆里竟应景地响起一声暴喝。

"二毛加油！二毛！"拖得极长的声音几乎花光了午饭积攒下来的全部力气，党生红着脸，看着滑至对面的人似乎朝这里瞥了一眼，那眼神像在回应他说"放心吧党生"。

你去我肯定放心！党生咧嘴笑了，笑没过三秒，天地就是一翻，怎么说也是内向的孩子，打了两下身体里就不剩什么劲儿了，对方手伸过来，轻而易举就把人掀翻在地。

"加油你大爷！"对方说，光说不算，还对着党生的腰眼来了一下。党生当即觉得眼前一黑，人瞬间弯成一条虾。对方并不解气，瞧他这样只当他是在装，提提裤腰还往前冲，不是身边有人拦着，党生难免再挨一下。

"这是教练找来的宝贝，打坏了你要吃不了兜着走的。"

打人的那个也厉，听见同伴这么一说，脸顿时一滞，但就这么收手总觉得有些没面子，于是琢磨来琢磨去，只能骂了声乡巴佬解气。

没承想话音才落，胸口上又落一拳，那个才叫他揍趴下的男生居然爬起来，虎视眈眈瞧着他，说："我们不是乡巴佬！"

按照二毛后来的话说，那是他头一回听见党生叫得那么大声，叫得好像个奋起直追的英雄。评价很高，不过放在当时，还在冰场上驰骋的二毛并不知道发生了什么，他只知道党生在场边和人打起来了。

眼睛连瞥几眼，却因为行进的速度太快什么也看不清，也就是在这个空当，起跑时叫他落在后面的王重追了上来。"专心点。"王重递来这样一个眼神，二毛当即神色一凛，再没时间去看场外发生的事，大踏步地甩开臂膀，向前飞奔而去。

事他是没看清，可党生的话他听清了，这场他要赢，不给对方半点挑刺的余地。

风在耳边呼啸，人影在余光里晃动，有件事是无比清楚的，想要赢的，不止他一个。

学冰这些年，为的就是站在最高的那个位置上，所以王重的胜负欲比任何一个人都强。

滑过冰特别是滑过大道的人都知道，这项几乎多半程都是有氧的运动，会在短时间内消耗掉运动员全部力量和关注度，所以也就是一瞬的工夫，二毛就收回了视线，开始奋力挥舞起臂膀。能在这个地方碰到个讲公道的人，榆杨村的人自然也要奉陪到底了。

注意力高度集中起来的二毛就像匹脱缰的野马，不过一眨眼的工夫就又超出去半个身位，在他身后的王重见状咬了咬牙，也屏住呼吸拼命踩着脚下的冰面。他不甘心，是真的不甘心，学了这么多年速滑的天之骄子，冷不丁叫一个籍籍无名的人打败了，不管从哪个方面说都无法让他接受。

耳边依稀传来场外的吵嚷声，间歇还听见一两声他的名字，他咧咧嘴，冷笑着继续摆臂。那些人在乎的从来不是他的输赢，甚至如果这场是他输了，他相信队里有好些人要高兴得放鞭炮呢。胜与败靠的从来不是别人，是自己。

***

场外打得破马张飞，不是有人拦着，不擅长打架的党生这次肯定要吃亏的，脸火辣辣地疼，叫人挠出一道血檁子，手也是，可这些他都顾不得了，他就是不想让人这么说二毛。

眼见着参战的人越来越多，渐渐有失控的趋势，不知谁忽然叫了一嗓子"队长追上去了"。

就是这一声，叫前一秒还在激战的众人顿时撂下手脚，挤挨到了场边，个个伸长脖子看着赛场上的战况，这一看不要紧，有人发出了一声赞叹的"我去"。

离终点线还有最后几十米的地方，王重真的追到几乎和二毛并驾齐驱的地方了。

"队长加油！"

"干他!"

一时间加油声和放肆的话混在一起响彻赛场。

党生就那么站在那片震耳欲聋的声音里,熊熊烈火在胸腔里灼烧着,他不服,所以哪怕他个子不够高,站的位置也不靠前,还是蹦着高给二毛加油。

"二毛加油,加油!"

声嘶力竭的声音里,场上的两个人冲线了,光瀑披散着落在他们的头上身上手上,拉出两道闪动的长影。党生觉得自己嗓子发干,因为他没看清那两个人到底是谁先冲线的。

场外的人也都巴巴瞧着"裁判",等他最后的抉择。

说来好笑,这次做"主裁"的是王重的死党,一个姓林的男生,平时做什么都一副慢吞吞的模样,这会儿倒是来了麻利劲儿,手一扬直接宣布王重获胜。

"队长领先0.02秒冲线。"他扬了扬手里的秒表,邀功似的凑到王重跟前,"队长,你赢了。"

才下场的王重没力气说话,在场地上缓滑一会儿回到缓冲带,掐着腰皱着眉,没等说话肩膀就接连挨了几下,管是虚情也好,假意也罢,队长赢了这个外来的乡巴佬队里的人都很高兴,甚至从人堆里还传来一声喊——是好赢了就和另一个比,好歹我们队长已经连比两场了,抵得了你腰上的伤了吧。

见他们跟党生挑衅,二毛头一个冲过来,朝那帮口吐芬芳的家伙怼道:"明明是我领先,赢的怎么可能是他,这个结果有猫腻,我不服,再比一场!"不服也好,保护也罢,总之是要给党生多争取些休息的时间。

他的想法别人自然不知道,只当他是不服气,输了比赛想要赖,一时间有人嘲笑有人推搡,场面上瞬间乱了套。

眼见着情况越发混乱,一个人沉默地走到裁判旁边,趁人走神的工夫拿过秒表，几下摁顿后，瞬间沉默了。

王重的手无力地垂在身侧，缓缓走进人堆，人高马大的他甚至不用抬手，单靠肩膀的力量就把那群浑闹的小子撞散了。

"没比的必要了。"

二毛以为这话是对他说的，当即不服气地仰高了脖子："明明是我……"

"是你赢了，大林刚才给你们看的成绩不是这次的。"一边说一边像是印证什么似的，手在秒表上按了几下，"这才是我们刚才的比赛成绩，外道成绩比内道晚了0.05秒。"

追到一半没把人拦住的大林不满地低下头嘟囔，声音很低，隐约只听见里头似乎有句"傻子"。

王重笑笑："傻是傻了点，不过这种靠作假拿到的第一我不稀罕。二毛，我今天输给了你，我愿赌服输，这个队长的位置我不做了，不过有点请你记住，我会再次向你发出挑战，直到我赢过你为止。"说完，又意味深长地看了党生一眼，那样子像是说，还有他……

"队长！"一听他要让位，那些在队里名次不前不后的队员急了，拦着人希望他回心转意，更有甚者还借机下黑手，可怜才比过两场的二毛和脸上挂彩的党生想还手却很快落了下风。

王重皱着眉，看着眼前那团乱，气急了大喊："你们住手。"

然而拼尽力气喊出去的声音散在偌大的冰场上，对那群心里极度不服气的人来说没有产生半点威慑力，眼见场面越发混乱，耳边忽然传来哗啦一声响，原本负责守门的人这会儿都惊慌地退去了两旁，门开了，哗哗的雨声随即像拨开了开关似的冲进来，冯明一脸严肃地站在门前，觑着眼把场馆里的人里里外外打量一遍，随即寒着声音说："午休时间不休息在这儿胡闹，是体力太过旺盛吗？既然这样，都出去绕场十圈。"

教练来了，胡闹的人也不敢胡闹了，三三两两结着伴鱼贯出了速滑馆，可怜外头的天是那样的，还要冒雨跑步，哎……

一片沮丧的叹息声里，冯明叫住了要跟着队伍出去的二毛和党生："你们两个回宿舍休息吧，回头我找人给二毛定做双冰刀，靠它吃饭的，不合脚可不行。"

阴暗的天里，冯明的神情慈祥得让二毛心都跟着颤，他没想替鹏程出征，平白无故要人家的鞋好吗？心里忐忑，面上却不敢泄露半分，他点着头，拉着党生出了门。

三月的雨说来就来，下了大半天也没有停的意思。因为冒雨加练了跑步，下午的训练随即也被冯明叫了停，一群叫雨淋得呱呱湿的半大小子洗过澡都窝在宿舍里打牌。

二毛和党生住的屋子本来是四个人，因为比赛的事，另外两个人对他们的成见更深，只有取盥具的时候匆忙露了一面，接着就再没见过人，倒是那个圆脸男孩，中间领着詹医生过来给他们做按摩，正经待了好一会儿，也顺便表达了对二毛的敬仰之情，自然，关于队里对他们的排挤也捎带脚地透露了些给他们。不过二毛不怕。

"冰场上比的是速度，我这点速度不算什么，等你好了去灭了他们。"

看着风风火火的二毛，党生既欣慰他能在这里，又担心老体校那边的事。

"二毛……"

"得得！"二毛做了个打住的手势，他最怕党生扮唐僧了，他一啰唆自己就不耐烦，一不耐烦就容易把梁萧的计划说出来。梁萧可是千叮万嘱过的，有些话死活也不能告诉党生。

"出去走走，要我说这城里的房子哪有咱们村里的好，门建得那么结实，人待里头跟坐牢似的，出去走走，走走走走。"

不由分说地，二毛拽起党生出了门。

***

说归说，对于二毛能来鹏程和他做伴，党生还是有些开心的。

"这里的人和咱们村子的人不一样，有时候脸上明明带着笑，说出来的话却不好听。"沿着宿舍楼前的那条路，两个孩子都没撑伞，就那么慢慢地在雨里走。

村里的孩子皮实得很，别说这点毛毛雨不算什么，就是再大的暴雨他们也淋过。

鞋子踩在石板地上，发出啪嗒啪嗒的响声，二毛瞧着脚边的水花，不住点头："可不是，你那脾气还孬，叫人欺负了也不知道还手。不过党生，刚才你能和他们挥拳头还真是出乎我的意料。"

党生不好意思地挠挠头，低声说道："我不能让他们说你。"

"好兄弟！"二毛一抬手臂，把人揽住了，梁萧说了不许他把此行的目的说给党生听，但没说不许他说点别的开导他啊。

"那个啥，党生……"他舔舔嘴，琢磨着说点什么来开发下党生的血性时，发亮的眼睛忽然定格在远处的速滑馆上，想来想去，说得再多也不如去冰场上启发他来得实惠。

"咱们进去看看呗，我还是头回见这么高级的冰场呢。"

"你之前来市里不是也看过吗？"

知道他说的是让他爱上滑冰的那次，二毛无所谓地晃着脑袋："那是好几年前了，设施不一样，再说，场馆也没这个大，咱们以后想上场比赛，总要先熟熟悉悉场地吧。"万一运气再好些，碰上双能穿的冰鞋，还能滑两圈。

"詹医生说你情况挺稳定，现在可以适当上冰，咱去滑两圈？"

二毛挤眉弄眼地提议，可惜一进场馆，就发现场馆里还有其他人在。

外面的雨下得正大，门一开，雨声便引得起跑线上的人回头去看，六目相接的时候，王重一愣，随即扭过脸，重新摆出起跑的姿势。

两个孩子没想到这会儿居然有人在馆里，也是一愣，党生瞧瞧王重，小声喊二毛："要不咱们还是走吧。"

二毛也没偷看别人训练的爱好，加上王重先前还算磊落的做派，他点点头，表示同意走。

谁知两个人转过身甚至连步子都没来得及迈，就听身后突然传来一声示威的喊声——我一定会赢你的！

那喊声饱含怒气和委屈，好像输了那场比赛并不全是他技不如人似的。

二毛是个牛脾气，人家让他三分他就回敬四分，要是对方近他四丈，他非杀去人家祖坟上才行。

三月的雨来得突然，雨势也越发大起来，他站在门前，回头看了眼说话的人，哼一声，扯起党生就往场馆里走。

能自动开合的铁门无声地在身后闭拢，一并隔绝的还有外面绵绵的雨声。二毛踏着步子，牵着那个还想置身事外的党生径直进了场地，一边走一边说："就是不知道有没有那个本事赢。"

他天生长了张反骨的脸，好好说话时也带着股冲劲儿，更别提带着气说的话了，话出口就挨了党生一下。

"他脸上有伤……"话不多的人往往有颗格外细致的心，人没走近就发现了王重的脸不对劲。在党生的认知里，挨了欺负的都是弱者，是弱者就要格外照顾，所以二毛不能继续挑衅人家了。

挨了说的二毛瞪大眼睛："有伤怎么了？我身上还有伤呢，再说了，伤的又不是嘴……"

说归说，二毛的眼睛还是随着党生的话头移去了王重的脸上，这一看，人也跟着吓了一跳："你不是队长吗？咋有人敢打你呢？"

王重原本还等着他们走，这下好了，人非但没走还盯上了自己的脸，高个子的少年脸色沉了沉，躲避似的滑开了，那模样，分明是在用行动回答他们——干你何事？

可他还是低估了两个孩子的眼力，滑出去没几步，王重就听身后幽幽传来党生的声音——腿也伤了，是叫人踢了吗？

"不是踢了！是……"王重打着趔趄，后知后觉发现自己居然去接他们的话。

可恶！有人在恨，也有人在执着，党生眼瞧他滑起来姿势不对，那么斯文的孩子居然拉起二毛围着场地追了上去。

"是什么？"

"……是我自己摔的！"王重咬牙切齿地说，长这么大，还是头回不想让别人围观自己滑冰呢，特别是他正狼狈的时候，可那两个家伙就像吃了秤砣似的，哪怕他说是自己摔的了，还是固执地绕场追着他。光追也就算了，嘴也不闲着，王重甚至听见那两个家伙你一言我一语，列举证据来证明自己这伤压根儿不是摔的。

"够了！"他停下脚，转回身怒目瞪着那两人，"你们到底想干什么？"

党生没想到他会这么生气，说话的嘴顿时从议论变成了嘟囔："没想干什么……就是觉得受了欺负的人或许想找个人说说……"

王重脸一红，依旧嘴硬："谁说我让人欺负了？"

"二毛以前和人打架吃了亏不敢回家就是这样找地方自己待着，被我发现了也是像你这么说的。"这下轮到二毛脸红了。

刚巧走到一处出口，党生停下脚，朝王重笑笑："不想说也没关系，詹医生给我的跌打药刚好在身上，给你抹抹？"

党生人长得小，手也长得像女生，五个指头又细又白，好像稍微用力捏一下就会断似的，这会儿那五个指头捏着个药瓶朝他递过来，叫王重的心情越发低沉起来。

他没滑过来，也没动，只是呆呆看着那瓶药，脑子里反复响起的都是方才那群对他下黑手的人说的话——就算教练知道了也不怕，一个技不如人的前队长，教练根本不会在意。

不在意意味着什么，上到训练下到治疗，他都要排在人后了。

"你们……"他嗓子一涩，头回主动叫他们，见二毛和党生都一脸诧异地朝他看来，王重别开脸，嗓子都发堵了，半晌才说出一句，"你们没练过多久速滑吧？"

"谁说没有？"他这么说，二毛头一个不同意，"我们村的冰场都浇两年了，除了冰场，每年入冬山里的湖面也结冰，我们正经练了好几年呢。"

"呵呵。"王重发出一声绝望的笑，户外的冰场，入冬的湖面，几年，满打满算这两个人接触滑冰的时间也不会比他长，甚至要远远短于他呢，可为什么就是这两个没怎么接受过正规训练的家伙到了冰上就会碾压自己呢。

"我算过了，除去冰刀和体力消耗这些因素，你1000米的速度最少要比我快一秒。"他看着二毛说。

二毛有些愣："不就一秒嘛，怎么跟死了爹似的？"

"……你懂不懂一秒对一个速滑运动员来说意味着什么？意味着我和你是两个档次的运动员！"王重有些气，气他看作生命的速滑速度被这个碾压过自己的人这么轻看。

可二毛就轻慢了，短短愣神了一下，他无所谓地一摊手："照你这么说，党生都要把我碾碎了，还是碾碎好几回呢……"

"他比你快……"王重呆呆地看着对面一脸腼腆的党生，想起之前那场试探的测速，不确定地问，"没受伤时你俩比过吗？"

党生笑笑，拍拍边上翻白眼的二毛："都是比着玩的。"

"是，比着玩，轻轻松松落我两百米。"

"两百米？"速滑一般都是以时间计，王重不懂他们说的这个两百米指的是什么。

二毛嘿了声："就是喊完预备开始我们俩往前滑，别人喊停时我们俩之间的距离差不多有两百米吧。"

"……多久喊停呢？"王重被这两人稀松平常的语气惊到了，一脸诧异地等着答案揭晓。

"没多久吧，我们那块冰场不大，时间长了就扣圈了。"

"没那么夸张……"党生不好意思地说。

眼瞧着王重的下巴就要掉了，二毛直接过去替他把下巴托起来，冰面又光又滑，没穿冰刀的他每走一步都有摔个四仰八叉的架势，折腾半天勉强稳住脚跟。他瞧着伸手过来扶住自己的王重，突然皱起了眉："都出血了，你这伤得够重的啊。快点上去吧，党生那儿有药。"

他一声接着一声，换作平时，王重肯定要当他是故意给他难堪的，可接触了这段时间，又觉得两个人不像这种人，再扭捏下去实在有点像大姑娘了，左思右想后，王重轻轻挣开二毛的手缓缓朝休息区滑去，身体是诚实了，嘴却依旧硬，一面走一面说："不重。"

"不重还龇牙？"

……

人有的时候真的要接触了才知道，就好像眼前这两位，明明是一个村子出来的，一个话少但冰艺高，一个冰艺就那样，话却句句戳人肺管子。

休息区，王重半仰着脸，叫党生帮忙擦药，余光里不禁生出好些好奇。

"我要有你那个天赋，走路都要仰着头，可我瞧你怎么不把自己的天赋当回事啊。"

"也不是什么天赋。"和往常一样，党生对来自外界的夸奖反应都是淡淡的。

王重听得眼睛都直了，都这样了还不算天赋那什么样才算天赋？

第二十一章　朋友

对党生这个性习以为常的二毛见怪不怪地摆了摆手："别和他较真，学校里考试回回第一，换作是我早和我爸邀功了，他就只会在那儿细究在哪儿丢的那几分，大约天才的另一层含义就是老天爷扔下来气人的吧。"

二毛说话时总习惯性扬高眉毛，眉飞色舞之余又总让人相信他说的是真话。王重听着听着，不自觉地点点头，比起队里那些朝夕相处了这么久的队员，这两个来队里没多久的农村孩子反而让他觉得相处起来不那么累。

见两个人一个敢说一个敢听，党生的脸不自觉地泛起了红晕，连给王重上药的手都微微地发起颤了。

"那个，知道是谁伤了你吗？"

这个话题果然瞬间转移了王重的注意力，他的眼神也变得落寞起来，雨在头顶那块玻璃上噼啪地砸，砸出了一个接着一个涟漪的水花。王重摇摇头，左右用了人家的药，这实话也没必要掖着藏着了。

"他们用袋子套住我的头，具体是谁我不知道，左不过是怪我承认自己输掉比赛的人吧。"

不提这事还好，一提这事，党生和二毛都停下了手里的活儿，两双眼睛定定地瞧着王重，这回，心直口快的二毛倒叫党生抢了先，他抬起手，继续在王重脑门上上药，王重看着党生的嘴巴一开一合地说："你大可以假装赢了的，王重，你和他们不一样，你是好人。"

什么好人坏人，像这样的评价他已经很久没听人说过了，或者是因为进了鹏程，更多的人看重的是速度，早忘了什么好与坏之分。

长叹一声，他拨开了党生的手，冯教练对党生是真的好，连上药的纱布都是纹理细腻的那种，不像他们平时用的，稍微力气大些，就跟脸上贴了砂纸似的。

手触了触伤口，他放下手："谢谢你的药，作为感谢，送你句话，在这里没有什么好人，只有速度和第一名。没了速度，好也是坏。"

虽然他说的最后那句二毛没听懂，可前面那句他懂，就是说别那么轻易信人嘛。

"我早就说过他，没有半点防人之心，别人给点甜枣眨眼就把自己卖给人家了。"他盘腿坐在休息椅上，加入了数落党生的队伍。挨了批评的党生当即红了脸，噘着嘴说"哪有"。

"怎么没有？"二毛翻着白眼挥舞拳头，"你能活这么大，一靠爷奶爹妈，再靠的就是我了你知道吗？"

越说越不像话，党生直接扭脸收拾起药具，不再理他了。

两个人的互动不知怎的就打动了王重，余光扫到墙角搁着的冰刀，他突然蹦出来一句："下次换道你可以试着减小摆臂幅度。"

二毛左看看右瞧瞧，确定除了他王重不会再说别人，这才指着自己的脸说："谁？我吗？"

不然还有谁？王重别过脸，抿着嘴巴用近乎耳语的声音念叨："摆臂幅度大会影响中心走位，所以你换道的时候容易不流畅。"

二毛一琢磨，还真像他说的那样。左右看看，眼睛紧盯着他的刀："那个，我能穿吗？"

没想到他会这么不见外，王重也是失笑，失笑后就是摇头："怕是不行，我鞋码数大。"

眼见着希望的火苗在二毛眼底升起又熄灭，王重差点笑出了声，手一抬，指向党生："他差不多能穿，想试可以试试，上次试滑时他好像也有类似的问题。"

党生一诧，有些意外又有些惊喜地看着王重，半天才说出一句真的吗。

"骗你干吗？"王重手一推，就势把冰鞋送到了党生跟前。

好歹是队里的种子选手的冰刀，一上脚就觉出和其他的有不同，党生踩着那双脚感极好的冰鞋徐徐上冰，在换道线上慢慢按照王重说的尝试，手臂摆动幅度缩小，身子向一个角度倾斜，果然行动起来没有之前那种别扭的感觉了。

冰场上传来党生兴奋的欢呼声，他举高两臂，不断朝王重挥着手："王重，谢谢你！"

感谢完又问"你滑直线的时候是不是习惯朝一个角度后蹬使力"，王重说是，党生又滑回来把鞋重新递给他。

"你试试看脚后跟往里收收。"

王重将信将疑地接过冰刀，上冰，试验，慢慢地脸上竟浮现出惊喜的笑容："真的比原来快了。"粗算一下一圈怎么也能提速几个点。

王重一脸的欣喜，党生却摇了摇头："好像还差点。"

于是又是换鞋，党生上冰做演示。

王重站在场边听他讲解，激动的时候忍不住喃喃感叹起来："这种技术性的东西放在我们队是个人都要藏着掖着的。"

"因为咱们是朋友啊！"二毛站在他身边，随口接道。

朋友？没记错之前也是这位，说不能那么轻信人呢，不过眨眼的工夫，就啪啪打脸了？

二毛看出他的疑惑，无所谓地耸耸肩："你也说了，技术性的东西本该是藏着掖着的，你不也把我们当朋友了吗？"

好吧，眼瞧着面前这个二傻子二号，王重无声感叹着他们的单纯，也就在这时，二毛突然凑过来低声说了句话："既然是朋友了，有个事想拜托你帮下我。"

什么？

天依旧阴沉沉的，雨却不知不觉间停了，湿气透过门缝钻进馆里，在通明的冰面上升腾起一线白雾，王重觉得二毛要说的似乎是件了不得的事。

见他一脸严肃，二毛也觉得自己这架势端得有些过分足了，赶忙甩了甩手，示意他放松："其实也不是什么了不得的事，就是有件事和你有关，顺便想请你帮个忙。"

帮忙？

二毛的话说得王重越发糊涂了。

"我一个过气队长能帮你什么忙啊？"

二毛嘿了一声："过气不了，我是不会留在鹏程的。"

"那你……"

二毛扫了他一眼，瞧准党生还在冰面上滑得欢实，压根儿没在看他，这才附耳过来，低声说了自己来这儿的原因。

"那二傻子只知道骗人不好，却忘了自己没对鹏程表忠心，人家直接叫他主力变陪练。"二毛眨眨眼，发现这会儿的王重更震惊了，不觉挠挠后脑勺，"怎么，是我说的话吓到你了吗？"

王重摇摇头，吓人的不是话，是人。事到如今，有些先前想不明白的事这会儿顿时清楚了，难怪党生腰伤没好教练就叫他入队参训，难怪总围着教练转悠的那几个狗腿子最近总是一副暧昧的表情，原来是存了这样的心思，原来是他知道得迟了啊。

"那你……"他吞了口口水，"你为什么把这件事告诉我？"按理说这种事关前途的事是个人都不会轻易说出口的啊。

王重眼巴巴瞧着二毛，二毛却无所谓地摆摆手："他不是说了吗，咱们是朋友。

"何况你把那么机密的训练技巧告诉我们，我们也没什么好瞒你的，现在放心了吧，队长的位置还是你的，不过有一样……这事别和那傻子说，他这个人藏不住事，知道姓冯的想算计他，人就直接躲了，你也知道我们体校那头这会儿要啥没啥，他身上的伤，嘿嘿……"

鲜少算计人的孩子脸上露出了腼腆的笑，似乎也为自己利用了鹏程的康复师愧疚。王重却不然，他自小在城里长大，进了体校后，每天打交道的除了教练就是队员，像二毛和党生这种一句话就把你当朋友的人他是头回见呢。

不时有冷风吹来，间或夹了些雨后濡湿的泥土气息，他低着头，久久沉默，久到二毛几乎觉得自己的要求是不是过分的时候，对面的人忽然抬起头说："你和党生都挺傻的。"

啊？

"放心吧，"嘲讽完，王重又把脸别去了一边，"刚才的事我不会和别人说的。没那个兴趣算计傻子。"

最后那句他几乎是用耳语的音量说出来的，尤其是那个"傻子"，他觉得这会儿答应二毛要求的自己何尝不是傻子呢……头顶有天光漏下来，阴恻恻地落进王重的眼。他紧抿住双唇，目光幽怨地落在冰场上那个飞速前进的黑点上，和这两人做了朋友，是不是意味着自己要和那英明神武的青春时代告别了，哎，以后免不得自己也要帮二毛一起给党生打掩护呢。

想想自己竟和两个曾经那么瞧不入眼的农村孩子成了朋友，王重的心啊……

"饿了，出去吃个饭。"他不能再和这两个人待在一起了，他要冷静冷静，为自己这不知是对是错的善良天真找个空间去寻思寻思。

走没两步，忽然发现那道黑影朝这边滑过来，抬头一看，王重不禁吓了一跳，原本好端端在那儿试滑的党生竟然滑进了休息区，开始脱鞋了。

"你、你干吗？"眼瞧脱了一只鞋的党生单条腿蹦跳着朝自己过来，心里正嘀咕得厉害的王重连连后退，嘴里不迭问着，"你、你、你……"

"你不是要走吗？"说话的工夫，另一只鞋也脱了下来，两把白色的冰刀摇摇晃晃地提在他手里，党生一脸顺理成章地说："这是你的鞋，该还你。"

哦，他把这事忘了，王重悻悻地伸出手："鞋带我自己弄，给我就行。"

"你稍等，马上就好。"埋头一门心思系鞋带的党生看上去更小了，可那一板一眼的认真劲儿却属实让人移不开眼。

"真不用……"王重侧了侧脸，手一时间不知是该收回还是该在那儿候着，"那个，要不等会儿一起出去吃东西？"

单纯就是没话找话的客气，没想到二毛口中那个二傻子党生居然就答应了。

"好啊，二毛中午也没吃饱。"

行吧，他这是搬起石头砸自己的脚，想躲的人如今不光躲不开，还沾上了。王重沉着脸，瞧着一起忙活的两人，几秒后忽然笑了，算了，谁让是自己认下的朋友，总不能才认完就翻脸吧。

放弃抵抗的王重就这么领着人大摇大摆地出了体校，有个当队长的朋友就是好，之前盯他们如同盯贼的门卫这次只略略问了两句就给人放行了，搞得二毛走起路都是斗志昂扬的："总算出来了，你不知道……"

"嘘！"王重比了个噤声的手势，示意他隔墙有耳，哪怕这墙已经叫他们甩去老远了也不行。

"咱们去对面的美食街吃，那里有家牛肉馆味道不错……"一边走一边做介绍，美食街离得不远，没几步就看见他说的那家牛肉馆的招牌在雨后散发着濡湿的光。

王重边走边嘟囔，都说农村人老实，结果老实人熟悉起来的头一天就连哄带骗地要他请吃牛肉……他停下脚，狐疑地打量着前头两个在吧台前站定的人，心说这世界上可是有种人专门扮猪吃虎来的，他们会不会……

正寻思着，就看见党生从口袋里掏出来几张皱巴巴的十元钱，一股脑塞到柜台上，边塞边仰脸看着墙壁上的菜单。

牛肉馆的灯比速滑场上的更加柔和温暖，落在党生那张有些黑的脸上，浮现出一层层浅浅的红。他数过了，自己这些钱一共三十二块八角，再看菜单上的菜最便宜的一道也要二十块。

"王重，你喜欢……"他回头，想征求下客人的意见，不想才扭过身子，就看见一团人影冲到了跟前，王重大手一拢，把吧台上的钱一股脑抓过来，塞回党生的口袋里，无比霸气地丢下一句，"这顿我请！"

所以啊，对吃软不吃硬的王重来说，党生这样的人就是克星，哎，嘴上叹气，心里却在这湿寒的天里生出来一丝暖意。

"老板娘，来个部队锅，菜肉加量的！"大声吆喝完，他一把拦住还在往外掏钱的党生，把人扯到了卡位里，"我是地主，这顿我请！"

"可是……"

"再可是就回去。"王重骨子里有股说一不二的劲头，当即喝住了党生，让他再不敢提请客的事了。

不过请客可以不提，有件事却不能不提。

服务员上了三瓶汽水，起子挨着瓶口噗噗地把瓶盖接连起开，党生闻着那新鲜的汽水香，努力咽口口水，移开了目光："二毛，你离开了那边，秦教练、吕教练还有梁萧他们就真的白忙了，做人不能这样……"

听听听听，就说他傻吧，别人演什么他信什么。同王重交换了个眼神，二毛跷着二郎腿，演戏演到底："你说再多也没用，这边多好啊，要什么有什么，留在那边甭说滑冰了，冰都没有。"

正说着，牛肉锅门前挂的风铃叮的一声响，有人进来了，党生的位置正好对门，一眼就看见了进门的是梁萧和宋东方。

他不自觉地起身，嘴里叫着对方的名字："梁萧……哥。"

王重和二毛、党生的那些事梁萧并不知情，之所以敢在这个时候露面，一方面是担心他们叫那个孩子算计了，另一方面分开这么久，他也想知道那两个人在鹏程究竟怎么样，有没有受气，挨没挨别人的算计。

鱼形风铃在身后叮当作响，党生那怯怯的模样让憋了一肚子气的他怎么也气不起来。

梁萧扫扫党生身边的两个人，拉着宋东方径直过去，脸上还装模作样地带着怒意："你们两个跑到这里开荤了？知不知道我们这群人多担心你们，现在跟我们回去！"

做戏要做全套，不然就凭党生那个憨憨的脑子，指不定发现之后又能做出什么傻事呢……

他眨着眼坐进卡位里，顺手拧了下发呆的二毛的耳朵，一声"回去"，提醒他别出戏。

二毛："回什么回啊，你们那儿什么都没有，叫我回去也只能在旱地上摔跟头，我才不回呢！"

"你个臭小子！"梁萧借坡下驴，就势提溜起人往外去，有些话到了这会儿还是不能让党生知道，所以最好的法子就是把二毛提溜出来。

事情做到实处，梁萧才发现低估了二毛的演技，这孩子怕是在村里时就没少犯浑，这会儿演起浑不吝也是手到擒来，逼真程度一度让梁萧以为这孩子真的向着鹏程那头了。

连拽带拖好歹把人拖到了牛肉馆外头，又不敢往人少的地方去，只能借着报刊亭的掩护假装吵架实际上交换些信息。

"做人不能太忘恩负义！里头怎么样？顺利吗？"

"必须的……我这叫弃暗投明，不叫忘恩负义！"

听到顺利，梁萧的心略略放下了，余光一扫，发现牛肉馆里有人在看他们，不禁又问："你忘了是谁把你们带出的村子！你们怎么和鹏程的队长一起？"

"王重是我们朋友……是你又怎样？！"

二毛每说一句话都一蹦三尺高，忽悠忽悠地让他眼晕，梁萧蒙了，朋友？和鹏程的人？

天上又飘起了雨花，凉凉打在脸上，梁萧看着天真的二毛，心底的不安就像汽笛般突突响起来，下一秒索性不和这小子扯闲篇了，进去会会他们口中的这个朋友吧。

好歹也是作恶江湖那么多年的败家子，什么人好什么人坏光瞧瞧也看得出个大概，朋友……也就这俩小子才会那么容易就把人家当朋友了。

牛肉馆的门开了又合，将淅淅沥沥的雨遮挡在外头，屋里的两个孩子都是一副坐立不安的模样，党生是因为愧疚加期盼，愧疚自己的背叛，期盼二毛能"弃暗投明"。

单纯的孩子啊……他扫了眼王重，还是觉得和党生单聊合适。

"党生，你过来……"没有落座的梁萧朝他勾勾手，示意他去一旁的卡位。

好在这会儿店里人不多，对他这种一桌客占两桌的做法店主人没说什么，依旧闷头在那儿算着当天的流水，计算器按出啪啪的声音，梁萧坐在党生对面，神情比起刚才对二毛的显然平静不少。

越是这样，党生心里的愧疚感就越强，他低着头，声音小得好像蚊子："梁萧哥，对不起，我没想到二毛他会……"

"在鹏程待得怎么样？"

没想到他开口不是数落而是关心，党生更加不好受了，他抿抿唇，想说话却发现自己这会儿竟然发不出声，只好轻轻地点了两下头："很好。"

好？光瞧他这一脸的丧气劲儿梁萧也知道他过得不好。

"党生，"他叫他的名字，"你看着我。你去鹏程，我和秦教练、吕教练的确生气，可那是你自己的选择，我们尊重，不过有件事我希望你不要忘记，你为什么滑冰，单纯是为了给你妈妈赚医药费，还是因为这项运动对你而言有其他的含义在？"意味深长的话从梁萧嘴里说出来有着别样的味道，特别是配上他那个有如乱草般的发型。

党生舔舔嘴唇，似懂非懂地点头。

"梁萧哥，你们不怪我吗？"

党生这孩子说话从来都不是那种很大声的，就是这样的态度让了解他的人格外心疼，想想先前得知他同冯明的那番坦承时自己的反应，梁萧觉得这会儿有必要嘱咐这孩子两句。

"每个人的情况不同，我们知道你为什么来鹏程，所以不怪，不像二毛，是要被我们活活打死的。不过党生，话说回来，你在鹏程万事要多个心眼，切记一点，有竞争的地方就有算计，别人说的话要在心里转几圈再决定信还是不信，不是什么人都能拿来做朋友的。"

"你说的是王重吗？"

梁萧眉头一挑，这回他的反应倒是难得的机灵。

"他……"就在他准备把话说得再透些的时候，牛肉馆的门又开了，伴着鱼铃的叮咚声，哗哗的雨意顺着门缝灌进屋里，随着那股湿气一并进到门里的还有七八个人高马大的少年。

梁萧瞧了眼他们中的领头的，就知道接下来的话没法再说了——冯明果真是属狗的，闻着味就来了。梁萧冷冷地起身，眼瞧着他走过来把党生拉去身后，心里早把他骂了八百遍。亏得当教练的人，不惜才也就算了，还把我们党生拉去给你们当陪练，幸好叫他们发现了，哼。

心里骂，脸上却是一副势不两立的冰冷神情："冯教练，孩子思想不成熟遇到点困难就想挪窝，你当大人的不说劝着些，还抢我们的人，这么做对吗？"

确认过三个孩子都没事，冯明这才转脸看向梁萧："人往高处走，水往低处流，你的心情我理解，这俩孩子是什么样的苗子你比我清楚。梁萧，与其把人霸在你们那儿等死，何不安心放孩子们过来？这么纠缠你不觉得没意思吗？"

"不觉得。"要么说是犯过浑的人，演起戏来什么都是熟门熟路的，好比这会儿他就懒得再和冯明理论什么，胳膊一伸就要抢人。这么干鹏程的人哪肯干，几个小子拉着二毛、党生就势退到了门外。

细雨牛毛似的裹住二毛和党生的面孔，看得出单纯的党生眼里全是担心，至于二毛……梁萧收回眼，生怕再看下去那小子挤眉弄眼的小动作就要让人发现了。

"冯教练……"

"梁萧，我听说秦鸿时已经撂挑子不干了，你与其在这儿破罐子破摔，不如去操心操心你的冰刀厂吧，我听说厂子改拍卖了，价高者得，梁少爷，你也有机会啊……"冯明挤挤眼睛，在说梁少爷那仨字时故意加重了语气，仿佛让梁萧多难过些他就多开心些似的。

梁萧头回知道拍卖的事，人站在那里半天没回过神来，宋东方看不下去过来叫了好几声他的名字，总算把魂"招"了回来。

见他那副呆呆傻傻的样子，宋东方禁不住叹气，也不知道现在这种一穷二白的坚持是对还是错。

"自然是错的。明知不可为而为之不是勇，是傻。"细细密密的牛毛雨丝从四面八方飘下来，哪怕打着伞也遮不住。人走在雨里，没一会儿脸都湿了，可冯明却毫不在意，他边念念叨叨说着这话，边拿眼打量着默默走路的二毛。

"二毛，我约了省里最好的冰刀师傅，等会儿你跟我走，给你做副冰刀，未来队里的主力没副合脚的冰刀不像话。"说完，冯明又笑着瞧党生，"党生别急，等你的腰伤彻底好了也有。"

细雨模糊了脸庞，笑着的冯明慈祥得像个瘦版寿星佬似的。

目送着那一队人走进对面那座大院，梁萧缓缓舒了口气，不管怎么样，一切都在朝着他们预期的方向发展。有二毛的掩护，党生暂时没什么危险，至于二毛那小子……他嘴角一弯，感觉他也不是随随便便一两双冰鞋就能收买过去的主儿。

起风了，不瘟不火的雨丝遭到风的夹裹，被斜斜吹进门里，摇晃着门内的鱼铃越发叮咚作响。

那些人来的时候宋东方一直没说什么话，这会儿人走了，他才摇着脑袋走到梁萧跟前，低声问他那件事是怎么打算的。梁萧自然知道他说的哪件事，毕竟像冰刀厂拍卖这样的"喜讯"，想拿来跟他一起"高兴高兴"的不止一个鹏程。

他拿出手机，看着最新的一条消息，那是他们过来见那两个孩子前才收到的，发件人是胖猴，信息也格外简短，就一句话，一张图，图是一双冰鞋，话说的是"厂子准备拍卖，这个你想拿走可以来取"。

消息不长，连标点符号都透着股陷阱的味道，这要是让宋东方说就直接当没看见，左右想保住厂子是不可能了，何必去强求一把冰刀。

　　说归说，他也知道胖猴之所以敢拿那双鞋来说事不是没有原因的，那鞋是老梁接手冰刀厂之后做出来的第一双手制冰刀，哪怕和现在那些高定比不了，但意义在那儿，之前一直作为纪念摆在厂长办公室，这会儿叫人家拿出来当作要挟，心里没起伏是不可能的。

　　见他不说话，宋东方掏出伞撑在他们头顶，手就势碰了碰梁萧的手："和你说话呢，要我说那鞋咱不要了，老梁在天上知道你的难处，也不能怪你。"

　　雨无声落在伞面上，人在伞下，看得见伞沿周围溅起的一圈细雾，梁萧伸手摸了一把，摇头："我去顶多是叫他们欺负两下，我要是不去老梁的东西就真毁了。宋叔，我爸留给我的东西不多，不管怎么样，我都要去看看。"哪怕那东西最后也拿不回来。

　　宋东方见他这么坚持，也只得点头同意："我和你一起。"

　　"不行。"梁萧眨眨眼，"就算去你我也不能一道去，万一那小子有心折磨我，你在外头也能帮我报个警什么的，是吧。"

　　乖乖，还以为他这会儿的心思是怎么沉重呢，居然没忘给自己留后路，服气的宋东方摇摇头，坏小子到了什么时候都生不出什么好主意来，对他，果然不能抱什么天真的幻想。

　　宋东方边冷呵，边跟着梁萧一起上了道边的公交车。他说的是不能一起去，没说路上不能一起，大不了他提前下车后头再走过去就是了。

　　然而只有对一个地方有极深感情的人才会那么清晰地说出这会儿站的这个地方有了什么变化，梁萧从没想过，厂子倒闭不过是个把月前的事，这会儿再来，竟有些认不出这里是曾经的飞龙冰刀厂了。

　　梁萧扶着车门的手久久不敢撒开，怕一离开自己就会摔倒在地，直到司机按响喇叭第三次，梁萧才缓缓收回手。

　　曾经那么热闹的街区这会儿显得格外冷清，细雨中，拆得只剩架子的厂牌孤零零地矗立在那儿，几缕没来得及清理干净的毛边贴住金属架，随着风雨轻摆出一幅破败的景象。

梁萧看着看着，雨就打进了眼里，紧接着又滑出了眼眶，他不敢再待，使劲儿抹了把脸，紧跟着进了旁边的小巷。

景色殊异，巷子却是熟悉的小巷，还记得脚下的这条石板路是老梁在时亲自带人铺的，砖石严丝合缝不说，雨天也从不积水，人走在上头，裤脚都湿不着半点。

就这么一路走一路看，没一会儿就看见飞龙冰刀厂的门远远立在巷子外头了。

他深吸一口气，才要迈步，忽然怔住了，他呆呆看着巷口那个垃圾桶，下了多半天的雨让垃圾桶周围汪出一摊池塘。在那"池塘"边上，他看见老梁那双冰鞋就那么静静躺在一堆杂物里，鞋面叫人用刀划出好些口子，刀刃更是碎成两段。

雨冰冷地打在他的脸上，那一刻梁萧的脑子完全是空白的。身子开始剧烈地发颤，他默站了几秒，终于怔怔地朝那鞋走去。奇怪，明明没几米距离，可走起来却像走了八千五百里，他一步一踉跄，心里开始后悔不该来这趟。

不来或许胖猴就不会这么干了，也不对，就算他不来，这鞋怕是也保不住，不光是这鞋，他在垃圾桶旁蹲下身子，目光放远，落进对面那处熟悉的院落，铁艺大门隔出满院狼藉，那些原本该留在厂房里等候竞拍的设备这会儿全搁在院子里，断臂的压床，碎裂的运输带，一样一样地好像都是胖猴在对他说你不是想我砸吗，我砸给你看，只是看噢……

他拿起冰鞋，手指轻抖，半天也不敢去摸鞋身上的伤痕。

胖猴……就在他咬牙切齿的工夫，身后突然传来一声轻响，起先他没在意，只当是宋东方跟来了，直到一个黑布兜罩在他脑袋上，梁萧这才反应过来，胖猴的算计从来不是只停留在让他看看上面。

雨点般的拳头紧跟着招呼在身上，他拼命想摘了脑袋上碍事的家伙，手才伸出去就叫人反剪到背后就手就是两下。

撕心裂肺的疼痛顺着指节直达心脏，梁萧疼得身体缩成了一只虾，顿时连骂人都没了力气。对方明显就是直奔他来的，就是不知道胖猴打的主意只是教训教训他还是有其他什么……他不敢再轻举妄动，事到如今只能寄希望于宋叔等会儿发现了报警。

就当他打算装会儿"良民"，放弃抵抗的时候，耳朵里突然响起了人声。

"老大，又来一个，我瞧他缩在巷口鬼鬼祟祟地摸电话，就把人逮来了。"

那个被叫作老大的人嗯了一声："知道，这俩是一伙的。干得好，真叫他报了警咱们没法交差，如今好了，带上人找个地方好好给他们点颜色瞧瞧，没让他看见长相吧？"

那人想想又笑："看见也不怕。"

那个声音透着股阴冷，梁萧隔着黑色的布袋一直琢磨他那句"看见也不怕"后头是什么意思。

拳脚停下了，有人拽起他的脚像丢物件似的把他丢到一辆车上，落了雨的翻斗车又湿又冷，浑身生疼的梁萧没等挪动下身子，叫人后绑的手臂上又觉一重。

熟悉的味道和哼声让他不自觉地叫出那人的名字：宋叔……

宋东方却用鼻子回应着他，看样子情况比自己还差些，嘴都叫人堵上了。

梁萧的心一阵阵地发凉，但也不是没有希望，宋叔不能说话，他能，亏得这帮人白痴，只堵了宋叔的嘴没堵他的，等会儿出了巷子瞅摸个机会他就喊救命，一定会有人来救他们的……应该会吧……

想想自己一路走来的运气，梁萧的心一阵阵地没底，也就是他做着盘算的时候，身边又是扑通一声，第三个人跳上了车，这人坐定的

313

时候嘴里哼着调子，显然不是他们一伙的。

像是感觉到了梁萧的紧张，那人得意地拿个东西在他手臂上敲打两下："瞧你识相才没堵你的嘴，要是不识相，你这位叔叔……呵呵。"

"你们是胖猴的人？知不知道杀人犯法？！"梁萧抖着声音说，他现在最怕遇到的是群亡命徒，那他和宋叔就真危险了。

"放心，我们没想杀你。"知道他是在探底，对方也大大方方地透了个底给他。雨还在下，车子缓缓上了路，那人拿出遮雨布把车斗遮了个严实，"我们就是拿钱办事，给你点教训，至于教训过后你死不死……就看你的造化了……"

冷笑声换来梁萧一身鸡皮疙瘩，这会儿的他对未来真的彻底没了希望，他现在唯一后悔的就是把宋叔也捎了进来。

"叔……"他低低叫了一声，想说对不起，谁知道话到嘴边手臂就叫什么东西轻轻一碰，像是宋东方在和他说：安心，没事的。

心底酸涩的感觉越发兴盛，他咧咧嘴，在心里说：怎么可能没事呢……

车子一路走走停停，除了雨水滴答在油布上的声音，听不见其他声音。

梁萧这会儿脑子里五彩纷呈跟走马灯似的闪过的全是过往日子的那些画面，他想起胖猴和自己借钱时他的反应，想起老梁在时他是怎么顶嘴的，想起以前嘲讽老宋时说过的话，心里满满的都是后悔。

"对不起，叔。"

他默默在心里说着，不是想放弃，而是试过以后发现实在没办法，这一路过来，甭说鸣笛了，就是能拿来辨别这是哪条路的动静都没有，看来胖猴这次为了对付他是费了心思了。

也是，他那样的家伙，事后不可能想不到先前自己用的是激将法。说来说去还是怪他。梁萧紧抿着唇，正想着是不是有什么其他的法子能帮他们逃出生天的时候，行驶了一阵的皮卡突然停了，坐在旁边的人掀开油布，先一步跳下车。他们似乎是在近郊的什么地方，因为人来来回回的，全是踏过草坪的声音。

"叔，等会儿我找机会拖住他们，你抓紧跑。"如果是近郊免不了就会碰上人，只要遇到了人，危险就会小不少。这么盘算着的梁萧小声嘱咐着宋东方，他已经想好了，自己没看见那些人的长相，留下来最多是挨顿揍，自己毕竟年轻，扛一扛就过去了……

他的盘算显然没有得到宋东方的采信，那家伙鼻子哼了一声，表示自己不同意。

"叔……"他想劝两句，话起了头，车斗猛地一震，有人过来拽他的脚。梁萧想反抗，无奈自己手脚被缚，压根儿没法还手，就这么一路被拖到了车下头，身边的人又没了动静。

"你们想干什么……"他壮着胆子问。

看守在点烟，雨没停，火燃起来却迟迟点不着烟，接连试了几次，他气恼地丢了烟："什么鬼天气，想抽根烟都抽不了。"

"急什么，等老大聊好了价，想抽多少不都是你的。"

"也是哈……"听了同伴的回答，看守一笑，眼瞧着地上两个裹得跟粽子似的家伙，笑容更大了，"想知道我们要干什么吗？刚不是说了，我们不杀人，至于你们有没有命活，看你们自己的命数，当然，也看这趟买主的价格了。就跟上次似的，钱没给到位，人我们就留了活口，没撞死……"

"瞎说什么！"另一个声音加入了他们，言辞尖厉地把说到一半的话呵斥住，可有些话说出来也就说出来了，旁人不可能装作听不见。

梁萧在黑暗中瞪着眼睛："撞杰叔的是你们?！"

"少废话，看在你以前在地界上也有点名号的份上，咱们也不难为你。老二，把人抬到那边那口井去，放心，井里没水，我们没事也不希望手上沾血，可有些事我们也没法子，你们看见了我们，买家担心牵扯出他，所以……只好麻烦你们了。"

"你们……"

"把他嘴堵上，手脚麻利点儿，干完赶紧撤。"干惯了坏事的人说起话来嘴里总是透着股冷冷的寒意，梁萧浑身打战，头一回觉得这回要完了。

三个人打着配合，两两轮换，没一会儿就把两个人抬到了那口所谓的井边，哪怕看不见，梁萧也能感到那无尽黑洞里不断冒出来的寒气。他呜咽着嗓子，想说话却说不出，只能躺在那里身子打摆。

"先解决那个老的，你们两个饭桶，没事提什么车祸，这不是成心不给人家活路吗。"领头的冷笑着，示意两个手下先解决了宋东方。

连最后一句话都没说上，就听咕咚一声，人被丢进了井里。

梁萧的心跳在那一秒跟着骤停了，走了一路，细雨早浸湿了遮脸的口袋，他歪着身子倒向井口，像在无声地喊着同伴的名字。

"甭急，你们马上就能下去做伴。"头顶的人冷笑着抬起脚，想把他踹下去，就在这时，静谧的天地间忽然响起一个声音，"谁在那儿？"

"靠，不是说这厂子废了没人来吗？见鬼！"冷嗓那个当即狠啐一声，也顾不上处置梁萧，直接带人上车跑了，走得太急，甚至没时间去细听那一声声的问话并没带什么感情。

车子一路扬长走了，留下梁萧倒扣在井口，人就要坚持不住了。

以为他们就要这么完了的时候，远处真的传来了人声，哪怕隔着绵密的雨声，梁萧仍然认出那个不停催促司机快点的声音是杰叔的。杰叔来了！

"呜呜！"梁萧直接哭了，也顾不得嘴里塞着东西，只管囫囵喊杰叔的名字。

杰叔也给力得很，在梁萧哼哼唧唧的时候人已经跳下了车，连同司机师傅一起过来把人从井口救了上来。

黑布拿开的那刻，梁萧只觉自己哭得像个孙子似的，可他就是控制不住。眼泪鼻涕外加雨水合起伙来往他嘴里灌，这些梁萧都没力气管，他发现从被救起来的那刻自己的腿就没力气了。嘴里的布条被抽出来，湿答答地搁在地上，梁萧抽抽搭搭地抱住杰叔："叔，呜呜呜，我以为我见不着你了呢，宋、宋叔他……"

他又扭过脸看宋东方。

"老陶，你咋来这么及时呢？"顺了几下气，他问陶家杰。

这话说起来就长了，陶家杰替两个人整理好衣服，朝四周看了下，这是处废弃的工厂，刚才差点让他们丧命的那口井也不是什么水井，而是之前连通管道的管道井。

"你们出事时我刚好在厂子附近，看着不对就赶紧报了警，警察估计等下就到。你们两个也是，没事去那么偏的地方干吗？"

祸主梁萧低下了头："怪我，谢谢杰叔，不是你在，宋叔都要叫我害死了。"

一提害死，梁萧猛地想起件事："叔，那几个人的长相你们看见了吗？杰叔，是他们撞的你！"只要找到了人，问出背后买通他们的黑手就是迟早的事，没想到让他纠结了这么久的难题竟这么容易就解决了，梁萧的眼睛亮得好像两个玻璃球。

可惜啊，宋东方摇头说没看见，杰叔也是。得……希望变泡影，抓住胖猴把柄的事又成了遥不可及的梦。

看出梁萧的失落，杰叔乐观地拍了拍他的肩："脸我虽然没看清，车牌号我倒是记得，城里都是监控，想找到人不难。"想想又示意司机去车上取伞来，趁着人离开的时候，他凑到梁萧和宋东方耳边低声说道，"还有个好消息，签字卖厂的事有可能证明不是梁萧清醒时做的了。"

真的吗！梁萧听得激灵一下坐直，如果是真的，那对他无疑是最好不过的消息了。

雨断断续续下着，远处依稀传来了警笛声，有司机在，这个话题只能留到等会儿细问，不过这会儿的梁萧真的觉得人生有了希望——他活着，厂子也可能会活……

***

天不好，警察到了以后在现场做了勘探后就把人领回局里录口供，这一问，等再出来时天也擦黑了。下了整天的雨也停了，天上拉起了长长的火烧云，放眼望去像仙女臂弯里的丝带。

心情好，索性车也不想坐了，梁萧就打算走路回体校，可杰叔说不行。

"那些人估计不敢把你没死的事告诉上家，你多眯一阵就多安全一阵。"

听听也是，梁萧便乖乖点头，脑子里反复回响的却是出来时杰叔和他说的那句话——那天把他灌醉的不光胖猴一个，就算没人想拿把柄要挟胖猴，胖猴也怕那些兄弟哪天把自己卖了，所以肯定有东西能证明那些东西不是梁萧自己签的，而那东西多半就在胖猴自己的手里。

"可是也不对啊，留着那东西对他也是威胁吧？"想想觉得哪儿不对，梁萧从副驾驶上扭过头。

后排的杰叔脸色不好，才出院的人又经了这么一番折腾疲乏得很，听见他问，他还是提起精神看了他一眼："胖猴要出国，在厂子拍卖完成那天。"

梁萧的心咯噔一下，所以他们必须在这几天里把那东西找着来阻止胖猴携款逃跑……

红霞迎面照来，落在梁萧眼里化成一点朱红，他眨眨眼，不就是找碴吗，他擅长着呢。

人一旦有了方向，再大的困难似乎也难不倒人了。梁萧踌躇满志地看着窗外掠过的景色，风是湿的，而春天也终于来了。

就这么一路回了体校，梁萧边上台阶边和宋东方商量晚饭吃什么来庆祝他们的劫后余生。说得正欢的时候，台阶下突然蹿上来一个人，那人长得挺壮，头顶戴着蓝色的头盔，身上穿着同色系的马甲，上来就问"你们谁叫梁萧"。

梁萧瞧着这个外卖员，脑门上顿时浮起来一个大大的问号。

"我是。怎么了？"

"有人让我送这个给你。"

梁萧还没弄明白发生了什么，对方就递了一个文件夹过来，扫一眼封面，空无一字，连是谁寄的都没写。

翻来覆去看了一圈确定没写什么字，梁萧赶忙把人叫住："这是谁让你送来的？"

"不知道。"对方摇摇头，他是去奶茶店取外卖被店老板喊住托付了这个，至于是谁让送的，连店老板也不知道。

"这么神秘……"梁萧见问不出什么，只好把人放走了，他自己在台阶上站了半天，突然兴奋地抬头问道，"杰叔，里头会不会是你说的那个东西啊？"

那帮狐朋狗友坑了他，事后良心发现想弥补一下？越想越觉得有这种可能，梁萧也不等陶家杰回应，就手拆开袋子，可惜啊，里面除了一张纸外，什么也没有。

"害我白兴奋一场，真的是……"心情失落的梁萧翻过纸片看正面，悲愤的神色不见了，取而代之的是不解和震惊。

傍晚的霞光落在脸上，让他眉眼里的震惊瞬间放大了好些，宋东方见了，收起到了嘴边的揶揄，凑近了看他手里的纸，上面的字不多，一字一字读出来是"冯明知道了"。

"冯明知道了？他知道什么？不会是……"他张大了嘴巴，仔仔细细把纸条前后正反看了一遍，"没署名，确定是詹医生来的信儿吗？"

说起来，人性有时候真的复杂，就拿詹医生来说吧，为了那份薪水拒绝了帮忙治疗的要求，掉过头去，却在得知冯明要拿党生当免费陪练的时候良心发现，把消息告诉了他们，不然这会儿党生怕是早因为过度训练而伤损倒地了。

宋东方的问题梁萧也在想，刚好台阶下驶过几辆私家车，红灯的卡顿叫耐心不好的司机接连鸣笛，尖锐的声音里，他转过身，扬了扬手里的东西："打个电话就知道是不是他了。"

如果是詹医生，会想到用纸条传递消息说明的问题就一个，他不方便打电话，这会儿只要电话通了就代表送来这纸条的另有其人，如果不通……想想那两孩子在鹏程可能的处境，梁萧拨号的手都抖了。

"梁萧，别慌。"一只手伸过来扶稳他颤抖的胳膊，梁萧抬头看着杰叔，默默地点头。

郑重其事地拨出那串号码，结果对面回给他的是——您拨打的电话已关机。

"关机了……"他失神地放下手，茫然地看向杰叔和宋东方，"现在怎么办？"

"怎么了？"

就在他们几个相顾无言的时候，身后的门开了，吕中推门走出来，瞧着他们。

好歹是久经沙场的老人了，听他们三言两语说完，吕中抬手示意他们放心："冯明再大胆也不敢做违法的事，他不敢把詹医生怎么样的，唯一的可能是他知道詹医生通风报信，把人支走了，咱们现在应该想的是那两个孩子。"

"一定是那个王重！"确定是真出事的梁萧脑子里闪出来的第一张脸就是那个叫王重的小子，"奶奶的，我只当傻子就党生一个，现在看来，二毛的善心也让狗给叼了，人家随便施舍点好心，这两个人就把他当成是能全心托付的朋友。"

越想越觉得纰漏最可能出在那个叫王重的小子身上，梁萧使劲儿攥着拳头，他就该多嘱咐那两个小子几句，可放着他这么大一个例子在这儿，好歹他们也该在交友的慎重上学到点什么吧……

越想越无力，最后只得求助地看向几个长辈："现在该怎么办？"

***

二毛这一去直到晚饭吃完也没回来，留下党生一个人在宿舍，举目一望全是陌生脸庞，不自觉更拘谨了，好在没一会儿王重就来了，拿了两根香蕉，顺便带了个消息过来——

"等会儿教练让我们去速滑馆，说要加个餐。"他啃了口香蕉，不意外对上党生疑惑的神情，"哦，不是吃的那个加餐，是加组训练，队里这么叫习惯了。"

党生点点头："王重，二毛等会儿能回来吗？做冰鞋要那么久吗？"

他一说王重才发现屋里少了个人："是哈，他怎么还没回来，久不久的要看师傅，我那双当时让我在那儿待了四五个小时，要打石膏。"

悬着的心好歹算是落回肚里，知道正常就是要这么久的党生放了心，跟着王重的动作一起剥开香蕉皮，再一口一口吃起来。

王重来了，屋里的其他人都避瘟疫似的避了出去。

党生见状，有些不好意思："都是因为我们。"

"和你们有什么关系？我是队长的时候那些人围前围后，这会儿我成绩叫你们比下去了他们就忍不住划清界限了，像你们说的，这样的人算不得朋友。"一根香蕉三两口进肚,王重抹抹嘴巴,"行了,吃完咱们就准备准备去冰场吧,詹医生下午好像叫校里派出去开会了,是不是没给你按摩呢?等会儿上场悠着点,二毛不在,我给你打掩护。"

短短几句话把接下来的事安排得明明白白,党生瞧着他,真心觉得自己幸运,进了城,认识那么好的教练,还交了个这么好的朋友。

"谢谢你啊,王重。"他发自肺腑的感谢,换来王重一个无所谓的笑容。

"走吧。"

"走。"

春天里的第一场雨并没有让夜来得迟些,出门时天已经黑了,连成水线的路灯遥遥连接向远方,党生跟着王重在湿漉漉的地上一步一脚印地走着。

第二十二章　未来的希望

去得晚，等进门，速滑馆里已经站满了人，入夜的速滑馆和白天不同，灯一盏盏亮着，放眼望去全是通透。

王重提着冰鞋左右看了两眼，正琢磨着去哪儿给自己的小伙伴找双趁脚的冰鞋，打从右手边忽然走来个人，圆圆的脸配上一对豆眼，是先前给党生领过路的包子。

"有事？"见他停到面前，王重扬声问。

包子手朝身后一指："教练让党生过去一趟。"

教练？王重琢磨着这会儿喊人能有什么事，目光跟着包子的手落在不远处那扇门上："我陪你去吧。"

没等党生答话，包子就先挠挠头："可是队长，教练让你组织我们先两两练起来啊。"

这样啊……想想也没什么不对的王重点点头："那行，你去吧，估计教练等会儿会带你回来。"

他就像个全职保姆，把党生的每一步都考虑得周到，搞得党生都不好意思起来，红着脸只能闷声说"我知道"。

"知道你知道。"王重收回目光，扬起手招呼队员，灯火明亮，照在他微红的耳根上，连他自己也奇怪自己什么时候变得这么话多又好心了。

想想也好，他身上有伤，能少练一会儿是一会儿。这么一想顿时觉得没什么可担心的了，王重拍着巴掌召集队伍，开始上冰。

说来也怪，党生这一去竟然很久才回来，等他人到了冰场边上，场上的人早轮流跑了好几圈。冯明负手站在他身后，细长的眼睛从场地这头扫到那头，目光落在哪个队员身上，都叫人一激灵。

"先都下来，包子你留下，和党生比比，找找差距。"

似乎没想到人才回来就叫他搁上了冰场，王重短暂一愣后马上说："教练，我想和他比比。"

"不急。"冯明微笑着扬扬手，示意党生按自己说的做，打发走了人，他拉着王重坐在观战席上，"等会儿少不了你上场的机会。"

说是这么说，因为有二毛的嘱托，这会儿的教练在王重眼里再不像之前那么单纯了，他又坚持了几下，得到的依旧是否定的答案，王重只得忧心忡忡地坐在观战席上，目不转睛地看着场上的党生。

奇怪的事就在这时发生了，先前那个走路还有些跛脚的小子这会儿站在冰场上竟然神采奕奕的，不光如此，哨声响起时，他更是箭一般地飞了出去，好歹包子是队里排得上二三位的队员，和他一比，说不是蜗牛也差不离了。

"好快。"他不自觉地感叹，与此同时，心里一个更大的疑团也慢慢放大——党生的腰怎么突然就好了呢。

寻思的工夫，场上的两人已经滑过一圈，眼见要开始第二圈的时候，冯明突然叫了停："包子，看出差距没有，回去好好练。"

挨了批评的包子耷拉着脑袋点头，知道教练的意思是让他下场了。

"下一个是……"没等冯明把话说完，王重突然卸了护刃上场了。

"教练，叫我和他比比吧。"他拽了拽袖子，用手臂挡住要抢先上场的那个。他算看出来了，教练这还是打着让党生当陪练的主意呢，想帮忙，法子就一个，他上场把党生顶下来，虽然很难，但总要试试吧……

他咬着牙腿一发力，人上了冰面。

"党生，等会儿慢点……"话说一半，哨声响起，那支箭又窜了出去，王重只觉得眼前一黑：这家伙……

因为和二毛比过，对他的实力王重是有准备的，可当真和他站在同一个赛场上，直面速度和速度的较量，那种差距感还是让他心一阵接一阵地慌。

腿开始不自觉发力，原本设想的追上去把人比下去的想法如今看竟然那么可笑。

"党生……"他叫了一声，嘴才张开就觉得嗓子眼针扎似的疼，看来赛程里说话的法子也不可行，发现这点的王重放弃了，重新拾起赶超他的想法。

可是……太难了。

眨眼工夫，耳边响起哨音，是冯明叫他下场的声音，王重叉腰站在冰面上，咬着牙摆手："再来一圈……"

"党生，你收着点速度……"周围人多，话也不敢说得太过明显，他只能摆着手用眼睛向他传递意思，至于对方明不明白……党生的眼睛亮得像俩玻璃球，听不懂的可能性怎么瞧怎么大呢……这些都没时间理了，王重呵着气，示意场外给哨音，自己则站在起跑线上等着新一轮竞技开始。

现在只能盼这家伙腰伤影响发挥，赶紧下场算了。

党生也像为了证明他腰已经没事了似的，不光没降速，反而还越滑越快了，可怜他堂堂队长，不过几秒就被甩开了一截。

场外传来了感叹声，他甚至在那感叹声里听到一两句"废物"，说的是谁，他懒得想，他现在就想赶紧把人赶超了，再让他下场。

就在他几乎把吃奶力气都使出来时，从场馆一头突然传来一声吼，那吼声巨大，直接叫住了在前头飞奔的人。

党生回头，看着扶着门栏气喘吁吁的梁萧，眼底全是诧异："梁萧……哥？"

"党生，你下来，去找二毛。"他呵出口气，招手，"你们两个，一起跟我回去。"

"……"

"他，"梁萧手指冯明，"根本没想你上场，只是想你给他们队当陪练。你不用怀疑我说的，之前你和他说的那番话让他看到你不想一直给鹏程效力，所以嘱咐了詹医生给你的治疗都是短期应急的，我做过运动员，知道那种治疗与其说是治疗不如说是伤害，他是想毁了你，你不能留在这儿了。你不用不信，这是詹医生告诉我的，冯教练知道了詹医生不肯和他同流合污所以把人打发走了，忽悠着你在这儿陪他们练习。别问我怎么知道的，没看错，你这个朋友和你连比两场了，他是敛着滑的还是拼命滑的你该比我清楚。"

梁萧说完又苦笑："还以为二毛比你心眼多点，现在看，半斤八两。"

"梁萧哥，你说……教练和王重……"从没见识过人心险恶的党生愣住了，他这会儿脑子里乱得不行，飞来飞去的全是梁萧刚才的话，什么陪练，什么泄密……

"教练，你不打算让我上场吗？"

灯火下，冯明的脸白得像纸，对于梁萧的拆穿他并没半点慌张，甚至还点头承认了："我不否认。"

"那王重……"他不信地扭脸看向王重，年纪不大的孩子这会儿脸上有说不出的苍白，王重瞪着眼，半晌说出一句："我没有……"

"你没有谁有？二毛那傻缺把他是来保护党生的消息告诉了你，你转眼就告诉了冯明，如果不是你，那你告诉我还有谁？说是保护，刚才又是谁拼命追在他身后抢速度？"

"我……我……"王重说不出话了。

"冯明，把二毛交出来，这两个孩子我要带走。"梁萧冷着声音说。

面对一声声言之凿凿的质问，冯明却并不慌，他朝梁萧身后一指："我承认我一开始是那么想的，不过这不代表我的想法不会变，你也看到了党生的实力，把我们队里最好的队员也碾压了，这样的人才我怎么可能不心动，就算他最初心不在这儿，我也有决心去感化他。倒是你，梁萧，非请自人是谓贼也，你还有你身后这些人，是不是该想想接下来在警察面前怎么解释了？"

乌漆漆的门洞里，后一步赶到的宋东方和陶家杰气喘吁吁，面对质问，脸色一变，纷纷拿眼瞧梁萧。冯明见状，越发得意起来，一帮不成气候的杂碎，亏得这么冒冒失失闯进来，明摆是送人头嘛。

才得意完，门外又进来几个人，他神情一讶，心说警察居然来得这么快！

几个肩顶徽章的警员走进来，开口就问："谁报的警？"

更让冯明意外的是，举手回应警员的是宋东方。

"警察同志，是我报的警，这小子刚才翻墙进院，我们觉得可疑。"

"你为什么翻墙？"

梁萧："警察同志，有个我认识的小孩进了这里失联了，叫二毛。"

冯明嗤的一下笑出声，心说这群人是来要宝的吗？当他傻吗？守法公民想要限制住一个碍眼人物的行踪法子也有很多呀！

面对警察的问询，冯明坦然地抬了抬手，没一会儿，脚上裹着两个反石膏的二毛就叫人抬了出来。

"警察同志，这个孩子是来我们体校训练的，我们在给他订制冰刀，不知道怎么惹出这些麻烦。"冯明一脸无辜，让做出来的坏事瞬间包裹上了鲜亮的外衣。

梁萧盯着这个伪君子，也没想继续为自己辩白什么，只是把眼移到了党生身边："党生，跟我们回去吧，鹏程没有诚意带你。"

"从现在开始，党生就是我们鹏程速滑队的队长，未来有机会代表队里参加比赛。党生，我的诚意很足的。"冯明叫板似的敲了敲手里的木板，挑衅地瞧着梁萧，"倒是你，体校不是住宅，可你这种不请自入的行为，警察同志，我们学校有许多贵重的器材，麻烦帮我们好好调查一下。"

叫这几个人你来我往说得糊涂的警察手一挥，示意全都跟着去警局，包括党生也未能幸免。走出速滑馆的瞬间，天上群星闪烁，梁萧叫警察拉着，走一步回次头，嘴里喊着党生的名字。党生低着头，咬紧了唇，默无一言，算是拒绝吧。

***

和上次不同，这次因为冯明死咬，不想给人添麻烦的梁萧把事情全揽在了自己身上，就这么遭受接连的询问，加上物资清点，最后等确认他没造成什么损失，已经是48小时以后了。

进去时是个黑天，再出来天已经黑了，不过和之前不同的是，这会儿的天更晴，空气中飘着股淡淡的泥土味，那是春天的味道……

在里面待了这么久，出来时梁萧整个人都呆呆的，连看人的眼神也是飘着的，眼瞧着老吕、老宋还有小二毛一脸心疼地看着自己，梁萧使劲儿笑了笑："没事，在里头吃了两天公家饭，比老宋的手艺还好。"

"梁萧。"吕中看着他，欲言又止。

派出所门前的灯高高悬在头顶，梁萧看着灯瀑下的吕中，一股不好的预感陡然在心头升起："是党生出事了吗？"

　　吕中摇摇头："是冰刀厂那边……胖猴应该是知道了你们没出事的事，对厂子提前进行了拍卖。"

　　"卖出去了？"什么东西在心上陡然一跳，梁萧嘘着气问。

　　风轻轻的，轻得好像他的声音。

　　吕中点头："不过应该还没付款，老陶打听了一下，胖猴订了后天一早的飞机。"

　　也就是说留给他们的时间最多只有一天了。

　　"梁萧，你有什么打算？我们几个商量了，就算把命豁出去也要想法子把厂子拿回来。"

　　宋东方毒舌惯了，冷不丁煽情一把让梁萧的眼眶足足酸了好一阵，他缓缓点头："命用不上，法子的话让我好好想想。"

　　如果是重要的物证，胖猴肯定是放在一个极为保险的地方，要么说狐朋狗友交起来也不是白交的，他们有什么习惯梁萧多少知道些。只是，真的要好好想想。人一旦有了心事就容易失眠，在床上辗转反侧一整晚，梁萧觉得那东西大概率还是被胖猴拿在身上。

　　晨曦微吐，天边浮现起一线蟹壳青，早早起床的几个人边洗漱边商量该怎么把东西找着。讨论得正起劲的时候，门外忽然传来了敲门声，宋东方站得离门近，伸长脖子一看，差点把嘴里那口牙膏沫全喷了。

　　"哥几个，坏小子来了哈……"他咕嘟咕嘟灌了口水，再呼噜呼噜吐净，抹着嘴巴说。

　　梁萧在那儿琢磨着白天的行动，听他这么说，人一愣。坏小子？谁啊？探头一看，立刻明白了老宋为什么那么阴阳怪气，可不是坏小子吗？告密骗人的不是坏小子还有谁是坏小子？

　　王重急急地敲着门，冷不丁撞上那道意味深长的目光，敲门的手顿时一顿，又一想这两天在队里发生的事，顿时敲得更有底气："开门！快开门！党生出事了！快点开门！"

"他还敢来！"正在水池边被吕中按着洗脸的二毛听见那个熟悉的声音，气不打一处来，自打那天回来，叫几个大人科普了发生的事，他都把这个王重恨死了。当作朋友的人反手给了自己一道，不该恨吗？二毛咬着牙，也顾不上几个大人伸过来拦着的手，端起个装满脏水的水盆，直冲向大门的方向。

眼见着一整盆的水要泼出去了，二毛突然停住了手，隔着一道门，曾经的两个好朋友就那么互相看着，也不知就这么看了多久，二毛终于抿抿嘴转身端着水盆走了。

迎面撞上梁萧，梁萧听见他嘟囔一声门也不开搞得想泼人都不行，再看王重那一脸的新伤，不用问也知道这小子是又心软了。

可惜啊，他不是二毛，不会吃这种苦肉计。

在门前站定，梁萧一手扶着扶手，眼睛冷冷瞧着外面的人："你又来干什么？"

好歹是在鹏程做了这么久队长的人，头回受到这种隔门说话的待遇，人顿时话也说不利索。

"有话就这么说，我们这儿不欢迎你。"

见他铁了心认定自己是坏人，王重郁闷得脸都青了，他想说告密的真不是他，可这话之前也和党生说过，什么效果他再清楚不过了，这会儿再换个对象说，结果会不会比在党生那里好，答案不言而喻。

抿抿唇，王重干脆单刀直入："党生出事了。"

出事了？梁萧轻轻一笑，能出什么事呢，好话赖话他不是没说过，人家不信啊，这会儿告诉他出事了，他有什么法子？

他一副不瘟不火的样子急坏了王重，王重隔着门跺了几下脚："你听没听懂我在说什么，他出事了，冯明给他用了封闭和止疼针，然后骗他是治伤的，搞得那小子这会儿以为自己真好了，天天在冰场上疯，再疯几天腰会废的！"

握着扶手的手莫名一拢，就在王重以为他听懂自己的话时，门里的人竟然一言不发地走了。

"喂！我没说谎，要我说多少遍你们才信！上次的事也不是我说的！真的！"

"还煮的呢！"明显叫他伤透了心的二毛咬着牙嘀咕，边嘀咕还边跟着梁萧往回走，"这样的人就不该理他，坏蛋！"

"钥匙呢？"

"什……什么钥匙？"二毛呆呆看着梁萧，不明白他何来这一问。

"大门钥匙。"对了，应该是在门卫室。梁萧默念着，又原路折回了门卫室。

这一去一回彻底把二毛搞蒙了："不是，梁萧，你是要给他开门吗？"

圆饼铁皮束成一串的钥匙发着清脆的响声，梁萧点着头走到门口："之前的事我不知道是不是他说的，不过党生的事差不多是真的。"

早在那天在速滑馆里梁萧就看出了不对劲，正常的腰伤想好最起码要养个把月的，党生好得有点太快了，这下加上王重的话，算是彻底印证了自己的想法。

抽出链条锁，梁萧开了门，开口头一句问的就是他现在怎么样了。

***

党生最近过得不怎么样，虽然腰不疼了，可另一个地方却添了新毛病——胸闷、心疼。

算一算，他现在身边一个朋友也没有了，二毛走了，王重不在，每天除了不断的奔跑和反复的训练，生活没有丁点快乐，哪怕身边的人都在对他笑，他却觉得那些笑不是真的。

早饭过后又是训练，从队医室出来的党生路上碰到了包子，两个人结伴朝速滑馆去。

包子这人性格有些温暾，说起话来总是轻轻柔柔的，和他在一起，队里出了什么事总能知道。

比如现在——

"昨天训练时王重叫一队的人伤了。听说是故意的，说是要给你出气。"

"嗯。"

"队长你不问他伤哪儿了吗？"包子眨眨芝麻眼，巴巴看着党生。

后者默默摇摇头。

"也是，他之前那么对你，实在是过分，是我我也希望他多挨点教训。哎……"说着说着，他忽然停住了，眼睛盯着远处的大门，"那儿，是不是出事了？"

顺着他瞧的方向看去，党生平静的眼波里倏忽地泛起一丝涟漪，鹏程大门外站着的好像是……梁萧他们……

包子也看见了，犹豫地眨着芝麻眼，瞧向党生："他们又来找你啦，真执着啊……队长你要过去看看吗？"

党生默默瞧着远处铁门外的那几个人，咬了咬唇，半晌摇头："去训练吧。"

"哦哦。"没想到平时不声不响的人到了这会儿会这么坚决，包子点点头，跟在他身后朝场馆走去。

天是一望无际的蓝，看不见半点云丝，太阳还没彻底升起来，只有个橙黄的圆盘攀附在远处的牌楼间，映红半面天，脚踩在路上，鞋跟磕出噔噔的响声，耳边忽然炸开一声暴喝，口口声声喊的是党生的名字。

"党生，你个二傻子，以为姓冯的让你当个队长就是想让你上场参赛了？你问问他，有哪个为队员好的教练肯靠打封闭打麻药让队员上场的，他这不是让你去参赛，是把你当垫脚石，在毁你呢！"

党生终于不走了，整个人诧异地站在那儿，手不觉摸上自己的腰。

犯起浑来的梁萧有股子天不怕地不怕的劲头，见党生听见了他说的话，更是两手叉腰，放开嗓子大喊起来："你知不知道今天对老子来说是多么重要的日子，老子的冰刀厂就要彻底拿不回来了，老子放弃最后的争取过来骂醒你。党生，我知道你为什么选择留在这儿，我不反对你留，可你要看看留下来能不能拿到自己想要的，冯明不会让你上场的！你给老子出来！"

震天震地的骂声在阔大的操场上回响，敲山钟似的从院子里的各个角落敲打出一个个人头，本来还在食堂慢条斯理吃着早饭的冯明禁不住接二连三的有人来报，总算姗姗来迟出现在了食堂门口，目光一晃，能看见嘴角上还沾着油。

他费了半天力气总算听清梁萧在喊什么，脸色顿时变得要多难看有多难看。要是梁萧说的别的什么，他也不至于这么气急败坏，偏他把自己那些见不得人的小九九全都拿到太阳底下晒，冯明就破功了。

飞快抹净嘴角的油花，他指着门口忙活的保安："都是死人吗？放着人在校门口泼粪。梁萧，污蔑人是要负法律责任的，你是不是在局子里没待够？报警，保安报警！"

三两句把场面稳住，一回头又看见党生疑惑的目光，冯明的心啊，瞬间就突突起来，还别说，之前只当这娃娃好糊弄，这会儿说不出怎么，竟然有点不敢跟他对视。

"那个，党生，你千万别听他胡说，他是气不过你留在我这儿，是，队医是给你用了封闭和止疼药，可这些药别的运动员也都用啊，包子，你是不是也用过？"

没想到自己会突然被点到名字，圆脸的包子当即直了直腰杆："是，其实都是挺普通的药，我也用过，真的。"

有人捧场，冯明说起话来口气也越发坚定："如果我不想用你我何必给你订冰鞋，何必关心你的饮食，党生，你摸着良心讲，我是不是对你挺好的？"

"王重呢？"

太阳渐渐爬出了重重楼宇，伸长臂膀把光播撒在广场上，冯明看着突然发声的党生，不明白好端端的怎么提起那个叛徒了，别以为他没看到，就是那家伙跑出去报的信，这会儿人还在院外和梁萧他们站在一起呢。

"他啊，你可以理解为队长职务被你取代后的利益心作祟，这样的队员就算你不提，过后我也会把他逐出队伍的。"

"真是这样吗？冯教练？"党生抬起头，他身后是一棵高大的柳树，冰雪才过，哪怕天气暖起来，柳芽依旧在酣眠，整个树光秃秃的，风一吹，一片稀疏的树影落在他身上。农村长大的孩子，眼里有着不同于城里人的质朴和不谙世事，也是因为这个，才叫冯明能够心安理得地使唤这个高级陪练，可这会儿再看，还是一样的质朴眼神，却多了丝质问和洞悉，冯明心一颤，声音都跟着降了几度，说是。

党生的头又低了回去，声音也低低的，不细听甚至都不知道他在说什么。

"俺爹说做人最要紧的是念人好不忘恩，我以前的确不确定那些话是不是王重说给你听的，可现在我知道了，不会是他。"

"为……为什么？"一直打着王重忘恩负义笼络党生的冯明一愣，心说这傻子不会是在套自己的话吧，什么念人好不忘恩，和王重有什么关系？

"我才来的时候包子那么尊敬他的队长，这会儿这么说他，自从出事后，王重除了说不是他说的，从没说过你们一句坏话。"做人就像照镜子，除了看镜子里的人五官是不是端正，更要紧的是看人心，他是不怎么聪明，可哪些人是真对他好他知道。

"对不起，冯教练，我不留下浪费您的时间和精力了。"说完，党生朝着冯明深鞠一躬，大踏步地朝正门走去。

长得半高的孩子身影却是不输成人的高大，冯明眼睁睁看着党生从自己面前过去，一股深深的恶意突然从心里滋生出来，也不知道哪里来的勇气，趁着人没走远，他突然奋力把人拉住，嘴里边吆喝着身边的人别看热闹。

"党生，你当鹏程是什么地方，想来就来，想走就走？想走，行啊，把你这段时间在这里吃的用的还了再走。"

党生头回见着真章，顿时吓得不行，手放在那儿，收也不是留也不是。

这一幕刚好叫在门口和几个保安纠缠的梁萧看见了，这还得了，当即推开人，一个箭步跳过围栏，朝这边赶来。在他身后，二毛和王重也不甘落后，先后跟上来，三个人在初春的广场上飞奔，拉出三道箭一样的身影。

冯明叫这幕吓到了，人连连后退，边退边喊报没报警，在得到肯定的答复以后，精神头这才略略安定下来。

"梁萧，你会为你的胡闹付出代价的，瞪人是吧，你最好再给我两拳，等会儿警察来了我会和人家好好说道说道的。"

"教练！"

"闭嘴，吃里爬外的东西，回头就给我卷铺盖走人！"冯明骂起人来从不客气，尤其是这个把善良用到"敌方"的王重队长，亏他还寻思着如果他表现好，过阵的比赛留个名额给他呢，现在，呸！

不是碍着这会儿人多，他非把这个吃里爬外的小子大卸八块不可。

气焰如火的冯明忙着指挥队员把几个人围起来，丝毫没注意到方才还吵吵嚷嚷的大门口什么时候竟安静了下来。

"冯明，咱们队长犯了什么错你要让他卷铺盖走人啊？"不紧不慢的声音就像一道惊雷，瞬间劈开了冯明的天灵盖，他僵着手脚，一帧一帧地扭过头，等看清来人是谁，人顿时不好了。

"校……校长，陈……陈主任……"鹏程的校长还有体育局的陈主任一同出现，明显有事啊，更何况在他们旁边作陪的还是那个据说已经离开一阵的秦鸿时……

终究是混迹江湖有些日子的老麻雀，就算心里预感不好，脸上却很快恢复了镇定。冯明搓着手，叫着两个人的名字："嘿，这不是有人来捣乱，王重那孩子一时糊涂听信了外校人的话，我叫他气糊涂了嘛。王重，现在回宿舍，等会儿和你说。"

"不必了，陈主任问我咱们学校是不是招了个速滑队员，你说的外校人是他吗？"校长是个中年人，头发里早早夹了些银丝，说起话不疾不徐却带着不容置疑的坚定，和他对视了一眼，冯明赶忙赔笑应道："算是吧，不过校长，责任在他们，是这孩子过来投奔咱们体校，吕中他们气不过，三天两头让人过来捣乱，蛊惑人心。"

"冯教练，事情我也大致听说了，我想问，这孩子你是真想留在咱们学校吗？"

心扑通一下猛跳，眼下的情形他是骑虎难下，哪里可能说不是？于是使劲点头："自然要，校长，你不能听别人瞎说，这么好的苗子……"

啪的一声，一张纸在他面前迎风抖开，一直没说话的秦鸿时捏着那纸，像在无声地叫他闭嘴。再看校长的脸色，也是要多难看有多难看。

直觉觉得问题出在那纸上，冯明咽着口水觑眼细看，一看，心彻底凉了，那是一张运动员的注册表，表头上写着党生的名字，后面的归属写的是鹏程的对家。

光顾着在面上蒙人了，都忘了自己留着这么大个破绽在那儿，冷汗顺着领口一路向下，风一吹，背全凉透，他腿一软，就差扑通跪下了。冯明拽着校长，还试图解释都是误会，他只是还没来得及办这事而已。

"运动员转会都有固定流程，冯教练如果真的来不及走手续，是不是也该口头知会一声，而不是这么三番两次把人挡门外吧。"秦鸿时的冷脸到了这会儿瞬间起了作用，说出来的话句句像针，专挑痛处扎去，堵得冯明想找借口都没个角度。

秦鸿时也没心思等他编理由，眼神一凉，领着人出了鹏程。

王重也一同跟了出来，一边走还一边做出吹胡子瞪眼睛的表情。

"道歉。"

"我知道不是你，对不起。"

他和党生几乎同时说话，说完两个人互相看了看对方，又不约而同笑了。

男孩子的友情有时候就是这样，既别扭又纯粹，哪怕有开始的"冷待"，可冲他方才在操场上说的那些，王重也决定不生气了。

"你的腰怎么样？那孙子这么折腾你别再落病根儿。"

提起腰就自然想到接下去的比赛，党生低下头，缓缓摇了摇，好与不好他估计都要和奖金擦肩了。

"党生。"走在前头的秦鸿时顿住脚，伸手递来一样东西，是张和之前大同小异的纸，只不过上面的内容不一样，这张写的是特困家庭医疗救助审批表。

"这是……"党生不确信地抬起头，眼眸里波光闪动，表格上的字他认得，可连在一起却是他不知道的内容。

"最近市里对农村困难家庭出台了几项政策，因为才开始施行，十晨村那里还没铺开，我这次离开就是为你跑这件事的，你妈的手术费……"他吧唧吧唧解释一通，见党生依旧一脸迷糊，索性四字概括，就是，"有着落了。"

"所以哪怕你参加不了这次的比赛，你妈也有钱治病。"

"真的吗？"党生愣住了，三月的天，风还带着寒凉，吹进眼里，瞬间激出成串水珠，说完党生就开始哭，笑着哭，哭得要多难看有多难看。

秦鸿时看不下去，直接别开眼，冷着声音对吕中说："腰快叫人废了还有脸乐。"

"不然哭吗？"吕中笑笑，背着手慢慢走，"这几天辛苦了，白头发都新添几根吧。"

"瞎说。"

"二毛的脚也叫石膏灼伤了，接下来的比赛怕是真不行了。"

"不行就不行，大不了明年再来。"

"明年？"吕中挑起眼，瞧着这个当初说时间怎么怎么紧迫的老秦。

"这么好的苗子，值得再等一年。何况……"他回头瞧着身后互相搀扶有说有笑的三个少年，没记错，在去鹏程前，党生还是个一心惦记着赚钱救母的榆木疙瘩，这会儿，还是这块榆木疙瘩，竟然笑着和两个小伙伴说着自己在换道上发现的一个新技巧。

所谓的热爱，不就是这种时时惦念、久久琢磨、时时开心吗……

说归说，老吕还是请了大夫来帮党生瞧伤，这个大夫大家都认识。冉小玉进门时特地在秦鸿时跟前转了一圈，那模样像是说又是我，你还要赶吗？

秦鸿时什么也没说，只是深鞠一躬，顺便作了下揖。他是发自真心地感谢冉小玉的，没有她詹医生的字条就不能及时传递到梁萧这边，虽然他有后手，但每争取来的一分钟对党生都是多一重保护。

他久久不起，冉小玉一脸嫌弃地在床边给党生检查，直撇嘴：

"捏就免了，就是以后别阴阳怪气喊我詹医生侄女，我有名字！"

刚在出差地落地的詹医生瞧着两人斗嘴，笑得眼纹都出来了，一面忍笑一面指导冉小玉："按压肋下三寸的位置。"

当着人家长辈的面，嘴自然是没法斗了，吕中隔着屏幕调侃詹医生："之前求你你死活不肯帮忙，怎么，现在隔着屏幕练隔靴搔痒呢？"

詹医生嘿了声："我要不是让姓冯的押南边来，我就自己去了。"

"不怕鹏程的条例了？"

"狗屁条例。"无非是那个姓冯的，一说姓冯的，詹医生想起件事，"最新消息，冯明叫体校解职了，体育局以行为不端为由准备把他列入职业黑名单呢。"

"哦哦，普天同庆！"宋东方拍着巴掌，可叹半百的人还有颗未泯的童心。

其余人虽然没像他那么夸张，也都没有掩藏脸上的笑意，一通检查完毕，冉小玉也笑着起身，拍拍党生示意他可以穿衣服了。

"还行，算你小子命大，腰伤没恶化得太厉害。"

"那接下来的比赛……"

没等吕中话落，就见冉小玉摇摇头："那还是不行，他现在腰部受伤，需要外力支撑康复，速滑那么剧烈的运动需要大量用到腰部力量，肯定不行。"

"这样啊……"

"除非让他架副拐上场。"詹医生早知道会是这种结果，半开玩笑开解着，可就是这无心的一句话，却像按下了某个写着on的按钮，无数的念头潮水似的涌进梁萧的脑子。从回来开始就一直沉默的他腾地起身，径直走向床头，老梁留下的笔记本就放在枕头下面，手一探就摸着了，他快速翻着页面，最后停在那页画着半幅图的纸面上："宋叔，我记得你说过，飞龙的第一副冰刀做给了一个受伤的运动员？"

"是啊，怎么好端端问起这个……梁萧，你是说？"

梁萧知道他懂自己在说什么，默默地点点头，他不知道老梁心目中的新冰刀是怎样的，可此时此刻，他无比庆幸自己有这样一位优秀的爸爸，让他可以站在前人的肩头边学习边跌跌撞撞地前行。

刚好詹医生和冉小玉都是按摩和穴位的行家，于是几个人通着电话交流了一个中午，一双在鞋帮处做了加长改进的冰刀草图诞生了。宋东方瞧着那张丑不啦唧的草图，头回没有嘲笑梁萧。

开春了，锁了一冬的寒气到了放飞的时候，梁萧推开窗，看着外面浅淡却不乏生机的春意，喃喃说着："要是飞龙在，这副刀肯定要在我们自己的厂生产的吧。"

"飞龙怎么了？"离开几天，党生压根儿不知道冰刀厂出的事。

一提冰刀厂，二毛的脸瞬间垮了下去，三两句话把事情说清楚，两个孩子都陷入了沉默。

"二毛，咱们得帮帮梁萧。"

"怎么办？咱们又不知道那只猴把东西藏哪儿了，没法找啊。"

"你说，除了咱们，谁还会在意是不是有这么一样东西呢？"

意味深长地交换了个眼神，二毛顿时悟了："你是说买主？可是不行啊，好歹卖主咱们还知道是那个猴，买主是谁咱们哪知道？"

"王重是本地人，还会上网。"

"你的意思是找他？"想来想去觉得这个主意不是丝毫不靠谱，二毛顿时也有点坐不住了，"那你说咱们要不要告诉他们？"他说的这个他们是那一屋子忙着做冰刀的人。

党生摇摇头，这是他头回干这么冒险的事，说起来告诉梁萧他们也没什么，可大人们有时候想得比他们多太多，何况万一这法子不可行，买家不光不在意，还巴不得销毁证据自己白捡一便宜呢？所以他们不能说。

　　于是在党生和二毛离开榆杨村来到城里的半个月后，在那栋体校的老破小楼里，他们又一次"失踪"了。

　　那一天，在城市另一栋高楼里，某市值过亿的公司里，几个高管的电子邮箱里分别收到一封举报邮件，在陈述完他们公司所拍新地皮可能存在的问题以及证据这会儿可能在的几个地方后，邮件还附着这样一句话：如果不去确认，一个小时后他们会让别人去确认。

　　漏洞颇为明显的威胁倒真引起了公司老板的重视，几分钟后，几路人马悄悄从公司向城市的几个角落散开来，大约一小时后，在机场候机大厅里焦急等着钱款到账就提前开溜的胖猴叫几个西装革履的人堵在了卫生间，随身的两部手机也随之被搜出来。

　　那一天，城市的公安局也接到一条奇怪的举报，说某大厦里有人形迹可疑，车内疑似藏有被拐儿童，事后查明，该线索涉嫌报假案，不过顺着线索倒是破获了一起在公安系统有过备案的欺诈案件。

　　那一天，在体校里为了找到俩孩子急得火急火燎的梁萧意外接到警方传唤，说有起案子需要他配合调查一下。

　　那一天，老实本分了十几年的党生头回被带进了警局，在二毛吓得尿裤子的情况下抖着嗓子把事情原委说了出来。

　　那一天真的发生了好多事情，而最让梁萧印象深刻的却是那个深山环绕的小村庄，曾经让他嫌弃无比的地方让他明白了什么才是真正的生活，他更感谢那片土地，培养出了那么质朴善良又充满智慧的孩子……

　　半个月后，把飞龙重建都放在第二位的梁萧手捧三双他和老宋亲手做的冰刀鞋，走进了市速滑馆，郑重地递给三个嬉皮笑脸的少年，这些少年是中国速滑未来的希望。

（全文完）